Mwangi Narben des Himmels

MEJA MWANGI

Narben des Himmels

ROMAN

Aus dem Englischen
von Susanne Koehler

PETER HAMMER VERLAG

Die Deutsche Bibliothek – CIP-Einheitsaufnahme
Mwangi, Meja:
Narben des Himmels : Roman / Meja Mwangi. Aus dem Engl.
von Susanne Koehler. – 2. Aufl. – Wuppertal : Hammer, 1995
Einheitssacht.: Striving for the wind ‹dt.›
ISBN 3-87294-471-1

2. Auflage 1995

Umschlaggestaltung: Wolf Erlbruch
Satz: data-convert, Wuppertal
Druck und Bindung: Ebner Ulm

Als ich elf Jahre alt war, verbrachte ich viele, meinen jungen Geist anregenden Nachmittage mit einem alten einäugigen Weisen aus Meru, der keinen einzigen Tag seines Lebens zur Schule gegangen war, der jedoch das beste *ugali* kochte, das ich jemals gegessen hatte, und, obwohl er mich wegen meiner Angst vor Pferden auslachte, trotzdem von Mann zu Mann zu mir sagte: »*Mwangi, kuria uru kwa mu-Afrika gutigiria mundu arie wega!*«, was sehr weise war, doch unmöglich zu übersetzen ist.

Dieses Buch ist der Erinnerung an diesen Mann gewidmet, und an alle, die mit Ochsen pflügen und ihren Reichtum an der Anzahl Ziegen messen, die sie besitzen.

Und der Erinnerung an meinen Sohn Nduchi, der es niemals lesen wird.

Der Autor

KAPITEL EINS

An zahlreichen erbärmlich mageren Feldern vorbei führte vom Dorf Kambi eine leidlich befestigte, staubige Straße in vielen Windungen den Hügel hinauf, überquerte den alten Fluß Ngobit, bahnte sich den Weg durch das Buschland, schlug einen Bogen zurück, am Gehöft der Barus vorbei, und endete schließlich inmitten der Schuppen, Scheunen und kaputten Landmaschinen auf dem Anwesen der Familie Pesa. Diese einspurige Straße, ein alter Viehweg, den Baba Pesas Fahrzeuge in eine echte Busch-Schnellstraße verwandelt hatten, war unter dem Namen *Njia ya Pesa* – Pesa-Straße bekannt.

Baba Pesa, der Mann, der dieser Straße den Namen gegeben hatte, war der reichste Mann auf diesem Bergrücken und auch auf dem nächsten und übernächsten. Er besaß einhundertzwanzig Hektar Land – Hügel und Täler, Wälder und Ebenen, Bäume und Felsen und eine Menge Rinder, Ziegen, Hühner und Traktoren – alles Dinge, von denen seine Nachbarn mit ihren vier Hektar nicht einmal zu träumen wagten.

Er bewohnte ein Holzhaus mit sechs Schlafzimmern – das sechzig Jahre alte Gutshaus, umgeben von weitläufig angelegten Obstgärten, Scheunen, Ställen und Hühnerhöfen, die ebenso alt waren wie das Haus.

Nun stand Baba Pesa auf der geräumigen Veranda, von der aus man die Einfahrt und die Pesa-Straße bis hinunter zur ersten Biegung überblicken konnte und kaute auf einem Stück *mucatha* – Zweig herum, womit er sich die Zähne zu putzen pflegte. Er hustete und spuckte über die niedrige Mauer auf Mama Pesas Rosenstöcke und beobachtete, wie sich sein ältester Sohn Juda die schlechte, ausgefahrene Straße heraufquälte. Juda war seit fast vierundzwanzig Stunden nicht mehr zuhause gewesen, und selbst aus dieser Entfernung konnte sein Vater sehen, daß er weit mehr als den ihm angemessenen Anteil an Maisbier getrunken hatte.

Es gab Zeiten, so wie jetzt, in denen Baba Pesa wünschte, sein Sohn würde sterben und ihm den Schmerz ersparen, mitansehen zu müssen, wie Juda in Gesellschaft der Säufer und Halunken des Dorfes, bei denen er Berühmtheit erlangt hatte, sein Leben vergeudete.

Begleitet von dem schwarzen Köter, dem er den Namen »Konfuzius, der Denker« gegeben hatte, brachte Juda seinen beschwerlichen Heimweg hinter sich. Wenn er stolperte und fiel, setzte sich der Hund an seine Seite, bis sein Herr wieder genug Kraft zum Aufstehen gesammelt hatte, dann folgte er ihm langsam.

Vor Judas Rückkehr von der Universität, war Konfuzius einer der zahlreichen hungernden, von Flöhen geplagten, namenlosen Dorfköter gewesen, der, ohne jede Hoffnung darauf, seine Lebensumstände jemals zu verbessern, auf den Abfallhaufen des Dorfes ein ungesichertes und fragwürdiges Dasein fristete. Dann war Juda eines Tages stockbetrunken am Schlachthaus vorübergekommen und hatte dem verzweifelten Hund, der bereits Selbstmord in Betracht gezogen hatte, einen Namen und ein neues Leben geschenkt. Und nun waren die beiden – wie Mistkäfer und Mist – unzertrennlich.

Aus fast einem halben Kilometer Entfernung beobachtete Baba Pesa von oben ihr mühseliges Vorankommen und bearbeitete seine Zähne wütend mit dem Kaustöckchen, das ihm Mutiso, der Ziegenhirt, gebracht hatte, den er den halben Weg über die Laikipia-Ebene geschickt hatte, um ihm von dort solche Zweige zu holen.

Eine dunkle, abgerissene Gestalt überquerte den Hof in Richtung Ziegenstall. Es war der Ziegenhirt, der sich hinausschlich, um die Ziegen zu melken, ehe die Farm erwachte. Er ging mit langsamen und vorsichtigen Schritten über das taunasse Gras, wie ein ganz in seine Aufgabe vertiefter Medizinmann, der sich daran macht, einen besonders bösen Zauber zu verhängen.

»Mutiso!« rief Baba Pesa.

Mutiso blieb so plötzlich stehen, daß er auf dem nassen Gras ausruschte und fast gefallen wäre. Dann schaute er sich um. Als er Baba Pesa sah, zuckte er nur mit den Schultern.

»Du bist früh auf«, sagte er.

»Nicht ganz so früh wie du, scheint mir«, erwiderte Baba Pesa. »Wo willst du hin?«

»In den Ziegenstall«, sagte Mutiso.

»Um die Ziegen zu melken?«

Wieder zuckte Mutiso mit den Schultern.

»Die Ziegen sind überhaupt noch nicht wach«, erklärte Pesa.

Mutiso schaute auf den verräterischen Blechbecher in seiner Hand und überlegte, ob er ihn ins Rosenbeet werfen sollte. Er dachte eine ganze Weile darüber nach, ehe er ihn schließlich dann doch hinter einen Rosenstock fallen ließ.

»Baba?« fragte er und kam näher an die Veranda.

Pesa nickte und zeigte damit an, daß er sprechen konnte.

»Baba?« fragte er wieder.

Aus der Nähe betrachtet, war Baba Pesa eine noch viel eindrucksvollere Erscheinung – der fast einen Meter achtzig große Riese wog zweihundertfünfzig Pfund im Gegensatz zu Mutisos hundertdreißig. In der Tat war Baba Pesa der größte Mensch auf diesem Bergrücken und auch auf dem nächsten. Abgesehen vom Dorfvorsteher, dem Chief, und von Mavuno, dem alljährlichen Erntedoktor, gab es niemand, der auch nur annähernd seinen Umfang erreichte. Es war bekannt, daß er einmal die Theke einer Kneipe mit einem einzigen wütenden Faustschlag zerschmettert hatte. Seine Stimme, in guten Augenblicken die eines zornigen Stiers, hatte man noch nie fröhlich und aufrichtig lachen hören.

»Baba?« Mutiso war bereit, um sein Leben zu rennen. »Wie steht es mit der Sache, über die ich mit dir im vergangenen Monat gesprochen habe?«

Baba Pesa spuckte wütend die Zahnpasta aus.

»Mutiso!«

Mutiso trat einen Schritt zurück.

»Wieviel Uhr ist es, Mutiso?«

Mutiso wußte nichts anderes, als daß es wieder Morgen war. Er hatte noch nie eine Uhr besessen oder gar gelernt, die Zeit von einer abzulesen. Er schaute sich um und suchte nach einem Anhaltspunkt, da er jedoch keinen fand, ging sein Blick hinaus in die Ebene bis zum fernen Schneeberg, hinter dem gerade die Sonne aufging. »*Nafikiri*...«

»Du sollst nicht denken!« wurde er zurechtgewiesen. »Juda ist auf dem Heimweg und liegt dort unten auf der Straße.«

»Sechs Uhr?« fragte Mutiso.

»Richtig«, sagte Baba Pesa. »Viel zu früh, um über Lohnerhöhungen zu sprechen.«

Damit schob er sich das Kaustöckchen wieder in den Mund und putzte sich weiter die Zähne. Mutiso trat einige Schritte zurück, dachte nach und blieb stehen.

»Aber Baba«, sagte er anklagend. »Du wirst nicht mehr hier sein, wenn ich vom Ziegenmelken zurückkomme.«

»Es ist verboten, die Ziegen zu melken!« sagte Baba Pesa.

»*Ndiyo,* Baba«, sagte Mutiso.

»Warum tust du es dann?«

»Ich habe kein Geld, um Milch zu kaufen.«

»Ich zahle dir einen guten Lohn!«

Mutiso nickte.

Er verdiente fast dreihundert Shilling im Monat. Eine hübsche Summe für einen alten Ziegenhirten. Doch wenn er Zucker, Tee und Tabak eingekauft hatte – die drei Dinge, ohne die er nicht leben konnte – war nichts mehr übrig für Maismehl, geschweige denn für Milch.

Er überlegte einen Augenblick, wandte sich dann um und ging in Richtung Ziegenstall davon. Dann holte er den Becher, der hinter dem Rosenstock lag. Die einzige Möglichkeit, heute noch etwas aus Baba Pesa herauszuschlagen, bestand darin, so schnell wie möglich seine Arbeit im Ziegenstall zu erledigen und dann unten am Tor zu stehen, wenn Pesas kleiner Lastwagen *Fagio* in rasendem Tempo den Hof verließ.

Fünfhundert Meter weiter unten am Berg lag Juda Pesa auf der Straße und erwog ernsthaft, ob er nicht lieber schlafen sollte. Dann fiel ihm irgendwie ein, daß die Bremsen an Baba Pesas Lastwagen nicht immer allzu gut funktionierten. Jeden Augenblick nun würde sein Vater mit heulendem Motor die Straße heruntergerast kommen, in der Absicht, wieder irgendwelche unerklärlichen Besorgungen zu machen, was immer den ganzen Tag in Anspruch nahm.

»Konfuzius«, rief er plötzlich. »Wo bist du?«

Der Hund war weise genug gewesen, sich in zwei Meter Entfernung von seinem adoptierten Herrn, ganz am Rande der Straße niederzulegen. Baba Pesas Fahrkunst war, genau wie sein Zorn, so legendär geworden, daß sich selbst Tiere Hals über Kopf von der Straße in den Busch retteten, sobald sie den lärmenden Lastwagen hörten.

Der Hund hob den Kopf, als er Judas Stimme hörte, schaute die Straße hinauf und hinunter und mit einem Schwanzwedeln gab er das Zeichen »Alles klar!«

»Hierher, Hund!« befahl Juda.

Konfuzius trottete zu ihm hinüber und setzte sich an seine Seite. Juda streichelte ihm den Rücken. Einem alten Dorfköter, der in seinem Leben nichts als unsinnige Gewalt gekannt hatte, war diese Geste die Treue und Hingabe eines ganzen Lebens wert. Ihre Freundschaft würde niemals ein Ende finden.

»Du und ich, wir sind die einzigen wahren Freunde in diesem Land«, sagte Juda zu ihm. »Es macht nichts, daß du ein Hund bist und ich ein Säufer. Du mußt mir von der Straße helfen, ehe Baba Pesa kommt und uns überfährt.«

Der Hund verstand. Instinktiv schaute er die Straße hinauf und winselte. Auch ihm war die mißliche Lage bewußt, in der sie sich befanden. Aber er sah keine Möglichkeit, wie er Juda aufhelfen könnte. Von dem vielen verschütteten Bier, das er vom Fußboden der Uji Bar aufgeleckt hatte, solange er auf Judas Entschluß zur Heimkehr gewartet hatte, war auch er ziemlich betrunken.

Als Juda Pesa kurz nach Mitternacht schließlich mit Trinken aufgehört und heimzukehren beschlossen hatte, geschah dies nicht, wie seine Trinkkumpane vermuteten, weil das Geld, das er seinem Vater gestohlen hatte, zu Ende war. Juda stahl nie Geld, weder von seinem Vater noch von sonst irgend jemand. Was er seinem Vater stahl, war etwas, das niemals jemand erraten würde, auch dann nicht, wenn die Fuji Bar längst in Schutt und Asche läge.

Juda hatte beschlossen, nach Hause zu gehen, als er, nachdem er ununterbrochen einen ganzen Tag und eine halbe Nacht lang getrunken hatte, in einem seltenen Augenblick der Klarheit die Tatsache erkannte, daß selbst der ungekrönte König der Säufer irgendwann einmal schlafen mußte. Daraufhin hatte er fünfeinhalb Stunden gebraucht, um die zwei Kilometer vom Dorf zu der Stelle zu gelangen, wo er nun auf der Straße saß, fünfhundert Meter entfernt vom Haus seines Vaters. Er sah jetzt Rauch aus dem Kamin aufsteigen.

Ungefähr auf halbem Wege zum Haus zweigte der Fußweg ab, der zum Gehöft der Barus führte; von dort tauchten nun zwei Frauen auf und kamen die Straße herab. Juda beobachtete sie einen Augenblick lang, dann legte er sich mit ausgebreiteten Armen auf den Rücken. Schwer atmend horchte er auf ihren barfüßigen Schritt und auf das Knirschen der Steine unter ihren von der Arbeit abgehärteten Füßen. Sein vom Alkohol betäubtes Gehirn war sogar in der Lage, Mama Barus freundliche und ruhige Stimme von der kreischenden Stimme ihrer Begleiterin zu unterscheiden.

»Genau das habe ich zu ihr gesagt«, sagte Mama Baru. »Ich sagte, alles gehört Gott. Gott gibt Reichtum, Gott schenkt auch die Kinder. Alles gehört Gott, denn Er schenkt alles...«

Erschrocken blieben sie stehen, als sie den ausgestreckten Körper auf der Straße liegen sahen. Sie hörten, wie schwer er atmete und wußten sofort, daß er nicht tot war.

»*Ngai njega*!« rief Mama Baru aus. »Mein Gott, wer liegt hier mitten auf der Straße?«

In sicherer Entfernung umgingen sie in weitem Bogen den hingestreckten Körper, bis sie sein Gesicht sehen konnten. Dann blieben sie stehen und schauten ihn an, wie man sich einen auf der Straße gefundenen toten Hund ansehen würde.

»*Ngai Baba*!« rief Mama Baru. »Lieber Gott, es ist der Sohn von Pesa.«

»Welcher?« fragte Mama Chuma.

»Der von der Universität«, erklärte Mama Baru. »Guter Gott, was sollen wir nur mit diesem Kind anfangen?«

Juda blieb still auf dem Rücken liegen, öffnete ein Auge, schaute blinzelnd dorthin, woher die Stimmen kamen und sah zwei Frauen in verblichenen Baumwollkleidern, die Kalebassen zum Wasserholen auf dem Rücken trugen. In einer von modernen Wasserkanistern aus Plastik verrückt gewordenen Welt, waren diese beiden die einzigen Frauen im Tal, die noch auf herkömmliche Weise Wasser trugen. Hinter ihnen strahlte der Morgenhimmel kalt und blau.

Mama Baru rief: »Juda?«

»Genau der und kein anderer«, antwortete Juda.

»Bist du nicht tot?« fragte die Frau.

»*Bado*«, sagte Juda müde. »Noch nicht. Warum? Wer kümmert sich schon darum, ob ich tot bin?« Er öffnete das andere Auge.

»Mutter von Moses?« fragte er.

»*Ninii*«, sagte Mama Baru. »Ja, die bin ich.«

»Ich grüße dich, Mutter.«

»Ich grüße dich, mein Sohn.«

Er wiederholte diesen Gruß zweimal, wie es die Sitte verlangte, als Zeichen der Ehrerbietung eines jungen Mannes gegenüber einer Frau, die seine eigene Mutter sein könnte. Dann wandte er sich an die andere Frau, in der Absicht, ihr dasselbe Maß an Ehrerbietung zukommen zu lassen, denn an Ehrerbietung fehlte es ihm nicht, was immer andere auch über ihn sagen mochten. Doch so sehr er auch versuchte, er konnte sie nicht in seinen Blickwinkel kriegen.

»*Nuu uyu ungathitie teria yari gwa Thiaka*?« fragte er Mama Chuma. »Frau, warum bist du so böse mit mir?«

Mama Chuma schnalzte voll Besorgnis mit der Zunge und fragte: »Warum trinkst du so viel?«

»Weil ich gerne trinke«, antwortete er sachlich. »Wohin geht ihr beiden so spät am Abend?«

»Es ist schon Morgen, mein Kind«, sagte Mama Baru. »Wir gehen an den Fluß, um Wasser zu holen.«

»Habt ihr keine Brunnen bei euren Häusern?« fragte er.

»Wer hätte sie uns graben sollen?«

»Eure Männer.«

»*Ngai, mwana uyu-ri*«, sagte Mama Baru traurig. »Unsere Männer sind alt und arm. Sie können keine Brunnen graben.«

»Aber warum trinkst du so viel?« fragte Mama Chuma.

»Du hörst wohl nicht sehr gut, Frau«, sagte Juda. Dann, an Mama Baru gewandt: »Sag du's ihr, Mutter.«

»Weil er gerne trinkt«, erklärte Mama Baru. »Wirst du es denn nach Hause schaffen?«

»Das ist doch ganz einfach«, erwiderte Juda. »Du wirst schon sehen. Konfuzius! Hierher, Hund!«

Als er seinen Namen hörte, stand der Hund auf, kam näher und legte sich mit gespitzten Ohren wieder hin.

»Können wir dir aufhelfen?« fragte Mama Baru.

Juda schüttelte den Kopf.

»Geht nur und holt Wasser für eure Männer«, sagte er zu den Frauen. »Mein Hund wird mich gut nach Hause bringen.«

»Dann alles Gute«, sagte Mama Baru.

»Auch euch alles Gute«, erwiderte Juda.

»Aber bitte geh von der Straße runter, ehe *Fagio* dich überfährt«, sagte sie noch.

»Das ist meine einzige Sorge«, antwortete er.

Er schaute ihnen nach, als sie davongingen, bis er sie nicht mehr sehen konnte. Nur ihre Stimmen lagen noch in der Luft und wurden immer leiser, genau so, wie sie gekommen waren.

»*Uciari uri ruo*«, sagte Mama Baru. »Es tut mir weh, Mutter zu sein. Er ist ein guter Junge, aber seine Mutter leidet viele Schmerzen um dieses Kind.«

Was der Beweis für eine alte Wahrheit war, die besagte, daß Gott nicht jedem alles gibt. Baba Pesa hatte das Geld, meinte Mama Chuma, doch nicht die Kinder.

»Sie haben noch einen Sohn«, erzählte Mama Baru. »Elija ist sehr fleißig und arbeitet schwer, aber er hat kein so gutes Herz wie Juda. Auch eine Tochter haben sie noch, die in Nairobi zur Schule geht.«

»*Ithe wa mbeca ni ngui y mundu*«, schloß Mama Chuma. »Der Vater ist ein Untier, ein Biest von einem Mann.«

Juda hörte, was sie sagten und dachte daran, ein gutes Wort für seinen Vater einzulegen, doch er war zu müde dafür. Außerdem beunruhigte sein schläfriges Gehirn der Gedanke an den die Straße herunterrasenden *Fagio*, den zerbeulten Kleinlaster seines Vaters.

Er hörte bereits ein klapperndes Geräusch, das auf der Straße näher kam.

»Hund!« sagte er und rappelte sich hoch. »Wir täten gut daran, von der Straße wegzukommen, ehe mein Vater uns umbringt!«

Da er ein Hund war, hatte Konfuzius das Geräusch gehört, lange ehe es in Judas Bewußtsein gedrungen war, und er hatte es als das, was es war, erkannt, nämlich als die zur Farm gehörende Schubkarre. Geschoben wurde sie von der alterslosen Gestalt Mutisos, des Ziegenhirten.

Baba Pesa, noch immer im Morgenrock, ließ sich gerade zu einem Frühstück mit Porridge und Süßkartoffeln nieder, als Mama Pesa entdeckte, daß Juda nicht in seinem Zimmer war.

»Er ist drunten bei den Barus«, informierte sie ihr Mann.

»Auf dem Weg nach Hause.«

»Und deshalb«, lacht Elija Pesa, »geht der Kampf weiter!«

»Und wie der Kampf so verläuft, brauchst du ihn nicht vor dem Mittagessen zu erwarten,« fügte Baba Pesa hinzu.

Mama Pesa bedachte Vater und Sohn mit einem finsteren Blick. Sie hörten auf zu grinsen und Elija verhielt sich das Lachen. Jedermann respektierte, ja, fürchtete zuweilen geradezu Mama Pesas gerechten Zorn. Elija wandte sich mit ganzer Aufmerksamkeit seinem Frühstück zu. Er bevorzugte Tee und Pancakes – das altmodische Zeug, das sein Vater gutes Essen nannte, war nichts für ihn. Er trug seinen schmierigen Overall, bereit, mit dem letzten Bissen des Frühstücks auf den Traktor zu springen. Was immer er sich zuschulden kommen lassen mochte, Faulheit gehörte bestimmt nicht zu seinen Fehlern.

»Elija!« sagte Mama Pesa streng. »Iß dein Frühstück zu Ende, dann gehe und hole deinen Bruder nach Hause.«

»Warum?« protestierte Elija. »Warum kann er nicht alleine nach Hause kommen?«

»Er wird kommen«, sagte Baba Pesa in seinen Porridge hinein.

»Irgendwann.«

Mama Pesa schaute ihren Sohn verärgert an und sagte mit großem Ernst: »Du hast gehört, was ich gesagt habe!«

»Ja, Mutter«, sagte er ehrerbietig. »Ich habe es gehört. Aber was Juda wirklich braucht, ist jemand der ihm dazu verhilft, endlich von hier zu verschwinden!«

»Red' nicht wie dein Vater«, sagte Mama Pesa.

»Der Junge hat recht«, knurrte Baba Pesa, der den Mund voll Porridge hatte. »Wißt ihr, was sie im Dorf zu ihm sagen? Sie nennen ihn Profethar.«

»Wie?«

»Profethar.«

»Professor?« fragte Elija.

»Profethar«, sagte Baba Pesa.

»Warum?« fragte Mama Pesa.

»Sie sagen, er sei ein Lehrer!«

»Und was lehrt er?«

»Er redet wie ein Prophet!«

»Da seht ihr's«, sagte Elija ermutigt. »Juda wurde nicht dazu geboren, seinen berühmten Genius auf dem Land zu vergeuden. Er gehört in die Universität. Dort kann er sich wichtigerer Dinge annehmen. Kann das Analphabetentum in uns allen wettmachen.«

Baba Pesas Stirn verfinsterte sich. Das Gerede von Analphabetentum ging ihm gegen den Strich. Denn es war kein Geheimnis, daß er, trotz all seines Reichtums und seiner Macht, nicht länger als drei Jahre zur Schule gegangen war.

»Geh, hilf deinem Bruder nach Hause!« sagte er unvermittelt.

»Sobald ich mit frühstücken fertig bin«, erwiderte Elija trotzig.

»Sofort!« bellte Baba Pesa. »*Haraka*!«

Trotz all ihres gemeinsamen Gelächters, das auf Judas Kosten ging, hatten die beiden nichts füreinander übrig. Elija warf Messer und Gabel auf den Tisch und stand auf.

Mama Pesa legte ihm die Hand auf die Schulter. »Setz dich«, sagte sie. »Mutiso wird ihn holen. Die beiden kommen gut miteinander aus.«

Elija wollte sich wieder setzen, doch der Ausdruck auf dem Gesicht seines Vaters warnte ihn davor.

»Ich werfe den Traktor an«, sagte er zu seiner Mutter.

Mama Pesa folgte ihm auf die Veranda. Baba Pesa frühstückte weiter. Auch die Mengen, die er aß, waren zur Legende geworden. Es hieß, einmal habe er wegen einer Wette eine ganze gebratene Ziege aufgegessen.

Als Mutter und Sohn auf die Veranda hinaustraten, sahen sie Mutiso mit der Schubkarre die Einfahrt heraufkommen, begleitet vom Hund Konfuzius. Zusammengesackt in der Schubkarre lag Juda Pesa und schlief tief und fest.

»Geh und hilf Mutiso, ihn hereinzubringen«, sagte Mama Pesa.

Langsam erwachte jetzt die Farm – die Arbeiter standen müßig bei den Ställen herum und wußten nicht genau, wo sie mit der Arbeit beginnen sollten. Mutisos Ziegen knabberten an Mama Pesas Rosen und die Hühner scharrten in den Blumenbeeten.

»Wo hast du ihn gefunden?« fragte sie Mutiso.

»*Huko*«, antwortete Mutiso einfach. »Dort unten auf der Straße.«

Elija gab dem Hund einen Fußtritt, daß er zur Seite flog und packte Judas Arm. Mutiso nahm den anderen. Dann hoben sie den schwerelosen Körper ohne Mühe heraus.

Juda wurde wach, als sie ihn die Stufen zur Veranda hinauftrugen. Es war ihm rätselhaft, warum er plötzlich wie auf Wolken ging.

»Na, wie steht der Kampf, Bruder?« fragte Elija.

»Was kümmert dich das?«

»Es ist mir egal«, sagte Elija.

»Warum tragt ihr mich?«

»Weil es schneller geht«, sagte Elija. »Wir haben keine Zeit zu verschwenden.«

»Laßt mich los!«

Auf der Veranda stellten sie ihn auf die Füße, direkt vor seine verärgerte Mutter hin. Als sie ihn losließen, schwankte er und lehnte sich an die Wand. Er schenkte seiner Mutter ein betrunkenes Lächeln.

»*Wakia maitu*?« fragte er höflich.

»*Wakia awa*?« fragte sie mit versteinertem Gesicht zurück.

Er grüßte sie zweimal, wie es die Ehrerbietung für die eigene Mutter erforderte, und als er sah, daß sie sich auch dadurch nicht besänftigen ließ, sagte er: »Mutter, hege keinen Haß gegen mich. Der Schoß, der Helden hervorbringt, trägt auch Diebe und Verrückte.«

»Da sprichst du die Wahrheit, Bruder«, sagte Elija.

Worauf Mama Pesa sich umwandte und ins Haus zurückging. Nach einem kurzen Augenblick der Unentschlossenheit, in dem er nicht mehr wußte, ob er gerade gekommen war oder ging, folgte Juda ihr ins Haus.

Mutiso eilte davon, um die Ziegen aus Mama Pesas Blumenbeeten zu verjagen und Elija ging hinunter zu den Scheunen, um den Traktor anzuwerfen. Alleingelassen, blieb Konfuzius auf dem Rasen vor dem Haus stehen und wartete auf weitere Anweisungen. Da diese jedoch ausblieben, fiel er wieder in seine alte Rolle des einfachen Dorfköters zurück und machte sich davon, um auf dem Abfallhaufen hinter dem Haus nach etwas Eßbarem zu suchen.

KAPITEL ZWEI

Von all dem Chaos abgesehen, war es ein wunderbarer Morgen. Die Sonne hatte endgültig die Aberdare-Berge bezwungen, hatte die Kälte und den nassen Tau hinunter in die Ebenen verjagt und versprach erneut einen heißen und trockenen Tag.

Elija machte einen schnellen Rundgang, um sicherzustellen, daß an den verschiedenen Arbeitsplätzen alles nach Plan funktionierte.

Jedesmal wenn Elija auftauchte, ließen die Arbeiter alles liegen, was sie zu tun vorgaben, und machten sich daran, das zu tun, was sie eigentlich tun sollten. Elija duldete keinerlei Unsinn.

Farmarbeiter schleppten Säcke mit Viehfutter, die zweimal so schwer waren wie sie selbst, von den Vorratsscheunen zu den Einstellplätzen, wo die Milchkühe untergebracht waren. Andere trugen riesige Milchkannen aus den Melkständen und stellten sie reihenweise an der Laderampe auf.

Elija fuhr den Kleinlaster rückwärts an den alten Lamborghini-Traktor heran, der vor dem Schuppen stand, den Elija Wartungs- und Reparaturwerkstatt benannt hatte. Während Kiongo, der offizielle Traktorfahrer, der jedoch nie auf den Traktor kam, weil Traktorfahren die Lieblingsbeschäftigung Elijas war, den Traktor an den Kleinlaster anhängte, ging Elija in den Schuppen. Dieser war bis obenhin angefüllt mit ausgedienten Traktorteilen, Dieselölfässern, alten Reifen und riesigen Schrotthaufen, alles Hinterlassenschaften der ursprünglichen Besitzer der Farm, die bei der bloßen Erwähnung des Wortes *Uhuru* – Freiheit, nach Südafrika geflohen waren. Eine der zahlreichen Stallkatzen – in vieler Hinsicht eine ebensolche Plage wie die Ratten, die sie vernichten sollten – hatte seit einer Woche hinter den Dieselfässern ein Nest voll Junge, und im ganzen Schuppen stank es abscheulich. Elija hatte Kiongo angewiesen, die Jungen herauszunehmen und sie in die Latrine zu werfen, doch dem Mechaniker war etwas Besseres eingefallen. Er würde sie hinunter ins Dorf bringen und dort für Biergeld verkaufen.

Der Traktor war fertig angehängt. Elija stieg in den Laster und Kiongo auf den Traktor. Sie zogen den Traktor zur Einfahrt hinaus, ein Stück die Straße hinunter und über die ungepflügten Felder. Obwohl im Schuppen eine neue Traktorbatterie stand, zog es niemand jemals in Betracht, von dieser seit langem eingeübten und langwierigen Art, den Traktor zu starten, abzulassen. Es war ein altes Ritual, das man zusammen mit Kiongo und dem Traktor von dem alten Buren geerbt hatte.

An einem kalten Morgen im Juli brauchte es eine Ewigkeit, bis der alte Traktor ansprang, doch Elija und der Fahrer hatten solchen Spaß damit, daß es ihnen nichts ausmachte.

Mutiso trieb alle Ziegen und ihre Zicklein zusammen und führte die Herde zum Tor hinaus in die naheliegenden Hügel. Dort verbrachte er den Tag damit, verträumt in die weite Ebene von Laikipia hinauszuschauen und sich Gedanken darüber zu machen, was sich wohl an dem Punkt befinden mochte, wo der Himmel die Erde berührte.

Njara, der Mechaniker, der eigentlich nie etwas Richtiges zu tun hatte, teils, weil es unter all den alten Landmaschinen in der Werkstatt nichts gab, was überhaupt zu reparieren gewesen wäre, und teils, weil Elija übergroßen Gefallen an solchen Arbeiten fand, so daß er niemanden jemals eine Reparatur- oder Wartungsarbeit ausführen ließ, schaute von dem rostigen Getriebe auf, an dem er seit Monaten herummachte und überlegte sich, ob er es für heute nicht sein lassen, und statt dessen Mutiso und seinen Ziegen hinaus in die Hügel folgen sollte. Doch sein einsichtiges Gewissen riet ihm, erst einmal abzuwarten, zumindest bis die Luft rein und Baba Pesa abgefahren war, ehe er Mutiso in die Hügel folgte, wo er den Tag damit verbringen würde, Wurzeln vom *sukuroi* – Baum auszugraben, die er dem Kräuterdoktor drunten im Dorf verkaufen würde.

»*Jambo*«, sagte eine Stimme hinter ihm.

Erschrocken schaute Njara auf. Dann entspannte er sich, als er den jungen Mann sah.

»*Jambo, Mutha*«, antwortete er. »Du hast mich erschreckt.«

»Tut mir leid«, sagte der junge Mann. »Ich komme wegen der Milch.«

Es war Moses Baru, der einzige Sohn von Baba Baru, dem nächsten Nachbarn der Pesas, unten an der Straße. Er war fast siebzehn Jahre alt und besuchte die technische Schule im Dorf, in der handwerkliche Fertigkeiten gelehrt wurden; doch für sein Alter war er klein und zäh, gezeichnet von den vielen Tragödien, die sein Leben bislang begleitet hatten.

»Wo ist Mama Pesa?« fragte er den Mann, von dem er wußte, daß er der jüngere Bruder von Ndege, dem Verrückten unten im Dorf, war.

»Sie ist drüben im Schweinestall«, antwortete ihm Njara, »dort füttert sie ihre Schweine.«

Moses Baru bahnte sich seinen Weg durch eine Herde Kälber, die in diesem Augenblick auf die Weide hinausgelassen wurden, und ging zu den Schweineställen, die sich ganz am Ende der langen Reihe von Ställen und Scheunen befanden. Dort fand er Mama Pesa, die bis zu den Ellbogen im Schweinefutter steckte. Bei ihr war die alte Frau, deren Aufgabe es war, die Tiere zu füttern.

»Ich grüße dich, Mutter«, sagte Moses.

»Ich grüße dich, mein Sohn«, erwiderte Mama Pesa.

»Ich grüße dich, Mutter!«

»Ich grüße dich, mein Sohn!«

Verlegen stand er da und schaute auf die beiden leeren Flaschen in seiner Hand.

»Wie geht es deiner Mutter?« fragte sie.

»Es geht ihr gut«, sagte Moses. »Auch meinem Vater geht es gut.«

»Gut«, sagte Mama Pesa. »Auch uns geht es gut, Gott sei's gedankt. Was hat dir deine Mutter heute aufgetragen?«

Mose schaute beunruhigt zur Seite. Dann murmelte er kaum hörbar: »Sie sagte, ich solle Milch holen.«

»Hat sie dir Geld gegeben?«

»Nein.«

Eine peinliche Stille folgte.

»Habt ihr für die Milch vom letzten Monat bezahlt?«

»Nein.«

»Wir verkauften gestern einen Ziegenbock«, sagte er. »Wenn uns der Metzger morgen bezahlt, dann. . .«

Mama Pesa nickte schweigend. Das hatte sie alles schon oft gehört. Sie wußte, daß die Barus die Milchrechnung niemals bezahlen würden. Sie glaubte fest daran, um des Guten willen Gutes zu tun. Man erntete, was man säte. Säte man Traurigkeit, so erntete man Leid. Mama Pesa bemühte sich, so viel Freude und guten Willen zu säen, als irgend möglich war.

»Geh in die Küche«, wies sie ihn an. »Sag ihnen, daß ich gesagt habe, sie sollten dir Milch geben.«

Auf seinem Rückweg, an der Kälberherde vorbei, begegnete er Baba Pesa auf seinem morgendlichen Rundgang. Moses versuchte, sich hinter einem Schuppen zu verstecken, doch Baba Pesa hatte ihn bereits gesehen.

»Moses!« brüllte er.

»Ja?« antwortete Moses.

»Bezahlst du jemals für die Milch, oder weißt du nichts anderes, als immer nur zu holen?«

»Wir bezahlen«, sagte Moses.

»Wann?«

»Manchmal.«

Baba Pesa entließ ihn mit einer Handbewegung und ging weiter. Er hatte seinen besten schwarzen Anzug an und trug die zweireihige Jacke über einem dicken grünen Pullover. Um die morgendliche Kälte abzuwehren, hatte er sich einen warmen wollenen Schal um den Hals geschlungen. Ein teurer Hut mit einer Feder, der königlich auf dem riesigen kahlen Fleck auf seinem Kopf saß, krönte das Ganze.

»*Nataka nini?*« fragte er seine Frau. »Was brauchst du von der Stadt?«

»Irgendwo auf der Veranda liegt eine Liste. Mutiso sagt, die Ziegen husteten wieder.«

Pesa brummte. »Nimmt er die Medizin vielleicht selbst ein?« fragte er.

Mama Pesa ignorierte diese Frage.

»Er möchte auch eine Lohnerhöhung«, teilte sie ihm mit.

»Er denkt, das Geld wächst mir in der Hosentasche«, antwortete Baba Pesa. »Ihr alle denkt, ich sei aus nichts als Geld gemacht.«

Drunten im Dorf war er als der Vater allen Geldes bekannt.

Von dort, wo die beiden standen, waren die brachliegenden Weizenfelder unterhalb der Farm zu sehen, die auf die richtige Zeit zum Pflügen warteten. Der Laster mit dem Traktor im Schlepptau wirbelte Staub über den Feldern auf. Und während sie noch schauten, machte der Traktor einen Satz und spuckte eine dicke Wolke Dieselrauch aus.

Elija hängte den Traktor ab und Baba Pesa beobachtete, wie fleißig der Junge arbeitete, und wünschte, Juda würde es ihm gleichtun. Mit zwei Elijas in der Familie würde sich Baba Pesas Reichtum noch vermehren.

»Schick ihn zur Schule zurück«, schlug Mama Pesa vor.

Baba Pesa schüttelte den Kopf.

»Sie werden ihn nicht wieder aufnehmen«, sagte er ernst.

»Selbst wenn er der einzige Student auf Erden wäre.«

Als Juda von der Universität flog, hatte sich das Universitätssekretariat nicht in der Lage gesehen, alle seine Verfehlungen schriftlich aufzuführen. Er hatte, wie Ndege, der Verrückte im Dorf, oftmals bemerkte, so viele Fehler wie vergorenes Maisbier. Wäre Juda ein Automobil gewesen, so hätte er dringend einer Generalüberholung bedurft. Elija, der einzige, der den Brief, in dem Judas Ausschluß von der Universität mitgeteilt wurde, einigermaßen vage verstanden hatte, hatte großen Spaß daran gefunden, ihn seinen Eltern, denen dieser Brief gewaltigen Respekt einflößte, zu übersetzen.

»Was wird aus meinem Sohn werden?« hatte Mama Pesa damals gefragt.

»Nichts«, war Baba Pesas Antwort gewesen. »Er wird sich zu Tode trinken. Er hat sich zutiefst in sein verkommenes Leben verliebt.«

Und deshalb war nach vielen Diskussionen der Gedanke, Juda nach Indien zu schicken, geboren worden. Nach und nach war

Indien an die Stelle von Amerika getreten und war schließlich zu einer Zwangsvorstellung geworden.

»Was ist eigentlich aus Amerika geworden?« fragte sie.

»Ich bin noch dran«, sagte Pesa, »doch seine ununterbrochene Trinkerei hilft der Sache nicht gerade.«

Elija fuhr den Laster rückwärts an die Laderampe, wo die Milchkannen standen, während Kiongo den Traktor hinter die Schuppen fuhr, um dort den Scheibenpflug anzuhängen.

»Wo ist die Liste?«

»Elija wird sie dir holen«, sagte Mama Pesa.

Als Baba Pesa zum Wagen ging, begegnete er Moses Baru mit seinen beiden Milchflaschen.

»Würde dein Vater mir sein Land verkaufen«, sagte er zu Moses, »könnte er sich vielleicht eine eigene Milchkuh leisten.«

»Ja«, sagte Moses.

»Sag ihm das!«

»Ja«, sagte Moses. »Und wo würde unsere Milchkuh weiden?«

»Dort, wo die Kühe der Landlosen weiden«, wurde er von Pesa belehrt, »am Straßenrand.«

Nachdenklich ging Moses zu Mama Pesa hin und dankte ihr für die Milch. Sie riet ihm, Baba Pesas Worten keine Aufmerksamkeit zu schenken.

»Warum bist du nicht in der Schule?« fragte sie.

»Wir haben kein Geld, um das Schulgeld zu bezahlen. Wie geht es Penina?«

Penina, Pesas einzige Tochter, war in einem Internat in Nairobi. Sie war siebzehn Jahre alt und eine hinreißend schöne Replik ihrer Mutter. Während der Schulferien verbrachte sie einen beträchtlichen Teil ihrer Zeit mit Moses Baru. Sie waren völlig ineinander vernarrt, eine Tatsache, die sich nur Baba Pesa noch nicht offenbart hatte.

»Wir haben einen Brief von ihr«, ließ Mama Pesa Moses wissen. »Sie schickt dir Grüße.«

»Danke«, sagte er, »ich muß ihr schreiben.«

»Tu das ja nicht«, sagte sie kopfschüttelnd, »Baba Pesa würde euch beide umbringen, wenn er euch beim Briefeschreiben erwischte. Außerdem mußt du dich für die Schule anstrengen. Wenn die Schule einmal zu Ende ist, gibt es noch Zeit genug zum Briefeschreiben.«

Moses nickte unsicher.

»Wieviel Schulgeld schuldet ihr?« fragte Mama Pesa.

»Hundert Shilling«, sagte er. »Nur hundert Shilling.«

»Hör zu«, sagte sie. »Wenn du am Samstag für mich arbeitest, werde ich dafür sorgen, daß du hundert Shilling für dein Schulgeld bekommst!«

Moses strahlte.

Plötzlich hörten sie, wie Baba Pesa den Kleinlaster anließ.

»Ich muß sehen, daß Baba Pesa mich mitnimmt«, sagte Moses.

»Sag ihm, er soll das Melkfett nicht vergessen«, rief sie ihm nach, als er losrannte.

Baba Pesa sah ihn kommen und wartete auf ihn.

»*Nini?*« wollte er wissen, »was ist jetzt los?«

»Mama Pesa sagt, das Melkfett nicht vergessen«, keuchte Moses. »Kann ich mitfahren?«

»*Ruka nyuma*«, sagte Baba Pesa. »Spring hinten drauf, los, los! *Haraka!*«

Der Kleinlaster fuhr schon an, als Moses Hals über Kopf hinaufkletterte und fast wieder heruntergeworfen worden wäre. Er zwängte sich zwischen die Milchkannen und hielt sich an der Seite fest, als der Wagen zum Hof hinaus auf die Staubstraße donnerte.

Das Gehöft der Barus lag, von der Straße aus nicht zu sehen, fünfhundert Meter weiter unten am Weg – eine Ansammlung von grasgedeckten Lehmhütten, versteckt hinter ein paar verkrüppelten Dornakazien, die Baba Baru als Feuerholzquelle hatte stehen lassen. Seine armseligen vier Hektar Land waren, außer an einer Seite, von Baba Pesas einhundertzwanzig Hektar großem Landbesitz umgeben.

Der ganze Bergrücken und das Tal unten war einmal eine viertausend Hektar große Farm gewesen, die einem einzigen weißen Siedler gehört hatte, dem Buren Soames. Als er damals nach Südafrika geflohen war, aus Angst, die Eingeborenen könnten sich, nachdem sie *Uhuru* – die Freiheit – erlangt hatten, für die vielen Schläge, die sie erlitten hatten, rächen, war die Farm aufgeteilt und an die vielen Kleinbauern verkauft worden, von denen die meisten Flüchtlinge aus dem Mau Mau Krieg gewesen waren.

Doch was danach folgte, war eine Tragödie.

Die neuen Siedler befanden sich bald in einer bösen Klemme, denn sie brauchten Bargeld, um ihr neu erworbenes Land zu entwickeln und um ihren Kindern ein besseres Leben und eine Schulbildung zu ermöglichen. Es dauerte nicht lange, so waren die ärmeren der neuen Siedler auf Gedeih und Verderb der Gnade ihrer reicheren Brüder ausgeliefert. Sie mußten Stück um Stück ihres Landes wieder verkaufen und wurden schließlich zu Landlosen, die im Dorf Kambi als Tagelöhner und Bettler ihr Leben fristeten.

Baba Pesa hatte am meisten vom Unglück seiner Nachbarn profitiert. Als Angestellter beim Distriktsbeauftragten in Nanyuki hatte er sein erstes kleines Sparguthaben angesammelt; danach aber hatte er bereits durch den Verkauf von Eiern an die sich in der Nähe der Stadt breit machenden Kasernen ein kleines Vermögen gemacht. Außerdem hatte er aus den Naafi Stores Whisky geschmuggelt und ihn in den Dörfern an die schwarze Bevölkerung verkauft, was strengstens verboten war.

Von den ursprünglichen tausend Landlosen, die damals von überall her im Bezirk Laikipia gekommen waren, um sich auf der aufgegebenen Farm niederzulassen, war nur Baba Pesa in der Lage gewesen, die wertvollen vier Hektar zu kaufen, auf denen sich das Holzhaus des Buren mit seinen sechs Schlafzimmern befand, die Scheunen, die Ställe, die Obstgärten, eine Quelle mit einer vom Wind angetriebenen Pumpe, Traktoren, Lastwagen und einer Unmenge Gerätschaften, von denen er keine Ahnung hatte, wozu sie dienen sollten.

Seine Rücksichtslosigkeit und seine Verschlagenheit wurde zur Legende. Mit seinem bißchen Geld und seinen großartigen Ideen hatte er sich Stück umStück an das Land seiner Nachbarn herangemacht, hatte immer nur wenig aufgekauft, indem er ihnen Angebote machte, denen sie nicht widerstehen konnten, und hatte sie damit in eine derartige Verschuldung getrieben, daß sie froh waren, ihr Land gegen ihre Freiheit eintauschen zu können. Anderen hatte er alternative Möglicheiten aufgetan, damit sie an ihn verkaufen und wegziehen konnten. Manchen hatte er sogar eingeredet, sie seien bessere Geschäftsleute als Farmer, und sie hatten sich überlisten lassen und ließen sich in Kambi nieder. Schließlich gehörte der ganze Bergrücken ihm allein, und nur Baba Barus vier Hektar fehlten noch, um das Pesa Empire zu vervollständigen.

Der Kleinlaster holperte die ausgefahrene Straße entlang, die den Besitz der Barus von dem der Pesas trennte. An dem Weg, der zum Gehöft der Barus führte, kam er mit einem Ruck zum Stehen. Mutiso, der Ziegenhirt, tauchte plötzlich wie eine Erscheinung aus dem umliegenden Buschland auf und näherte sich dem Fahrerfenster.

»*Jambo*«, sagte er zu Baba Pesa.

»Wir haben uns heute bereits *Jambo* gesagt, Mutiso«, erinnerte ihn Baba Pesa. »Was willst du?«

»Tabak.«

»Hast du Geld?«

»Nein«, sagte der Ziegenhirt. Dann fügte er hinzu: »Aber ich habe seit drei Tagen keinen Tabak mehr.«

»In ganz Nyahururu gibt es keinen Tabak umsonst«, ließ ihn Baba Pesa wissen.

»Du kannst es vom Lohn dieses Monats abziehen.«

»Es ist nichts mehr übrig von diesem Monat«, erinnerte ihn Baba Pesa.

Moses Baru kam um den Wagen herum und dankte fürs Mitnehmen. Pesa entließ ihn mit einer Handbewegung.

»Ich brauche auch Zucker«, sagte Mutiso.

»Außerdem brauchst du Seife«, sagte Baba Pesa, »und eine Gebrauchsanweisung dafür!«

Es war nicht das erste Mal, daß Baba Pesa ihm sagte, er rieche wie ein *thenge,* wie ein Ziegenbock.

Pesa schickte ihn weg: »Geh und paß auf die Ziegen auf!«

Mutiso trat zurück und war ganz sicher, daß er die verlangten

Dinge bekommen würde. Er hatte keine Ahnung, wie er all den Vorschluß, den er sich hatte geben lassen, jemals zurückbezahlen würde. Er stand neben Moses, und sie schauten dem Wagen nach, wie er hinter der ersten Kurve verschwand, um weiter unten am Berg wieder aufzutauchen. Dort hielt er und nahm ein Schulmädchen mit, das sich auf dem Schulweg verspätet hatte.

Hinter ihnen war ein viereckiges Blechschild mit der Aufschrift BARU SHAMBA an einen Zaunpfahl genagelt. Die weißen Buchstaben auf dem rostigen Blech waren verblichen und blätterten ab. Die ursprüngliche Idee zu diesem Schild war ein gestohlener Einfall gewesen. Als Moses Baru vor dem Anwesen der Pesas deren schön gemaltes Namensschild gesehen hatte, hatte er sich die Worte auf ein Stück Papier geschrieben, um ganz sicher zu sein, daß sie richtig waren. Dann, als er in die polytechnische Schule kam, hatte er aus Holz ein Schild geschnitzt, auf dem in großen Buchstaben BARU ESTATE stand. Als nächstes hatte er das Schild an den Zaunpfahl genagelt, dort, wo der Fußweg von der Straße zum Gehöft der Barus abzweigte. Baba Pesa, der keinerlei Konkurrenz ertragen konnte, hatte einen Wutanfall bekommen. Mit dem vom Zaun gerissenen Schild war er zum Anwesen der Barus gestürmt, hatte das Brett vor Baba Barus bloße Füße geworfen und wollte wissen, was das zu bedeuten habe. Da Baba Baru nicht lesen konnte, hatte er keine Ahnung, was darauf stand.

»Was ist das?« hatte er gefragt.

»Eine Beleidigung!«

»Warum?«

»Warum?« brüllte Baba Pesa. »In diesem Distrikt gibt es nur ein einziges ESTATE – ein Landgut – und das ist meines! Alles übrige sind Äcker, sind nichts als *shambas!*«

Und so mußte Moses in der Schule das Wort ESTATE durch das Wort *shamba* ersetzen.

Nun stand er mit Mutiso vor dem Schild und sie schauten noch immer Pesas Lastwagen nach, wie er den vielen Windungen der Straße den Berg hinab folgte, bis er schließlich in dem kleinen Wäldchen am Flußufer verschwand.

Dieser Wagen war das einzige Fahrzeug, das es an der Straße

zwischen Kambi und Nyahururu gab. Also diente er als allgemeiner Milchtransporter und als *matatu,* als öffentliches Verkehrsmittel. Er lud numerierte Milchkannen auf, die in grasgedeckten Unterständen an der Straße warteten, und lieferte die Milch in der Molkerei in Nyahururu ab. Aus diesem Grunde, und auch aufgrund der Tatsache, daß er jeden mitnahm, der die kurvigen vierzig Kilometer oben auf den Milchkannen zu überleben vermochte, ohne das Gleichgewicht zu verlieren, hatte Baba Pesas Kleinlaster den Namen *Fagio,* der Besen, bekommen.

Als der Wagen die Teerstraße erreichte, war er bereits voll besetzt mit drei männlichen Passagieren und zwei Frauen, eine davon mit einem Baby auf dem Rücken, die in gefährlicher Höhe auf den hüpfenden Milchkannen kauerten. Wegen des Fahrtwindes hielten sie die Köpfe gesenkt und murmelten stille Gebete, während der Kleinlaster die vierzig Kilometer nach Nyahururu in der Rekordzeit von zwanzig Minuten zurücklegte.

Erst als das Fahrzeug rückwärts an die Laderampe der Molkerei heranfuhr, schauten die Passagiere auf und waren erstaunt, wie schnell sie angekommen waren.

»Ausladen!« befahl Baba Pesa. »*Haraka!*«

Die Passagiere beeilten sich, seinem Befehl zu gehorchen. Er ließ sie arbeiten und ging ins Büro. Das Abladen war schnell erledigt. Die Milchkannen wurden in einer Reihe aufgestellt, und die Molkereiangestellten wogen sie und klassifizierten die Milch. Die Passagiere kletterten wieder auf den Wagen. Baba Pesa kam vom Büro zurück, ging zum Wagen und befahl ihnen abzusteigen.

»Ihr habt euren Bestimmungsort erreicht«, informierte er sie.

»Fährst du nicht in die Stadt?« fragte die Frau mit dem Baby.

»Wozu?«

Sie befanden sich zwei Kilometer außerhalb des Stadtzentrums – ein langer Weg an einem heißen Vormittag.

Doch ohne sich weiter mit ihm zu streiten, kletterte sie hinunter, wo er bereit stand, das Fahrgeld entgegenzunehmen.

»Shilingi tano tano!« forderte er. »Fünf Shilling von jedem!«

»Warum fünf Shilling?« fragte sie. »In einem *matatu* bezahlen wir nur vier.«

»Dies ist kein *matatu*«, erklärte er. »*Fanya haraka!* Los, los! Ich habe noch andere Arbeit zu tun. Das nächste Mal mußt du eben auf ein *matatu* warten!«

Still und verlegen bezahlte einer nach dem anderen sein Fahrgeld. Baba Pesas Liebe zum Geld war auch zur Legende geworden.

KAPITEL DREI

Juda wachte um halb eins auf, konnte sich nicht zurechtfinden und fragte sich, wie er wohl nach Hause gekommen war. Er rappelte sich auf, kroch aus dem Bett und ging hinaus auf die Veranda, wo seine Mutter Sandkörner aus einem Tablett voll drittklassigem Reis herauslas, den sie auf dem offenen Markt in Kiambi gekauft hatte, in der Überzeugung, es sei bester Pishori-Reis aus Indien.

Mit zusammengekniffenen Augen, vom hellen Tageslicht geblendet, tastete er sich langsam an der Wand der Veranda entlang bis zum Waschbecken am anderen Ende. Das war jedoch leer. Er hielt die Augen halb geschlossen, und sein Kopf glühte vom Kater, doch er fand den Weg zum Wasserhahn auf dem Rasen und spritzte sich kaltes Wasser ins Gesicht. Das reichte jedoch noch nicht, um ihn abzukühlen. Er kniete sich neben den Hahn und hielt den Kopf unter das fließende Wasser. Er stöhnte.

»Tut dir das Wasser weh?« fragte seine Mutter.

Erschreckt schaute Juda auf. Er konnte sich nicht daran erinnern, daß er seiner Mutter an jenem Tag schon einmal begegnet war. Als sein Blick sie schließlich gefunden hatte, belohnte er sie mit einer Grimasse, die ein Lächeln sein sollte. Sie lächelte nicht zurück, aber ihr hartes, leidendes Gesicht wurde ein wenig weicher.

Als Maritha Pesa mit ihrem ersten Kind schwanger war, hatten der Kräuterdoktor im Dorf, wie auch der sogenannte Erntedoktor aus Nyeri, der seine Sprechstunde in Kambi nur während der Erntezeit abhielt, wenn die Patienten finanziell in der Lage waren, seine horrenden Honorare zu bezahlen, übereinstimmend festgestellt, daß sie Zwillinge erwarte. In Anbetracht ihres dicken Bauches, der zweimal so dick war wie Baba Pesas, dessen Größe bereits legendär war, schien dies an und für sich keine erstaunliche Vorhersage zu sein. Erstaunlich jedoch war, daß beide Ärzte – der eine, ausgebildet an der Universität und mit langjähriger Erfahrung, der andere, ausgebildet im Dorf und mit ebenfalls langjähriger Erfahrung, behaupteten, im Bauch der Frau geradezu wildes Strampeln festgestellt zu haben.

Als die Zeit kam, zeigte sich zu jedermanns Überraschung, daß der übergroße Bauch einen einzigen ziemlich kleinen Jungen mit einem überdimensionalen Kopf enthielt. Die Dorfhebamme war gekommen, um einen ganzen Wurf kleiner Pesas in die Welt zu befördern. Der Erntedoktor behielt Mama Pesa eine volle Woche lang in seiner Klinik und wartete auf die Ankunft des Zwillingsbruders, doch dieser kam nie. Schließlich packte der Arzt seine Tasche und floh nach Nyeri.

Der Kräuterdoktor, der keinen Ort hatte, an dem er sich vor seiner Schande hätte verstecken können, bot die einzige Erklärung an, die jemals vorgebracht wurde, um das Nichterscheinen des Zwillingsbruders glaubhaft zu machen. Seiner Meinung nach hatte Juda seinen Zwilling verschlungen. Woraufhin Baba Pesa darauf bestanden hatte, das Kind Kain zu nennen. Am Tag der Taufe jedoch mußte er sich mit Juda zufriedengeben, als sich nämlich der Dorfpastor weigerte, das Kind auf den Namen Kain zu taufen.

Jahre später mußte Baba Pesa dann endgültig zugeben, daß er niemals die komplizierte Logik seines Sohnes verstehen würde, und schloß daraus, daß Juda wohl die bessere Hälfte der Schwangerschaft verschlungen haben mußte.

Die Schuld für diese seltsame Fehlgeburt wurde voll und ganz Mama Pesa zugeschoben, denn sie war es gewesen, die die Zwillinge drei Wochen über die erwartete Ankunftszeit hinaus getragen und somit das Geschehene ermöglicht hatte. Doch da Mama Pesa eine äußerst geduldige Frau, und zudem vernünftig genug war zu wissen, daß ein unfähiger Mann die Schuld für sein und seiner Kinder Versagen seiner Frau zuschieben mußte, hatte sie ihm diese absurden Anschuldigungen in dem Augenblick verziehen, als er sie gemacht hatte. Wie ein alter und müder Elefant trug sie ihre schweren Stoßzähne mit würdevoller Resignation. Ihre Stoßzähne hießen Baba und Juda. Um ihretwillen erlitt sie große Traurigkeit, bluteten die Freuden ihres Herzens.

Sie beobachtete, wie sich Juda mit einem Zipfel seines Hemdes das Wasser vom Gesicht wischte, und fühlte, wie es ihr warm ums Herz wurde. Der Junge war zum Mann geworden, ohne sich auch nur ein bißchen von der Hartherzigkeit der Männer anzueignen. Wohin ihn das führen würde, blieb eine offene Frage.

»Hast du einen guten Morgen, Mutter?« fragte er, als er schließlich erkennen konnte, wo sie war.

»Mit der Hilfe unseres Gottes, ja«, antwortete sie.

Er wollte gerade fragen, was das für eine Antwort auf den respektvollen Gruß eines Sohnes sei, als ihm der Lärm des Traktors in den Kopf drang. Von der Veranda aus konnten sie über die *kei*-Apfel-Hecke auf das Weizenfeld hinaussehen, wo Elija mit dem Traktor riesige Staubwolken aufwirbelte und einen Lärm machte, der die Toten auferweckte.

»Ruht sich dein Sohn jemals aus?« fragte Juda seine Mutter.

»Alles hat seine Zeit«, gab sie ihm zurück.

Noch so eine seltsame Antwort, dachte Juda, als er auf die Veranda zurückging. Sie las noch immer Sandkörner aus dem Reis und warf sie nachdenklich über die niedere Verandamauer auf die Lilien, die dort wuchsen. Juda saß auf dem Geländer und beobachtete sie eine Weile. Der Lärm des Traktors vermischte sich mit dem Hämmern des Katers in seinem Kopf.

»Worüber denkst du nach?« fragte er seine Mutter.

»Ich denke, die Menschen schämen sich überhaupt nicht mehr«, sagte sie ruhig. »Die Frau, die mir diesen Reis verkaufte, hat gesagt, es sei kein Sand drin.«

»Hast du es denn nicht gesehen?«

»Ich glaubte ihr«, sagte Mama Pesa.

»Genau das ist dein Problem, Mutter«, sagte Juda. »Du schenkst immer allen Leuten Glauben.«

»Was soll ich denn sonst tun? Wenn mich ein erwachsener Mensch anlügen muß, um mir etwas zu verkaufen. . .«

»Aber darum geht es gar nicht, Mutter«, sagte er. »Sie denken, du seist dumm.«

»Wer weiß«, zuckte sie mit den Schultern. »Vielleicht haben sie recht.«

Sie war äußerst schlecht gelaunt. Juda spürte das sehr wohl. Er ließ sie eine Weile über ihren Gedanken brüten, ehe er wieder sprach.

»Ich weiß, was du denkst«, sagte er. »Eigentlich möchtest du, daß ich diese schreckliche Maschine fahre, stimmts?«

Mama Pesa nickte.

»Ich hasse Maschinen«, sagte er.

»Du haßt die Arbeit«, erwiderte sie gleichmütig.

Es war nicht das erste Mal, daß sie dieses Argument hörte. Das Benutzen von Maschinen entmenschliche den Benutzer. Ganz besonders dann, wenn die bewußte Maschine so groß und so schrecklich sei, wie der Traktor, den Elija so über alle Maßen liebte. In Wirklichkeit sei die Maschine der Farmer, und Elija nur der Fahrer.

Nachdem er lange zugeschaut hatte, wie der Traktor über die entfernten Felder holperte, wandte sich Juda wieder seiner Mutter zu.

»Mutter«, sagte er, »ich bin hungrig.«

»Der Reis ist für dich«, antwortete sie ihm. »Elija ißt keinen Reis.«

»Dann sterbe ich vor Hunger, ehe er fertig ist.«

»Nein, das wirst du nicht. Aber wenn du willst, kannst du ein paar Spiegeleier bekommen und Milch«.

Juda machte ein Geräusch, als ersticke er.

»Dann mußt du auf den Reis warten«, sagte sie. »Du darfst auf keinen Fall wieder gehen, ehe du nicht gegessen hast. Was ißt du überhaupt im Dorf?«

»Meistens gebratenes Fleisch und Bier«, sagte er. Und das in Gesellschaft seines üblichen Gefolges von Aussteigern und Alkoholikern – Menschen, die sie Vagabunden nannte, die aber in Wirklichkeit seine wahren Freunde waren; die einzigen Wesen mit freiem Willen, die es noch auf dieser Erde gab, abgesehen von Konfuzius, dem Hund.

»Woher haben die ihr Geld?« fragte sie.

»Von hier und da«, antwortete er. »Auch sie haben Väter, die sie hassen und Mütter, die sie lieben. Sie sind nicht so schrecklich, wie du denkst, Mutter. Aber ich mußte meine Uhr verkaufen, um was trinken zu können.«

»Die Uhr, die dein Vater dir kaufte, als du zur Universität gingst?«

»Genau die.«

»Er wird dich umbringen!«

»Er wird es nie erfahren«, sagte Juda. »Dein Mann ist so sehr mit sich selbst beschäftigt, daß er überhaupt nicht merkt, daß es außer ihm noch andere Menschen gibt.«

Drüben auf dem Feld lärmte der Traktor und wirbelte Staubwolken in die Luft.

»Nennt sich ›Jungbauer‹«, sagte Juda voll Abscheu. »Steigt er jemals von dieser entsetzlichen Maschine herunter, um mit seinen bloßen Händen und Füßen die Erde zu berühren, sie zu fühlen? Um die Erde zu umarmen? Die Erde muß man lieben, Mutter. Sie darf nicht gnadenlos zerhackt und verstümmelt werden.«

Er warf einen Blick auf seine Mutter. Der Ausdruck in ihrem Gesicht grenzte an qualvolle Angst. Es tat ihm weh, sie so unglücklich zu sehen, also beschloß er, sie heute glücklich zu machen.

»Woran denkst du?« fragte er sie.

Sie seufzte und sagte: »Ich denke, du solltest zur Universität zurückgehen. Geh und lies die richtigen Bücher.«

»Mutter«, sagte er, »ich habe sie alle gelesen. Das ganze elende Zeugs.«

»Dann lies noch mehr.«

»Nein, Mutter«, sagte er ehrerbietig. »Denke bitte nicht, ich sei nicht für die Ausbildung dankbar, die du mir ermöglicht hast. Wegen dir habe ich mehr Bücher gelesen, als die meisten Leute je gesehen haben. Große Bücher, kleine Bücher, bedeutende Bücher und nicht so bedeutende. Tausende von Büchern. Und deshalb bin ich hier glücklich und habe nicht den Wunsch, irgendwo anders hinzugehen.«

»Glücklich, dein Leben zu vergeuden!« sagte sie gequält. »Mit diesen schrecklichen Säufern im Dorf?«

»Ja, Mutter.«

»Bring mich nicht zum Weinen!«

Das nun wollte Juda unter allen Umständen verhindern. Doch einen Punkt mußte er ihr noch klarmachen, und er versuchte, dies so schmerzlos wie möglich zu tun. Die »schrecklichen Leute im Dorf« waren weder so schrecklich noch so hoffnungslos, wie seine Mutter behauptete. Sie verstanden sogar mehr vom Land, als Elija mit seinem Traktor trotz seines landwirtschaftlichen Diploms jemals verstehen würde. Sie wußten, daß wenn man so tief pflügte, wie Elija das mit seinem Traktor tat, der fruchtbare Mutterboden untergegraben wurde und der unfruchtbare Lehm an die Oberfläche kam. Feldfrüchte mit kurzen Wurzeln hatten da keine Überlebenschance.

»Wer hat ihnen denn das erzählt?« fragte Mama Pesa.

»Ich weiß nicht, Mutter«, gab Juda zu, »aber es muß wohl wahr sein, denn es steht auch in den frommen Büchern geschrieben, die du mir geschickt hast.«

»Hm«, brummte Mama Pesa. »Man kann doch Kunstdünger benutzen.«

»Das ist wahr«, stimmte er ihr zu. »Chemische Düngemittel werden den Boden schon verbessern, aber nur für eine bestimmte Zeit. Dann werden sie ihn töten. Für immer! Mutter, für immer! Weißt du, was das bedeutet?«

Mama Pesa schüttelte den Kopf.

»Es bedeutet, daß deine Urenkel und Elijas Kinder – denn ich werde nie heiraten – nutzloses Ödland erben werden. Eine Wüste, Mutter. Denke mal darüber nach.«

Mama Pesa dachte nach.

»Es stimmt«, sagte sie dann ernst. »Du bist ziemlich verrückt.«

Über diese Möglichkeit hatte Juda bereits lange nachgedacht. Auch er war zu dem Schluß gekommen, daß ein Körnchen Wahrheit im alten Glauben lag, daß große Gedanken nahe Verwandte des Wahnsinns sind.

»Der Trick ist, nicht weiter darüber nachzudenken«, sagte er zu seiner Mutter. »Ich muß wie Elija werden.«

»Nein, mein Kind«, sagte seine Mutter. »Das darfst du dir nicht wünschen. Hätte Gott gewollt, daß alle Menschen gleich wären, dann hätte er es auch so gemacht. Er hätte auch alles andere gleich erschaffen. Jeder Baum und jede Blume, jeder Vogel und jedes Tier wäre dann anderen genau gleich gewesen. Jeder Tag und jede Jahreszeit, jedes einzelne Ding auf dieser Welt wäre so langweilig gleich gewesen. Auch Gott hätte sich gelangweilt«, schloß sie. »Nein, Kind, du darfst nicht wie dein Bruder sein. Du hast das Recht, ja, sogar die Pflicht, anders zu sein. Jeder Mensch und jedes Ding ist von Gott einmalig erschaffen worden.«

Voll Verwunderung schaute Juda seine Mutter an. Er war sich nicht sicher, ob sie dies alles wirklich gesagt hatte. Er hatte genug Bücher gelesen und wußte, daß man gelegentlich seine eigenen Gedanken hörte. In letzter Zeit hatte er begonnen, ernsthafte intellektuelle Gespräche mit Konfuzius, dem Hund, zu führen – eine Tatsache, von der er selbst unter schlimmstem Alkoholeinfluß wußte, daß sie unhaltbar war.

»Mutter«, sagte er voll Zweifel, »bedeutet das, daß es dir nichts ausmacht, wenn ich so verrückt bin?«

»Wenn man denkt, ist man nicht verrückt«, sagte sie. »Anderer Meinung zu sein, bedeutet nicht, verrückt zu sein.«

Verrücktsein sei, daran zu glauben, daß seine eigenen Gedanken die einzig richtigen seien, und das nur, weil er allein sie für die richtigen hielte. Verrücktsein sei, die Polizei mit Steinen zu bewerfen, weil diese ihn daran gehindert habe, Menschen mit Steinen zu bewerfen, die sich geweigert hatten, seinem Standpunkt zuzustimmen. Verrücktsein sei, die Farmer davon überzeugen zu wollen, ihre richtigen und erprobten Methoden des Ackerbaus für etwas aufzugeben, das er nur in einem Buch gelesen hatte. Verrücktsein sei, Jungen aus dem Dorf zu ermutigen, einfach nicht mehr zur Schule zu gehen, nur weil er für sich selbst beschlossen habe, daß es außer Schulbildung auch noch etwas anderes gäbe.

»Verrücktsein ist«, sagte sie schließlich, »Menschen dazu zu verleiten, sich gegen ihr besseres Wissen und Gewissen zu entscheiden.«

»Mutter«, sagte er voll Bewunderung, »du hättest an meiner Stelle zur Universität gehen sollen.«

Dieser Gedanke nun ließ sie wirklich ein wenig lächeln.

»Wer hätte dann für dich und deinen Vater gekocht und gewaschen?«

»Ich beklage mich ja gar nicht.«

»Aber ich«, sagte sie.

Am liebsten hätte er sie dafür in die Arme genommen, doch sein Kopf schmerzte zu sehr.

Sie hatte wirklich sehr viel dagegen, wenn man sich verrückt benahm. Doch seine Gedanken, die waren frei und gehörten ihm allein, sie waren sein ureigenstes, ihm von Gott verliehenes Recht, denn der Geist eines Menschen stirbt, wenn er aufhört, zu denken und sich eine eigene Meinung zu bilden. Deshalb war sie so traurig gewesen, als er festgenommen und eingesperrt worden war, weil er seine Gedanken zum Ausdruck gebracht hatte – als sei es möglich, daß jemand leben könnte, ohne zu denken. Das war Verrücktsein.

»Nein, Mutter«, sagte Juda zu ihr. »Konfuzius nennt das ›So-wie-die-Menschen-sind‹. Die Leute sagen Politik dazu.«

»Woher soll ich das denn wissen?« sagte sie müde. »Ich bin keinen einzigen Tag meines Lebens zur Schule gegangen.«

Juda legte ihr liebevoll die Hand auf die Schulter.

»Du bist ganz in Ordnung, Mutter«, und seine Stimme war rauh, weil seine Zuneigung so groß war. »Ich liebe dich, genau so, wie du bist.«

»Mach dich nicht über mich lustig«, sagte sie und lachte.

»Nein, Mutter«, erwiderte er. »Um nichts in der Welt wollte ich dich anders haben.«

Sie lachte, doch mit wehem Herzen. Sie wandte sich ab, damit er die Tränen in ihren Augen nicht sehen sollte, und schaute dorthin, wo Elija sich fleißig abmühte, der gute Sohn des Farmers zu sein. Der Schmerz wurde schlimmer, und sie wünschte, Kinder wären wie Mais- und Sorghummehl, das man mischen und etwas anderes und besseres daraus machen konnte. Hätte Juda doch nur ein wenig von der Disziplin und Einsatzbereitschaft seines Bruders! Hätte Elija doch nur ein wenig von der Herzensgüte und Aufrichtigkeit, von dem kindlichen Staunen seines Bruders! Wäre es doch nur möglich, daß die beiden einmal zusammensäßen, sich so unterhielten, wie sie es eben mit dem einen getan hatte, und dann gemeinsam aufs Feld hinausgingen, um einer in Gesellschaft des anderen Farmerssöhne zu sein.

Sie seufzte und stand auf.

»Ich muß kochen«, sagte sie. »Ich verbiete dir, ins Dorf hinunterzugehen, ehe du nicht etwas gegessen hast. Versprich mir, daß du warten wirst!«

Sie sammelte ihre Tabletts und Utensilien ein und ging in die Küche. Er blieb auf dem Geländer der Veranda sitzen und schaute hinaus auf die Felder, wo der Traktor Staub aufwirbelte.

Sich seiner Arbeit mit ungeteilter Aufmerksamkeit widmend, saß Elija wie erstarrt auf dem Traktor, vollkommen darauf konzentriert, eine möglichst gerade Furche zu pflügen, zumindest soweit das Gefälle des Geländes es zuließ. Mit der schmierigen, spitzen Mütze, die er tief in die Stirn gezogen hatte, und dem ebenso schmierigen Tuch, das er sich zum Schutz vor dem Staub um Nase und Mund gebunden hatte, war er ein Bild der aufrichtigen und vollkommenen Hingabe an das Land. Als er am unteren Ende des Feldes den Traktor wendete, schaute er kurz auf und sah drüben auf der anderen Seite der Straße die Barus auf ihrem Feld arbeiten.

Baru führte den Ochsen, sein Sohn Moses den Pflug. Sie arbeiteten still, das einzige Geräusch war das Schnauben des Ochsen. Beide arbeiteten mit nacktem Oberkörper und trugen grobe Arbeitshosen, die sie bis zu den Knien hochgekrempelt hatten. Ihre Füße steckten in Sandalen, die Mutiso aus einem alten Autoreifen gemacht hatte; um diese zu zerschneiden, hatte er zuerst Mama Pesas Zustimmung einholen und sie von der Notwendigkeit dieser Aktion überzeugen müssen. Sie waren beide von Kopf bis Fuß mit Staub bedeckt – den größten Teil davon hatte der Wind von Elijas Traktor über den Zaun herübergeweht.

Es herrschte eine unerträgliche Hitze und ihre Kehlen waren vom Staub des Traktors trocken und wie zugeklebt.

Am frühen Nachmittag, als die Sonnenhitze sie in vollkommen erschöpfte Zombies verwandelt hatte, kam Mama Baru mit einer Kürbisflasche voll Wasser und einer Trinkkalebasse. Sie unterbrachen die Arbeit, um ihre ausgedörrten Kehlen zu erfrischen. Die erste Kalebasse voll Wasser bekam jedoch Tinga-Tinga, der Ochse, denn er wurde als Teil der Familie betrachtet, ohne den die Barus noch viel ärmer gewesen wären.

»Wo ist deine Tochter?« fragte Baru seine Frau, während der Ochse das Wasser aus der Kalebasse schlürfte.

»Sie ist zur Schule gegangen,« sagte Mama Baru.

»Wie, ohne das Schulgeld?«

»Sie erzählte, der Lehrer habe gesagt, sie könnte das Schulgeld auch nach der Ernte bezahlen.«

»Ernte?« schnaubte Baru. »Wir haben ja noch nicht einmal gesät!«

Der Ochse hatte die Kalebasse geleert, und nun waren die Männer dran.

»Der Maisbrei ist bald fertig«, sagte sie, als sie ihnen das Wasser einschenkte.

»Wir werden noch zwei Furchen pflügen«, sagte ihr Mann. »Dann hat Tinga-Tinga genug für heute und muß sich ausruhen.«

Als die Männer genug getrunken hatten, nahm Mama Baru die Wasserflasche und die Kalebasse und trug sie zur Hütte zurück. Sie ging langsam, mit müden Schritten. Seit der Morgendämmerung war sie auf den Beinen gewesen und hatte gearbeitet.

Sie hatte keine Ahnung, wie alt sie war, da sie keinen einzigen Tag ihres Lebens zur Schule gegangen war, aber Mama Baru war einundfünfzig Jahre alt. Als jüngstes von elf Kindern war sie zu einer Zeit groß geworden, als Mädchen überhaupt noch nicht zur Schule gehen mußten. Im leichtgläubigen Alter von achtzehn Jahren hatte sie gegen den Rat ihrer Mutter Johnstone Baru geheiratet. Er war damals Waldarbeiter bei der Forstverwaltung gewesen, doch er hatte sie angelogen und ihr erzählt, er sei der Stellvertreter des weißen, für den ganzen Distrikt verantwortlichen Fortbeamten, und nach *Uhuru*, nach der Unabhängigkeit, wenn alle Weißen zusammengetrieben und in den Indischen Ozean geworfen würden, werde er selbst dessen Stelle einnehmen.

Und so hatte Mama Baru, wie viele junge Mädchen vor und nach ihr, einen Mann geheiratet, der nichts als Versprechungen mitbrachte. Als *Uhuru* kam, entdeckte sie, daß kein einziger *mzungu* in den Indischen Ozean getrieben wurde. Vielmehr wurden der erstklassige Waldarbeiter Baru und seine Waldarbeiterkollegen, die bis dahin keine Ahnung davon gehabt hatten, daß sie auf Land, das der Krone gehörte, gelebt hatten, von der Forstverwaltung ausgewiesen und gerieten in Vergessenheit. In der Zwischenzeit war aus Bibi Baru Mama Baru geworden, und sie entdeckte am eigenen Leib, daß das Leben als Frau eines armen Mannes die reinste Hölle war.

Mama Baru arbeitete viele und lange Stunden am Tag, und sie arbeitete schwer. Länger und schwerer, als irgend jemand, den sie kannte. Doch alle Mühe und aller Schweiß waren umsonst. Wie einer ihrer Brüder, der *matatu*-Fahrer war, sie gewarnt hatte, glich das Leben mit Baba Baru dem Versuch, einen schweren Lastwagen, bei dem der Rückwärtsgang eingelegt war, vorwärts zu schieben. Sie hatte natürlich schon recht bald entdeckt – war es kurz nachdem Moses geboren worden war? –, daß trotz all seiner Bemühungen und guten Absichten der erstklassige Waldarbeiter nicht weiter als bis zum nächsten Baum sah.

Sie war es gewesen, die sich entgegen dem Rat ihres Mannes als Mitglied der Gesellschaft hatte eintragen lassen, die dann die Farm von Lord Soames aufgekauft und ihnen die vier Hektar zugewiesen hatte, auf denen sie jetzt lebten. Hätte sie damals auf ihren Mann gehört und darauf gewartet, daß die weißen Farmer nach *Uhuru* in den Indischen Ozean getrieben würden, so säßen sie noch immer wartend in irgendeiner illegalen Behausung in irgendeiner elenden Slumgegend, lange nachdem das ganze ehemals weiße Hochland an willige Käufer verkauft worden war.

Und sie war es, die Tag für Tag schwer wie ein Lastesel arbeitete, um das Einkommen der Familie zusammenzuhalten, um die Familie zu ernähren, Kleidung zu kaufen und die Kinder zur Schule zu schicken, denn obwohl er genau so schwer und fleißig arbeitete wie andere auch, schwerer noch sogar, würde ihr Mann nie auf einen grünen Zweig kommen.

Einmal, als sie völlig verzweifelt war, hatte Mama Baru ihrer Mutter gegenüber das Unglück ihres Lebens bekannt.

»Mutter«, hatte sie gesagt, als sie zuschauten, wie ihr Mann Löcher aus dem Lehmboden aushob, um Bananenbäume zu pflanzen. »Noch nie ist mir jemand begegnet, der so schwer und ausdauernd arbeitet, um nichts zu produzieren!«

Die Bananen waren zu krummen, kümmerlichen und unfruchtbaren Stauden herangewachsen, denn, wie jeder Dumme wußte, gediehen im Lehmboden keine Bananen. Seine Schwiegermutter war von Zeit zu Zeit gekommen, um sich schadenfroh an seinen Fehlschlägen zu weiden, sich nach dem Gedeihen seiner Bananen zu erkundigen und in seiner Hörweite zu ihrer Tochter zu sagen: »Mutter von Moses, mir ist noch nie jemand begegnet, der so schwer wie dein Mann arbeitet und nichts produziert!«

Aber er war ihr Mann, und sie liebte ihn. Und doch, hatte ihre Mutter einmal bemerkt, ließe sich die Liebe nicht einfach wie eine Banane schälen und zerstampft unter das Gemüse gemischt der Schwiegermutter auftischen.

Mit diesen dunklen Gedanken im Sinn kam Mama Baru den Pfad vom Feld herauf und der Duft des *ugali,* des Maisbreis, den sie auf dem schwachen Holzfeuer hatte kochen lassen, kam ihr entgegen. Dann sah sie die beiden Menschen in ihrem Hof. Der Hund hatte nicht gebellt, also wußte sie, daß es Nachbarn waren.

Sie folgte dem Weg, der an dem schiefen Latrinenhäuschen, dem ein alter Sack als Tür diente, vorbeiführte, dann verschwand sie hinter der großen Hütte und betrat den Hof von der oberen Seite zwischen der Haupthütte und dem auf Stelzen stehenden Vorratsspeicher. Mama Pesa saß auf einem Baumstamm, der vor der Vorratshütte lag, während Mutiso, der Ziegenhirt, auf einem Bein, wie ein gelangweilter Ziegenhirt, neben der Schubkarre stand.

»Seid gegrüßt«, sagte sie zu ihrem Besuch.

»Wir grüßen dich«, erwiderten sie.

Sie waren gekommen, um für Mama Pesas Hühner getrockneten Mais zu kaufen. Da er ein fortschrittlicher Farmer und deshalb seinen ums Überleben kämpfenden Bauern-Nachbarn meilenweit überlegen war, verschwendete Baba Pesa nicht gutes Farmland, um Mais darauf anzubauen. Für ihn war Mais nichts als Hühnerfutter und die Wochenration für die Farmarbeiter.

Statt dessen bebaute er viele Hektar Land mit Weizen und Gerste, beides Getreide, das gutes Geld einbrachte. Aus diesem Grunde mußte Mama Pesa von Zeit zu Zeit die Gehöfte ihrer Nachbarn aufsuchen, um Mais für ihr Geflügel aufzukaufen.

Mama Baru maß zwei große Blechdosen voll Mais ab und schüttete sie in einen Jutesack. Mutiso hievte den Sack in die Schubkarre und machte sich mit der quietschenden Karre auf den Weg zurück zum Anwesen der Pesas. Mama Pesa griff nach ihrer Geldbörse.

»Nein, Mama Juda«, sagte Mama Baru. »Du darfst mir kein Geld dafür geben. Ich kann das nicht annehmen.«

»Aber ich bin hergekommen, um Mais zu kaufen«, sagte Mama Pesa. »Deshalb muß ich auch bezahlen.«

Mama Baru schüttelte fest entschlossen den Kopf.

»Menschen, die auf demselben Bergrücken wohnen, sollten keinen Handel miteinander treiben«, sagte sie. »Was soll ich denn tun, wenn ich Milch von dir brauche und kein Geld habe, um zu bezahlen?«

Verstohlen schaute sie sich um. Sie hörten die Männer zurückkommen.

»Geh jetzt lieber«, sagte sie drängend. »Männer verstehen von solchen Dingen nichts.«

Baru und sein Sohn tauchten neben der schiefen Latrine auf; ihren erschöpften Ochsen führten sie an einem Strick, der um sein rechtes Vorderbein gebunden war. Von der anderen Seite des Grenzzaunes hörte man Baba Pesas Kleinlaster die Straße herauflärmen. Da, wo er gefahren war, hing eine Staubwolke in der Luft.

Mama Pesa steckte ihre Geldbörse weg und sagte: »Ich werde dir Mutiso schicken mit etwas Weizenmehl.«

»Ja, das ist gut«, sagte Mama Baru. »Laß es dir gut ergehen auf dem Heimweg.«

»Laß es dir gut ergehen.«

Sie folgte mit langsamen Schritten dem Weg, den auch Mutiso gegangen war. Plötzlich hörte die Schubkarre auf zu quietschen. Das war eine willkommene Erleichterung. Und da sah sie auch schon Mutiso, der neben dem Pfad auf den Knien lag und frischen Kuhmist auf die Radnabe schmierte. Das getan, wischte er seine schwieligen Hände am Gras ab, nahm die Schubkarre wieder auf und schob weiter. Das Quietschen war verstummt.

Als sie in die Nähe der Straße kamen, kam ein Mädchen in Schuluniform den Pfad entlanggehüpft. Es war Wangari Baru, Moses sechzehnjährige Schwester. Sie war für ihr Alter groß gewachsen und in jenem Entwicklungsstadium, in dem fast über Nacht aus den kleinen Mädchen junge Frauen wurden. Sie trat zur Seite, um sie vorüberzulassen und grüßte Mama Pesa ehrerbietig, wie zu erwarten war.

»Ich grüße dich, Mutter.«

»Ich grüße dich, Tochter«, erwiderte Mama Pesa.

Dieser Gruß wurde, wie es die Sitte verlangt, zweimal wiederholt.

»Ist die Schule schon aus?« fragte Mama Pesa.

»Ja, Mutter«, sagte das Mädchen. »sie ist schon aus heute.«

»Wie die Stunden fliegen«, sagte Mama Pesa.

Sie war doch eben erst aufgestanden und hatte bemerkt, daß Juda nicht in seinem Zimmer war.

»Laß es dir gut ergehen, mein Kind«, sagte sie zu Barus Tochter.

»Laß es dir gut ergehen Mutter«, sagte das Mädchen.

Nachdem sie die ältere Frau vorübergelassen hatte, sprang sie auf den Weg zurück und rannte nach Hause. Mama Pesa schaute ihr nach und schüttelte verwundert den Kopf.

»Wie die Zeit doch verfliegt«, wiederholte sie.

Erst kürzlich noch war das Barumädchen eine ausgelassene Range mit einer kleinen Rotznase gewesen; sie war auf *marariki*-Bäume und über Stacheldrahtzäune geklettert. Heute war sie eine heranreifende junge Frau, alt genug, um beschnitten zu werden. Maritha Pesa war viel älter gewesen, als sie damals beschnitten wurde, doch zu jener Zeit waren die Mädchen auch langsamer herangereift. Sie hatte erst geheiratet, als sie Mitte zwanzig gewesen war. Trotzdem hatte sie ihren ersten Bewerber geheiratet. Tradition war einmal etwas gewesen, worauf man stolz war. Mädchen, die sich so ohne weiteres hergaben, bekamen nicht viele Bewerber.

»Wie sich die Zeiten doch ändern«, sagte Mama Pesa laut, um auch Mutiso an ihren Gedanken teilhaben zu lassen.

»*Kweli, Mama*«, erwiderte Mutiso, der die Fähigkeit besaß, Ungesagtes zu verstehen. »Es ist wahr, Mutter. Die Welt ist in der Tat rund. *Dunia ni mviringo.*«

Da sie keine Ahnung hatte, was dieses Statement bedeuten sollte, sagte sie auch nichts weiter.

KAPITEL VIER

Die Geburt des Dorfes Kambi geschah genau so zufällig wie die der Mehrzahl seiner Bewohner. In der schlimmen alten Zeit hatte das ganze Land den weißen Siedlern gehört. Die Afrikaner waren nur noch Sklaven auf dem Land gewesen, das rechtmäßig ihnen gehörte. Der reichste und fruchtbarste Landstrich im *Rift Valley* – dem Großen Afrikanischen Grabenbruch – war damals als das »Weiße Hochland« bekannt, und das Dorf Kambi war eine Ansammlung von Melkställen und Vorratsscheunen gewesen, die dem alten Buren, Lord Soames, gehörten. Doch als die Zeit für *Uhuru* gekommen war, hatten sich Lord Soames und seine Siedlerbrüder davongemacht, denn sie hatten Angst, daß man sich an ihnen wegen der vielfachen und schrecklichen Ungerechtigkeiten rächen würde, die sie ihren afrikanischen Arbeitskräften im Laufe der fünfzig Jahre, in denen sie absolute Herren über dieses Tal und das nächste gewesen waren, zugefügt hatten.

Als die Land- und Bodenkaufsgesellschaft schließlich das Gut von Lord Soames bezahlt hatte, und nachdem der Vorstand, dem Baba Pesa angehörte, die Mitglieder lange genug ausgebeutet hatte, nachdem sie alle besten Landparzellen, alle fruchtbaren Parzellen, die an Flüsse und Straßen grenzten, und alle Lichtungen und Viehweiden für sich in Beschlag genommen hatten, nachdem sie alles Vieh und die Landmaschinen zu Wegwerfpreisen an sich selbst verkauft hatten, als in der Tat nur noch der Zorn Gottes zwischen ihnen und der endgültigen Entwendung des Landes von seinen rechtmäßigen Besitzern stand – von den barfußigen Mitgliedern, die so schwer gearbeitet hatten, um die Millionen aufzutreiben, mit denen das Land erworben wurde, und die dem Vorstand dieses Geld in dem fälschlichen Glauben anvertraut hatten, daß ein Mann seinen Bruder nicht um sein rechtmäßiges Erbe betrüge – als dies alles geschehen war, hatten die dicken alten Männer des Vorstands die Landvermesser gerufen, um das, was noch übrig geblieben war, in Parzellen aufzuteilen, nämlich die felsigen Abhänge und die unfruchtbaren steinigen Ebenen, in denen niemals etwas gedeihen wollte.

Die Landvermesser, korrupte Brüder der korrupten Vorstandsmitglieder und Kollaborateure in der Verschwörung zur Ausbeutung der anderen, waren die ersten Bewohner des Dorfes Kambi. Da es auf dem Land, das erst noch besiedelt werden sollte, nichts gab, wo sie hätten wohnen können, waren sie in die alten Scheunen eingezogen und hatten den Ort Thome Camp genannt. Später dann, als die neuen Siedler ankamen und die restlichen Schuppen, Ställe und Silos benutzten, nannten sie die neue Stadt Settler's Camp, kurz Kambi. Und wieder später, als Baba Pesa und seinesgleichen das Land ihrer Nachbarn aufgekauft hatten und es deshalb in einem Land, das dergleichen noch nie gekannt hatte, Arme und Notleidende gab, waren rings um das alte Camp Notunterkünfte und Elendsquartiere wie Pilze aus dem Boden geschossen. Dann natürlich waren, wie Fliegen zum Mist, die Händler und Kaufleute gekommen, und ihnen auf dem Fuß folgten die Missionare und die Verwaltung. Und so wurde Kambi zu dem, was es heute ist – das soziale, wirtschaftliche und politische Zentrum dieses Bergrückens und des nächsten.

Kambi selbst war ein normales Dorf wie alle anderen auch, egal, was man drunten in der Ebene und auf der anderen Seite des Bergrückens redete. Es stimmt, Kambi hatte seinen Anteil an Elend und Schande – nur eine Handvoll seiner Bewohner war des Lesens und Schreibens kundig. Eine noch geringere Anzahl konnten eine Hütte bauen, die nicht so aussah, als würde sie demnächst von der Oberfläche der Erde herunterfallen. Es gab nur eine einzige Schule, aber drei Kirchen und sechs Kneipen, von denen nur eine jederzeit Bier vorrätig hatte; es gab zwei Bierhallen, die vergorenen Maisbrei anboten; eine und eine halbe Metzgerei, von denen sich die erstere *Nyama Butchery* nannte und nur Fleisch verkaufte, während in der anderen, die unter dem Namen *Matumbo Butchery* bekannt war, nur die Innereien desselben Kadavers zu haben waren. Außerdem gab es einen Laden, der sich sehr einfallsreich Settler's Store nannte, ein Restaurant, dessen einziges Tagesmenü aus Tee, Brot und heißen kleinen Reiskuchen bestand, eine mit einem Dieselmotor betriebene Maismühle und die private Klinik, die der Erntedoktor, Daktari Mavuno, oder *Ngoja Ngano*[1], wie er genannt wurde, betrieb, weil er darauf bestand, daß die Leute bis nach der Ernte warteten, ehe sie sich um eine Behandlung bei ihm bemühten, weil sie es sich erst dann leisten konnten, seine Honorare zu bezahlen.

Das Dorf Kambi war um ein perfektes Viereck herum gebaut, dort, wo einst die großen Vorrats- und Lagerhäuser der Farm gewesen waren. Die Scheunen und die Wellblechsilos waren schon vor langer Zeit gestohlen worden – Stück für Stück wurden sie abgerissen, um damit Behausungen für Menschen, Hühner, Hunde oder was sonst immer den Bedürfnissen der Diebe entsprach, zu bauen. Nur die Windmühle hatte überlebt. Verstümmelt und vernachlässigt wie ein riesiger, einbeiniger Bettler stand sie mitten auf dem heutigen Dorfplatz. Einem zeitlosen Wächter gleich wachte die leidende Windmühle über dem wöchentlichen Ziegenmarkt, dem wöchentlichen Gemüsemarkt und den sonntäglichen Gebetsversammlungen, die im mageren Schatten der Dornakazien abgehalten wurden.

Die Pesa-Straße mündete in die Lücke zwischen der qualmspeienden Dieselmühle und der Fujo Bar[2], die ihren Namen von den täglichen Schlägereien der Betrunkenen hatte, führte am Dorfplatz entlang, wo sie in unglaublichen Schlaglöchern versank und wieder auftauchte, um zwischen der *Matumbo Butchery* und der *Ngoja Ngano* Klinik das Dorf wieder zu verlassen. Von dort ging es noch sechs Kilometer geradeaus über das flache Grasland bis zur geteerten Straße von Nyeri nach Nyahururu.

Die Bevölkerung von Kambi war so vielfältig wie seine planlos gebauten Häuser. Eine Bettlerin gehörte dazu, ein Verrückter, der wirklich verrückt war, im Gegensatz zu Juda Pesas betrunkenem Verrücktsein, wenn jener ihn gelegentlich aufforderte, sein Verrücktsein zu beweisen und von der Spitze der Windmühle herabzufliegen; des weiteren gehörte ein Dorftrottel dazu, obwohl Baba Pesa darauf bestand, jeder der Dorfleute sei ein verdeckter Trottel;

sechzig herumstreunende Hunde, achtzig herumstreunende Katzen sowie zahlreiche Krähen und Geier, die über dem mit Abfällen übersäten Markt, dem stinkenden Abfallhaufen und dem Schlachthaus Wache hielten, wo halbverdauter Kot und zufällig verschüttetes Blut ihre einzige Belohnung waren.

Zu den prominentesten Bewohnern von Kambi zählten der ehrenwerte Chief Kahiu, der Dorfvorsteher, der auf mehr als eine Art scharf wie ein Rasiermesser war; der Gesundheitsinspektor Chimba Choo[3], der nie müde wurde, die Dorfleute zu ermahnen, endlich Schluß damit zu machen, wie Ziegen in den Busch zu scheißen; ein Angestellter des Veterinäramtes namens Master Bull, weil seine Hauptfunktion in der künstlichen Besamung der Kühe bestand; Githinji Choma Choma[4], der Metzger; und Baba Pesa, der Vater allen Geldes, dessen Sohn Juda der derzeit erste Säufer im Dorf war. Dann gab es noch den stellvertretenden Chief, der Pata Potea – Ziel verfehlt – genannt wurde, denn nicht einmal die Verwaltung konnte ihn auffinden, um ihm sein Gehalt zu bezahlen.

Am nördlichen Ausgang vom Marktplatz, eingezwängt zwischen den beiden Metzgereien, war die Tajiri Bar. Dieses Gebäude war wenig mehr als ein riesiger Holzkasten mit einem verrosteten Blechdach, Türen und Fenstern – tagsüber, wenn die Sonnenhitze fast hörbar auf das Wellblechdach knallte, ein wahrhaftiger Backofen und eine Kühlbox des nachts, wenn der Nordwind von der Laikipia-Ebene die Aberdare-Berge hinauffegte. Die Bar gehörte Chief Kahiu. Der Manager jedoch war dessen Bruder Ruhiu, ein finsterer früherer Mau Mau Kämpfer mit einer Rastafrisur und keinerlei Geschäftssinn.

Am einen Ende des drückend heißen Schankraumes befand sich der wackelige Tresen. Davor standen mehrere schwankende Barhocker, auf denen die Dorfprominenten saßen oder die »Mitglieder«, wie sie sich nannten. Zwischen ihnen und dem Barmann befand sich ein ausgeklügelt entworfenes Stahlgitter, das ursprünglich als Abschreckungsmittel gegen Raubüberfälle eingebaut worden war. Doch als es offensichtlich wurde, daß ein Raubüberfall so unwahrscheinlich war wie die Landung eines Meteors auf der Tajiri

Bar, bot sich das Gitter als praktischer Ort an, an dem die Mitglieder ihre Jacken und Hüte aufhängen konnten. Der Barmann mußte sich an einem Berg nach Rauch und Staub riechender Jacken und Mäntel vorbeizwängen, um den Kunden ihre Drinks auszuhändigen.

Jedesmal, wenn Baba Pesa die Bar betrat, wie immer von seinem riesigen Bauch, den er vor sich herschob, angekündigt, standen die »Mitglieder« auf, um ihm einen Platz an der Bar freizumachen. An diesem heißen und staubigen Nachmittag trug Baba Pesa einen abgewetzten Cordanzug, kniehohe Gummistiefel und eine blaugelbe Lamborghini Sonnenmütze. Er blieb unter der Tür stehen und schaute sich um. Sein Blick ging von den lächelnden »Mitgliedern«, die in einer Reihe vor dem Tresen saßen, bis zu den vor Ehrfurcht erstarrten Namenlosen auf den harten Holzbänken an der Wand. Und um ganz sicher zu sein, daß man ihm ungeteilte Aufmerksamkeit schenkte, räusperte er sich.

»Baba Pesa *ameingia*«, verkündete er laut. »Der Vater allen Geldes ist gekommen.«

Der allgemeine Lärm in der Bar verstummte.

»*Kwao*!« sagte Ruhiu, der Bruder des Dorfobersten und treuer Anhänger von Baba Pesa. »Willkommen!«

Pesa ignorierte ihn und trat krachend auf die zahlreichen Flaschendeckel und Zigarettenkippen, die auf dem ungefegten Fußboden lagen. Daktari Choo erhob sich und bot ihm seinen Hocker an, und der Barmann öffnete ein Tusker Bier. Baba Pesa schenkte sich ein Glas voll, leerte es und schenkte wieder ein.

Ein barfüßiger Betrunkener in einem zerrissenen Mantel schwankte auf ihn zu und verlangte ein Bier von ihm. Baba Pesa nahm keine Notiz von dem Mann und wandte sich an Ruhiu.

»Hat er bezahlt?«

»Ja«, erwiderte der Barmann. »Die kleinen Leute mussen gleich bezahlen, wenn sie bestellen.«

»Wirf ihn raus!« sagte Baba Pesa.

Der Barmann bückte sich unter dem Gitter hindurch, packte den Betrunkenen am Kragen und zerrte ihn zur Tür hinaus.

Baba Pesa leerte in einem Zug sein Glas. Dann drehte er sich um und befahl allen, die ihren Reichtum in Eseln zählten, nach Hause zu gehen.

Der Barmann kroch hinter den Tresen zurück und grinste zufrieden. Das war gute Arbeit gewesen.

»Gib dem Chief drei Flaschen,« befahl Pesa. »Daktari zwei und den anderen Mitgliedern je eine. Alle anderen können jetzt gehen.«

Der Barmann beeilte sich, diese Anordnungen auszuführen, und Baba Pesa bestand darauf, Ruhiu nur eine Flasche anstatt zwei zuzuteilen, weil dieser keine Ahnung habe, wie eine Bar geführt werden müsse.

»Selbst der Bruder des Chief muß seinen Laden sauber halten«, sagte Baba Pesa. »Was meinst du dazu, Daktari?«

»Das stimmt allerdings«, erwiderte Daktari.

»Warum gibst du ihm dann eine Lizenz, um eine derart schmutzige Kneipe zu führen?« fragte Baba Pesa, dessen Vorliebe, andere in Verlegenheit zu bringen, ebenfalls legendär war.

Der Gesundheitsinspektor versuchte, mit einem Lachen darüber hinwegzugehen. Baba Pesa wandte sich nach dem Chief um und begrüßte ihn, so als habe er ihn eben zum ersten Mal gesehen.

»Heute trinke ich nicht mit Männern, die mit Ochsen pflügen«, sagte er zum Chief. »Ich kaufe einen neuen Traktor.«

»Und was ist mit dem alten?« fragte der Chief, der auch für seine Phantasielosigkeit berühmt war.

»Muß die alte Ehefrau erst sterben, ehe du eine andere heiratest?« antwortete Baba Pesa. Dann wandte er sich Choma Choma, dem Metzger, zu und dachte laut darüber nach, ob möglicherweise der gute Daktari die Gesetze ein wenig breche und ihm gestatte, den braven Leuten von Kambi, die keine andere Wahl hatten, ungesundes Fleisch zu verkaufen.

Darüber nun regte sich Daktari ziemlich auf, denn, wie alle anderen auch, fand er Baba Pesas Witze überhaupt nicht komisch, denn sie gingen stets auf Kosten anderer. Um die Atmosphäre etwas zu entspannen, lachte Choma Choma, der Metzger, gutmütig und bemerkte, daß selbst ein Metzger das Recht habe, seinen Lebensunterhalt zu verdienen.

»Er hat kein Recht, so über mich zu reden«, sagte der Gesundheitsinspektor, der tatsächlich schon einige Drinks vom Metzger spendiert bekommen hatte, eigensinnig. »Ich bin von der Regierung angestellt, und ich tue meine Arbeit, ohne jemand zu begünstigen oder zu fürchten.«

»Ausschließlich gegen Bier, he?« sagte Baba Pesa. »Nichts, dessen man sich schämen müßte. Wir sind doch Männer. Sag ihm das, Chief. Wir alle trinken doch hier und da ein wenig *chai*.«

Chief Kahiu hob die Schultern, lächelte und sagte: »Ich sehe, du hattest eine gute Weizenernte.«

»Nicht so gut, wie sie sein wird, wenn ich den kleinen Mann dazu überredet habe wegzuziehen«, antwortete Baba Pesa.

»Welchen kleinen Mann?« fragte der Chief.

»Er nennt sich Baru.«

»Baru wird nicht verkaufen«, sagte der Chief und schüttelte nachdrücklich den Kopf. »Ich habe dir schon oft gesagt, der Mann hat keinerlei Absichten, sein Land zu verkaufen.«

Baba Pesa hämmerte mit seiner Faust auf den Tresen und brüllte: »Ich brauche dieses Land!«

»Wozu?«

»Wozu?« schrie Baba Pesa. »Was soll diese dumme Frage?«

»Du hast mehr Land, als sonst irgend jemand in Kambi«, sagte der Chief. »Warum sind dir seine vier Hektar so wichtig?«

»Es geht doch nicht um das Land, du Dummkopf«, sagte Pesa. »Ich will ihn weg haben, will ihn nicht mehr sehen.«

Ein unangenehmes Schweigen legte sich über die Bar. Daktari und Choma Choma versuchten, ihre private Unterhaltung fortzuführen, als sei nichts gewesen, während die übrigen darauf warteten, daß Baba Pesa mit einem mächtigen Fausthieb den Tresen zertrümmere, wie es dem Gerücht nach einmal in der Fujo Bar auf der anderen Seite des Marktplatzes geschehen sein sollte.

In diesem Augenblick erhob sich Ndege, der Verrückte, von seiner Bank an der Wand und ging zur Bar. Gegen jedes bessere Wissen zwängte er sich zwischen Baba Pesa und den Chief und bestellte ein kaltes Bier. Natürlich gab es in der Tajiri Bar keinen

Kühlschrank, und auch in den nächsten fünfzig Jahren würde es noch keinen geben, doch da er der alleinige Verrückte im Dorf war, stand es Ndege durchaus zu, um ein kaltes Bier zu bitten, wenn er dies wünschte. Normalerweise hätte der Barmann ein lauwarmes Bier aus dem Regal gelangt und es ihm durch ein Loch im Gitter nach Erhalt des Geldes ausgehändigt, das Ndege sich verdiente, indem er den Marktplatz fegte und im Schlachthaus Blut und Kot vom Fußboden wusch.

Doch heute war kein normaler Tag, eine Tatsache, die Ndege nicht begriff. Er wollte unbedingt wissen, warum er nicht noch ein Bier haben konnte. Der Barmann, Experte im Umgang mit Betrunkenen, Idioten und Verrückten, erklärte ihm umständlich, daß, obwohl Bier in der Bar sei, es doch kein Bier gäbe, da Baba Pesa alles Bier für seine Freunde brauche.

»Warum?« fragte Ndege. »Warum muß er alles Bier kaufen?«

»Weil ich Geld habe«, antwortete Baba Pesa.

»Und was ist mit uns?«

»Du kannst nach Hause gehen«, sagte Pesa. »Geh und trinke den Maisbrei deiner Frau!«

»Du bist der eigensüchtigste Mann, den ich kenne, Baba Pesa«, sagte Ndege. »Ich muß meinem Bruder sagen, er soll nicht mehr für dich arbeiten.«

»Soll er's doch versuchen«, sagte Baba Pesa. Niemand kündigte jemals bei Baba Pesa. Er sorgte dafür, daß sie, lange ehe sie ans Kündigen dachten, entlassen wurden. »Was tut überhaupt ein Verrückter ohne Geld in einer Bar?«

»Ich habe auch Geld«, sagte Ndege und winkte mit einer ziemlich schmuddligen Banknote.

»Warum tust du uns das an?« wagte sich ein alter Trinkveteran hervor.

»Seid dankbar für all das Geld, das ihr auf diese Weise spart«, sagte Baba Pesa. »Geht und trinkt *uji*!«

Die Uji Bar war natürlich zu. Warum würden sie sonst gutes Geld vergeuden und Flaschenbier trinken, wo sie sich doch weitaus mehr an dem alkoholischen Maisbrei hätten betrinken können, der in der Uji Bar verkauft wurde?

Die alten, zerlumpt aussehenden Männer auf den Bänken an der Wand fragten sich, was sie mit dem Rest dieses langen Tages anfangen sollten.

»Geht heim und macht Babies«, schlug Baba Pesa vor. »Sofern ihr noch könnt!«

Was in Anbetracht des Alters der Männer nicht sehr komisch war. Selbst Jeni, die für Familienplanung verantwortliche Sozialarbeiterin, wußte, daß sie sich um die streitsüchtigen Männer, die auf den Bänken der Dorfkneipen schliefen, nicht zu kümmern brauchte. Sie würden nie mehr zum Elend dieser mit Menschen übervollen Erde beitragen. Trotzdem hatten ihr diese Männer in ihrer Boshaftigkeit den Namen Jeni-the-Castrator gegeben.

Sie schimpften und fluchten leise vor sich hin, als sie ihre klapprigen Knochengestelle von den Bänken hievten und einer nach dem anderen die Bar der reichen Männer verließen, um den Rest des Nachmittags in der Fujo Bar beim Damespielen zu verbringen und auf die nächste Bierlieferung zu warten, die heute oder morgen kommen sollte.

Ihr Chief schaute ihnen nach und fühlte sich sehr klein und seiner Würde beraubt, denn, obwohl es seine Pflicht war, die Ordnung aufrecht zu erhalten und ihre Rechte zu schützen, wußte er ebenso gut wie sie, daß die Stimme des Geldes lauter als jede andere Stimme sprach, und, wie die weisen Männer einst sagten: Der Furz eines reichen Mannes stinkt nicht.

»Was wirst du wegen Baru unternehmen?« wollte Baba Pesa wissen.

»Was kann ich schon tun?« fragte der Chief.

Die Unfähigkeit, seine Autorität zu nutzen, war laut Baba Pesa die irritierendste Charaktereigenschaft von Chief Kahiu. Sie ärgerte Baba Pesa unendlich, der sich gewünscht hätte, größeren Gebrauch von einem solchen Amt zu machen, dessen Inhaber mit Autorität ausgestattet war.

»Sieh zu, daß er an mich verkauft«, wies er den Chief an. »Es ist nicht recht, daß derart gutes Land in den Händen von armen und unfähigen Männern ist.«

»Das Land gehört ihm«, sagte Choma Choma.

»Und er hat alle Freiheit, zu verkaufen oder nicht zu verkaufen«, fügte Ruhiu, der Bruder des Chief hinzu.

Baba Pesa maß einen nach dem anderen dieser Dorfidioten, die es wagten, ungefragt zu reden, mit einem Blick voll unsäglicher Verachtung. Die Rache kam schnell und brutal.

»Drei Flaschen für den Chief«, sagte er zum Barmann. »Eine für Daktari und drei für mich. Und für diese anderen gilt ab sofort *wajitegemee*!«

»Du bist ein wichtiger Mann«, erinnerte Baba Pesa den Chief. »Du hast alle Macht in Händen. Du mußt das Gesetz anwenden.«

»Welches Gesetz?«

»Hast du noch nie was vom Gesetz gehört?«

Das Gesetz über die Zuständigkeiten der Chiefs bevollmächtigte die Chiefs unter anderem dazu, ihre Untertanen dazu anzuhalten, ihre Geschäftsräume- und Anwesen sauber zu halten, Latrinen zu bauen und an öffentlichen Versammlungen teilzunehmen. Es ermächtigte die Chiefs jedoch keineswegs, das Privateigentum ihrer Untertanen zu beschlagnahmen oder sich in irgendeiner Weise in die Eigentumsangelegenheiten ihrer Untertanen einzumischen, eine Tatsache, die Chief Kahiu mit großer Ausführlichkeit und Sorgfalt Baba Pesa zu erklären versuchte.

»Chiefs tun so etwas nicht!«

»Ach, wirklich?«

»Wir dürfen es nicht.«

»Warum nicht?« schrie Baba Pesa. »Erwartest du etwa, ich werde weiterhin Zaun an Zaun mit einem Floh leben?«

Der Chief zuckte nur mit den Schultern, und sein Bruder Ruhiu, der sowieso nichts mehr zu verlieren hatte und deshalb keine Rücksicht mehr nahm, sagte wieder ungefragt etwas und verblüffte damit nicht nur Choma Choma und Daktari, sondern auch seinen eigenen Bruder.

»Jeder Hund hat seine Flöhe«, sagte er ruhig.

Alle erwarteten, daß Baba Pesa ihm den Schädel einschlagen und daß sein bißchen Gehirn an die Wände der Bar spritzen würde, doch Baba Pesa lächelte nur nachsichtig, wie man einem Idioten zulächelt, und redete weiter auf den Chief ein.

»Umgehe doch die Vorschriften ein wenig«, sagte er. »Dann könnte ich zumindest ihre Hütten niederbrennen und sie so zum Verkauf zwingen.«

»Nein!« schrie ein entsetzter Chief Kahiu. »Das ist nicht Vorschriften umgehen, Baba Pesa, das ist einfach kriminell. Es gibt dafür sogar einen Namen. Man nennt es Brandstiftung. Für so etwas könntest du ins Gefängnis kommen.«

»Ich?« sagte Baba Pesa, »ich ins Gefängnis? Wozu gibt es denn Geld?«

Er leerte sein Bierglas.

»Ich bin gleich wieder da«, sagte er zum Barmann. »Ich weiß, wieviel Flaschen noch da sind, also untersteh dich, mein Bier zu verkaufen.«

Er rutschte vom Barhocker und wandte sich an Ruhiu.

»Und was dich angeht, du Misthaufen«, sagte er streng, »mit dir rechne ich ab, wenn ich zurückkomme!«

Er zog die Hosen hoch, sagte, er sei ein Mann der Tat und stürmte zur Bar hinaus und in seinen Kleinlaster, den er mitten auf der Straße geparkt hatte, um zu verhindern, daß schmuddlige Dorfkinder mit laufenden Nasen ihn überall mit Rotz beschmierten. Er knallte die Tür zu, daß es weit über alle Bergrücken zu hören war, dann fuhr er wie ein Verrückter über den Marktplatz, vertrieb alle Hühner, erschreckte die herumstreunenden Köter zu Tode und hinterließ über der Straße, die zu seinem Haus führte, eine mächtige Staubwolke.

Auf dem Gelände der Pesas, halbwegs den Berg hoch, saß Mutiso, der Ziegenhirt, auf einem Felsen, hörte den lärmenden Dieselmotor des Fagio und sah die wirbelnde Staubwolke, die sein Kommen ankündigte. Er wußte sofort, daß sein Herr in einer bösen Stimmung war. Er beobachtete, wie der Laster am Fußweg, der zu den Barus führte, anhielt, und als er sah, wie Baba Pesa die Wagentür weit offenstehen ließ und zum Anwesen der Barus stürmte, wußte er, daß etwas Schreckliches im Anzug war. Er nahm eine Prise Schnupftabak aus der kleinen Kalebasse, die er um den Hals trug, schaute hinunter und wartete ab.

Das Gehöft der Barus war ohne Zweifel das Gehöft eines armen

Mannes. Es bestand aus einer großen Lehmhütte, einer aus Zweigen und Stroh gebauten Vorratshütte, dazu Moses winzige Hütte, die sich auf halbem Weg zwischen die große Hütte und die schiefe Latrine mit dem Sackvorhang duckte. Am oberen Ende des Gehöfts, gegen den Wind, so daß der Gestank nach Hühnermist nie aufhörte, lag der Hühnerstall, der aus Zweigen und verrosteten Wellblechstücken gebaut war, die einst Teil eines riesigen Vorratssilos drunten im alten Kambi gewesen waren.

Baba Baru hatte Besuch – alte Männer in Sandalen aus abgefahrenen Autoreifen und in staubigen Mänteln, saßen im Schatten des Pfefferbaums auf dem Hof und tranken Honigbier. In der Mitte dieses kleinen Kreises von Freunden, zu denen Kiongo, der Traktorfahrer gehörte und Juda Pesa, thronte Baba Baru mit einer großen braunen Kürbisflasche zwischen den Füßen. Aus diesem traditionellen Biergefäß, das als *nyanja* bekannt ist, goß er das Getränk in ein großes Horn und reichte es den im Kreis sitzenden Freunden. Jeder bekam seinen Anteil und reichte dann das Horn, wie es die Tradition verlangte, als Zeichen der Zusammengehörigkeit dem nächsten weiter.

Hühner mit ihren Küken scharrten im Hof, und der räudige Hund Chui, der Leopard, schlief im Staub. Der Hund bellte zweimal, als Baba Pesa den Fußweg entlangmarschiert kam. Dann rannte er weg, um Konfuzius, der unter der Vorratshütte lag, Gesellschaft zu leisten; dort diskutierten sie den neuesten Stand der Überlebenspolitik für Hunde, worin Konfuzius einen sehr guten Ruf hatte.

Pesa blieb stehen, um mit einem verächtlichen, finsteren Blick die Szene zu überschauen.

Sie wiederum beobachteten ihn und fragten sich, was zum Teufel ihn hergeführt haben mochte. Seine Verachtung für traditionelle Alkoholika war ebenfalls legendär. Inzwischen hatte das verräterische Trinkhorn wie erstarrt zwischen Hand und Mund von Pata Potea, dem stellvertretenden Chief, der nie aufzufinden war, Halt gemacht, und er schien drauf und dran, mit dem Horn die Flucht zu ergreifen.

Baba Pesas strafender Blick bohrte sich jedoch in ihn, daß er schließlich nur noch ein winziger Wurm war, der nirgendwo ein Versteck fand.

»Du solltest dich schämen!« sagte Baba Pesa zu dem Wurm.

»Warum?« fragte der Wurm.

»Du solltest diese Leute festnehmen, anstatt mit ihnen zu trinken.«

»*Kwa nini?*« stotterte Pata Potea. »Weshalb?«

»Dies ist eine illegale Zusammenkunft«, sagte Baba Pesa.

»Ach, wirklich?« Pata Potea schien aufrichtig überrascht.

»Natürlich«, sagte Baba Pesa. »Hast du etwa eine Lizenz?«

Pata Potea schaute zu Baba Baru hin. Baru schüttelte den Kopf.

»Das hab ich nicht gewußt«, sagte Pata Potea zu Pesa. »Mich stört das allerdings nicht weiter.«

»Hast du noch nie etwas vom NLA gehört?«

Er meinte damit das Alkoholgesetz für Eingeborene – *Native Liquor Act* – das sich Lord Soames und seine Siedlerbrüder ausgedacht hatten, damit die Eingeborenen stets nüchtern und produktiv blieben. Doch aus unerfindlichen Gründen hatte das NLA-Gesetz die Stürme der Veränderungen überlebt, die alle Arten von Freiheiten über den afrikanischen Kontinent geweht hatten. Natürlich hatte Pata Potea noch nie etwas vom NLA gehört, obwohl man ihm, um ganz ehrlich zu sein, irgendwann einmal gesagt hatte – allerdings ohne Gründe dafür anzugeben –, daß er alle festnehmen müsse, die traditionelles Bier brauten und auch tranken.

Baba Pesas Blicke durchbohrten die Anwesenden wie Feuerpfeile, schüchterten die alten Männer ein, übersahen seinen Sohn Juda, als sei er überhaupt nicht da, und machten sich schließlich am Gegenstand seines Besuches fest.

»Ich grüße dich«, sagte er schließlich.

»Ich grüße dich«, erwiderte Baba Pesa.

»Ich gebe dir jetzt sofort dreißigtausend Shilling«, sagte Baba Pesa.

Juda Pesa bemerkte, daß der alte Baru bei der Erwähnung einer derart hohen Geldsumme völlig unbeeindruckt blieb, und zog daraus den Schluß, daß ein Mensch wahrhaft frei und glücklich ist, wenn er keine Wünsche nach den Dingen hegt, die mit Geld zu kaufen sind.

»Dreimal so viel, wie du jemals von sonst irgend jemand erhalten würdest«, sagte Baba Pesa.

»Wofür?« fragte Baru.

»Für dieses elende Stückchen Erde«, antwortete Pesa.

Baba Baru schaute ihn ruhig und abwartend an, während die versammelten alten Männer versuchten, sich auf dieses seltsame Zwiegespräch einen Reim zu machen. Margaret Baru streckte den Kopf aus der Tür, um die Ursache des großen Schweigens zu ergründen. Als sie sah, wer die Party gestört hatte, verschwand sie schnell wieder in der Hütte, wo ihre Mutter damit beschäftigt war, das Fleisch von der Ziege zu braten, die Pata Potea als Bezahlung für eine alte ausstehende Schuld gebracht hatte. Damals hatte er sich von Baru eine Ziege und ihr Zicklein geben lassen, um damit dem Vater seiner zweiten Frau, einem Mädchen von jenseits der Berge, den Brautpreis bezahlen zu können.

Währenddessen beobachtete Juda Pesa das Gespräch zwischen seinem Vater und seinem Gastgeber mit außerordentlichem Interesse. Wieder stellte er fest, wie sehr sein Vater Gefallen daran fand, beschnittene Männer zu bemitleidenswerten Erdwürmern zu erniedrigen, und es wurde ihm klar, daß er eines Tages seinen Vater so fertigmachen müsse, daß dieser es nie vergessen würde.

Pata Potea leerte das Horn und reichte es seinem leidenden Gastgeber zurück.

»Setz dich«, sagte Baru und deutete auf den leeren Platz neben Pata Potea.

»Ich sitze nicht auf Baumstümpfen«, sagte Baba Pesa.

Juda lachte laut, hörte jedoch unvermittelt auf, als Baba Pesa ihm einen vernichtenden Blick zuwarf. Die anderen schrumpften vor Verlegenheit in sich zusammen und taten, als wären sie nicht da.

Baru füllte stillschweigend das Horn der Freundschaft und bot es seinem Gast an.

»Hier, trink einen Schluck Honigbier!« sagte er.

»Ich trinke keinen Fusel«, sagte der reichste Mann der Umgebung.

Wieder lachte Juda Pesa laut, denn in der Tat war er der einzige weit und breit, der seinen Vater äußerst komisch fand. Und wieder traf ihn Baba Pesas wütender Blick, und das Lachen erstarb zu einem bloßen Gemurmel. Baru schaute von Juda zu dessen Vater.

»Du willst dich nicht setzen, und du willst kein Honigbier«, sagte er zu ihm. »Warum bist du gekommen?«

»Um dir ein Angebot zu machen.«

»Wofür?«

»Für dein Land.«

Baru nahm einen Schluck aus dem Horn, ehe er es an Juda weiterreichte. Er war schon ein wenig betrunken und bemühte sich heftig darum, seinen Zorn, der ebenfalls legendär war, unter Kontrolle zu halten.

»Wie du siehst«, sagte er ruhig, »habe ich heute Gäste bei mir zu Besuch.«

»Was für Gäste?« fragte Baba Pesa.

»Diese Freunde, die gekommen sind, um mich zu besuchen«, antwortete Baru.

Mit einer verächtlichen Handbewegung tat Pesa sie alle ab.

»Geh runter ins Dorf«, sagte er. »Da kannst du Metzger sein.«

»Ich bin kein Metzger«, bekannte Baru.

»Ein Farmer bist du auch nicht«, informierte ihn der Vater allen Geldes. »Nimm also das Geld, geh fort und stirb irgendwo.«

Baru schaute auf die Kürbisflasche zwischen seinen Füßen, und obwohl ihm der Gedanke durch den Kopf ging, sie zu packen und an Pesas Kopf zu zerschmettern, widerstand er der Versuchung und suchte statt dessen Zuflucht beim Nachfüllen des Horns. Und während seine Besucher ihm hilflos zuschauten, erhob sich Barus Sohn Moses von einem alten Sack, auf dem er in der Sonne geschlafen hatte, und ging verärgert und voll Zorn davon.

Mama Baru kam mit einer Kalebassenschale voll gebratenem Fleisch aus der Hütte und setzte sie vor ihrem Mann ab, und da sie von Baba Pesa keine Antwort auf ihren Gruß erhielt, kehrte sie schweigend in die Hütte zurück.

Baru nahm die Schale und bot sie Baba Pesa an.

»Iß Fleisch«, sagte er.

»Ich esse nicht aus Kürbissen«, erklärte Pesa. »Weißt du denn nicht, daß das Zeitalter der Kürbisse vergangen ist?«

Baru, der sich noch nie geniert hatte, die Grenzen seines Wissens zuzugeben, sagte: »Nein.«

Ihm gehörte das einzige Anwesen auf diesem Bergrücken und dem nächsten, das nicht in einem Meer von Plastikzeug ertrank. Die einzigen Plastikgegenstände im ganzen Haushalt waren die leuchtend blauen Plastiksandalen, von denen Margaret Baru behauptete, sie hätte sie eines Tages auf ihrem Rückweg von der Schule am Straßenrand gefunden, und die sie, als nach monatelangem Warten der eigentliche Besitzer sie noch immer nicht für sich beansprucht hatte, schließlich behalten durfte.

»Mit dreißigtausend Shilling kannst du einen ganzen Berg Teller kaufen,« informierte ihn Baba Pesa.

»Wofür?« fragte Baru.

»Um von Tellern zu essen!«

»Um was zu essen?«

Baba Pesa fluchte über die Dummheit dieses Mannes.

Baru reichte die Kürbisschale mit Fleisch in aller Ruhe seinen Besuchern.

Sie holten ihre Taschenmesser hervor, schnitten sich Fleischstükke ab und aßen, als existiere Pesa überhaupt nicht.

»Hör jetzt endlich auf das, was ich dir zu sagen habe!« brüllte Pesa. »Du nimmst die dreißigtausend, und dann wirst du für mich arbeiten. Ich gebe dir eine Unterkunft, dein Sohn wird lernen, wie man meinen Traktor fährt, und deine Frau wird für meine Frau Wäsche waschen!«

Barus Hand mit dem Horn blieb auf halbem Weg zu seinem Mund in der Luft hängen, und die Gedanken, die ihm dabei durch den Kopf gingen, ängstigten sogar seine Besucher. Sie hörten auf zu essen und warteten auf die Explosion. Sie schauten von Baru zu Baba Pesa, der offensichtlich keine Ahnung davon hatte, daß er alle zumutbaren Grenzen überschritten hatte.

»Baba Pesa«, sagte Baru gequält, »du hast mehr als hundert

Hektar Land. Offenes Buschland und Weiden unten im Tal und oben in den Bergen Wälder, in denen nur die Elefanten und Büffel leben. Du hast Kühe und Autos, Ziegen und Traktoren und alles Geld der Welt. Was willst du noch mehr?«

»Dein Land«, sagte Baba Pesa.

Und da explodierte Baru schließlich doch. Er sprang auf die Füße, schnappte sich den Hocker, auf dem er gesessen hatte, und zielte auf Pesas Kopf. Pesa duckte sich und der Hocker krachte mit riesigem Getöse ins Vorratshaus, Chui und Konfuzius erschreckten sich zu Tode, und die Hühner suchten gackernd das Weite.

Baba Pesa entfloh auf dem Fußweg, den er gekommen war; zurück blieben der vor Zorn zitternde Baru, die vom Schock der Spannung leicht irre gewordenen Besucher und Juda, der als einziger in den vielen Schicksalsschlägen des Lebens die Komödie zu erkennen vermochte, und sich halb zu Tode lachte.

Später am Tag, als Baba Barus Honigbier endgültig zur Neige gegangen war, schwankten die alten Nachbarn still nach Hause und überließen es Juda, mit den letzten Resten fertig zu werden; Pata Potea indessen schlief besinnungslos neben dem räudigen Chui unter der Vorratshütte.

Schließlich hatte Juda die letzte der *nyanja*-Flaschen geleert, dankte seinem Gastgeber und führte Konfuzius hinunter ins Dorf, um das Maß voll zu machen. Seine täglichen Trinkkumpanen freuten sich, daß er wieder da war, doch als er versuchte, ihnen die Lehre, die er aus der Konfrontation zwischen dem alten Baru und seinem Vater gezogen hatte, klarzumachen – daß nämlich ein Mensch nur wahrhaft frei und glücklich ist, wenn er keine Wünsche mehr nach dem hegt, was sich mit Geld kaufen läßt – mißverstanden ihn seine wahren Freunde, deren Bildungsstand – das gaben sie selbst zu – nicht sehr viel höher war als der von den Ziegen ihrer Väter, und brachen einen derartigen Streit über die genaue Interpretation dieser Lehre vom Zaun, daß die halbe Nacht und dazu noch die Polizei von Ngobit benötigt wurde, um ihn beizulegen.

KAPITEL FÜNF

Konfuzius, der Hund, betete seinen Herrn an. Doch sein Herr sorgte weder für sein leibliches Wohl, noch behandelte er ihn mit dem erforderlichen Respekt. Die einzige Aufmerksamkeit, derer sich der Hund jemals von seinem Herrn erfreuen konnte, war der gelegentliche schmerzende Tritt in den Hintern, und das aus keinem anderen Grund, als sicherzustellen, daß er noch am Leben war. Und obwohl sie stundenlang miteinander diskutierten, wobei Juda üblicherweise den größten Teil der Unterhaltung bestritt, wurde zumindest dem Hund in zunehmendem Maße deutlich, daß sein Herr zu viele Bücher als für ihn zuträglich waren, gelesen hatte.

»Warum nennst du ihn Konfusion?« fragte Judas Vater in einem der seltenen Augenblicke, in denen sie ein paar Worte miteinander wechselten.

»Konfuzius«, korrigierte ihn Juda. »Kon-fu-zius!«

»Warum?«

»Konfuzius war ein chinesischer Denker.«

»Ein was?«

»Ein Denker«, sagte Juda. »Aus China.«

»Choma Choma kam auch aus Chania«, sagte Pesa.

»Nicht Chania«, sagte Juda verzweifelt. »China. Viele tausend Meilen von hier. Du kannst nicht zu Fuß dort hingehen.«

»Wie kam er dann nach Thome?«

»Er ist nie nach Thome gekommen«, sagte Juda. »Er hat vor vielen tausend Jahren gelebt. Ehe es Thome überhaupt gab.«

»Aber warum nennst du deinen Hund dann Kon…, nach ihm?«

»Weil er so klug und weise ist. Wie der Chinese. Schon vor zweitausendfünfhundert Jahren wußte der Chinese, daß man sich seiner Familie und seinen Freunden gegenüber loyal verhalten, und mit anderen so umgehen sollte, wie man möchte, daß mit einem selbst umgegangen wird. Glaub mir, Vater, seltsamerweise war Loyalität damals schon genau so revolutionär wie heute.«

»Warum nennst du ihn eigentlich nicht Hund«, fragte Baba Pesa, »wie jeden anderen Dorfköter auch?«

Dieselbe Frage von einem Trinkgenossen in der Fujo Bar war Anlaß zu einer Schlägerei gewesen, die bis tief in die Nacht hinein gedauert hatte; doch mit seinem Vater durfte Juda nicht tätlich werden, also überhörte er die Bemerkung.

»Konfuzius ist kein Hund«, erklärte er geduldig. »Er ist ein Denker.«

»Er täte gut daran, ein bißchen nachzudenken«, sagte Baba Pesa, »wenn man sieht, welche Verwirrung du in ihm angerichtet hast. Der Hund weiß nicht einmal mehr, daß er ein Hund ist. Weißt du, wobei ich ihn erwischt habe?«

»Das interessiert mich nicht«, sagte Juda verärgert. »Der Hund ist mir wie ein Bruder!«

»Beleidige mich nicht!« brüllte Baba Pesa.

Einen Augenblick noch und sie hätten sich gegenseitig an der Kehle gepackt, wäre nicht plötzlich Mama Pesa erschienen, um ihnen mitzuteilen, daß sich Konfuzius mit der Lammkeule, die sie zum Abendessen gebraten hatte, auf und davongemacht hatte. Während Baba Pesa in der Absicht, den Hund umzubringen, sein Gewehr holte, ging Juda Pesa hinunter ins Dorf, um sich zu betrinken. Auf dem Weg dorthin bekam er Gesellschaft von einem aufgeregten, fröhlichen und satten Konfuzius, der keinerlei Anzeichen von Reue zeigte.

»Wenn ich du wäre«, sagte Juda zu dem Hund, »würde ich in Betracht ziehen, für eine Weile ins Exil zu gehen, bis sich die Lage etwas beruhigt hat.«

Der Hund nahm diesen Rat winselnd zur Kenntnis und folgte seinem Herrn in die Fujo Bar, wo sie sich betranken, streitsüchtig wurden und so sehr randalierten, daß der Chief die Polizei von Ngobit rufen mußte, um die Streithähne zu trennen.

Doch als Konfuzius in den frühen Morgenstunden des nächsten Tages alleine und auf einem Bein lahmend nach Hause kam war Baba Pesa doch erheblich beunruhigt. Wann immer der Hund von seinen endlosen Wanderungen in den Fußstapfen seines unberechenbaren Herrn alleine nach Hause zurückkehrte, wußte der Haushalt der Pesas, daß Unheil in der Luft lag.

Lahmend von seinen vielen Verletzungen, schlich sich der Hund an die Küchentür hinter dem Haus, um sich umzusehen, ob dort etwas zu finden sei, und um den Hauskatzen von seinen Erlebnissen zu berichten.

Als die kriegerische Auseinandersetzung, die Juda aus unerfindlichen Gründen angezettelt hatte, in vollem Gang gewesen war, war Konfuzius wie üblich seinem Herrn zu Hilfe geeilt, hatte in Füße gebissen, Hosen zerrissen und unter den Tischen der Kneipe allgemeines Chaos verursacht, bis er schließlich von einem wütenden Kunden mit einem Fußtritt hinausbefördert worden war. Draußen hatte er weitergewütet, hatte alles, was sich bewegte, angegriffen und gebissen. Dieses tollwütige Rasen hatte ihn schließlich zur Mitte des Marktplatzes geführt, wo die Oldtimer, die Köter unbestimmten Alters und nicht nachweisbarer Herkunft, sich unter der zerfallenden Windmühle ausruhten, voll Verdruß über ihr jämmerliches Dasein und erbost über die Tatsache, daß von allen Kötern auf diesem Bergrücken und dem nächsten, Konfuzius der einzige war, dem Einlaß in die warmen und stickigen Kneipen am Markt gewährt wurde, während sie sich draußen zu Tode froren und niemanden hatten, der sich um sie gekümmert, geschweige denn zu ihren Gunsten gesprochen hätte. Als nun diese alten Überlebenskünstler und Veteranen aus manchem blutigen Hundekrieg plötzlich Konfuzius wie verrückt um sich beißend in ihrer Mitte fanden, rechneten sie, von Rachedurst erfüllt, mit ihm ab.

Doch als die Polizei von Ngobit Juda in den Kofferraum ihres Wagens warf und davonfuhr, beschloß Konfuzius, daß es nun genug sei, und machte sich die Pesa-Straße hinauf aus dem Staub, wobei sich ihm die gesamte, sechzig Mann starke Meute der Dorfköter an die Fersen hängte. Es hatte eine Ewigkeit gedauert, bis er sie abgeschüttelt und bis er endgültig beschlossen hatte, nach Hause zu gehen, komme, was da wolle. Baba Pesa war der erste, der ihn sah, wie er am frühen Morgen, zur Zeit wo die Ziegen gemolken wurden, nach Hause gehinkt kam und der Mama Pesa die Nachricht überbrachte.

Und während Mama Pesa Mutiso suchte, um ihn nach Kambi hinunterzuschicken, wo er nach Juda Ausschau halten sollte, beobachtete Baba Pesa einen Polizeiwagen, der langsam, am Gehöft der Barus vorbei, die Straße heraufkam und schließlich ins Anwesen der Pesas einbog, um in der Einfahrt am Rosenbusch zu halten.

Vier Polizisten stiegen aus. Sie wurden von einem eleganten Inspektor in sorgfältig gestärkter Khakiuniform angeführt, der seinen Amtsstab mit sichtlichem Stolz trug.

Pesa ging ihnen die Einfahrt hinunter entgegen; der Inspektor grüßte ihn ehrerbietig und kam ohne Umschweife auf den Grund seines Besuches zu sprechen.

»Wir kommen wegen Ihres Sohnes«, sagte er.

»Ist er tot?« fragte Pesa.

»Nein!« antwortete der Inspektor, »aber er steht unter Arrest.«

»Was hat er sich zuschulden kommen lassen?«

»Vieles«, sagte der Inspektor, den Baba Pesa von früheren Begegnungen her als einen erstaunlich gebildeten Mann kannte, als aufrechten und unbestechlichen jungen Beamten. »Trunkenheit und Randalieren, Mißachtung der Polizeistunde, Anstiftung zum Aufruhr; außerdem verhielt er sich so, daß Landfriedensbruch zu befürchten war, und widersetzte sich seiner rechtmäßigen Festnahme – kurz, er hat sich alles, außer Mord und Vergewaltigung, zuschulden kommen lassen.«

Baba Pesa hörte aufmerksam zu und wünschte, der Polizeibeamte wäre sein Sohn. Das Gerücht ging um, dieser habe ebenso viele Bücher gelesen wie Juda Pesa, wenn nicht mehr. »Wo ist er?« fragte er.

»Im Kofferraum«, sagte der Inspektor.

Zwei Polizisten halfen Juda aus dem Wagen und führten ihn seinem Vater vor. Als sie ihn losließen, schwankte er und lehnte sich an das Polizeifahrzeug.

»Ich sehe, was Sie meinen«, sagte Baba Pesa zu dem Inspektor. »Was hast du zu deiner Verteidigung zu sagen, Juda?«

Juda fixierte seinen Vater, und obwohl er ihm so lächerlich wie immer vorkam, fehlte ihm die Energie zum Lachen.

»Vorwärts zu gehen ist leichter als rückwärts«, lallte er. »Fortschritt ist deshalb eine unumgängliche menschliche Bedingung, und, wie ich bereits zu Konfuzius sagte, alles ist auf dieser Welt relativ.«

Baba Pesa versuchte, aus diesem Gerede klug zu werden, doch da ihm dies kläglich mißlang, wandte er sich an den Polizeibeamten.

»Es stimmt, er ist ganz schön betrunken«, nickte er. »Wahrscheinlich hat er auch randaliert. Aber was das Widersetzen bei der Festnahme anlangt – es ist Ihnen doch gelungen, ihn hierher zu bringen, oder etwa nicht?«

»Nicht ohne Handgreiflichkeiten, das kann ich Ihnen versichern!«

»Wen hat er zum Aufruhr angestiftet und wie?«

»Die Dorfleute«, sagte der junge Beamte. »Wobei wir bei dem Verstoß gegen das Verbot der Einberufung illegaler Versammlungen wären.«

Juda schüttelte benommen den Kopf.

»Sie müssen die Brauerei und den Barbesitzer verurteilen«, sagte er zu dem Inspektor. »Sie haben die Versammlung einberufen. Ich habe nur eine Rede vor der Versammlung gehalten.«

»Warum?« fragte sein Vater.

»Warum?« schrie Juda. »Weil sie alle da waren! Und ich hatte ihnen einiges zu sagen!«

»Was?«

»Ich mußte ihnen klarmachen, daß sie endlich anfangen sollten, mit ihren Köpfen und nicht mit dem Bauch zu denken«, sagte Juda. »Ich mußte ihnen sagen, daß es großartig ist, landwirtschaftliche Erzeugnisse für den Verkauf anzubauen, vorausgesetzt, es lassen sich Nahrungsmittel auftreiben, die mit dem so erwirtschafteten Gewinn gekauft werden können. Ich mußte ihnen diese Dinge einfach sagen.«

Baba Pesa schüttelte den Kopf, denn diese Phrasen hörte er nicht zum ersten Mal. Einmal hatte er Juda dabei angetroffen, wie er aus Teeblättern und Kaffeebohnen *githeri* machte und ehrlich davon überzeugt war, er habe ein wissenschaftliches Experiment von historischer Bedeutung in die Wege geleitet.

Mama Pesa trat aus dem Haus und beobachtete das Geschehen von der Veranda aus.

»Ich habe den Leuten gesagt, sie müßten entweder nachdenken, oder sie würden verhungern«, sagte Juda. »Ich habe ihnen klarzumachen versucht, daß ein Mann, der zwei Ziegen besitzt, reicher ist als ein Universitätsprofessor, der nichts zu essen hat. Man kann einen Professorentitel nicht schlachten und für den Schwiegervater braten – nicht wahr, Vater?«

»Nein, das kann man nicht«, sagte Baba Pesa.

»Nun also!«

Baba Pesa nickte. Die Beredsamkeit seines ungeratenen Sohnes hörte nie auf, ihn in Erstaunen zu versetzen. Dann wandte er sich an den intelligenten jungen Polizeibeamten an seiner Seite und sagte zu ihm: »Das alles hört sich an, als sei es wahr.«

Der Inspektor nickte. Er war einer von der jungen Generation, der wußte, daß die Arbeit bei der Polizei ein Job wie jeder andere auch war und klug gehandhabt werden mußte, denn die Tage der bösartigen, brutalen Gewalt, Kennzeichen der Kolonialpolizei, waren endgültig vorbei. Er liebte seine Arbeit und hoffte, eines Tages Polizeichef für den Distrikt zu werden, oder noch höher aufzusteigen, und er war klug genug zu wissen, daß dann möglicherweise Baba Pesa der für solche Beförderungen zuständige Minister sein könnte.

»Es geht um folgendes«, sagte er ruhig, »seine Sprache beleidigt nicht nur die einfachen Bürger, sondern auch seine Freunde. Sie denken, er mache sich über sie lustig, denn er hat einen wohlhabenden Vater und ein Universitätsdiplom.«

»Zwei Universitätsdiplome«, korrigierte ihn Baba Pesa, der trotz allem noch immer auf die Leistungen seines Sohnes stolz war.

Der Inspektor, der nur ein Diplom hatte, nickte gutmütig und sagte: »Die Leute könnten die Sache in die eigene Hand nehmen und ihm ernsthaften Schaden zufügen.«

»Die Wahrheit ist,…« begann Juda Pesa.

Sie warteten und wollten hören, was die Wahrheit sei.

»Die Wahrheit ist,...«

»Red weiter«, sagte Pesa ungeduldig. »Wir warten!«

Sie warteten eine ganze Minute lang, ehe ihnen klar wurde, daß er bereits die ganze Sache schon wieder vergessen hatte.

»Überlassen Sie ihn mir«, sagte Baba Pesa zu dem Inspektor. »Ich werde sehen, was ich tun kann.«

»Gut.« Der Inspektor erklärte sich einverstanden. »Aber das nächste Mal müssen wir ihn mitnehmen und bestrafen.«

»Ich verstehe«, sagte Baba Pesa.

Der Inspektor zögerte.

»Wer ist Konfuzius?« fragte er.

»Warum?«

»Als wir Ihren Sohn fragten, ob er jemand sprechen wolle, sagte er, wir sollten Konfuzius kommen lassen.«

»Konfusion ist sein Hund«, sagte Baba Pesa angewidert.

Da er ein vielbelesener Mann war, verstand der Inspektor den Witz besser als irgend jemand in ganz Kambi.

»Ihr Sohn hat Humor«, sagte er und lachte.

»Wir finden ihn nicht sehr komisch«, erwiderte Baba Pesa.

Der junge Polizeibeamte räusperte sich und sagte: »Ja, natürlich nicht.«

Dann salutierte er und führte seine Männer zum Wagen zurück. Sie fuhren schnell weg und ließen Juda mit seinem Vater allein. Wie gewöhnlich hatten sie sich nichts zu sagen.

Mama Pesa ging um ihren Mann herum, nahm ihren ungeratenen Sohn am Arm und führte ihn ins Haus.

Baba Pesa stopfte seine Pfeife und zündete sie an, was er in Gegenwart des jungen Polizeibeamten hätte tun sollen, um ihn zu beeindrucken, zog heftig daran und ging hinunter auf die Felder, um sein ausgedörrtes Land zu inspizieren.

So weit das Auge reichte, viele Meilen über die Ebenen von Ngobit und Laikipia hin, flimmerte die nackte Erde in der Hitze. Alle Vegetation war längst unter der unnachgiebigen Sonne braun geworden und verbrannt. Der Staub wirbelte ungehindert die Straßen und die vielgewundenen, von der Hitze geborstenen Pfade entlang, die bloßgelegt, überall an den Hängen zu erkennen waren.

Die einzigen Wolken am Himmel waren weit draußen im Osten der in der Hitze brütenden Berge zu sehen, und das waren keine Regenwolken, sondern jene, die bauschiger weißer Watte glichen und keinerlei Zweck dienten, der Baba Pesa bekannt gewesen wäre.

Er ging einen halben Kilometer weit quer übers Land und bemerkte, daß sogar der robusteste aller Bäume, die knorrige schwarze Akazie, am Absterben war. Dann ging er auf der Straße zurück, die sein Grundstück von dem der Barus trennte und stellte mit Befriedigung fest, daß es dem Land seines Nachbarn keineswegs besser erging.

Baru stand bestürzt in seinem Mais, den er auf die entfernte Möglichkeit hin gepflanzt hatte, daß die frühe Regenzeit, die das Gras wachsen ließ, lange genug anhalten würde, um ihm eine Ernte zu geben, doch das war ein Fehlschlag gewesen. Der Mais, graubraun von der Dürre, reichte ihm kaum bis ans Knie. Es lohnte sich nicht einmal, ihn als Futter für den Ochsen zu schneiden, der das Feld gepflügt hatte.

Angezogen von dem unerklärlichen Band, das alle Männer, die in der Erde ihre Mutter sehen, zu Brüdern macht, ging Baba Pesa zum Zaun und sprach mit dem Mann, den er als seinen ärgsten Feind betrachtete.

»Ich grüße dich, Mzee Baru«, sagte er, stellte seinen gestiefelten Fuß auf den unteren gespannten Stacheldraht und lehnte sich über den Zaunpfahl.

»Ich grüße dich«, gab Baru zurück.

»Ich sehe, daß es auf deiner *shamba* nicht besser aussieht als auf den Feldern meines Besitzes«, sagte Baba Pesa.

»Der Regen fällt nicht nur im Garten eines einzigen Mannes, und mit der Dürre ist das nicht anders«, sagte der alte Baru. »Wann wird es regnen?«

»Woher soll ich das wissen?« erwiderte Pesa.

»Du bist ein reicher Mann, Bwana Pesa«, sagte Baru ruhig. »Du und Gott, ihr wißt vielleicht etwas, von dem ich nichts weiß.«

Von der Wende, die das Gespräch genommen hatte überrascht und ungewiß, ob er nicht eigentlich beleidigt worden war, schnaubte Baba Pesa nur und ging davon. Baba Baru wandte sich um und kehrte auf dem selten benutzten Fußweg, der zwischen der Vorratshütte und dem Hühnerstall endete, zu seinem Gehöft zurück.

Margaret, seine Tochter, fegte den Hof. Moses tränkte den Ochsen unten zwischen seiner Hütte und dem schiefen Latrinenhäuschen. Baru setzte sich auf seinen Hocker bei der Vorratshütte, nahm sein Werkzeug zur Hand, das noch so dalag, wie er es zuvor verlassen hatte, und begann seine rasiermesserscharfe *panga* – sein Buschmesser – zu schärfen.

Die *panga* zu schärfen, war Barus Hobby. Er hatte noch nie etwas vom Joggen gehört, und Fußball fand er eine idiotische Beschäftigung – ein kindisches Spiel, das Narren spielten und dem Schwachsinnige zuschauten. Er stattdessen schärfte seine *panga*. Wenn er traurig war, schärfte er seine *panga*. Wenn er nichts zu tun hatte, schärfte er seine *panga*. Auch wenn er glücklich war, schärfte er seine *panga*, und deshalb hatte er mehr *pangas* verbraucht, als er sich eigentlich leisten konnte.

Chui, der Hund, lag ihm zu Füßen und versuchte, wie Konfuzius ihm geraten hatte, die Gefühle seines Herrn nachzuempfinden. Doch die negative Disposition seines Herrn war ebenso undurchdringlich wie der Maisbrei der vergangenen Woche, deshalb gab sich Chui zufrieden damit, auf das hypnotisierende Geräusch der Feile zu horchen. Nun war er eingenickt und ließ im Schlaf einen abscheulich stinkenden Furz los, denn er lebte von *githeri*, von Menschennahrung, die Hunde nur aus purer Verzweiflung fraßen, und von den Ratten, die er hinter der schiefen Latrine fing.

Mama Baru kam aus der Hütte und hatte einen kleinen Koffer in der Hand, der noch nicht den dauerhaften rußigen Farbton des Hauses angenommen hatte. Sie kippte den Inhalt in den Staub auf dem Hof und untersuchte ihn mit der Fußspitze. Sie sortierte eine Sammlung von Puderdosen aus, Lippenstifte, Parfümsprays und zahlreiche weibliche Dinge, von denen man auf diesem Bergrücken und dem nächsten noch nie etwas gehört, geschweige denn gesehen hatte.

Als sie mit ihrer Inspektion schließlich fertig war, wandte sich Mama Baru an ihre Tochter und wollte wissen, wem diese Dinge gehörten.

»Mir«, antwortete Margaret.

Auf den Besenstiel gelehnt, das Kinn müde auf die übereinandergelegten Handrücken gestützt, betrachtete sie mit resignierter Gleichgültigkeit die auf dem Boden liegenden Gegenstände.

»Woher kommt dies alles?« fragte Mama Baru.

»Es gehört mir«, wiederholte das Mädchen.

»Wer hat es dir gegeben?«

»Es gehört mir.«

Sie hielt die Augen auf den Boden geheftet und vermied es, ihre Eltern anzuschauen; bereit, sich zu verteidigen, zog sie sich in eine Tiefe zurück, aus der nicht einmal mehr ihre Mutter sie herauszulocken vermochte.

»Ich frage dich, Kind«, sagte ihre Mutter ungeduldig, »woher hast du diese Dinge?«

»Sie gehören mir«, wiederholte Margaret.

Mama Baru, deren Geduld legendär war, warf mit dem kleinen Koffer nach ihrer Tochter; danach folgte eine schallende Ohrfeige, die so laut war, daß Chui aufwachte und sich voller Schrecken unter die Vorratshütte flüchtete.

Margaret blieb trotzig stehen und weigerte sich, in Tränen auszubrechen. Mit fünf Jahren schon hatte sie das Heulen aufgegeben, als ihre Mutter sie eines Tages dabei erwischt hatte, wie sie Chuis Mischlingsmutter mit Spiegeleiern fütterte, und, ohne ihr die wirtschaftlichen Zusammenhänge zu erklären, nach denen dies eine schlechte Investition war, sie jämmerlich verdroschen hatte. Diese Ungerechtigkeit hatte das Mädchen von der Sinnlosigkeit des Tränenvergießens überzeugt.

Endlich erhob sich Baru, der dem Schlagabtausch zwischen seiner Frau und seiner Tochter mit Abstand und Würde gefolgt war, von seinem Hocker und ging hinüber, um die fraglichen Gegenstände zu betrachten. Mit seiner rasiermesserscharfen *panga* breitete er die Dinge aus, unterzog den Nagellack, die Puderdosen, die Halskettchen, die Cremetuben und die seidenen Unterhöschen, die so klein waren, daß sie als solche nicht zu erkennen waren, einer genauen Prüfung, doch es gelang ihm nicht, sich auf dies alles einen Reim zu machen.

»Was ist das?« fragte er.

Mama Baru schlug ihre Tochter noch einmal, was Chui veranlaßte, endgültig das Weite zu suchen.

Von dort, wo er stand und den Ochsen tränkte, beobachtete Moses die Vorgänge mit eigentümlicher Gleichgültigkeit und fragte sich, welches Vergehen wohl eine derartige Reaktion seiner Mutter ausgelöst haben mochte. In der Familie Baru gab es ein ungeschriebenes Gesetz über Nicht-Einmischung in private Auseinandersetzungen, wie blutig diese auch sein mochten. Also schaute Moses nur zu, wie seine Mutter alles wieder einsammelte, um es mitsamt dem Koffer unsanft in das Feuer zu werfen, in dem der Abfall verbrannt wurde. Sie wartete, bis die Flammen alles erfaßt hatten, dann häufte sie altes Gras und Abfälle darüber.

Schließlich begann Margaret zu weinen.

Baru schaute von seiner Frau auf das Feuer und von da zu seiner Tochter und sah sich genötigt zu fragen, was dies alles zu bedeuten habe.

»Es bedeutet«, antwortete Mama Baru mit tränenerstickter Stimme, »es bedeutet, daß deine Tochter es den schamlosen Frauen in der Stadt gleichtun will.«

Unsicher bedachte Baba Baru diese Worte, dann wandte er sich um und ging auf die Felder hinaus, obwohl es dort in der Tat nichts zu tun gab und, solange kein Regen fiel, auch weiterhin nichts zu tun geben würde.

Als er an dem schiefen Latrinenhäuschen vorüberging, sah er Baba Pesa in seinem Wagen die Straße hinunterrasen, verfolgt von einer wütend aufgewirbelten Staubwolke.

KAPITEL SECHS

Samstags war offizieller Markttag in Kambi.

Es war auch der offizielle Tag extremer Absurditäten, der Tag, an dem ein Übermaß an exzentrischen Abwegigkeiten nicht nur toleriert, sondern als normales Verhalten akzeptiert wurde. Samstag war der Tag, an dem Ziegen, Hühner, streunende Hunde und verzweifelte Frauen, die fast nichts zu verkaufen hatten, den Marktplatz übernehmen und regieren durften. Es war der Tag, an dem Töpfer, Holzkohlenbrenner und Viehbesitzer im mageren Schatten der Dornakazien herumlümmelten und auf Käufer warteten, die ziemlich oft nicht erschienen.

Samstag war der Tag, an dem sich die herrenlosen Köter, die Krähen und die Geier beim offenen Schlachthaus versammelten, sich ohne Unterlaß zankten und ungeduldig darauf warteten, daß die Metzger mit ihrer Arbeit fertig wären, damit sie das verspritzte Blut auflecken und sich die herumliegenden Brocken schnappen konnten, ehe Ndege, der Verrückte, kam und saubermachte.

Samstag war der Tag, an dem Ndege, nachdem er das Schlachthaus gereinigt und bei den Metzgern seinen Lohn abgeholt hatte, sich sehr schnell an einer Mischung aus Honig- und Maisbier betrank, sich dann splitternackt auszog und über den ganzen Marktplatz Amok lief und nach den Marktfrauen grabschte – zur großen Belustigung der Beifall spendenden Männer, die müßig vor den klapprigen Verkaufsbuden, Metzgereien und Läden herumstanden, die den Marktplatz säumten – ehe er schließlich in die Uji Bar hineinrannte, wo er dann saß und vor sich hinbrütete, bis ihm jemand einen Drink spendierte, um ihn zu bewegen, seine Kleider wieder anzuziehen.

Samstag war der Tag, an dem die Menschen von diesem Bergrükken und dem nächsten und übernächsten auf den Markt von Kambi herunterkamen, um Zeugen und Teil der größten Show der Welt zu sein – des wöchentlichen Wahnsinns, der so ansteckend war, daß er zur Legende geworden war.

Samstag war der Tag, an dem mancherlei Erscheinungsformen des Irrsinns auf das kleine schläfrige Dorf losgelassen wurden, der Tag, an dem alles geschah, doch nichts davon so, wie es hätte geschehen sollen.

Samstag war auch der Tag, an dem Juda Pesa die klapprige, schiefe Windmühle hinaufkletterte, um die zumeist gleichgültigen Marktbesucher mit flammenden Reden zu bombardieren, wobei ihn seine wahren Freunde und rauflustigen Kumpanen mit Zwischenrufen anfeuerten und sich gleichzeitig als Taschendiebe betätigten, um den Drink nach der Show zu finanzieren.

»Ihr lacht, ihr Narren«, rief Juda seinem Publikum zu, »doch eines Tages wird euch klar werden, worüber ich gesprochen habe!«

Das Thema seiner Rede war weder neu noch bedeutend. Sie hatten alles schon einmal gehört, doch obwohl sie wußten, daß es stimmte, was er sagte, und weise war, hatten sie auch ein halbes Dutzend anderer, ebenso gültiger Argumente bereit, die Juda jedoch in seinem betrunkenen Zorn sich weigerte anzuerkennen. Er saß fünf Meter hoch über ihnen auf dem eisernen Querträger, den linken Arm der Sicherheit halber um die Leiter geschlungen, während seine Beine über den Köpfen der Menschenmenge drunten baumelten.

»Vor genau einem Jahr fand auf diesem Platz auch ein Markt statt«, sagte er. »Damals hattet ihr Narren nichts anderes im Sinn, als jedes letzte Körnchen Getreide zu verkaufen, jede Ziege und jedes Huhn. Heute kommt ihr mit eurem Geld, doch wo ist die Ware, die ihr dafür kaufen könnt?«

»Komm zur Sache!« riefen seine wahren Freunde.

Juda kam schließlich zur Sache.

Sein Punkt war ganz einfach, daß er die Nase voll hatte vom ewigen Warten. Vom Warten darauf, daß die Leute endlich einen Standpunkt einnehmen und aktiv in den Ablauf ihres eigenen Lebens eingreifen würden. Deshalb sollten sie ihr bißchen Geld wieder mit nach Hause nehmen und damit eine Vorratshütte bauen, die groß genug wäre, um Nahrungsmittel für ein ganzes Jahr darin zu lagern. Dann könnten sie, wenn sie es so wollten, den Rest an die Mühlenbesitzer und Händler verkaufen. Wie in den alten Tagen. Alle hätten dann genug Nahrungsmittel für ihre Familien, und die Händler hätten etwas zum Verkauf. Auf dem Platz würde wieder ein richtiger Markt stattfinden, und er wäre nicht mehr der Ziegenstall, zu dem er geworden war.

»Und was ist mit Bier?« fragte ein ungehobelter Jugendlicher aus dem Hintergrund. »Kann man Bier anbauen?«

Juda überging geflissentlich diese Bemerkung, merkte sich jedoch den Namen des Jugendlichen zwecks späterer Behandlung der Angelegenheit in der Bar.

Chief Kahiu kam über den Markt, und als er Juda hoch oben in der Windmühle sah, beschloß er, daß dieses Ereignis eine illegale Versammlung sei. Er rief den ganzen Markt zur Ordnung und befahl, die illegale Versammlung sofort abzubrechen, da er sonst die Polizei von Ngobit rufen würde, um sich der Sache anzunehmen. Die Menge starrte ihn an, als habe ein Taubstummer plötzlich zu sprechen begonnen. Der Samstagsmarkt hatte schon bestanden, als er noch nicht Chief gewesen war, und das einzig Illegale, was hier vor sich ging, war Ndeges Belästigung der Marktfrauen.

Kahiu wandte sich an Juda und verlangte seine Lizenz. Juda streckte ihm statt dessen die Zunge heraus – dies sei seine Lizenz, und er solle doch zu ihm auf die Windmühle klettern und ausnahmsweise einmal die Wahrheit sagen. Worauf der Chief seinen Gefolgsleuten befahl, jedermann festzunehmen, worauf er mit dem knurrenden Konfuzius auf den Fersen in der Tajiri Bar verschwand. Die Menge auf dem Markt brach in schallendes Gelächter aus.

»Du!« schrie Ndege zu Juda hoch. »Du bist mehr *kichwa maji* als ich, dein Wasserkopf ist größer als meiner! Du gehörst ins Krankenhaus von Mathare!«

»Ich?«

»Ja, du!« bekräftigte Ndege.

»Paß bloß auf, wenn ich runterkomme!« schrie Juda Pesa warnend zurück.

»Was tust du dann mit mir?« wollte Ndege wissen.

»Das wirst du dann schon sehen!«

Damit war Ndege abgetan, und Juda nahm seine unterbrochene Predigt wieder auf.

»Ihr müßt Latrinen bauen«, empfahl er den Leuten. »Ihr müßt eure Kinder davon abhalten, überall in der Gegend herumzuscheißen, wie die Ziegen.«

Einige lachten. Andere hörten gar nicht mehr, was er sagte, denn sie hatten es schon so oft gehört, und seine flammenden Reden gehörten für sie zur Atmosphäre des Marktes wie das Blöken der Ziegen, das Quietschen der alten Windmühle und wie Hitze und Staub.

Der Staub kam zum größten Teil von Baba Pesas Fagio, der in diesem Augenblick auf den Marktplatz einbog, wobei er in gleichmäßiger Folge in die kraterähnlichen Schlaglöcher, Hinterlassenschaften der letzten Regenfälle, wie ein Schiff auf hoher See hinabtauchte, um dann wieder zu erscheinen. Der Kombi umfuhr langsam den Platz, vorbei an der jetzt geschlossenen Mavuno-Klinik, vorbei an der ebenfalls geschlossenen Karibu Bar, vorbei am Settler's Store, um dann kurz zwischen der Miti Bar und der Uji Bar zu halten, von wo aus Baba Pesa ziemlich deutlich hören konnte, was sein Sohn predigte.

»Ein dicker Mann wie jener dort drüben«, sagte Juda und zeigte auf seinen Vater, »braucht außer sich selbst niemanden sonst. Deshalb ist es dumm von euch, wenn ihr ihn in eure Pläne für die Zukunft mit einschließt. Denkt nur an euch selbst, wenn ihr die Marktplätze plant, die Straßen, die Vorratshäuser und die Latrinen.«

Pesa fuhr langsam weiter, vorbei an der Metzgerei Nyama und an der Matumbo Metzgerei, dann hielt er endgültig mitten in einer Staubsenke direkt vor der Tajiri Bar. Er stieg aus, zog die Hosen hoch und blieb stehen, um seinem Sohn zuzuhören.

»Wählt eure Ältesten aus euren eigenen Reihen«, sagte Juda eben dem gleichgültigen Marktpublikum. »Wählt jemand, auf den ihr ein Auge haben könnt. Leute, die euch Rechenschaft über ihr Tun ablegen müssen. Nicht Leute, deren einziges Bestreben im Leben darin besteht, sich zu bereichern. Wer Durchfall hat, muß selbst zusehen, daß er einen Busch findet!«

Ein allgemein bekanntes Sprichwort, sehr alt und sehr weise. Doch für die meisten der Anwesenden war dies leeres Gerede.

Baba Pesa schüttelte den Kopf und betrat die Tajiri Bar, um dort von dem stets anwesenden Trio der altverdienten Mitglieder, Chief Kahiu, seinem Bruder Ruhiu und dem Gesundheitsinspektor Daktari Choo, willkommen geheißen zu werden. Das Ehrenmitglied Choma Choma werde etwas später dazukommen, wenn er die Füße und Köpfe der an jenem Tag von ihm geschlachteten Ziegen fertig gebraten habe.

»Eine Runde für alle«, befahl Baba Pesa. »Baba Pesa *ameingia!*«

Einige der Trinkkumpane Judas, seine wahren Freunde, die vorzeitig das Geld ausgaben, das sie auf dem Markt gestohlen hatten, spendeten Baba Pesas Runde heftigen Beifall.

»Baba Pesa, *hoyee!*«

»Hoyee!«

Baba Pesa warf einen Blick in ihre Ecke, beschloß, sie bei der nächsten Runde zu übergehen und wandte sich an Daktari Choo.

»Bist du dir klar darüber, daß da draußen einer ist, der dir deinen Job klauen will?« fragte er ihn.

»Wo?« Der Gesundheitsinspektor war sichtlich beunruhigt. »Wer?«

»Er nennt sich mein Sohn«, sagte Baba Pesa gewichtig. »Erzählt ihnen, sie sollen Latrinen ausheben. Wo, glaubt er eigentlich, daß sie hingeschissen haben, ehe er auf die Welt kam?«

»In den Busch«, riskierte der Chief einzuwerfen. »Hinter das Haus.«

»Und das tun sie noch immer«, fügte Daktari Choo hinzu.

Voller Verwunderung schaute Baba Pesa vom einen zum anderen.

»Mir scheint«, sagte er, »statt hier herumzusitzen und den lieben langen Tag Bier zu trinken, solltet ihr beide da draußen sein und mit meinem Sohn predigen. Ihr werdet schließlich dafür bezahlt!«

Die beiden Diener des Volkes starrten in ihre Bierflaschen und verwünschten den Augenblick.

»Das Problem sind die Leute«, sagte der Chief mürrisch. »Die Leute lernen nie etwas dazu.«

»Weil sie gar nichts lernen wollen«, echote Daktari Choo.

»Ja«, stimmte der Chief ihm zu. »Man kann sein Leben damit zubringen, ihnen klarzumachen, was gut für sie ist, und trotzdem begreifen sie nie, warum.«

»Weil sie es gar nicht begreifen wollen«, echote Daktari Choo.

Danach schwiegen sie lange und kramten in ihren Köpfen nach etwas Gutem und Intelligentem, das sie sagen könnten. Doch an solcherlei Gedanken fehlte es in der Tajiri Bar ebenso sehr wie sonst überall im Land auch.

Schließlich seufzte Baba Pesa und schüttelte den Kopf.

»Ich werde wohl alt«, sagte er zu sich selbst. »Früher hab ich nie mit Idioten Bier getrunken.«

Was die versammelten Mitglieder noch kleiner werden ließ. Doch das war normal, wenn man in Baba Pesas Gesellschaft war.

»Gib ihnen noch einen Drink«, sagte er zu dem Barmann. »Dann kann der Chief gehen und die Polizei rufen, so wie neulich, um meinen Sohn festzunehmen.«

»Das war nicht ich«, sagte der Chief.

»Wer denn?«

»Pata Potea.«

Alles, was von offizieller Seite her schief lief, wurde Pata Potea zur Last gelegt, dem stellvertretenden Chief, dessen Spuren nicht einmal seine Vorgesetzten verfolgen konnten, dem Mann, der seinen Pflichten, fast schon ehe sie ihm übertragen wurden, nie nachgekommen war. Doch jedermann auf diesem Bergrücken und dem nächsten und dem übernächsten wußte, daß Pata Potea so unschuldig war, irgendwelche Fehler begangen zu haben, die mit seinem Amt zu tun hatten, wie er mit naiver Unschuld seine Pflicht vernachlässigte. Zu sagen, Pata Potea habe es getan, war gleichbedeutend mit *sijui* – ich weiß es nicht.

Nachdem er das Bier an die Mitglieder, die am Tresen saßen, verteilt hatte, wandte sich der Barmann, der heute aus unerfindlichen Gründen in selbstzerstörerischer Stimmung war, an Baba Pesa und fragte, ob er den kleinen Leuten auf den Bänken nicht auch auftischen sollte.

»Warum solltest du?« wollte Baba Pesa wissen.

»Warum nicht?« fragte der Barmann zurück.

»Weil ich bezahle«, sagte Baba Pesa.

»Du bist der Vater allen Geldes«, sagte Ruhiu. »Und Geld spricht für sich selbst. Warum also nicht den kleinen Leuten ein Bier spendieren?«

Baba Pesa musterte ihn von oben bis unten. An einem gewöhnlichen Tag hätte er eine ganze Menge über die freche Kühnheit dieses Mannes zu sagen gehabt. Heute jedoch war er selbst in einer sehr seltsamen Stimmung, irgendwo zwischen Verärgerung und Freundlichkeit. Er zuckte mit der Schulter.

»Eines«, sagte er. »Eines für jeden und nicht mehr.«

Der Barmann verteilte die Flaschen und sorgte dafür, ein paar Flaschen für sich selbst in der Rechnung unterzubringen. Dann kam Juda herein, er sah müde und zerschlagen aus, erschöpft vom Predigen. Er ging zu seinem Vater hin und fragte, ob er ein Bier haben könne.

»Aber natürlich, mein Junge«, sagte Baba Pesa und tätschelte ihm die Schulter. »Wenn ich diesen nutzlosen Herumlungerern ein Bier spendieren kann, so kannst du zwei, drei oder ein halbes Dutzend haben.«

Der Barmann brachte Juda sechs Bierflaschen und stellte sie in einer Reihe vor ihm auf dem Tresen auf. Juda war ruhig und erschöpft, seine Kehle ausgedörrt von den eindringlichen Appellen, mit denen er von der Windmühle herunter die Menschen, die kaum Notiz davon nahmen, aus ihrer Gleichgültigkeit zu reißen versucht hatte. Der Chief warf von der Seite einen Blick auf ihn, schaute dann weg und tat, als sei er nicht da. Daktari Choo saß so unbeweglich wie eine Statue auf seinem Hocker, denn Judas Hang zu unerwarteter Provokation war ebenso legendär wie sein Jähzorn. In der ganzen Zeit, seit Juda von der Universität zurückgekommen war, hatte in den Kneipen im Dorf nachweislich keine einzige Schlägerei stattgefunden, die nicht direkt oder indirekt von Juda

Pesa angezettelt worden wäre, von einem Mann, der nicht genug Fleisch auf den Knochen hatte, um einen ordentlichen *mushkaki*-Prügel zu handhaben.

»Nun sag mir, mein Junge«, sagte Baba Pesa, »für wen hältst du dich eigentlich, daß du den Leuten sagst, sie sollen Latrinen bauen? Bist du jetzt Bürgermeister hier?«

»Vater«, sagte Juda ruhig, »Menschen sind kein Vieh. Sie müssen Toiletten haben!«

»Was kümmerts dich, wenn sie unter ihre Betten scheißen?«

Juda schüttelte mitleidig den Kopf und starrte weiter in seine Bierflasche.

»Das ist der Job vom Chief hier«, sagte Baba Pesa, »und vom Daktari. Du, du gehörst in die Universität. Elfenbeintürme bauen und jemand sein. Ein bedeutender und vermögender Mann, jemand, auf den ich stolz sein kann. Warum hast du dich entschieden, zu den Armen zu gehören, ein Säufer zu sein, ein Niemand? Warum tust du mir das an?«

Juda leerte seine Flasche. Der Barmann öffnete sofort eine neue, und Juda nahm einen langen Schluck, stieß auf und wischte sich mit dem Handrücken den Mund.

»Antworte mir!« sagte Baba Pesa.

»Worauf?« fragte Juda.

Er hatte kein einziges Wort von all dem gehört, was sein Vater gesagt hatte.

»Ich hab dich zur Schule geschickt, damit du ein großer und bedeutender Mann wirst«, sagte sein Vater. »Daß du mit Fürsten speisen und mit Königen Umgang haben kannst. Warum hast du dich für ein Leben in Dorfkneipen entschieden, in der Gesellschaft von kleinen, unbedeutenden Leuten?«

»Aber Vater«, lachte Juda, »ich bin dein Sohn!«

Ruhiu, der in seiner Jugend ganz wie der ungebärdige Juda gewesen war, lachte und wünschte, er hätte einen Sohn wie Juda. Baba Pesa warf ihm einen wütenden Blick zu und zwang ihn, eine alberne Unterhaltung mit Choma Choma zu beginnen, der gerade hereingekommen war und nach verbranntem Ziegenhaar und Holzfeuer roch.

»Du hättest selbst ein großer Mann sein können«, sagte Juda Pesa zu seinem Vater. »Eine verantwortliche Führerpersönlichkeit und Beispiel für uns alle. Stattdessen hast du dich entschieden, mit diesen Dienern des Volkes Bier zu trinken und sie von ihren Pflichten abzuhalten, für die ihnen die Gesellschaft ein hübsches Gehalt bezahlt. In deinem Trachten nach Reichtum hast du dich für den Weg der Korruption entschieden.«

Baba Pesa versuchte, diesen, mit zugegebenermaßen eindrucksvoller Beredsamkeit vorgebrachten Redefluß seines Sohnes zu verstehen, und schüttelte voll Verzweiflung den Kopf, als ihm dies schmählich mißlang.

»Offensichtlich können wir kein vernünftiges Gespräch führen«, schloß er. »Du beantwortest nie meine Fragen.«

»Welche Fragen?« wollte Juda wissen.

»Die Vernunft dringt nicht zu dir durch«, sagte Pesa. »Weiß Gott, ich habe versucht, dir Vernunft beizubringen!«

»Hast du mir deshalb dieses Bier spendiert?« fragte Juda. »Um mich zu ködern, damit ich die Dinge so sehen soll, wie du sie siehst?«

»Warum denn sonst, du besoffener *mlevi* – du Säufer!«

Juda lachte, es war das boshafte, wilde Lachen, das jedermann allzu schnell glauben machen wollte, daß Juda genau so verrückt sei wie Ndege, der Verrückte im Dorf. Es fehle nur noch, sagten sie, daß Juda sich auszöge und in Gesellschaft von Ndege mit ausgebreiteten Armen um den gedrängt vollen Marktplatz renne.

»Vater«, sagte er zu seinem Vater, »ich werde dir jetzt zeigen, was ich von deinem Bier halte. Paß auf!«

Und er nahm die erste Bierflasche zwischen Zeigefinger und Daumen, hielt sie mit gestrecktem Arm hoch und wartete auf die Reaktion seines Vaters. Baba Pesa grinste nur, und mit seiner vom Reichtum triefenden und überheblichen Art, die jedermann in seiner Umgebung zu bedauernswerten Würmern reduzierte, forderte er Juda heraus, es zu tun. Also ließ Juda die Flasche los. Sie explodierte auf dem Zementboden der Kneipe. Tajiri Bar war die einzige Kneipe auf diesem Bergrücken und dem nächsten, die einen

Zementboden hatte, und deshalb tranken die reichen Männer ihr Bier dort.

Der Knall der zersplitternden Flasche erschreckte alle, außer Baba Pesa, der ihn erwartet hatte. Und während sie versuchten zu einem Schluß zu kommen, was eigentlich los war, ließ Juda die nächste Flasche fallen.

Die Explosion war noch lauter als bei der ersten, und der Bierschaum bespritzte die staubigen Schuhe von Choma Choma und dem Chief. Juda warf einen Blick auf seinen Vater, und als er sah, daß dieser noch immer lachte, wie man über einen harmlosen Schwachsinnigen lacht, ließ er die dritte und die vierte Flasche fallen. Seine wahren Freunde klatschten spontan und anhaltend Beifall und pfiffen laut.

Baba Pesa schaute vom Publikum auf seinen Sohn.

»Gib ihm nochmal sechs«, sagte er zu dem Barmann. »Nein, gib ihm eine ganze Kiste. Dann wird sich zeigen, wie verrückt er in Wirklichkeit ist.«

Der Barmann hievte eine volle Bierkiste auf den Tresen. Juda lächelte noch immer, nahm eine Flasche aus der Kiste und begann, sie wie eine Medizinflasche zu schütteln.

»So macht es noch mehr Spaß«, sagte er zu seinem Vater. »Paß mal auf!«

Choma Choma, Daktari Choo und die Mitglieder, die das, was kommen sollte, schon einmal erlebt hatten, standen auf und gingen unauffällig zur Tür. Auch jene von Judas wahren Freunden, die noch nicht ganz betrunken waren, drängten zum Ausgang.

»Ich rufe die Polizei«, warnte der Chief, stand auf und wollte gehen.

»Untersteh dich!« schrie Pesa. »Geld spricht seine eigene Sprache!«

Eine gut geschüttelte Bierflasche auf einem Zementboden gleicht einer mit Glassplittern gefüllten Granate. Der Chief hatte es noch nicht bis zur Tür geschafft, als die nächste losging. Die Explosion schleuderte ihn fast hinaus.

»*Kula waya*«, jubelten Judas Freunde. »Juda *juu*!«

»*Tena*!« schrie ein anderer. »Nochmal, noch eine!«

Juda lachte ihnen zu, um sie zu vergewissern, daß der nächste Knall noch besser sein würde als der letzte, und machte sich daran, eine Flasche nach der anderen zu schütteln und sie in einer Reihe auf dem Tresen aufzustellen. Nun begann selbst Baba Pesa zu bezweifeln, ob seine Herausforderung so klug gewesen war.

Als Juda genug Geschosse auf der Theke bereitgestellt hatte, nahm er die erste Flasche und schleuderte sie an die gegenüberliegende Wand. Sie explodierte über den Köpfen seiner vor Schreck erstarrten Freunde, und Bierschaum und Glasscherben pfiffen gefährlich durch die Luft. Es herrschte totale Stille. Das nächste Geschoß schlug an genau derselben Stelle ein und zeitigte dasselbe Ergebnis, und damit war klar, daß es sich um keinen Zufall handelte. Juda war dabei, sie, seine Freunde zu hintergehen!

Totales Chaos folgte, wie verrückt drängten alle zur Tür. Ein weiteres Geschoß in Richtung Ausgang leerte die Kneipe innerhalb kürzester Zeit, zurück blieben nur Baba Pesa, Juda und der entsetzte Barmann, der sich hinter der Theke verkrochen hatte.

Und nun machte sich Juda ernsthaft daran, die Flaschen zu zertrümmern, schleuderte sie in alle Richtungen und vergnügte sich dabei großartig. Auf jede Explosion folgte großes Beifallsgeschrei von draußen.

»*Sema tena!*« schrien sie draußen vor der Tür. »Noch einmal!«

Eine Menschenmenge hatte sich vor der Tajiri Bar versammelt. Sehr bald wurde daraus eine aufrührerische, illegale Versammlung. Der Chief fragte sich, ob er das wohl auf Juda Pesas Konto buchen konnte. Choma Choma wies ihn vernünftigerweise darauf hin, daß, obwohl Juda für diese illegale Versammlung verantwortlich sei, er sie im strikten Sinn des Wortes nicht einberufen habe, und, da er außerdem keine Rede vor der versammelten Menge hielte, ihn in dieser Angelegenheit keine Schuld treffe.

Daktari Choo war derselben Meinung, und Ruhiu, der eine hübsche Entschädigungssumme für den Schaden in seines Bruders Kneipe erwartete, gelang es, den Chief davon zu überzeugen, daß es nicht notwendig sei, die Polizei von Ngobit zu rufen.

Bald stand der Samstagsmarkt vollkommen Kopf, der Mob

wurde immer größer, und die notorischen Taschendiebe des Dorfes hatten einen Festtag.

Eine alte Frau, die am Stock ging, kam vorüber und fragte beim Anblick der festlichen Menge, ob jemand gestorben sei. Als man sie darüber informierte, daß Baba Pesa und sein Sohn drinnen Flaschen zertrümmerten, wunderte sie sich darüber, daß die Leute so viel Zeit zum herumstehen fänden, als hätten sie sonst nichts auf der Welt zu tun, und ging ihres Weges.

Ndege, der Verrückte, drängte sich durch die Menge, und als er sah, daß niemand seinem Nacktsein Aufmerksamkeit schenkte, versuchte er sich an Jeni-the-Castrator. Getreu ihres Rufes, eine äußerst schamlose Frau zu sein, gab sie ihm einen Tritt in die Weichteile, was er ihr zurückgab, indem er wie ein gestochenes Schwein schrie. Noch immer achtete keiner auf ihn. Er wand sich im Staub, und Jeni ließ ihn liegen und machte sich inmitten dieser unheilbar chauvinistischen Männerversammlung auf die hoffnungslose Suche nach Bekehrungswilligen.

Der Chief beschloß, daß er von diesem Samstagsunsinn nun genug habe, und in Begleitung von Daktari und seinem Bruder Ruhiu folgte er Choma Choma in die Matumbo Metzgerei, um nachzusehen, wie weit die Suppe war, in der die Ziegenköpfe und -füße kochten.

Genau in jenem Augenblick nun tauchten Baba Pesa und Juda, durch knöcheltiefen Bierschaum watend, aus der Bar auf, und die Menge brach in jubelnden Beifall aus.

»Baba Pesa *hoyee!*«

»Hoyee!«

»Juda *wapi?*«

»Juu!«

Baba Pesa betrachtete die Menge mit Abscheu. Juda indessen lächelte wohlwollend, winkte und schickte sich an, eine Rede zu halten. Doch sein Vater zog ihn weg, die Straße hinunter. Der Barmann erschien in großer Aufregung und verkündete, daß sie in die Fujo Bar gehen und dort weitermachen wollten, da sein Vorrat an zerbrechlichen Flaschen aufgebraucht sei.

Die Menge folgte ihnen über den Marktplatz in die andere Bar, was den Samstagsmarkt nun endgültig zusammenbrechen ließ und die Händlerinnen zwang, ihre Waren einzupacken und für heute Schluß zu machen.

Später, als der Kleinlaster Fagio sich im Zickzackkurs seinen Weg die Pesa-Straße hinauf suchte, konnte Baba Pesa nicht anders als zuzugeben, daß es seinem Sohn Juda mit nachtwandlerischer Sicherheit gelang, die Aufmerksamkeit der Welt auf seine Art des Verrücktseins zu lenken.

»Das war die dümmste Demonstration von Dummheit, die ich je erlebt habe«, sagte er schließlich.

»Stimmt«, gab Juda betrunken zu. »Aber du hast dafür bezahlt!«

Er saß an die Tür des Wagens gelehnt, sein Kopf baumelte von einer Seite zur anderen.

Pesa schaltete krachend die Gänge und blickte entschlossen auf die Straße, denn auch er war ziemlich betrunken, und mit einem Höllenlärm setzte das Fahrzeug über ein Schlagloch nach dem anderen.

»Was genau wolltest du eigentlich beweisen?« fragte er seinen Sohn durch den Lärm hindurch. »Ich habe mehr Geld, als du beim Flaschenzertrümmern verbrauchen kannst.«

»Wahr«, stimmte Juda ihm zu. »Nur zu wahr.«

»In Nairobi gibt es eine Fabrik, die eine Million Flaschen in der Woche macht«, sagte Baba Pesa. »Kannst du so viele zertrümmern?«

»Ich könnte es versuchen«, lallte Juda. »Ich versuche immer alles.«

»Quatsch!« schrie sein Vater. »Gewalt, mein Junge, beweist überhaupt nichts. Es beweist nur die Dummheit jener, die sie ausüben.«

»Genau das habe ich neulich schon zu Konfuzius gesagt.«

»Red mir nicht von Konfusion«, bellte Baba Pesa. »Warum eigentlich, redest du mit dem Hund? Bist du jetzt endgültig verrückt geworden?«

»Wahnsinn«, sagte Juda mit einem besoffenen Grinsen, »ist ein Geisteszustand.«

Dies nun verwirrte Baba Pesa vollkommen, da er ohnehin den Verdacht hegte, sein Sohn mache diese wilden Äußerungen nur in der Absicht, ihn zu verwirren.

»Ich habe dich dazu erzogen, ein bedeutender Mann zu werden«, sagte er. »Ein Riese unter den Menschen, ja, sogar ein Genius!«

»Das grenzt an Wahnsinn«, sagte Juda leise.

»Sprich nicht wie deine Mutter!«

»Ich wünschte, ich würde so sprechen wie sie!« sagte Juda müde, aber er meinte es wirklich.

»Du hättest alles werden können, was du gewollt hättest«, sagte Baba Pesa und überging Judas Bemerkung, die er doch nicht verstand. »Du hättest Umgang mit Königen haben und mit Fürsten speisen können. Stattdessen hast du dich dafür entschieden, ein armer Prediger zu sein, ein Rufer in der Wüste, Kämpfer für eine verlorene Sache und ein Niemand. Warum bestehst du darauf, dich auf die Seite der Verlierer zu stellen, wo du doch in der Gesellschaft von Männern und führenden Persönlichkeiten sein könntest? Warum tust du mir das an?«

Juda schlief längst, sein Kopf war nach hinten gesunken, sein halb offener Mund füllte sich mit Staub.

Baba Pesa fuhr weiter, bis er Baru an der Straße sah, der den Zaun zwischen ihren Grundstücken flickte. Er hielt an, lehnte sich aus dem Wagen und rief ihm einen Gruß zu.

Baru schaute auf, sah, wer es war, und grüßte zurück.

»Hast du überhaupt eine Vorstellung davon, wieviel Weizen ich auf diesem Stück Land anbauen könnte?« fragte Baba Pesa.

»Nein«, sagte Baba Baru ehrlich.

»Ich wäre ein reicher Mann!«

»Du bist ein reicher Mann, Baba Pesa«, sagte Baru.

»Du hast ja keine Ahnung!«

»Ja«, gab Baba Baru zu, »ich habe keine Ahnung.«

Er schaute dem sich entfernenden Fahrzeug nach, wunderte sich, daß Pesa und Juda gemeinsam im Auto saßen, und fuhr fort, den Zaun zu reparieren.

KAPITEL SIEBEN

Die Sonne ging gerade über den Bergen auf, doch die Täler lagen noch im tiefen Schatten. Aus den weit im Tal verstreut liegenden grasgedeckten Lehmhütten stieg Rauch auf, weil in jedem Haus Wasser gewärmt wurde, um den Kühen vor dem Melken die Euter zu waschen.

Auf dem Anwesen der Pesas war das Melken voll im Gang. Eimer klapperten, und Kälber riefen nach ihren Müttern.

Baba Pesa saß auf der niederen Mauer seiner Veranda, rauchte seine Pfeife und dachte angestrengt nach. Gerade eben war Mutiso auf seinem Weg zum illegalen Ziegenmelken bei ihm vorübergekommen und hatte wie üblich versucht, ihn zu einer Lohnerhöhung zu bewegen. Sehr bald, so schwor sich Baba Pesa, würde er mit Mutiso in dieser Angelegenheit des Ziegenmelkens ein Gespräch von Mann zu Mann führen müssen.

Als die Welt langsam heller wurde, konnte er mit den Augen sehr deutlich die Straße, die von seinem Haus den Berg hinab ins Dorf führte, bis zur ersten Biegung verfolgen. Er suchte nach Anzeichen von Konfuzius und seinem Herrn, doch er fand keine. Rechts von der Straße, zum Teil hinter den hohen Zedern versteckt, die das Anwesen der Pesas umgaben, sah er die drei grasgedeckten Dächer vom Gehöft der Barus. Aus einem der Dächer ringelte sich der Rauch in den Morgenhimmel. Dann plötzlich standen alle drei Dächer in Flammen. Das Feuer brannte schnell und wild, sein Krachen erstickte die Schreie der Barus. Baba Pesa lächelte, als er zuschaute, wie die Feuersflammen an den Grasdächern und den aus Zweigen geflochtenen Wänden leckten und sie zu Asche werden ließen. Als die Dächer einstürzten, wurde das Schreien der Bewohner leiser und hörte schließlich ganz auf.

Dann, ebenso schnell, wie es ausgebrochen war, starb das Feuer, und die drei Dächer waren völlig intakt. Aus dem größten stieg ruhig der Rauch auf.

Vögel zwitscherten in den Bäumen.

Baba Pesa lächelte nicht mehr. »Eines Tages«, sagte er sich. »Eines Tages!«

Im Gehöft der Barus kochte Mama Baru den Maisbrei zum Frühstück. Mit einem Bündel Feuerholz im Arm stand sie draußen vor ihrer Hütte und schaute sehnsüchtig den Berg hinauf zu den Pesas, wo ein Kamin aus Backsteinen munter den Rauch in den Himmel schickte, und sie schwor sich, daß auch sie eines Tages in einem Haus wie dem der Pesas wohnen würde. Darüber nachzudenken, wie dieser Vorsatz zu verwirklichen sei, sparte sie sich für später auf, wenn die Welt wärmer und Träume akzeptabler wären.

Drunten bei der schiefen Latrine kam Moses aus seiner Hütte. Ohne abzuwarten, bis er sich im Gras hinter der Hütte erleichtert hatte, wies ihn Mama Baru an, mit einer Flasche zu den Pesas hinaufzugehen und Milch zu holen. Moses antwortete mürrisch, es sei zu früh, um betteln zu gehen, doch bis er sich gewaschen und angezogen hatte, war es schon hell geworden und fast Zeit für die Schule. Also rannte er in aller Eile zu den Pesas hinauf und ebenso schnell wieder herunter und stand am Straßenrand, als der Fagio mit den Milchkannen kam, um ihn in die technische Schule im Dorf mitzunehmen, wo er den Vormittag mit Säge, Hammer und Meißel umging und das Schreinerhandwerk erlernte. Er hegte keinerlei Absichten, dieses Handwerk jemals auszuüben, denn wie die meisten der jungen Männer im Dorf, träumte auch er davon, nach Nairobi zu gehen und dort etwas zu werden.

Die Schule dauerte von acht bis zwölf. Um zwei schwitzte Moses bereits draußen auf dem Feld bei der Arbeit mit seinem Vater und dem Ochsen, den sie Tinga-Tinga – Traktor – nannten, weil der wirkliche Traktor auf der anderen Seite des Zaunes den meisten Lärm machte, den meisten Staub aufwirbelte und in einer Stunde mehr pflügte, als sie in einer ganzen Woche voll Mühe und Schweiß.

Der Ochse schien zur selben Schlußfolgerung gekommen zu

sein. Sein Schritt war langsam und nachdenklich, und obwohl er seine ganze Muskelkraft einsetzte, weilten sein Herz und seine Gedanken andernorts. Möglicherweise träumte er davon, wegzulaufen und grünere Weiden im Ochsenhimmel aufzusuchen, in einem Land, in dem es keine Pflüge und keine knallenden, von einem wenig begeisterten jungen Mann geschwungenen Lederpeitschen gab.

Baru führte den Pflug, sein eiserner Griff hielt ihn auf geradem und richtigem Kurs, während Moses, sehr zur Verärgerung des Ochsen, unablässig mit der Peitsche knallte. Sie waren mit langsam sich in Lehm verwandelndem Staub überzogen, als Juda Pesa und Konfuzius sinnlos betrunken aus dem Dorf heraufkamen und ihnen ihre Hilfe anboten.

»Hilfe?« schrien sie wie aus einem Mund.

Juda nickte, schwankte und schien nahe daran, tot umzufallen.

»Ich hasse diese schreckliche Maschine«, sagte er und zeigte dorthin, wo Elija mit dem Traktor pflügte. »Deshalb bin ich gekommen, um euch zu helfen.«

»Helfen willst du?« brüllte Baru, der o-beinig und müde auf seinem Feld stand, erschöpft von all dem Schweiß und Staub und keineswegs in der Stimmung für schlechte Witze.

Juda nickte wieder, sein Gesicht und die Art, wie er es gesagt hatte, drückten Aufrichtigkeit aus, doch er war sehr betrunken und vollkommen erschöpft von dem langen Weg vom Dorf den Berg herauf. Konfuzius hatte inzwischen ein schattiges Plätzchen unter einem Busch gefunden und beschlossen zu schlafen.

»Er könnte den Ochsen führen«, sagte Moses zu seinem Vater.

»So, könnte er das?« schrie Baru von dem Vorschlag entsetzt.

»Warum nicht?« fragte Juda beleidigt.

Herausfordernd starrten sie sich an.

»Die Peitsche ist dort drüben«, sagte Baru.

Moses reichte Juda die Peitsche. Juda stolperte über das unebene Gelände und nahm seine Position hinter Tinga-Tinga ein.

Baru packte den Pflug vorsorglich mit festem Griff, nickte, und Juda ließ die Peitsche so gefährlich niedrig über ihren Köpfen knallen, daß sie sich ducken mußten und Tinga-Tinga zu Tode erschrak. Der Ochse scheute und rannte um sein Leben, Baru hinterher, noch immer den Pflug im Griff, der eine erratische Furche, die nichts mit dem althergebrachten und etablierten Muster zu tun hatte, quer über das ungepflügte Feld zog.

Baru pfiff wie wild und Moses rannte hinter ihnen her, packte den Ochsen am Zaum und brachte ihn wieder zur Vernunft. Als sie alle wieder zu Atem gekommen waren, erklärte Moses Juda genau, wie es gemacht wurde.

»Da ist Methode dahinter«, sagte Baru ungeduldig. »Und die funktioniert nicht, wenn man das Tier zu Tode erschreckt!«

Juda, der sehr willig war, alles zu lernen, was er nicht lernen mußte, folgte aufmerksam ihren Anweisungen. Drüben auf der anderen Straßenseite, hatte sein Bruder Elija den Traktor abgestellt, um sich das Schauspiel anzusehen, und lachte sich dabei halbtot. Juda stellte sich genau nach Anweisung in Position. Dann packte er die Peitsche mit beiden Händen und knallte genau in der richtigen Richtung und im richtigen Abstand von Tinga-Tinga. Das Pflügen ging weiter.

Eine Stunde später, als Margaret Baru ihnen dünnen Maisbrei brachte, damit sie ihren Durst löschen konnten, hatte Juda das Peitschenknallen meisterhaft im Griff. Doch sie ließen ihn noch immer nicht an den Pflug, also beschloß er, genug sei genug. Er weckte Konfuzius und ging mit ihm ins Dorf und in die Uji Bar zurück, um dort wahre Heilung für seinen Durst zu finden.

In der Tajiri Bar indessen war Baba Pesa dabei, aus seinen Mitmenschen Würmer zu machen, sie zu derart winzigen Tierchen zu reduzieren, daß man die meisten in ihrem Versteck hinter den Bierflaschen, die er ihnen spendiert hatte, überhaupt nicht mehr sehen konnte.

Mit ihm an der den Mitgliedern vorbehaltenen Theke saßen seine üblichen Helfershelfer – Chief Kahiu, sein Bruder Ruhiu, Daktari Choo, Choma Choma und einige wenige nicht ganz so ehrenwerte Mitglieder, alle in angemessen verdrossener Stimmung, wie sie von Baba Pesa für jenen Tag festgelegt worden war.

Auf den Bänken an der Wand saßen die anderen Kunden –

Kleinbauern und unbedeutende Leute, die der Meinung waren, sie hätten ein Monopol auf alle Probleme der Welt – stöhnten über das Unglück, das sie befallen hatte, und trösteten sich gegenseitig mit ihren Wehklagen, einer schlimmer als der andere.

»Meine Quelle ist ausgetrocknet«, sagte einer. »Meine Frau muß zum Wasserholen über den Berg gehen.«

»Zehn meiner besten Ziegen sind tot«, erzählte ein anderer. »Und dieser diebische Metzger Choma Choma will die übrigen umsonst haben!«

»Es gibt welche unter uns, die wie Hyänen am Unglück anderer Gefallen finden«, sagte ein uralter Mann, der einen Mantel mit nur einem Ärmel trug. »Wie die dort drüben. Geier sind das. Als ehrenwerte alte Männer verkleidete Geier!«

Sein Begleiter versuchte, ihn zu beruhigen.

»Warum sollte ich nicht laut reden?« sagte der alte Mann, der so betrunken war, daß er vergessen hatte, von wem das Geld stammte, mit dem er sich betrunken hatte. »Wo komm ich denn hin? Ich esse nicht im Haus ihrer Frauen, und ich schlafe nicht in den Betten ihrer Frauen. Jetzt sagen sie, ich müsse eine Ziege für den Regen opfern, und ich habe doch nur zwei.«

»Ich habe auch schon zwei Ziegenböcke geopfert«, sagte sein Begleiter. »Zwei meiner besten, und es blieb mir keine andere Wahl.«

»Aber wieviel haben diese fetten Leute dort geopfert?« lamentierte der alte Mann. »Wie kommt es, daß die Götter nur die Ziegen der Armen wollen? Die Herden der Reichen bleiben unbehelligt, fällt dann der Regen, werden sie noch fetter.«

Der Begleiter schüttelte den Kopf, denn auch er konnte nicht verstehen, wie die Entscheidung, wer etwas zum Regenopfer beitragen sollte, und wieviel, gefallen war. Er wußte nur, daß Baba Pesa und mit ihm seine Bande der örtlichen Mafia beschlossen hatte, daß er zwei Böcke für ein Regenopfer bereitstellen sollte, während andere ungenannte Spender nicht spezifizierte Gaben beisteuern würden.

»Wenn es nicht bald regnet, bin ich ruiniert«, schloß er. »Auf immer und ewig ruiniert.«

Baba Pesa, der neugierig ihrer Unterhaltung gefolgt war, unterbrach sie.

»Was wißt ihr kleinen Leute schon, was es heißt, ruiniert zu sein?« fragte er. »Ich habe schon viele hundert Liter Milch verloren und viele hundert Säcke Weizen, und ihr redet darüber, eure Ziegen zu verlieren!«

Die alten Männer starrten beschämt auf ihre Flaschen und vermieden es, zur Theke hinüberzuschauen.

Ruhiu, dessen Gewohnheit, insbesondere in Anwesenheit von Baba Pesa zu sprechen, wenn er nicht an der Reihe war, mit der Zeit legendär wurde, meinte, daß ein Mann seinen Besitz preise, wie klein dieser auch sei, und seine Verluste beweine, wie gering diese auch sein mochten.

»Wer hat dich danach gefragt?« sagte Baba Pesa.

»Ich habe mich mit Choma Choma unterhalten«, antwortete Ruhiu ruhig.

»Dann red draußen mit ihm weiter«, befahl Baba Pesa. »Da kannst du vielleicht übrig gebliebene Ziegenfüße von ihm bekommen. Das ist das einzige, wovon du etwas verstehst.«

Ruhiu beschloß, diesem potentiell gefährlichen Abenteuer ein Ende zu setzen und sich still auf den Bierausschank zu konzentrieren. Der Chief tat wie immer so, als sei er überhaupt nicht anwesend, und Daktari bestätigte durch sein Verhalten, daß er nicht zählte. Choma Choma war irgendwo verloren zwischen seiner Bewunderung für Baba Pesa und seiner Freundschaft mit Ruhiu, der ihm im Tausch gegen Ziegenkopf-und-Füße-Suppe Bierkredit einräumte.

Baba Pesa wandte sich an die einfachen Leute auf den Bänken. »Ihr solltet dankbar sein, daß ihr keine Darlehen zurückzahlen müßt«, sagte er. »Ihr habt es nicht nötig, euch zu verstecken, wenn fremde Autos auf euren Hof kommen.«

»Das ist wahr«, stimmten ihm die alten Männer zu, »das ist wirklich wahr.«

Befriedigt, daß es ihm gelungen war, sie von seiner Denkweise zu überzeugen, rief Baba Pesa den fleißigen Barmann und wies ihn an, den alten Männern eine Runde zu bringen.

»Gib diesen kleinen Leuten ein Bier«, sagte er.

Die kleinen Leute waren dankbar, neigten die Köpfe vor Baba Pesa und priesen seinen Namen. In diesem Augenblick gab Ruhiu, der die unheilbare Tendenz hatte, jeder Gelegenheit einen Dämpfer aufzusetzen, eine seiner unbequemen und bisweilen giftigen Anmerkungen ab, die Baba Pesa verhaßt waren, da er sich selbst als der Inbegriff aller Weisheit sah.

»Wir leben in einer Zeit der Sorgen und nicht des Feierns«, sagte Ruhiu. »In einer Zeit, in der wir zusammen weinen und für unser Land, unsere Ernte, unser Vieh, unsere Kinder und unsere Frauen beten.«

Darauf nun tranken die alten Männer. Um nicht ins Hintertreffen zu geraten, brachte Baba Pesa einen Toast auf sich selbst aus. Dann stand er auf und machte den Vorsänger in einem alten Kinderlied, das einstmals den Regen herbeigerufen hatte.

Mbura ura
Nguthinjire gategwa
Getagwo atia
Njiru, njiru, njiru, njiru

Die alten Männer schauten ihn ungläubig an. Einige der Mitglieder lachten verlegen, doch Baba Pesa bestand darauf und zwang sie schließlich mitzusingen.

Es dauerte nicht lange, und er hatte sie dazu gebracht, sich an den Händen zu fassen und in äußerster Bestürzung und mit fliegenden Mänteln im Kreis herumzutanzen. Woraufhin er sie in einer Wolke von Staub und Scham stehenließ und sich wieder an die Theke der Mitglieder setzte, von wo er mit Befriedigung zuschaute, wie alte, alte Männer unbeschnittenen Knaben gleich umherhüpften und ein Lied sangen, das selbst ihre Enkel zu dämlich fanden.

Sie tanzten noch immer, als Baba Pesa, ohne ihnen den Befehl zum Aufhören zu geben, beschloß, daß es nun genug des Unsinns sei, hinausging, seinen Wagen bestieg und wegfuhr. Erst dann wagten sie es, aufzuhören und ließen sich keuchend auf die Bänke fallen.

Kurz nach dem Schlachthaus mit der Unmenge von Geiern, die wie treue Wächter dort Wache hielten, traf Baba Pesa auf Mama

Baru, die von dem inoffiziellen Mittwochsmarkt müde nach Hause ging, mit einer Last auf dem Rücken, die einem normalen Lastesel Anlaß zur Kündigung gegeben hätte.

Baba Pesa hatte sie um ungefähr hundert Meter überholt, denn er glaubte nicht daran, Leute aus Freundlichkeit mitzunehmen, als er es sich noch einmal überlegte, plötzlich bremste und inmitten einer riesigen Staubwolke anhielt. Mit langsamen und schweren Schritten kam sie näher, denn auch sie hatte gelernt, niemals eine Gunst zu erwarten; Baba Pesa schaltete deshalb wütend in den Rückwärtsgang, gab Gas und überfuhr sie beinahe. Trotzdem ging sie ruhig weiter, und als sie am Fagio vorüberkam, lehnte er sich aus dem Fenster. Eine überwältigende Bierfahne kam ihr entgegen, als er ihr anbot, sie mitzunehmen. Während sie überlegte, warf er die Tür auf und befahl ihr einzusteigen.

Sie jedoch überlegte noch einen Augenblick länger, dann ließ sie ihre Bürde auf die Ladefläche des Kleinlasters fallen und begann selbst hinaufzusteigen.

»Hierher, nach vorn!« brüllte Baba Pesa. »Der Staub da hinten bringt dich um!«

Sie zögerte diesmal noch länger. So weit sie wußte, fuhr außer Mama Pesa oder seinen Kindern niemals jemand anderes mit Baba Pesa im Führerhäuschen des Lasters. Es war bekannt, daß er großen Spaß daran fand, durch den Rückspiegel zu beobachten, wie seine hilflosen Passagiere auf der Ladefläche hin und hergeworfen wurden, wenn er wie ein Verrückter fuhr.

Mama Baru setzte sich so weit entfernt wie möglich von Baba Pesa, und der Laster raste die Straße entlang und begrub die rennenden Schulkinder, die am Straßenrand versuchten, mit ihm Schritt zu halten, unter einer Staubwolke. Nachdem sie den Fluß Ngobit überquert hatten, der jetzt nur mehr ein ausgetrocknetes Flußbett war, suchte sich das Fahrzeug durch das mit dichtem Busch bewachsene Gelände langsamer seinen Weg, ehe es die letzte Steigung zu den Anwesen der Barus und der Pesas nahm.

Dieser Abschnitt der Straße konnte teilweise selbst von ganz oben, vom Anwesen der Pesas aus, überblickt werden. Mutiso, der mit seinen Ziegen im Buschland unterhalb des Hauses saß, beobachtete, wie der Laster langsam die Straße heraufkroch, und fragte sich, was das wohl zu bedeuten habe.

Im Inneren des Fahrzeugs versuchte Baba Pesa erfolglos, mit der versteinerten Frau seines Nachbarn ein Gespräch zu führen. Ihre Antworten auf seine Fragen waren kurz und schroff.

»Wo bist du gewesen?« wollte Pesa wissen.

»Auf dem Markt«, antwortete sie.

»Wo ist dein Mann?«

»Zuhause.«

»Und deine Tochter?«

»Schule.«

Die Unterhaltung schien beendet. Schweigend fuhren sie weiter.

»Du hast wunderschöne Augen.«

Sie schaute zum Fenster hinaus, ihr Herz flatterte wie das eines gefangenen Vogels. Als er ihr die Hand auf den Schoß legte, fuhr sie zurück. Dann öffnete sie plötzlich die Tür und versuchte, aus dem fahrenden Wagen zu springen.

Baba Pesa trat auf die Bremse. Der plötzliche Ruck schleuderte sie heftig gegen das Armaturenbrett. Ehe sie wieder Luft holen konnte, war Baba Pesa schon um den Wagen herumgekommen, zerrte sie heraus und versetzte ihr mehrere knallende Ohrfeigen. Dann stieß er sie auf die Straße und fuhr weg. Einige Meter weiter hielt er wieder an, warf ihr Gepäck auf die Straße und fuhr wütend weiter.

Mama Baru rappelte sich langsam auf und begann, noch immer benommen, sich den Staub aus den Kleidern zu klopfen. Da trat wie ein treuer und guter Geist Mutiso aus dem Gebüsch, seine Kleider, in denen er auch schlief, rochen nach Ziegen und Holzrauch, und er war gekommen, um sie zu trösten.

»Hat er dich verletzt?« fragte er.

Ungewiß schüttelte sie den Kopf.

»Der Mann ist wie ein Tier«, sagte sie. »Wie eine Hyäne. Ein wildes Tier aus den Wäldern.«

»Fasse Mut, Mama«, sagte Mutiso freundlich und lächelte.

»Er hat mich schrecklich geschlagen«, sagte sie. »Aber Gott ist groß, ich bin nicht verletzt. Aber er hat mich sehr geschlagen.«

»Fasse Mut, Mutter von Musa.«

Zusammen gingen sie zu ihrem Gepäck, das auf der Straße lag.

Er half ihr, alles aufzusammeln, und obwohl ein Drittel des Maismehls, das sie unten in der Mühle geholt hatte, im Straßenstaub lag, gelang es ihm, den Rest ihrer Einkäufe wieder einzupakken.

»Wenn ich Baba Moses erzähle, was heute geschehen ist, wird er mich sicher umbringen«, sagte sie.

Mutiso gab ihr den guten Rat, daß bestimmt nichts Gutes dabei herauskäme, wenn sie ihrem Mann die Wahrheit erzählte.

»Also muß ich eine Lüge erzählen«, sagte sie. »Ich stürzte, als ich über den Zaun dort stieg.«

»Und ich habe dir aufgeholfen«, fügte Mutiso hinzu.

Er half ihr, ihre Last wieder auf den Rücken zu nehmen, und als alles sicher verstaut war, dankte sie ihm für sein gutes Herz und seine Freundlichkeit.

»Dieser Mann hat mich schrecklich geschlagen«, sagte sie noch einmal. »Er hat mich sehr geschlagen.«

»Fasse Mut, Mutter von Musa«, sprach Mutiso ihr zu. »Wenn Baba Pesa einmal alt wird und gebrechlich und kein Unheil mehr anrichten kann, wird das Alter ihm mehr Schmerzen bereiten als das schlimmste Zahnweh.«

»Ich hoffe, es wird ihn noch schlimmer treffen!« sagte sie.

»Dessen kannst du versichert sein«, sagte Mutiso. »Komm gut nach Hause, Mama.«

»Möge es dir gut ergehen, Mutiso«, sagte sie. »Deine Güte und Freundlichkeit kennt keine Grenzen.«

Müde machte sie sich auf den Heimweg, und Mutiso kehrte zu seinen Ziegen zurück. Was ist es wohl, das einige Menschen zu Vorbildern und andere zu Hyänen macht, fragte er sich und dachte lange, sehr lange darüber nach.

Baru saß auf seinem Lieblingsplatz unter dem Pfefferbaum und schärfte seine *panga*, als seine Frau müde vom Markt heimkehrte. Ein grimmiger Ausdruck lag auf seinem Gesicht, und seine Hände handhabten die Feile hart und zornig. Er gärte vor Wut wie reifendes Honigbier.

Sie blieb stehen und schaute ihren Mann an, und er schaute sie an. Dann kam Margaret aus der Hütte, rannte ihrer Mutter entgegen und fragte, warum ihr Kleid so staubig sei. Da mußte Mama Baru ihre Tochter anlügen.

»Ich bin gestürzt«, sagte sie, »als ich über den Zaun dort stieg.«

»Hast du dir wehgetan?« fragte das Mädchen.

»Nein«, sagte sie. »Mutiso hat mir aufgeholfen.«

Da stand Baru auf, langsam, noch immer vor Zorn gärend wie eine Kalebasse voll reifem Bier, und stellte sich vor seine Frau.

»Gestürzt!« brüllte er. »Gestürzt!«

Er schwang seine *panga* über ihrem Kopf, doch anstatt sie auf Mama Baru heruntersausen zu lassen, schlug er einen ziemlich großen Zweig aus dem Pfefferbaum, der krachend zwischen ihnen herabstürzte.

Dann hielt er ihr die Spitze dieses schrecklichen Buschmessers vors Gesicht und knurrte böse: »Lüg mich nicht an, Weib!«

Mama Baru zitterte am ganzen Leib und wagte vor Angst nicht zu sprechen; ihre Tochter stand neben ihr, ungewiß, was sich hier eigentlich abspielte.

Baru schaute von der Mutter auf die Tochter, wandte sich dann plötzlich um und stürmte auf dem Fußweg, der zu den Pesas führte, davon.

Mama Baru ließ ihre Last fallen und stieß einen entsetzlichen Schrei aus, den alten, markerschütternden Schrei einer Frau in Not.

»Mutter! schrie Margaret, »was ist los?«

»Geh und hole deinen Bruder«, sagte die alte Frau. »Dein Vater will Baba Pesa umbringen.«

Ohne einen Augenblick zu zögern, rannte Margaret los. Sie schlug den Weg ein, der hinunter ins Tal führte, wo Moses Kohl angebaut hatte, den er mit Wasser aus einem neun Meter tiefen Brunnen bewässerte, den er eigenhändig gegraben hatte. Er arbeitete mit bloßem Oberkörper, seine geflickten Hosenbeine hatte er bis über die Knie aufgerollt, damit sie nicht naß und schmutzig wurden. Er war gerade dabei, einen Eimer Wasser zu schöpfen, als ihm der erste Schrei an die Ohren drang. Er hielt mit der Arbeit inne und horchte, wußte nicht, was er davon halten sollte, holte das Wasser und goß es in die flache Rinne, die es in die entfernteste Ecke des Gemüsegartens transportieren würde. Dann, gewiß, daß die Schreie von zuhause kamen, griff er nach seinem Hemd und eilte heimwärts.

Unterwegs traf er seine Schwester, die den Fußweg herabgerannt kam, und sie erzählte ihm, was vorgefallen war.

»Geh und kümmere dich um Mutter«, befahl er ihr.

Dann, noch immer mit dem Hemd in der Hand, schlug er eine Abkürzung quer übers Feld ein, die nur er kannte, sprang über die Stacheldrahtzäune und erreichte das Anwesen der Pesas über den großen Rasen rechts von der Auffahrt. Da sah er einen Körper unter einem Baum auf der Erde liegen, und als er die *panga* bemerkte, die neben dem Körper in der Erde steckte, wußte er, daß er zu spät gekommen war.

Der Körper jedoch war nicht der von Baba Pesa, denn selbst im Tode würde Baba Pesa ein Berg sein. Es war auch nicht der seines Vaters, denn sein Vater besaß weder einen Overall noch Gummistiefel noch einen Hut, der aussah wie Judas Hut. Ängstlich und leise auftretend kam Moses näher, all die entsetzlichen Gedanken, die ihm durch den Kopf gingen, ließen ihn am ganzen Leibe zittern.

Dann bewegte sich der Körper plötzlich, sodaß Moses zu Tode erschrak, und Juda – der nämlich war es, der wie tot unter dem Baum lag – sich aufsetzte, blinzelte und wie wild um sich schaute.

»Ich grüße dich«, sagte Moses erleichtert.

»Ich grüße dich, Moses«, gähnte Juda. »Du hast mich erschreckt. Warum schleichst du mitten am Tag hier herum wie ein Dieb?«

»Ich dachte, du seist tot«, sagte Moses.

»Tot?« Juda lachte. »Ich glaube nicht. Es mag sein, daß ich zum Bäume beschneiden nichts tauge, aber ich bin ganz bestimmt nicht tot, was immer meine Freunde auch sagen mögen!«

Moses schaute sich beunruhigt um.

»Wem gehört diese *panga*?«

»Ich glaube Mutiso«, sagte Juda. »Ich hab sie mir ausgeliehen, um diesen Baum zu beschneiden, bin aber statt dessen eingeschlafen. Möchtest du sie haben?«

»Nein«, sagte Moses. »Ich suche meinen Vater. Hast du ihn irgendwo gesehen?«

»Hätte ich ihn gesehen, dann hätte er mir bestimmt zeigen können, wie man einen solchen Baum beschneidet«, sagte Juda. Man sagt, er sei ein absoluter Star gewesen, als Bäume beschneiden noch eine Kunst war.«

Moses nickte und fragte: »Wo ist dein Vater?«

»Das nun ist eine Frage, die zu stellen, ich mir nie die Mühe mache«, sagte Juda. »Das beruht übrigens auf Gegenseitigkeit, aber was ist dein Problem, junger Mann?«

Moses zögerte. Er suchte nach Worten, um den Schock zu dämpfen und sagte schließlich: »Mein Vater ist hier herübergekommen, um deinen Vater zu töten.«

»Wie bitte?«

»Mein Vater«, sagte Moses jetzt ziemlich verlegen, »kam hierher, um deinen Vater zu töten.«

»Wirklich?«

Moses nickte.

»Und, um Himmelswillen, warum?«

»Ich weiß nicht«, sagte Moses.

Juda fand dies alles äußerst komisch. Als er ihn so lachen sah, mußte selbst Moses lächeln und fragte sich, ob nicht alles schließlich doch nur ein böser Scherz war.

»Man hat es schon öfter versucht«, erzählte Juda. »Das letzte Mal gab mein Vater einen Schuß aus seinem Gewehr ab und erschreckte den Mörder zu Tode. Der arme Mann litt noch Monate danach unter dem Schock.«

Moses selbst schaute zu Tode erschrocken aus.

»Warum sollte dein Vater meinen Vater umbringen wollen?« fragte Juda.

»Ich weiß es doch nicht«, sagte Moses. »Aber wir müssen deinen Vater warnen.«

»Willst du deinem alten Herrn nicht eine faire Chance geben?« fragte Juda. »Er wird so durchlöchert werden, daß du nicht weißt, in welchem du ihn begraben sollst.«

Moses schaute plötzlich zum Haus hinüber und sah Baba Pesa mit einer Teetasse in der Hand auf die Veranda treten. Er warf einen Blick auf die beiden jungen Männer auf dem Rasen und sank in den einzigen Schaukelstuhl, den es auf diesem Bergrücken und dem nächsten und dem übernächsten gab. Zusammen mit dem Haus hatte er ihn von dem alten Buren übernommen, und jahrelang war er an den Fußbodenbrettern festgenagelt gewesen, um stillzustehen, bis Juda Pesa zur Universität ging und dort lernte, daß ein Schaukelstuhl in der Tat zum Schaukeln gemacht ist. Er brachte seinem Vater die Kunst des Schaukelns ohne herunterzufallen bei, und damit hatte der Stuhl seinen herrschaftlichen Status erlangt. Niemand außer Baba Pesa setzte sich jemals in den Schaukelstuhl.

Moses beobachtete, wie Baba Pesa auf dem seltsamen Stuhl hin und her schaukelte und fragte sich, was nun zu tun sei.

»Warte auf deinen Vater«, sagte Juda. »Ich möchte das gerne mit ansehen. Setz dich, Moses.«

Moses setzte sich ins Gras. Er riß einen Grashalm aus und kaute nervös darauf herum. Juda legte sich wieder hin und sagte: »Weck mich auf, wenn dein Vater kommt.« Dann schlief er ein.

Aber auch Mutiso hatte Mama Barus Schrei gehört, und da er wußte, was sich eben zugetragen hatte, ließ er seine Ziegen allein und eilte hinunter zu den Barus. Auf dem Weg begegnete er Baba Baru, der mit einem Buschmesser in der Hand in mörderischer Absicht zum Anwesen der Pesas stürmte. Mutiso verstellte ihm den Weg und zwang den zornigen Mann, stehenzubleiben.

»Geh mir aus dem Weg!« sagte Baru. »Heute bring ich den Hund um.«

Mutiso jedoch blieb fest und lehnte sich wie ein geduldiger Hirte auf seinen Stab.

»Du benutzt deine beste *panga*, um einen Hund zu töten?« fragte er.

»Der, den ich umbringen muß, ist schlimmer als ein Hund«, sagte Baru. »Geh zur Seite, und laß mich durch!«

Doch Mutiso rührte sich nicht.

»Überleg dir's gut, *Mzee*«, sagte er ruhig. »Denke nach, ehe du hingehst und etwas Schreckliches tust.«

»Ich habe genug nachgedacht«, sagte Baru. »Niemand wird mich mehr respektieren, wenn ich es zulasse, daß mir nach Belieben das Liebste, das ich habe, weggenommen wird. Heute werde ich ihn umbringen.«

»Denke an seine Frau und seine Kinder«, riet ihm Mutiso.

»Und wer denkt an meine?«

»Er hat dich nicht getötet«, sagte Mutiso ruhig.

»Einige Dinge sind schlimmer als der Tod«, antwortete Baru.

»Ja?« fragte Mutiso. »Komm, setzen wir uns, und du erzählst mir von diesen Dingen, die deiner Meinung nach schlimmer sind als der Tod.«

Baru war voll Zorn. Wie Mutiso jedoch war er von der alten Schule, die Respekt vor dem Alter lehrte und Achtung für die Tugenden der Demut und der Weisheit. Also drängte er in seiner überstürzten Hast, die ihn kopfüber ins Unglück stürzen würde, nicht weiter, sondern setzte sich stattdessen an den Wegrand, und während die Ziegen den Busch ringsum abfraßen, hörte er auf das, was ihm der Ziegenhirt zu sagen hatte.

»Sie werden kommen und dich holen«, sagte Mutiso zu ihm. »Sie werden kommen und dich wie einen Hund jagen, dich mitnehmen und zum Sterben an einen Baum hängen, denn niemand darf einen anderen Menschen töten, wie nichtswürdig dieser auch sein mag.«

»Aber auch ich bin ein Mann«, schrie Baru. »Ich muß beschützen, was mir gehört!«

»Das ist wahr«, stimmte ihm der Ziegenhirt zu. »Möglicherweise würden sie deinen großen Zorn verstehen und anstatt dich zu töten, wie du ihn getötet hast, dich ins Gefängnis werfen, um dort sieben Jahre lang oder länger dahinzusiechen. Wenn du dann als gebrochener und gebrechlicher Mann wieder herauskommst, wird die Welt deine Familie ausgenutzt und mißbraucht haben, und sie werden wie Ziegen ohne Eigentümer im ganzen Land verstreut sein. Dann wirst du zu alt sein, um überhaupt noch deine *panga* schwingen zu können.«

Baru schaute auf seine bloßen Füße und der Schmerz in seinem Herzen war sehr groß, denn die Worte des Ziegenhirten waren erschreckend und wahr. Er schüttelte den Kopf und fragte voll Kummer: »Muß ich also zusehen, wie der Mann alles, was mir lieb ist, beschmutzt?«

»Nein«, sagte Mutiso weise. »Aber wenn du den Leoparden, der deinen Ziegen auflauert, nicht töten kannst, mußt du deinen Zaun verstärken und ein helles Feuer anzünden, wenn du Wache hältst.«

Baru nickte langsam und unsicher, und Mutiso nahm seinen Hirtenstab und stieß ihn bei jedem Wort, das er sagte, auf den Weg.

»Du mußt mit dem Chief sprechen«, sagte er.

Baru schüttelte den Kopf. »Der hat mir schon gesagt, ›Der Furz eines reichen Mannes stinkt nicht‹.«

»Das ist wahr«, stimmte Mutiso zu, der eine ganze Menge mehr wußte, als man seinem zerfurchten alten Gesicht ansah. »Aber vielleicht könnten sich die Dorfältesten etwas anderes einfallen lassen. Sie sollen doch eine *baraza* einberufen und diese Dinge in aller Öffentlichkeit diskutieren. Das wird Baba Pesas Schamlosigkeit wahrscheinlich nicht kurieren, aber wenn er weiß, daß die Dorfgemeinschaft ihn beobachtet, wird er doch etwas vorsichtiger sein.«

Baru dachte lange über diese Worte nach.

»Der Schmerz sitzt sehr tief«, sagte er schließlich. »Doch deine Worte sind weise. Wirst du mit mir den Chief aufsuchen?«

Langsam schüttelte Mutiso den Kopf.

»Ich bin nur ein alter Ziegenhirt«, sagte er ruhig. »Ich arbeite für Baba Pesa, der mir ein ebenso guter Arbeitgeber ist, wie alle anderen, für die ich je gearbeitet habe.«

»Komm am Sonntag in mein Haus«, sagte Baru und erhob sich. »Ich werde eine Kalebasse voll Honigbier für dich brauen.«

»Ich trinke kein Bier«, sagte Mutiso und zog schlußendlich die kleine Kalebasse mit Schnupftabak hervor, die er an einer Kette um den Hals trug. »Aber wenn Baba Pesa zu alt wird, um Unheil zu stiften, dann werde ich mich sehr sehr betrinken!«

KAPITEL ACHT

Wunder hören niemals auf, dachte Juda, als er zuschaute, wie sich die alten Männer versammelten.

Er saß hoch oben auf seiner krummen Windmühle, die ihm jeden Tag mehr wie der Thron Gottes erschien, schaute hinunter und fragte sich, was das alles zu bedeuten habe.

Es war noch nicht Samstag, der offizielle Markttag. Es war nicht einmal Mittwoch, der inoffizielle Markttag, und trotzdem drängten sich auf dem Marktplatz die Menschen – eine brodelnde und ziellose Menge, die dringend eines Führers bedurfte. Sie bewegten sich in einem wilden Durcheinander, redeten aufgeregt und warteten auf was immer möglicherweise geschehen würde. Abgesehen davon, daß der süße Duft reifer Bananen fehlte und das ausgelassene Lachen der Marktfrauen, hätte dies irgend ein beliebiger Markttag sein können. Das Chaos, der lärmende Pulsschlag und die Ziellosigkeit der versammelten Menschen waren nicht anders als sonst. Es verwirrte Ndege, den Verrückten, so sehr, daß er nicht wußte, ob er sich jetzt ausziehen sollte, um nackt durch die Menschenmenge zu rasen. Er war nicht einmal ein kleines bißchen betrunken, also konnte es kein Samstag sein, außerdem waren keine Marktfrauen da, die er hätte belästigen können, und so wußte er, daß es auch kein Mittwoch war, dafür aber ein in der Tat seltsamer Markttag.

Und noch immer versammelten sich die alten Männer.

Von hoch oben auf der knarrenden schiefen Windmühle sah Juda alles und fühlte sich, wie Gott sich möglicherweise fühlt, wenn er Tag für Tag auf die Eitelkeit der Menschen, die hingebungsvoll zwecklosen Zielen nachstreben, herabschaut. Doch weil dies kein Samstag und er selbst nahezu nüchtern war, machte er nicht einmal den Versuch, eine Rede an die versammelten Männer zu halten. Außerdem war er nicht nur außerordentlich neugierig auf das, was sich demnächst ereignen würde, sondern es amüsierte ihn unendlich, daß ganze Horden beschnittener, erwachsener Männer, die nicht an Gott im Himmel glaubten, ohne weiteres bereit waren, an einen Gott-auf-dem-Schneeberg zu glauben, den man mit dem Opfer eines Widders und einer Ziege erpressen konnte, Regen zu machen.

Wunder hören niemals auf, dachte Juda, als sich Nichtgläubige und Gläubige gleichermaßen für die mit dem Ereignis verbundenen Feierlichkeiten zusammenfanden.

Nachbarn erkannten sich gegenseitig, spontane Freundschaften wurden geschlossen. Männer, die seit Jahren nicht mehr miteinander geredet hatten, begannen plötzlich aus Gründen, die sie selbst nicht verstanden, ein Gespräch und unterhielten sich wie die besten Freunde.

Von überall her aus dem Land waren sie gekommen, von den Dörfern drunten in den Ebenen und vom Farmland jenseits der Berge. Alte Männer aus der Zeit, als die Leute noch zusammenhielten und gemeinsam für das Wohl aller kämpften; Veteranen aus manchem Raubzug, auf dem sie Rinder erbeutet hatten; Überlebende mancher verheerender Hungersnot; und mancher grauhaarige Weise war gekommen, der für sich beanspruchte, schon gelebt zu haben, als Gott noch von Angesicht zu Angesicht mit seinem Volk sprach.

Wunder hören niemals auf, dachte Juda, als er zuschaute, wie Chief Kahiu den Marktplatz betrat; als Zeichen seiner Amtswürde trug er einen ausgeliehenen langen traditionellen Mantel aus Kuhfell, der mit bunten Perlen bestickt war, und einen hohen, mit Straußenfedern geschmückten Hut aus dem Fell eines Colobus-Affen. Mit diesem Zeremoniengewand, das er über seiner Alltagskleidung trug, schaute er noch absurder und kraftloser aus, als Juda ihn je gesehen hatte. In dem vergeblichen Versuch, mit ihm Schritt zu halten, trottete der dritte Sohn seiner dritten Frau hinter ihm her, dieser wiederum zerrte die sich widersetzende schwarze Ziege, die der Nachbar des Chief widerwillig gespendet hatte, hinter sich her.

Mit der Ankunft des Chief verbreitete sich eine erwartungsvolle

Stille unter der Menschenmenge. Die Stille wurde zum Schweigen, wurde länger und tiefer, bis sie schließlich wie eine alte Sünde auf der Versammlung lag, wie eine von den Vorvätern an viele Generationen weitergegebene Schuld.

Sie warteten darauf, daß der Chief eine Rede hielte; sie warteten und warteten, bis sie schließlich zugeben mußten, daß der Mann wie gewöhnlich nichts zu sagen hatte.

Von seinem uneinnehmbaren Sitz hoch oben rief Juda zum Chief hinunter und bat um die Erlaubnis, sprechen zu dürfen.

»Sprechen?« rief der Chief aus.

»Ist dies eine legale Versammlung?« fragte Juda.

»Legal?«

»Genehmigt?«

»Warum fragst du?«

»Weil ich etwas sagen möchte.«

»Was?«

»Ich habe noch nie vor einer kosheren Versammlung gesprochen.«

»Kosher?«

»Rechtmäßig.«

»Und?«

»Ist diese Versammlung nun rechtmäßig oder nicht?«

»Warum?«

»Weil ich ein gesetzestreuer Bürger bin.«

Wenn also diese Versammlung offiziell genehmigt sei, dürfe er dann bitte einige wenige Bemerkungen machen?

»Nein!« brüllte der Chief.

Worauf die Versammlung wieder zu einer führerlosen Herde wurde.

Ziemlich enttäuscht von dem Mangel an jeglichem erkennbaren Muster der Vorkommnisse dieses Tages, und inzwischen davon überzeugt, daß es wohl keinen nennenswerten Höhepunkt der Ereignisse mehr geben würde, beschloß Ndege, der Verrückte, daß es Zeit sei, ob es nun Samstag war oder nicht, sich zu amüsieren. Er zog sich aus und rannte zum großen Vergnügen der sich langweilenden Hirtenjungen nackt über den Markt und stürzte die ehrwürdigen Regenmacher damit in allergrößte Verlegenheiten.

Die Ankunft des Fagio mit Baba Pesa am Steuer war ein Ereignis für sich. Er hatte die Farmarbeiter angewiesen, den Wagen nach traditioneller Art, wie er sich diese vorstellte, zu schmücken. Nun glich der Kleinlaster eher einer lärmenden, beweglichen Buschlandschaft als einem Fahrzeug. Er strotzte nur so von Bananenstauden, von ausgegrabenen Sträuchern, die man an die Seiten und die Rückfront gebunden hatte, von Zweigen, die von allerlei Bäumen und Pflanzen auf der Farm stammten, angefangen bei blutrot blühenden Bougainvilleas bis hin zu Maniokpflanzen. Der Fagio glich in der Tat viel mehr dem *matatu* eines Zauberdoktors als einem Farmfahrzeug. Diese Tatsache fesselte jedermanns Aufmerksamkeit.

Kaum in der Lage, durch all das Grünzeug hindurchzuschauen, fuhr Baba Pesa langsam und laut hupend um den Marktplatz herum, bis er sicher war, daß ihn alle gesehen hatten. Dann hielt er vor der Miti Bar, in einem Abstand von ungefähr zehn Metern von der Windmühle, auf der Juda saß und sich fragte, was, zum Teufel über die Stadt gekommen war.

Und nun stieg Baba Pesa aus, und der ganze Marktplatz verstummte. Alles schwieg, wie bei der Ankunft des Chief. Entsetzt starrten sie auf den Mann, den sie den Vater allen Geldes nannten und der jetzt einem vielhäutigen Menschenaffen glich – dank mehrerer Kuh- und Affenfelle, die er sich von weiß Gott woher ausgeliehen hatte und die er voll Stolz trug, doch ohne jegliche Ahnung von der Bedeutung, die sie in den alten Tagen gehabt hatten, als sie mit viel Stil und mit Anstand und Würde getragen worden waren.

Die alten, alten Männer, die behaupteten, schon gelebt zu haben, als Gott noch vom Schneeberg herunter zu seinem Volk gesprochen hatte, nahmen zur Kenntnis, daß er den Kopfschmuck aus dem Fell eines Colobus-Affen trug, der nur einem Chief gebührte, den Umhang aus Meerkatzenfell, den der Beschneider zu tragen pflegte, den Lendenschurz eines Zauberdoktors aus dem Fell einer Hyäne, das Gewand eines Ältesten aus schwarz-weißem Kuhfell, Sandalen aus Büffelleder, die ziegenlederne Schlafdecke eines Medizinmannes und sogar, was jene, die es erkannten, äußerst peinlich berührte, das traditionelle lederne Lendentuch einer Frau – *muthuru* – ein hoch verehrtes Kleidungsstück, das nur der Ehemann einer Frau jemals berühren durfte.

Nun, da er die gesamte Bekleidungskultur seines Volkes nicht nur am verkehrten Körper, sondern auch zum verkehrten Anlaß trug, stand Baba Pesa vor den auf dem Marktplatz versammelten Menschen, kam sich originell und wichtig vor und ließ sich und das Ergebnis seiner Phantasie von seinem Volk bewundern.

Die Leute schauten und überlegten und schienen endlich zu dem Schluß zu gelangen, daß sie etwas tun wollten, konnten sich jedoch nicht entscheiden, was. Juda nun, der ungeratene Sohn des Mannes, der heute im Mittelpunkt stand, brachte sie schließlich auf das, was sie eigentlich tun wollten – nämlich sich totlachen. Juda erkannte als erster die Absurdität dieser chaotischen Rückkehr zu den Wurzeln ihres Daseins, und außerdem erkannte er nicht nur die Ironie, die darin lag, daß eben jene bewußten Personen diesen verspäteten Exodus anführten, sondern auch die Komödie der Kostüme und Schauspieler, und fiel deshalb vor Lachen fast von seiner Windmühle herunter.

Es dauerte einen Augenblick, bis die Menge in das Lachen einstimmte, doch in kürzester Zeit brüllte der ganze Marktplatz vor ausgelassener Heiterkeit. Auch die Dorfältesten stimmten mit ein, und es dauerte nicht lange, bis das Lachen, das eigentlich Baba Pesa gegolten hatte, ein Eigenleben entwickelte und die ganze Versammlung derart überkam, daß allen die Absurdität dieser Kleiderkomödie und dessen, was sie zu tun im Sinne hatten, klar vor Augen stand, und sie lachten über sich selbst und über einander.

Das Lachen nahm überhand.

In Wellen, wie ein Regensturm über alle hereinbrechend, verwandelte es sich in etwas Gefährliches, Aufrührerisches, das den Chief davon überzeugte, daß Juda Pesa, ohne überhaupt ein Wort gesagt zu haben, diesen Aufruhr angezettelt und daher Landfriedensbruch begangen habe.

»Du stehst unter Arrest!« schrie er zu dem Mann auf der Windmühle hinauf. »Komm sofort herunter!«

Keiner hörte ihn. Das Lachen war inzwischen so hysterisch geworden, daß Ndege, der dachte, er sei die Ursache dafür, Angst bekam, daß er seine Show als Dorfverrückter vielleicht doch überzogen habe; er zog seine zerschlissenen Kleider wieder an und ging hinüber zur Matumbo-Metzgerei, um nachzusehen, was es an übriggebliebenen Knochen und Ziegenfüßen noch zu holen gab.

Hätte er sein Gewehr in diesem Augenblick zur Hand gehabt, Baba Pesa hätte Juda bestimmt von der Windmühle heruntergeschossen. Grollend und beleidigt zog er sich in seinen Lastwagen zurück, blieb dort wütend und aufgebracht sitzen und wünschte seinem nichtswürdigen Sohn den Tod.

Schließlich war es dann der echte Zauberdoktor und Medizinmann des Dorfes, und keiner von dem ganzen Dutzend der Kostümierten, der die Menge endlich unter Kontrolle brachte, indem er auf dem *choro*, dem Kuduhorn, blies, einem hochverehrten Instrument, nicht unähnlich der Trompete des Jüngsten Gerichts, und damit die Aufmerksamkeit der Menge lange genug fesselte, um danach den alten Gebetsgesang anzustimmen, von dem ehrfurchtgebietende Kraft ausging:

Ngai tha-i o thai
Ciana tha-i o thai
Mbura tha-i o thai…

Während dieses Gesanges wurde der Pesa Lastwagen mit den zwanzig Kalebassen voll reinem Honigbier beladen, das die Ältesten als Beitrag der Barbesitzer für die Feierlichkeiten bestimmt hatten.

Schließlich war es Zeit, aufzubrechen.

Angeführt vom Lastwagen, begann sich die aufgeregte Menge singend und mit den Füßen stampfend fortzubewegen. Die Prozession formierte sich, als sich der lange Zug vom Marktplatz zwischen Uji Corner und dem Settler's Store hindurchwand und dem Lastwagen folgte, der sich auf den Weg zum Haus Gottes auf dem schneebedeckten Berg gemacht hatte.

Hinter dem Lastwagen, und bald vom Staub fast erstickt, kamen die auserwählten Hirtenjungen, alle dritte Söhne einer dritten Frau – vielleicht war es auch eine andere magische Zahl oder dergleichen –

und jeder zerrte an einem besonderen Lederriemen – ebenfalls von der dritten Frau oder dem dritten Sohn oder dergleichen geflochten – die Opferziege oder den Opferwidder hinter sich her.

Ihnen folgten ihre Helfer, die mit besonderen Ruten die Tiere antrieben, und in respektabler Entfernung, um nicht dem aufgewirbelten Staub ausgesetzt zu sein, kamen die Dorfältesten in ihrem traditionellen Putz. Danach schloß sich der Mob der Zuschauer und allgemeinen Befürworter der Zeremonie an, von denen die meisten erschöpft am Wege aufgeben und umkehren würden, lange ehe die Prozession den ersten Bergrücken überschritten haben würde.

Ngai tha-i o thai
Ngombe tha-i o thai
Ithaka tha-i o thai

Der hypnotisierende Gesang ging unaufhörlich weiter, rief den Gott der alten Zeiten an, sich der Menschen seines Volkes zu erbarmen – ihrer Frauen, ihrer Rinder und Ziegen, ihres Landes mit der Erde und allem, was ihnen wert und teuer war, und ihnen Regen, Regen, Regen zu schenken.

Von seinem Richtersitz auf der Windmühle beobachtete Juda Pesa, wie sich der Prozessionszug den Hügel hinunterwand in das erste Tal, wo weitere Zuschauer – aufgeregte Kinder und verwirrte Dorfhunde – schließlich aufgaben; er schaute zu, wie die Staubwolke schließlich über dem Bergrücken schwebend verschwand, und hörte zum letzten Mal den Medizinmann auf dem Kuduhorn blasen.

Endgültig befriedigt, daß ihm nichts von dem großen Zirkus entgangen war, kletterte Juda müde von der Windmühle herab und ging in die Fujo Bar, wo seine wahren Freunde sein Urteil über dieses außergewöhnliche Ereignis erwarteten.

»Das Leben«, sagte er, »ist ein großes Gelächter!« was durchaus keine originelle Beobachtung seinerseits war, sondern eine Lebenswahrheit, die er irgendwo gelesen hatte.

Ndege kam herein, um alle Überreste einzusammeln, und der Tag gewann langsam sein normales Gefühl und Gefüge zurück –

der Einschätzung nach mußte es ein Montag, Dienstag, Donnerstag oder Freitag sein, doch gewiß kein Sonntag, denn nirgendwo waren wildäugige, zweifelhaften religiösen Überzeugungen angehörende Fanatiker zu sehen, deren selbstgemachte Megaphone über den Marktplatz gellten.

Der größte Teil von Kambi war nun geschlossen. Die Besitzer der Läden und Kneipen hatten ihre Affenfelle übergeworfen und waren losgezogen, um mit Gott ein ernsthaftes Wort zu reden; und nun machten sie die Erfahrung der Wiederentdeckung des Schmerzes, der vom barfüßigen Gehen auf heißen und staubigen Straßen herrührte, und wünschten zu spät, sie hätten ihre Schuhe für den Augenblick mitgenommen, in dem das Gehen wirklich beschwerlich wurde.

Und das Gehen wurde noch viel beschwerlicher, als sie viele Stunden später die dichten Wälder der Aberdare-Berge betraten und die Dunkelheit hereinbrach. Fackeln wurden angezündet, und die Prozession marschierte weiter, furchtlos der Erschöpfung und der Kälte trotzend, und den Löwen und Hyänen, die sie aus der Ferne auslachten; auch von den Eulen ließen sie sich nicht einschüchtern, deren unheimlicher Ruf den alten, angsteinflößenden Aberglauben wieder hervorrief, von dem viele behaupteten, ihn endgültig abgelegt zu haben, als sie ins Wasser getaucht worden waren, einen neuen Namen erhalten hatten und Kinder eines anderen Gottes geheißen wurden.

Um dieser unheimlichen Furcht entgegenzutreten, der Furcht vor den alten Geistern, die aus dem finsteren und geheimnisvollen Wald heraus die Namen der Wandernden riefen, blies der Medizinmann unablässig in sein Horn, und der eintönige Sing-Sang wurde zu einem mächtigen magischen Gesang. In unvorstellbarem Maße erschöpft – einige marschierten praktisch im Schlaf – folgten sie dem Staub von Baba Pesas Lastwagen durch die dunkle Nacht. Es gab viele, die in jener Nacht wünschten, sie wären wie anständige Christenmenschen zuhause geblieben.

Im Morgengrauen, als der neue Tag die schneebedeckten Gipfel des Heiligen Berges mit seinem roten Licht überflutete, erreichte die Prozession das Ende des ausgetretenen Pfades. Der Lastwagen blieb stehen, die zwanzig Kalebassen mit Honigbier wurden auf die Schultern von zwanzig kräftigen jungen Männern geladen, die einzig für diesen Zweck hatten mitkommen müssen, und die Prozession bahnte sich ihren Weg weiter durchs Unterholz. Der Platz, wo der heilige *mugumo* Baum stand, lag noch etwas höher, ungefähr noch drei Kilometer weiter durch den Bergwald. Von dort schaute man über die saftigen und grünen Täler der Aberdare Berge bis hin zum Berg Gottes, der jenseits davon lag.

Etwa hundert Meter vor dem heiligen Baum kam der Zug zum Stehen. Obwohl kaum jemand sprach, forderte der Zauberdoktor alle zum Schweigen auf. Es war ein kalter Morgen, so kalt, daß die Hirtenjungen hörbar mit den Zähnen klapperten. Der Tau lag schwer auf Gras und Blättern, und wo die Sonne hin traf, glitzerte er wie flüssiges Silber.

»Wir nähern uns heiligem Boden«, sagte der Zauberdoktor. »Jeder, der nicht beschnitten ist, muß hierbleiben!«

Die alten Männer übernahmen von den Jungen das Bier und die Ziegen, und die Jungen sanken dankbar zum Schlafen ins taunasse Gras. Alle anderen gingen mit leisen und vorsichtigen Schritten weiter zu dem riesigen *mugumo* Baum. Unter dem uralten Baum sahen sie eine ehemalige Feuerstelle auf drei Steinen, es war der Altar, auf dem die Opfergaben verbrannt wurden, und er war so alt, daß nur einige wenige sich noch daran erinnern konnten. Die alten Männer legten das Feuerholz zurecht und traten zurück.

Der Zauberdoktor trat vor. Um ganz sicher zu sein, daß auch alles korrekt war, rückte er seine zeremonielle Kleidung zurecht, dann blies er in das Kuduhorn, um seine Ankunft am heiligsten aller Orte zu verkünden. Danach umrundete er den Altar siebenmal in der einen Richtung und siebenmal in der anderen, dabei blies er in sein Horn und murmelte etwas in einer Sprache, die allen bekannt vorkam, die jedoch keiner verstehen konnte.

Wie gebannt schauten sie zu. Für die meisten war dies reine Magie, ebenso seltsam und geheimnisvoll wie die lateinische Messe, die sie jeden Sonntag besuchten.

»*Mwaki*!« rief der Medizinmann. »Feuer!«

Als niemand mit dem Feuer vortrat, wandte er sich um und fragte: »Wem habe ich die Streichhölzer gegeben?«

»Welche Streichhölzer?« fragten sie.

Vollkommene Verwirrung war die Folge. Niemand konnte sich entsinnen, mit dem Tragen der Streichholzschachtel betraut worden zu sein. Was auch immer, jemand mußte sie auf dem langen Marsch verloren haben, denn niemand trat vor, um das Feuer anzuzünden. Schließlich, als Panik auszubrechen drohte, griff Baba Pesa unter seine Affenfelle, wo er einen Beutel mit Tabak und ein Feuerzeug verwahrt hatte, und reichte dem Medizinmann das Feuerzeug. Dieser betrachtete das glänzende goldene Gasfeuerzeug lange und eingehend, wußte jedoch nicht, was damit anzufangen sei. Und so geschah es, daß schließlich, obwohl dies höchst außergewöhnlich und unangemessen war, nicht der Medizinmann, sondern Baba Pesa das Feuer unter dem Altar entzündete.

Als dann die Flammen fröhlich knisterten und brannten, nahm der Medizinmann sein Opfermesser zur Hand und begann mit dem Schlachten. Die erste Ziege, ein riesiger *thenge*, dessen Besitzer echte Tränen vergossen hatte, als er gezwungen wurde, sich von ihm zu trennen, wurde herbeigeholt, sie warfen ihn auf den Rücken und schnitten ihm, wie es die Sitte verlangte, mit einem glatten Schnitt die Kehle durch. Das Blut wurde in einer Kalebasse aufgefangen und für den späteren Teil der Feierlichkeiten beiseite gestellt.

In den alten Tagen, so erinnerten sich einige, waren zahlreiche weiße Ziegenböcke auf diesem und vielen anderen Altären im ganzen Land geopfert worden, um Gott dazu zu bewegen, sich der weißen Siedler und ihrer Regierung zu entledigen. Es stand noch immer zur Diskussion, ob es die verbrannte Opfergabe war oder das persönliche Opfer der Mau Mau Freiheitskämpfer, was den Weißen Mann schließlich zum Gehen bewegt hatte. Diese Frage wurde noch immer lebhaft zwischen den alten Predigern und den überlebenden Mau Mau Kämpfern diskutiert, doch verlor sie zunehmend an Bedeutung, da sich immer weniger Menschen der Tatsachen erinnerten und noch weniger überhaupt daran interessiert waren.

Der Medizinmann nahm eine mit Blut und eine mit Honig

gefüllte Kalebasse und umrundete, von Baba Pesa assistiert, singend den alten Baum, dabei bestrich er seine Rinde mit Honig und Blut. Eine Kalebasse voll Bier wurde gebracht, und damit begoß man den Stamm und benetzte die Erde rings unter dem Baum.

Dann wurde die zweite Ziege, vollkommen schwarz von der Nase bis zum Schwanz, geschlachtet und die Zeremonie wiederholt. Das Fleisch wurde zerlegt und zum Braten auf den Altar gelegt. Als der Rauch und der Duft des gebratenen Ziegenfleisches in die Krone des Baumes stieg, wandte sich der Medizinmann dem fernen Schneeberg zu und betete; er sprach mit Gott wie mit einem alten Freund, denn er stammte aus einer Zeit, als Gott noch auf der Seite der Menschen gestanden hatte, eine wahre und vertrauenswürdige Gottheit.

»Gott unseres Volkes«, betete er, und seine Stimme war voll Kraft und voll Anbetung. »Du, der Du niemals schläfst und niemals *ugali* issest, nimm diese Gaben aus den Händen der Kinder Deiner Kinder; wir bitten Dich, erhöre unser Rufen und das Rufen unserer Kinder, unserer Tiere und unseres Landes, mit allem, was darauf lebt und wächst, und schenke uns Frieden und Regen und Regen und Regen. *Ngai thai, tha thaia Ngai.*«

Er stimmte das uralte Lied wieder an, und die betagten Regenmacher fielen ein:

Ngai tha-i o thai
Ciana tha-i o thai
Mburi tha-i o thai

Als das Singen kräftiger wurde, begannen die alten Männer mit den Füßen zu stampfen und hoben und senkten ihre Wanderstäbe im Rhythmus. Aus dem Baum war das Kreischen der Nashornvögel zu hören, die in seiner Krone nisteten und von den Früchten des *mugumo* Baumes lebten. Meerkatzen beobachteten aus der Ferne das ganze Geschehen und schnatterten aufgeregt und neugierig, denn keiner von diesen Affen war alt genug, um sich daran zu erinnern, daß eine solches Ereignis jemals unter dem Baum stattgefunden hätte.

Schließlich verabschiedeten sich die alten Männer von Gott, damit er in Ruhe ihre Opfergaben von zwei Ziegen, zwei Kalebassen Honigbier und mehreren Kalebassen reinen Waldhonigs verdauen konnte, und tanzten den Weg zurück zum Lager der Jungen, die, nachdem die restlichen Ziegen geschlachtet worden waren, das Fleisch für die Männer zubereitet und gebraten hatten.

Das Singen hörte langsam auf und das Feiern begann. Die alten Männer setzten sich in ihren Altersgruppen zusammen, teilten das Fleisch untereinander auf, ließen einander an ihren Erfahrungen teilhaben und tranken aus den besonders für diesen Anlaß mitgebrachten Kuhhörnern das restliche Honigbier. Baba Pesa, dem man niemals mangelnde Voraussicht nachsagen konnte, schickte einen Jungen hinunter zum Wagen, um ein Glas und eine Flasche Weinbrand zu holen, die er für eben solche Eventualitäten mitgebracht hatte. Affenfelle hin oder her, Regenmacher hin oder her – unter gar keinen Umständen würde er jetzt anfangen, aus Kuhhörnern zu trinken!

Und so aßen und tranken die alten Männer und warteten auf Gottes Antwort auf ihre Bitten. Baba Pesa, der niemals eine Gelegenheit ausließ, andere klein zu machen und in Verlegenheit zu bringen, rückte näher heran an einen der einfachen Leuten, deren Ziegen sie gerade verschlangen, bot ihm ein Stückchen Rippe an und sagte leise: *»Ruma gaka mundu wa maitu. Ikihia ona mwene ni otaga.«*

Womit er dem armen Mann zu verstehen gab, er solle sich trotz allem das Fleisch schmecken lassen, denn, egal, wie traurig er auch sein mochte, seine Freunde würden auf alle Fälle ein großartiges Fest feiern.

Worauf Ruhiu, der unter einem ganzen Berg von Affenfellen kaum zu erkennen war, boshaft hinzufügte: *»Yumbukaga na kiria imeretie.«*

Die Jungen brieten das Fleisch, und die Männer aßen und tranken. Als es Mittag wurde, schliefen einige der Alten bereits besinnungslos unter den Bäumen. Und die meisten hatten nahezu vergessen, warum sie in einem einsamen Wald, in meilenweiter Ferne von ihren Häusern und ihren privaten Problemen, ein Fest feierten.

Beim vierten Drink fiel Baba Pesa ein, er könne vielleicht ein eigenes, privates Gebet miteinschmuggeln, nämlich die Bitte an

Gott, irgendwie die Angelegenheit mit Baba Baru zu regeln. Baru, der durch seine Abwesenheit auffiel, hatte deutlich zu verstehen gegeben, daß er religiösen Zusammenkünften nicht traute. Er glaube nicht an Dinge, die er nicht sehen könne, insbesondere nicht an Götter und Geister.

Der Medizinmann war der einzige, der nüchtern blieb. Als einer der sehr wenigen aus dem Volk Gottes, der die alte Art zu leben beibehalten hatte, war er inzwischen mehrere Male zum *mugumo* Baum gegangen. Das letzte Mal hatte er ein Rudel betrunkener Hyänen angetroffen, die sich mit dem Fleisch, das Gott gehörte, aus dem Staub machten. Als er zu den Feiernden zurückkehrte, verkündete er, das Fleisch sei verschwunden – ohne zu sagen, wohin. Also ging man allgemein davon aus, daß die verbrannten Opfergaben angenommen worden waren.

Nicht lange nach dieser Ankündigung beschloß man, die Feierlichkeiten zu beenden. Die Jungen, die ihre betrunkenen Großväter trugen, führten ihre betrunkenen Väter durch den Wald zurück, dorthin, wo der Fagio stand. Die am meisten Betrunkenen wurden für den Rückweg auf den Lastwagen geladen. Die übrigen gingen so gut sie konnten zu Fuß, einer hinter dem anderen, oder auch zu zweit, je nach dem Ausmaß ihrer Trunkenheit; Freunde stützten sich auf Freunde, Söhne führten ihre Väter, Altersgenossen stolperten Seite an Seite daher.

Die ersten Regenschauer fielen, als der Fagio aus dem Wald heraus ins offene Farmland rollte. Es dauerte nicht lange, so waren die alten Männer auf der Ladefläche des Wagens bis auf die Knochen durchnäßt. Sie wurden langsam nüchtern, doch erwiesen sie sich als vollkommen nutzlos, als das Fahrzeug ein paar Kilometer weiter im fußhohen, zähen schwarzen Morast steckenblieb. Unnütz stapften sie in dem Schlamm herum, hatten bald alles Erlebte vergessen und verfluchten den Regen wegen seiner Kälte und Nässe. Der Chief und der Medizinmann, die mit Baba Pesa im Führerhaus fuhren und deshalb eine angenehme und trockene Reise hinter sich hatten, waren indessen ebenso unfähig, den Fagio wieder flott zu machen.

Woraufhin der Medizinmann mitten auf dem morastigen Weg

auf die Knie fiel, die Arme und sein hageres Gesicht in den vom Himmel fallenden Regen hob und *Mwene Nyaga*, dem Gott des Schneebergs, für den Regen dankte – etwas, das nur noch sehr selten vorkommt, denn die Menschen haben vergessen, wie es ist, Dankbarkeit für die kleinen Geschenke zu zeigen, die, wie der Regen, von Zeit zu Zeit vom Himmel fallen.

Erst spät an jenem Abend kehrten sie nach Hause zurück.

KAPITEL NEUN

An ganz besonderen Tagen fuhr Baba Pesa den Wagen, den er sein Gottesgeschenk nannte.

Zu diesen ganz besonderen Tagen gehörten die Sonntage, an denen Mama Pesa unweigerlich alle Familienmitglieder außer Juda, der große Aversionen gegen Menschen hegte, die für sich beanspruchten, vom Bösen dieser Welt errettet zu sein, in die kleine Holzkirche oben auf dem Hügel schleppte. Dort pflegte Baba Pesa sein Gottesgeschenk neben dem zerbeulten Fahrrad des Predigers am Straßenrand zu parken. Das Fahrzeug wurde von jedermann als Gottesgeschenk angesehen, denn nicht einmal Baba Pesa selbst glaubte daran, daß er – ungeachtet aller Mühen und allen Schweißes – ohne irgendeine Art göttlicher Intervention jemals zum Besitzer dieses monströsen Mercedes-Autos hätte werden können.

Nach der Kirche bereitete Mama Pesa das Mittagessen, zu dem es stets zerstampfte Bananen und dazu einen Eintopf aus *matumbo*, aus Innereien, gab. Immer freuten sich alle darauf – alle außer Juda, der dann in der Uji Bar saß und sich mit seinem Gefolge wahrer Freunde über albernes und belangloses Zeug unterhielt.

Früher pflegte Baba Pesa sonntagnachmittags den Wagen hinunter ins Dorf zu fahren und ihn vor der Tajiri Bar zu parken, wo sich dann nicht nur Kinder und Dummköpfe, sondern auch erwachsene, beschnittene Männer versammelten, um die Größe und Schönheit des Fahrzeugs zu bewundern, seine glatte Oberfläche zu befühlen und die Abdrücke ihrer Tatzen überall auf dem glänzenden schwarzen Körper zu hinterlassen. Selbst die Dorfköter unterbrachen ihr übervolles Tagesprogramm unten bei der Matumbo-Metzgerei, um nachzusehen, was dem Marktplatz einen derart destabilisierenden Schlag versetzt hatte. Als sie sahen, daß es nur ein Auto war, pißten sie an die importierten Reifen und kehrten zur Matumbo-Metzgerei zurück. Baba Pesa sah sich schließlich gezwungen, als einzigen, der der hypnotisierenden Kraft des Wagens zu widerstehen vermochte, Ndege, den Verrückten, anzuheuern, um die Bewunderer in Schach zu halten und aufzupassen, daß niemand an die Reifen pißte. Doch dann begann Ndege sich so wichtig zu nehmen, daß er sich auf die Motorhaube setzte und schließlich selbst an die Reifen pinkelte, und so mußte er entlassen werden. Schlußendlich beschloß Baba Pesa, nur noch den Fagio nach Kambi hinunterzufahren. Der Fagio zog nicht so viel unwillkommene Aufmerksamkeit auf sich, außer daß Ndege gelegentlich auf der Ladefläche einschlief.

Von Zeit zu Zeit, besonders wenn ihn Niedergeschlagenheit oder Langeweile plagten, holte Baba Pesa den Mercedes aus der Scheune, wo er üblicherweise geparkt war, und befahl Ndeges Bruder Njara, der auch der Farmmechaniker war, den Wagen zu waschen und zu polieren, bis der Lack so schwarz war, daß er wie ein Edelstein glänzte. Später, als ihm die Liebe zu seinem Wagen und das Bewußtsein, daß er ihm gehörte, zur Aufmunterung nicht mehr genügte, fuhr ihn Baba Pesa stundenlang über die Buschwege rings um seinen Besitz. Kinder gerieten beim Anblick des riesigen Autos in Panik, und Haustiere ergriffen die Flucht; die Mütter unterbrachen ihre Feldarbeit und kamen an den Straßenrand, um dem Wagen nachzuschauen.

Doch das bedeutsamste Ereignis, wofür er zweimal im Vierteljahr den Wagen herausholte, waren seine Fahrten nach Nairobi, um Penina Pesa vom Internat der Privatschule abzuholen und wieder hinzubringen, in der sie auf ein Studium in Amerika vorbereitet wurde. Baba Pesa pflegte dann wie gewöhnlich früh aufzustehen, doch anstatt seinen Khakianzug und Gummistiefel anzuziehen – das weithin verbreitete Markenzeichen für erfolgreiches Farmen – kleidete er sich in einen dunkelgrauen Nadelstreifenanzug, band eine breite Krawatte um und schlüpfte in glänzend geputzte schwarze Schuhe, damit er Penina ein Vater wäre, auf den sie stolz sein konnte, denn Penina war der Mittelpunkt seiner Welt.

Ein leichter Regen fiel, als Baba Pesa mit Penina an seiner Seite die Straße zum Haus hinauffuhr, dabei kamen sie an dem Gebüsch vorüber, unter dem Mutiso, seine Ziegen um sich geschart, hockte und Schutz vor dem Regen suchte. Mutiso sah sie vorüberfahren und freute sich, denn er mochte Penina. Sie glich sehr ihrer Mutter, war ernsthaft und gut, aber lachen konnte sie auch.

Als der Mercedes vorfuhr, kam Mama Pesa von der Veranda herunter, wo sie seit mehreren Stunden ungeduldig gewartet hatte, schloß ihre Tochter in die Arme und führte sie aus dem Regen ins Haus.

»Wo ist Juda?« fragte das Mädchen als erstes.

»Juda ist drunten im Dorf«, antwortete ihre Mutter. »Ich werde jetzt Tee machen.«

Baba Pesa schleppte die Koffer auf die Veranda, schob sie in eine Ecke und ließ sich in seinen Schaukelstuhl fallen. Er fand es abscheulich, naß zu werden. Er holte seine Pfeife heraus und begann sie zu stopfen.

»Ich habe Pfannkuchen gebacken«, sagte Mama Pesa zu ihm.

Sie hatte auch Süßkartoffeln, von denen sie hoffte, daß sie seine Laune versüßen und ihn die Nässe vergessen lassen würden.

»Wann kommt Juda zurück?« fragte Penina.

»Wenn die Kneipe kein Bier mehr hat«, sagte Baba Pesa. »Dein Bruder ist inzwischen zum gefeierten Marktphilosophen avanciert, außerdem ist er der größte Säufer, den es zur Zeit im Dorf gibt.«

Penina lachte. Ihr Lachen war echt und sorglos und machte sie allseits beliebt. Mama Pesa schaute ihren Mann böse an.

»Warum guckst du so böse? fragte er. »Es stimmt doch, oder etwa nicht?«

»Komm rein ins Haus«, sagte sie zu Penina.

»Willst du nicht wissen, wo Elija ist?« fragte Baba Pesa.

»Wo ist er?«

»Drunten in Nyahururu, er kauft alles ein, was du am liebsten magst«, sagte er. »Vor lauter Herzensgüte!«

Penina lachte. Sie fand ihren Vater zum Schreien komisch. Ganz besonders dann, wenn er nicht versuchte, komisch zu sein.

Mama Pesa nahm ihre Tochter an der Hand.

»Komm herein, Kind«, sagte sie. »Du mußt sehr müde sein.«

Baba Pesa zog an seiner Pfeife, wiegte sich sanft in dem ehrwürdigen Schaukelstuhl und schaute zu, wie sich der Regen wie ein Nebelschleier über die Bergrücken legte und hinunter in die Ebenen zog und dabei aus unerfindlichen Gründen einen Bogen um den Markt von Kambi machte und um den noch immer staubigen, mit Unrat übersäten Hinterhof der Fujo Bar, wo Juda Pesa gerade dabei war, über irgendeinen wichtigen und tiefschürfenden philosophischen Begriff zu referieren, den seine Trinkkumpane sowie die Hühner und die streunenden Hunde, die sich um ihn versammelten wie Fliegen auf einem Haufen Kot, niemals verstehen würden, weil sie keines der Bücher gelesen hatten, die er gelesen hatte.

»Bist du in Amerika gewesen?« fragte einer der wahren Freunde und hoffte, dies wäre vielleicht eine Erklärung für Judas allgemeine Unverständlichkeit.

»Nein«, erwiderte Juda.

»Dann in Europa?«

»Nein!«

»Indien?«

»Nicht einmal in China!« sagte Juda ungeduldig. »Warum muß ich nach Amerika gehen, um Bücher zu lesen, die ich hier lesen kann?«

In diesem Augenblick ließ Konfuzius, den das Ganze zu Tode langweilte, einen seiner Specials raus, den Spielverderber, den Partybreaker, einen Furz, der garantiert und unweigerlich dazu führte, eine jede Diskussion abzubrechen. Juda, der diese Tricks kannte, versetzte ihm einen Tritt, daß er mehrere Meter weit durch die Luft flog, und fuhr fort zu reden, als wäre nichts gewesen.

»Ich sage ja unablässig, daß Schulbildung nicht die einzige Art der Bildung ist«, sagte er zu seinen wahren Freunden. »Wo, glaubt ihr denn, hat Choma Choma gelernt, Ziegen-Kopf-und-Füße-Suppe zu kochen?«

Niemand hatte weder davon, noch von mehreren Millionen anderer Geheimnisse auch nur die unbestimmteste Vorstellung.

»Ich sag euch, in keiner einzigen Schule hat er das gelernt«, sagte ihnen Juda. »Und wie ist das im Falle von Maiti?«

Dazu wollte überhaupt niemand nicht einmal eine Meinung

äußern. Maiti, der Sargmacher, hatte in der örtlichen technischen Schule seine Prüfung als fähiger Schreiner gemacht, der in der Lage war, nützliche Tische und Stühle herzustellen. Doch dann war er verrückt geworden und hatte begonnen, Särge zu machen. Und plötzlich waren die Leute haufenweise gestorben – Alte und Junge – und aus Gründen, die nur von daher zu verstehen waren, daß die Särge von Maiti eben gefüllt werden mußten. Die Dorfleute waren zusammengekommen, um über diese Kalamität zu beraten, und der Medizinmann hatte empfohlen, daß man Maiti die bösen Geister austreiben müsse. Woraufhin der junge Mann mit seinem Werkzeugkasten im Dunkel der Nacht geflohen war und über den Bergen Zuflucht gesucht hatte, bei Leuten, die nicht einmal ihre eigene Sprache verstanden, und es war kein Geheimnis, daß sie nicht viel klüger waren als ihre Ziegen.

Und dort hatte der junge Mann gelebt, bis die Leute von Kambi sich darauf besonnen hatten, wieder in vernünftiger Anzahl und an leichter verständlichen Ursachen wie Altersschwäche und Hexerei zu sterben.

Da es schwierig war, fähige Schreiner zu bekommen, wurde es Maiti gestattet, unter der Bedingung zurückzukehren, daß er keine Särge machen würde, ehe nicht jemand tatsächlich gestorben und unter anderen vom Chief und vom Medizinmann für unwiderruflich tot erklärt worden war.

Trotzdem nahm niemand jemals den Namen Maitis in den Mund aus Angst, er könnte möglicherweise die Arbeit an ihren Särgen beginnen. Niemand außer Juda natürlich, der an eine Vielzahl von Dingen nicht glaubte, dazu gehörten abergläubische Vorstellungen und Hexerei.

»Maiti war mit der Schule fertig und hatte nichts als seine bloßen Hände und das Handwerk, das er dort erlernt hatte«, sagte Juda seinem Publikum. »Dann suchte er sich ein paar Bretter zusammen, einige Nägel, einen Hammer und eine Säge. Damit war er im Geschäft.«

»Im falschen Geschäft«, kommentierte ein wahrer Freund.

»Er verdient einen ehrlichen Lebensunterhalt«, sagte Juda. »Und das ist mehr, als man von den meisten von euch sagen kann. Los,

Boys, ihr habt mehr Bildung als eure Väter je haben werden, und ihr seid mit Wissen gesegneter als die Brüder, die mehr lesen als ihr. Während sie auf der Suche nach Arbeit, die sie nie finden werden, durch die Straßen der Städte streifen, könnt ihr hier an Ort und Stelle, ein Geschäft aufmachen.«

»Wo?« fragte der wahre Freund.

»Wo?« Juda nahm eine Handvoll Staub und ließ ihn durch die Finger rinnen. »Hier. Genau hier.«

»Wie?«

»Wie?« schrie Juda gequält. »Wie hat Maiti das Geld zusammengebracht, um sein Werkzeug zu kaufen?«

Niemand hatte die leiseste Ahnung.

»Woher hatte dieser Junge«, an dessen Namen er sich nicht erinnern konnte, »der so tut, als könne er Schuhe flicken, woher hatte er das Geld, um sein Werkzeug zu kaufen?«

»Er hat Gemüse verkauft«, sagte ein anderer wahrer Freund.

»*Tena*?« fragte Juda. »Und dann?«

Aber, brachte der helle junge Mann vor, jenes Gemüseland liege unten am Fluß. Wie in aller Welt erwarte Juda, sollten jene, die auf den Hügeln lebten, das Wasser zur Bewässerung des Gemüses dort hinaufbringen?

»Ihr nehmt eure Eimer.«

»Welche Eimer?«

»OK«, sagte Juda. »Ihr habt also keine Eimer. Dann nehmt eure großen Kalebassen – und untersteht euch zu fragen, welche Kalebassen – geht damit hinunter zum Fluß und tragt das Wasser den Berg hinauf.«

Mit der Zustimmung aller kamen sie überein, daß dies sehr schwere Arbeit bedeute, etwas, das – so erklärten sie selbstbewußt – vollkommen außerhalb ihrer Erfahrung und Ausbildung liege. Und während Juda weiter über sie herzog, grollte plötzlich drüben über dem Marktplatz der Donner, und ihm folgte eine riesige aufgewirbelte Staubwolke. Alle schauten auf und erwarteten das Blitzen, doch stattdessen sahen sie die Dorfhunde, die vor dem heranrasenden Pesa-Lastwagen um ihr Leben rannten.

Am Steuer des Fagio saß Judas Bruder Elija. Es waren die leeren

Dieselfässer auf der Ladefläche gewesen, die das wütende Donnern verursacht hatten.

Im Führerhaus neben Elija saß Margaret Baru wie versteinert vor Angst, preßte ihre Schulbücher an sich und klammerte sich vor Entsetzen an die Tür, als die Straße mit einer Geschwindigkeit, die sie selbst bei Baba Pesa nie erlebt hatte, unter ihnen dahinflog. Sie betete, wie sie noch nie zuvor gebetet hatte, und wünschte, sie wäre zu Fuß nach Hause gegangen, anstatt sich von diesem Verrückten mitnehmen zu lassen.

Der Laster raste in diesem gefährlichen Tempo weiter, flog über den Fluß Ngobit vom einen Ufer zum anderen, ohne daß die Räder die Brücke überhaupt berührt hätten. Elija warf immer wieder einen Blick auf das erschreckte Mädchen, und als er sah, daß sie sich von seinem gefährlichen Fahren nicht beeindrucken ließ, fuhr er noch schneller.

»Hast du Angst?« brüllte er und versuchte, das normale Lärmen des Fagio und das Donnern der leeren Dieselfässer zu übertönen.

»Nein«, log sie.

»Gefällt es dir?«

»Nein«, sagte sie.

»Schneller?«

»Nein«, schrie sie. »*Pole pole*, langsamer, langsamer. Ja, ich habe Angst, bitte, fahr doch langsamer!«

Sie donnerten die Straße zwischen dem Besitz ihrer beiden Eltern entlang, als Elija plötzlich auf die Bremse trat und der Wagen heftig und lang ins Rutschen geriet. Schließlich blieb er in einer Staubwolke mitten auf der Straße stehen. Elija riß die Tür auf und rannte auf die andere Seite. Von denselben Alarmsignalen gewarnt, die eine Antilope vor dem sich anschleichenden, auf Böses sinnenden Leoparden warnen, wollte Margaret gerade aus dem Wagen springen und um ihr Leben rennen, als er sie packte, auf die Schulter hob und das sich heftig wehrende Mädchen ins Gebüsch schleppte. Dort warf er sie auf den Boden und versuchte, sie festzuhalten.

Margaret kämpfte mit Händen und Füßen, schlug um sich und wehrte sich, wie sich eine gefangene Antilope hoffnungslos gegen einen hungrigen Leoparden wehrt. Sie schlug zurück, stieß mit den Füßen nach ihm, wand sich, bis er ihr die Schuluniform mit Gewalt vom Körper riß. Dann besann sie sich darauf zu schreien.

Elija hielt ihr mit der Hand den Mund zu. Sie biß ihn, daß es blutete. Da schlug er sie heftig, und sie fiel betäubt zurück. Gerade als er dachte, er habe gewonnen, räusperte sich Mutiso, der auf seinen Stab gelehnt dagestanden und das Ganze beobachtet hatte.

Erschrocken schaute Elija auf. Als er sah, daß es nur Mutiso, der Ziegenhirt war, packte ihn der Zorn.

»Was hast du hier zu suchen?« sagte er wütend.

»Ich hüte die Ziegen deines Vaters«, erwiderte Mutiso.

»Warum ausgerechnet hier?«

»Ich bringe sie immer hierher.«

Elija schaute sich nach den Ziegen um, und als er keine sah, wurde er noch wütender. Margaret fing wieder an sich zu wehren.

»Ich sehe hier keine Ziegen«, sagte er zu Mutiso. »Los, verschwinde!«

»Dort, hinter dir sind sie, schau dich halt um!« sagte Mutiso.

Elija mußte den Kopf weit nach hinten drehen, um sehen zu können, wohin Mutiso zeigte. Margaret stieß ihn zur Seite und gab ihm einen Tritt in die Weichteile, etwas, das Jeni den Mädchen in der Schule beigebracht hatte, um sich gegen unliebsame Belästigungen wehren zu können. Der Tritt war so heftig, daß sogar Mutiso stöhnte. Und während beide Männer benommen zurückblieben, rappelte sich das Mädchen auf und machte sich davon.

Elija versuchte hochzukommen, fiel wieder um und versuchte es noch einmal, doch die Schmerzen waren zu groß, als daß er seine Wut hätte auslassen können. Er stützte sich auf Mutiso und stöhnte vor Schmerz. »Ich werde dafür sorgen, daß du deswegen entlassen wirst!«

»Weswegen?« fragte der Ziegenhirt. Seit der Fagio auf der Straße gehalten hatte, hatte er sich keinen Zentimeter von der Stelle bewegt und trug deshalb keinerlei Schuld an irgendetwas, das vorgefallen war, außer daß er da gewesen war.

Elija hinkte zum Lastwagen zurück und fuhr wütend weg; der alte Mann blieb stehen und sann über die seltsamen Zufälle des Schicksals nach, die ihm das Leben vor die Füße warf, wo er sich doch nichts anderes wünschte, als seinen Blick über die Ebenen bis zum Horizont schweifen zu lassen und darüber nachzudenken, ob das, was Njara, der Mechaniker, gesagt hatte, wirklich wahr sein könnte – daß nämlich dort, am Ende der Welt, Menschen lebten, die riesenhafte Ziegen und Schafe weideten und dieselbe Sprache sprachen wie er.

Einige Meter weiter oben an der Straße flogen plötzlich Margarets Bücher aus dem Fenster des viel zu schnell fahrenden Fahrzeugs, der Wind hob sie auf, verstreute sie über die ganze Straße und hängte sie wie fliegende Fahnen an den Stacheldraht. Mutiso verließ seinen sicheren und trockenen Platz unter dem Gebüsch, ging hinüber und sammelte die Bücher auf.

Der Lärm, den der Fagio machte, als er mit wütend heulendem Motor die Straße heraufkam, war entsetzlich und in weitem Umkreis auf den Bergrücken zu hören. Und Baba Pesa, der in seinem Schaukelstuhl auf der Veranda saß und ihn kommen hörte, war der Einzige, von all den Dutzenden von Menschen, die den Lärm hörten, der wußte, daß dieses beunruhigende Geräusch nicht das Grollen des Donners war, sondern die Leere in seinen Dieselfässern.

Der Lastwagen fuhr in die Einfahrt und dann rückwärts an die Laderampe heran. Elija befahl Njara, dem Mechaniker, die leeren Fässer abzuladen, und verschwand dann in der Scheune, die sich »Reparaturwerkstatt« nannte, um sich ein Bild von dem Schaden zu machen, den der Tritt des Mädchens angerichtet hatte. Er war in diese Beschäftigung vertieft, als er hinter sich eine Bewegung vernahm und seinen Vater entdeckte, der in der Scheunentür stand und ihn mit großer Neugierde beobachtete.

»Diesel?« fragte Baba Pesa.

»Kein Diesel«, sagte er.

»Warum nicht?«

»Ich weiß nicht«, antwortete Elija. »Ich bin überall gewesen und habe nach Diesel gesucht. Bis nach Ol Joro Orok bin ich gefahren.«

Baba Pesa zog an seiner Pfeife.

»Wenn ich du wäre, würde ich hier drin lieber nicht rauchen«, sagte Elija.

Baba Pesa schnaubte.

»Warum gibt es kein Diesel?« fragte er.

»Das weiß niemand«, sagte Elija und drückte sich an ihm vorbei. »Die Tankstellen haben seit Wochen kein Diesel mehr bekommen.«

»Von wo?«

»Von wo immer es herkommt«, sagte Elija. »Sie verkaufen das Zeug ja nur.«

»Wer macht es?«

»Diesel wird nicht gemacht, Vater, es wird raffiniert.«

»Von wem?«

»Woher soll ich das wissen?«

Sie standen jetzt draußen. Baba Pesa, dessen Pfeife ausgegangen war, klopfte sie an einem Zaunpfahl aus. Er steckte sie wieder in den Tabaksbeutel in seiner Tasche und ging entschlossen zum Haus, um wenige Minuten später in seinem normalen Erfolgreichen-Farmer-Outfit wieder zu erscheinen – schweren Khaki-Hosen die in Gummistiefeln steckten, einer ärmellosen Khaki-Weste über dem dicken grünen Pullover, einem Fußballschal, von dem er nicht wußte, daß es ein Schal in den Farben von Liverpool United war, und der mit einer Feder geschmückten Filzmütze, die er, wie auch den Schal, auf dem Second-Hand Kleidermarkt in Nyahururu erstanden hatte.

Elija stand draußen vor der Werkstatt an der Werkbank und beugte sich über den ausgebauten Kawasaki Motor, der als Antrieb für den Häcksler diente, und fragte sich, warum zum Teufel das Ding nicht lief; unterdessen stand Njara, der einzige Mensch, der wußte, warum, und der den Schaden leicht hätte beheben können, unerwünscht daneben und wartete darauf, daß er auf irgendeinen dummen Botengang geschickt würde, der mit seiner Arbeitsplatzbeschreibung auch nicht das geringste zu tun hatte. Das letzte Mal, als er eine Lösung für ein kleines Reparaturproblem vorgeschlagen hatte, war er von Elija auf den langen Weg hinunter ins Dorf geschickt worden, um Zigaretten zu holen.

»Was ist los damit?« fragte Baba Pesa und schaute seinem Sohn über die Schulter.

»Er dreht sich nicht«, berichtete Elija.

»Warum nicht?«

»Das versuche ich ja eben herauszufinden.«

Baba Pesa wandte sich zu Njara um und wollte wissen, wofür er ihn eigentlich bezahle. Njara hob nur die Schulter, als wolle er sagen: »Durchsuch mich doch.«

»Ich sollte dich eigentlich entlassen und deinen verrückten Bruder anheuern«, sagte Baba Pesa. »Wo ist der Schlüssel?«

»Im Lastwagen«, sagte Elija ohne aufzuschauen.

Baba Pesa stieg in den Wagen und fuhr in großer Geschwindigkeit zum Tor hinaus, dabei hätte er um ein Haar die Baru Frauen überfahren, die müde und mit angstvoller Besorgnis im Herzen die Einfahrt heraufkamen.

Elija schaute auf, sah die herankommenden Frauen und verschwand so schnell er konnte in der Werkstatt. Mama Baru und ihre Tochter – ein trauriges und niedergeschlagenes Paar – gingen zu Njara hin und fragten nach Mama Pesa. Er wies sie zum Hühnerstall, wohin er Mama Pesa mit einem Sack voll Hühnerfutter hatte gehen sehen.

Sie fanden sie mitten auf dem Hühnerhof, wo sie mit ihren Hühnern redete und ihnen viele Handvoll Mais hinwarf, während Matogo, der nach acht Jahren auf der Pesa Farm seinen Pflichten noch immer nicht richtig nachkam, sich an die Hähne anschlich, um den größten zu fangen, damit er für Penina geschlachtet werden konnte. Doch der Hahn entschlüpfte ihm und ergriff die Flucht. Mama Pesa lächelte den beiden Baru Frauen zu, doch traf auf kein Echo.

»Ich grüße euch«, sagte sie.

»Wir grüßen dich«, erwiderten sie.

Sie erkannte sofort, daß die beiden in größten Schwierigkeiten waren. Sie ließ Matogo allein den Hahn fangen und kam heraus zu ihren Besucherinnen.

»Wir kommen wegen deinem Sohn Elija«, sagte Mama Baru.

»Was hat er getan?«

Mama Baru nahm die Hände vom Rücken und hielt ihr die zerrissene Schuluniform vors Gesicht. »Das«, sagte sie mit tränenerstickter Stimme.

Mama Pesa, deren Geduld legendär war, nahm das Kleid entgegen. Sie breitete es aus und sah die Spuren der Tränen und den angetrockneten Schmutz, faltete es still zusammen und legte es sich über den Arm.

»Zeig Mama Elija deine Bücher!« sagte Mama Baru zu ihrer Tochter.

Margaret griff in ihre Tasche und reichte Mama Pesa schweigend ihre Schulbücher. Diese nahm die Bücher, schaute sie sorgfältig an und gab sie ihr zurück.

»Kommt herein ins Haus«, sagte sie. »Ich werde uns ein wenig Tee machen.«

Sie folgten ihr ins Haus – ein trauriges, schweigsames Paar.

KAPITEL ZEHN

Die Leute von Kambi waren für vielerlei Dinge berühmt. Sie waren im ganzen Land für ihren Einfallsreichtum bekannt, mit dem sie – auch ohne ersichtlichen Anlaß – jedermann mit dem passenden Spitznamen bedachten. Demzufolge wurde niemand bei seinem richtigen Namen gerufen, außer Baru, dessen Name ihn so passend beschrieb, daß er mit dem einzig möglichen Spitznamen übereinstimmte.[5] Doch am berühmtesten waren die Leute von Kambi für ihre Fähigkeit, ein Fest, wo immer es auch stattfand, und sei es weit jenseits der Berge, geradezu zu riechen und ohne Scham und Einladung dort zu erscheinen, wo Essen und Trinken in Aussicht standen.

Und so geschah es, daß neunzig Prozent der Gäste zu Baba Pesas *harambee*[6]-Party ohne Einladung gekommen waren. Baba Pesa hatte sie aus dem einfachen und vernünftigen Grund nicht eingeladen, weil er sie nicht als lohnende Investition betrachtete. Doch das hinderte sie keineswegs daran, sich ausgiebig und ausgelassen zu vergnügen.

Mama Pesa und die Frauen und Töchter der Nachbarn verteilten unablässig das Essen und drängten den Leuten, die alle auf das gebratene Ziegenfleisch warteten und deshalb vorgaben, satt zu sein, große Teller voll *irio*–Gemüse auf.

Elija und die Jungen aus der Nachbarschaft, angeführt von Moses Baru, überwachten das Braten des Fleisches, während die Ziegen-Kopf-und-Füße Suppe in einem riesigen halbierten Dieselfaß kochte und von mehreren nichtbeschnittenen Jungen unter der Anleitung von Mutiso und Choma Choma, dem Metzger, überwacht wurde.

Die Honigbierabteilung, wo es am meisten zu tun gab und wo es am lautesten zuging, stand unter der Leitung von Njara, dem Mechaniker. Ihm assistierte sehr kompetent Pata Potea, der ebenso unvermittelt und geheimnisvoll wie die Mehrzahl der Honigbierbrigade aufgetaucht und in der Tat der erste gewesen war – obwohl diese Tatsache später heftig bestritten wurde –, der sich auf Mama Pesas geheiligtem Rosenbeet erleichtert hatte.

Dieser entschlossene Gemeinschaftsgeist, der sie zu Hunderten hergebracht hatte, wurde jedoch vom puren Ausmaß ihrer Armut gedämpft, und von der unwillkommenen Anwesenheit von Jeni-the-Castrator in ihrer Mitte. Sie ließ die Männer keinen Augenblick in Ruhe und versuchte, ihnen ihre neuesten Ideen zum Thema Sterilisation zu verkaufen. Die alten Veteranen beim Honigbier waren höchlichst amüsiert. Doch nicht so ihre Frauen. Sie taten sich zusammen und wollten Jeni wegjagen. Mama Pesa jedoch, deren Geduld legendär war, riet ihnen davon ab. Alle sollten bei ihr willkommen sein. Selbst verrückte Männer und schamlose Frauen! Doch Jenis berüchtigte Schamlosigkeit erreichte einen neuen Höhepunkt, als sie sich an Baba Pesa heranmachte und ihm eine schnelle, schmerzlose und garantiert sichere Sterilisation vorschlug.

Baba Pesa, der Chief, Daktari Choo und die örtliche Mafia, die Mitglieder der exklusiven Thekengesellschaft der Tajiri Bar, saßen in Lehnstühlen auf der Veranda. Sie waren längst schon bei Ziegenrippen und Flaschenbier angelangt, während der Mob noch immer wartete.

Von Zeit zu Zeit erhob sich Baba Pesa und schritt unruhig die Veranda auf und ab. Dann setzte er sich wieder und murmelte etwas – kurz, er zeigte sich als Gastgeber, den etwas aus dem Konzept gebracht hatte. Als Penina noch mehr Bier brachte, saß er da und starrte mit einem mörderischen Ausdruck im Gesicht auf seine Schuhe. »Irgendwelche Anzeichen von deinem Bruder?« fragte er böse.

»Nein«, sagte sie. »Kein Wort.«

Baba Pesa beobachtete den nicht eingeladenen Abschaum der Menschheit auf seinem Rasen, schaute zu, wie sie die Produkte seines Schweißes aßen und tranken und Mama Pesas Blumengarten verwüsteten, und ihm wurde klar, daß er bald etwas unternehmen mußte, wenn er die Situation retten und überhaupt etwas aus all dem Chaos noch herausschlagen wollte. Die *Harambee*-Spendenaktion mußte jetzt gleich beginnen, ehe die uneingeladenen Gäste genug gegessen hatten und wieder gingen, ehe sie alle zu betrunken waren und zu fröhlich, um sich durch eine Aufforderung, für das Fest etwas zu spenden, in Verlegenheit bringen zu lassen.

»Wir geben ihm noch zehn Minuten«, sagte er dramatisch und schaute auf seine Uhr. »Dann werden wir ohne ihn weitermachen müssen.«

Doch dann sah er, wie schnell die Leute sich betranken und sich auf dem Rasen erbrachen, und er beschloß, sein Ultimatum um die ganzen zehn Minuten zu kürzen. Er erhob sich und sagte zu dem Chief: »Komm, wir werden jetzt zu deinem Volk sprechen!«

»Mein Volk?«

»Du bist doch ihr Chief«, erinnerte ihn Baba Pesa. »Die Leute sind dein Volk.«

»Mhm«, nickte der Chief zweifelnd.

Die Mitglieder leerten schnell ihre Bierflaschen und folgten Baba Pesa hinunter auf den Rasen zu der hölzernen Plattform, die Maiti, der Dorfschreiner, am Vormittag extra aus dem Holz einer eingestürzten Scheune errichtet hatte. Sie stellten sich auf der erhöhten Plattform auf.

Der Chief stand in der Mitte vor einem Mikrophon, das nirgendwo angeschlossen war und nur dastand, um Eindruck zu machen. Daktari Choo rief die Versammlung zur Ruhe auf und stellte die Honoratioren vor. Er begann mit Baba Pesa, dessen Güte und Freundlichkeit keine Grenzen kannte, dann der Reihe nach alle anderen bis hin zu Ruhiu, den sehr wenige kannten, denn die einfachen Leute besuchten nicht so oft die Tajiri Bar wie jene auf der Plattform.

Als Daktari Choo sein Sprüchlein gesagt hatte, wobei nur wenige zugehört oder gar aufgepaßt hatten, ging Baba Pesa an das tote Mikrophon und sagte etwas ähnlich Langatmiges und Unnötiges. Dann stellte er den Hauptgast vor, der für seine Unfähigkeit, vor einer Versammlung zu sprechen, berüchtigt war. Der Chief begann damit, daß er sagte, er könne sehen, daß alle glücklich und zufrieden seien, daß sie gegessen, getrunken, sich erbrochen und selbst die Rosenstöcke bewässert hätten. Deshalb müßten sie Baba Pesa dankbar sein, der dies alles ermöglicht habe.

»Doch wie ihr wißt«, sagte er, »eine Hand wäscht die andere! Wahr oder nicht?«

»Wahr!« antwortete die Menge.

»Ein Finger allein kann keine Laus töten!« fuhr er fort. »Wahr oder nicht?«

»Wahr!« antwortete die Menge.

»Viele Hände erleichtern die Arbeit!« sagte der Chief weiter. »Wahr oder nicht?«

»Wahr!« Diesmal kam die Antwort mit merklich weniger Begeisterung.

Jene, die noch nüchtern genug waren, um zu kapieren, worauf er mit seiner Rede hinauswollte, griffen in ihre Taschen und begannen mit den Fingern die Shillinge und Cents auszusortieren, wobei sie die letzteren in die Hand nahmen, um sie in den *kiondo*, den Korb, zu werfen, von dem sie wußten, daß er alsbald die Runde machen würde.

»Kein Hund leckt eine leere Hand!« erklärte der Chief. »Wahr oder nicht?«

Nur die allzu Betrunkenen merkten die Falle, in die sie gelockt wurden nicht, und antworteten. Der Rest suchte nach Löchern, in denen sie sich verstecken konnten.

Während der Chief sich durch den Rest seiner Rede kämpfte, die wie immer langatmig und unverständlich war, warfen die Gäste ihre Münzen in den Korb, langweilten sich, wurden unruhig und wären in der Tat gerne gegangen, hätte ihnen der Chief nicht zu wiederholten Malen versichert, daß das Fest weitergehen würde, sobald der Korb gefüllt und das Geld gezählt sei.

Da keinerlei Aussicht bestand, daß der Korb je voll sein würde, eine Tatsache, die von den Männern auf der Plattform überhaupt nicht zur Kenntnis genommen wurde, dachten einige daran wegzugehen, hatten jedoch keine ausreichende Entschuldigung vorzubringen, außer, daß sie zum Kühemelken nach Hause müßten, was unter den gegebenen Umständen vollkommen unakzeptabel war. Einige wenige jedoch schlüpften durch die Hecke hinter den Scheunen und fanden auf Zickzackwegen quer über die Felder nach Hause, betrunkener als sie sich jemals erinnern konnten.

»Wir haben gegessen, und wir haben getrunken«, sagte der Chief sehr zum Befremden der vielen, die noch kein einziges Stückchen Fleisch gekostet und kein Tröpfchen Honigbier getrunken hatten. »Nun wollen wir diesem großzügigen Mann unsere Dankbarkeit zeigen und ihm eine Hand reichen. Es ist noch mehr zu essen und zu trinken da, deshalb laßt uns jetzt tief in unsere *mondos* greifen, damit wir diesen jungen Mann nach Armenien schicken können.«

»Amerika«, korrigierte ihn Daktari Choo.

»Nach Amerika«, sagte der Chief. »Baba Pesas Sohn Juda, von dem ihr alle wißt, daß er sehr gebildet ist, wird jetzt endlich nach Amerika gehen, nicht nach Armenien, wie ich eben sagte. *Haya sasa toa pesa.* Jetzt sammeln wir das Geld ein, das ihr mitgebracht habt!«

Baru und seine Frau, die mehrere Hühner verkaufen mußten, um überhaupt zu dieser *Harambee*-Versammlung kommen zu können, warfen den gesamten Ertrag ihres Verkaufs in den Korb und sagten: »Ein Kind gehört nicht nur einer Person allein.«

Dann gingen sie still wieder hinunter auf ihre eigenen Felder und zu ihrem Ochsen, der in den vergangenen drei Tagen jegliche Nahrung verweigert hatte.

Ndege, der Verrückte, der den vielen Leuten nachgelaufen war, ohne zu wissen, wohin sie gingen, spendete auch ein paar Münzen. Verrücktsein als Grund zur Ausnahme ließ dieser Gemeinschaftsgeist nicht gelten. Danach betrank er sich ein wenig und beschloß, etwas Leben in die Versammlung zu bringen und sich auszuziehen, woran ihn jedoch eine Gruppe Jugendlicher hinderte; mit der strikten Anweisung, nicht zurückzukommen, ehe er nicht vollkommen nüchtern sei und gelernt habe, sich wie ein normaler Mensch – was er nicht war – zu benehmen, führten sie ihn den halben Weg die Straße hinunter zum Dorf.

In der Tat fiel es sehr wenigen der Anwesenden auf, daß keiner der Würdenträger bis jetzt etwas in den *kiondo* geworfen hatte. Nun gingen einige mit dem Korb herum, um das Ganze etwas zu beschleunigen, doch die Lage blieb gleich, bis ganz am Ende, als Baba Pesa schließlich die Leute aufrufen mußte, damit sie ihre Spenden abgaben.

Auch Mama Pesa wurde es von all dem Gerede langweilig. Sie suchte Elija und schickte ihn ins Dorf hinunter, um Juda Pesa, die eigentliche Ursache für all diesen Wahnsinn, zu holen. Widerwillig holte Elija den Fagio aus der Garage und ratterte hinunter ins Dorf und fand Juda schließlich im stinkenden Hinterhof der Fujo Bar, wo er sich vor seinen wahren Freunden über ein tiefschürfendes, doch nichtsdestoweniger nutzloses philosophisches Problem ausließ. Nur drei von ihnen konnten sich noch aufrecht halten. Der vierte lag im Staub des schmutzigen Hofes, wohin Juda ihn wegen irgendeiner lange vergessenen Kontroverse befördert hatte.

»Die Städte befinden sich im Aufruhr«, sagte Juda gerade. »Zu viele verzweifelte Menschen auf der Jagd nach zu wenig guten Arbeitsplätzen. Die glücklichen Verdiener verdienen zu wenig. Das Essen ist zu teuer. Ob ihr es glauben wollt oder nicht« – und sie wollten nicht –, »die Zukunft gehört denen, die das Land bebauen und das Vieh hüten. Und das seid ihr, falls ihr das noch nicht wissen solltet!«

»Wie?« fragte jener, der immer und ewig dieselbe blöde Frage stellte.

»Wie?« schrie Juda ungehalten. »Fällt dir eigentlich nichts anderes ein, als ›wie?‹?«

»Wir haben kein Geld«, sagte der junge Mann.

»Wer redet hier von Geld?«

»Niemand kann ohne Geld auskommen«, unterstützten ihn die anderen Jugendlichen.

»Wo habt ihr diesen Unsinn gelernt?«

Die jungen Leute hoben nur die Schulter. Sie hatten schon vor langem gelernt, daß sich Meinungsverschiedenheiten mit Juda nicht auszahlten. Doch manchmal vergaßen sie es und landeten dann wie ihr Freund im Staub des Hinterhofs.

»Außer eurem Gehirn braucht ihr nichts«, sagte Juda. »Die Muskeln habt ihr und den Schweiß auch. Ihr braucht nur noch Köpfchen.«

Schweigend tranken sie ihr Bier, fühlten sich nicht wohl. Es war offensichtlich, daß sie mit Judas Ansichten nicht einverstanden waren und deshalb über etwas anderes reden wollten, doch wußten sie nicht, womit beginnen. Ihr Freund am Boden regte sich, stöhnte und setzte sich auf. Verwirrt schaute er um sich. Als sein Blick auf Juda fiel, erinnerte er sich, was ihm widerfahren war.

»Das war aber kein Spaß mehr, das war ernst!« sagte er vorwurfsvoll zu Juda.

Juda nickte mit dem Kopf. »Solche Dinge nehme ich immer sehr ernst.«

Der junge Mann schüttelte den Kopf. Es tat schrecklich weh. Fast so sehr wie damals, als er eines Morgens auf dem Schulweg von dem fahrenden Fagio gefallen war. Und Baba Pesa hatte sich nicht einmal die Mühe gemacht anzuhalten.

»Das war ein fieser Schlag, den du mir verpaßt hast«, sagte er zu Juda.

»Denke daran, wenn du das nächste Mal eine dumme, halbdurchdachte Marktplatztheorie anbringen willst«, sagte Juda zu ihm. »Es gibt nichts dümmeres als Faulheit und Selbstvernachlässigung. Die Entschlossenheit, sich selbst voranzubringen und weiterzubilden, ist eine Pflicht gegenüber der Gesellschaft.«

»Das hast du gut gesagt, Bruder«, sagte Elija von der Tür her, von wo aus er amüsiert diese besonders unwichtigen Darlegungen seines Bruders verfolgt hatte.

»Kleiner Bruder«, Juda versuchte, es Elijas Sarkasmus gleichzutun, »was bringt dich hierher?«

»Du, großer Bruder«, sagte Elija. »Es hat allen Anschein, daß du deine Pflicht dir selbst und der Gesellschaft gegenüber vernachlässigt hast.«

Juda schaute von seinem Publikum auf seinen Bruder. Er lächelte.

»Glaub' nicht alles, was du hörst«, sagte er. »Setz dich, und trink was mit uns. Vielleicht können wir dann aussortieren, was dich plagt.«

»Ich habe persönlich keine Probleme«, sagte Elija herausfordernd. »Aber dein Vater hat ein Problem. Während er ein großes Fest gibt und Spenden sammelt, um dich nach Amerika zu schikken, sitzt du hier und säufst dich zu Tode. Verschwendest dein Leben mit Analphabeten aus dem Dorf, mit Säufern und Schlägern.«

Judas Freunde schauten verlegen zu Boden. Juda war an ihrer Stelle wütend, doch er versuchte, seinen Zorn nicht mit sich durchgehen zu lassen. Auch durfte er Elija nicht schlagen. Genau genommen, würde seine Mutter es nicht einmal zulassen, seinem eigenen Hund Konfuzius einen Tritt zu geben.

»Ich werde mich heute nicht mit dir prügeln, kleiner Bruder«, sagte er ruhig.

»Warum versuchst du's nicht?«

»Weil ich es deiner Mutter versprochen habe«, sagte Juda. »Deshalb gehst du jetzt nach Hause zurück und sagst dem Vater, der dich geschickt hat, daß ich mich geweigert habe, dich zu verhauen.«

»Er hat mich nicht geschickt«, sagte Elija. »Mutter hat mich geschickt. Die Zeit ist gekommen, wo du den ehrenwerten Gästen vorgestellt werden sollst. Offen gesagt glaube ich, daß es Vater jetzt völlig egal ist, ob du da bist oder nicht, aber Mutter besteht darauf, daß du kommst.«

Juda schüttelte langsam und gequält den Kopf, denn sie war die Letzte, die er hätte verletzen wollen. »Ich habe ihr gesagt, daß ich nichts damit zu tun haben will!« sagte er böse.

»Solltest du es vergessen haben – das *Harambee*-Fest wurde extra für dich und zugunsten deiner Ausbildung arrangiert!«

Elija fand sichtlichen Gefallen an Judas Verwirrung. Und Juda wurde schließlich doch noch richtig wütend.

»Hör zu!« brüllte er seinen Bruder an. »Ich gehe nicht nach Amerika. Oder sonst irgendwohin!«

»Warum läßt du es dann zu, daß er ein Fest organisiert?« schrie Elija. »Warum hältst du ihn dann nicht davon ab, sich all die Mühe zu machen?«

»Ihm den Platz im Rampenlicht verweigern?« fragte Juda. »Die Chance zu zeigen, wie reich und wichtig er ist? Komm schon, Bruder, da redest du dummes Zeug. Setz dich, und trink ein Bier.«

Elija schüttelte den Kopf. »Trink du nur dein Bier«, sagte er. »Ich gehe zurück und sage Vater, daß er seine Zeit unnütz vergeudet hat.«

»Dazu bin ich selbst durchaus in der Lage«, sagte Juda. »Du setzt dich jetzt her und trinkst etwas mit mir und meinen unpopulären Freunden. Danach werden wir alle zusammen zum Haus hinaufgehen, ein wenig Fleisch essen und noch ein bißchen mehr Bier trinken, und dann werden wir deinem Vater erzählen, daß er seine Zeit vergeudet hat.«

Elija dachte über diesen Vorschlag nach. Es war nicht nur das erste Mal, sondern würde wahrscheinlich auch das letzte Mal sein, daß er eingeladen wurde, mit Juda und seiner Bande von unnützen Freunden zusammenzusitzen und Bier zu trinken. Es wäre nicht der schlechteste Erfolg seiner Mission, also setzte er sich, um mit seinem Bruder ein Bier zu trinken.

Eine Stunde später zwängten sie sich alle in den Fagio und rasten die Straße zum Anwesen der Pesas hinauf. Nun, da alle unnötigen Reden gehalten waren und die verschämten Nicht-Spender aus ihrem Versteck wieder auftauchten, kam die *Harambee*-Spenden-Party erst richtig in Gang. Derweilen arbeiteten sich die wenigen Vertrauten durch einen Berg von Münzen und Dichtungsscheiben und versuchten festzustellen, wieviel Geld nun eigentlich hereingekommen war.

Überall waren Betrunkene. Einige wenige noch auf den Füßen, die Mehrzahl in der Horizontale; die meisten waren wach, doch einige waren dieser Welt gestorben. Angeführt von Konfuzius, strichen die Hunde überall herum, fanden weggeworfene Knochen und leckten Teller sauber, wie auch ungewaschene Hände und Gesichter. Der kostbare Rosengarten war längst von hunderten von ziellosen Füßen niedergetrampelt worden. Der ganze schöne Rasen vor dem Haus glich einer riesigen Müllhalde, auf der menschliche Körper und Abfälle großzügig verstreut herumlagen.

Baba Pesa saß alleine in einer Ecke der Veranda, wiegte sich sanft in seinem alten Stuhl und überschlug seine Verluste. Er hatte längst aufgegeben, Münzen einzusammeln.

Juda führte seine Bande verdutzter Typen mitten durch die betrunkene Menge der Feiernden, vorbei an den früheren Würdenträgern, die jetzt nicht sehr würdig und ziemlich erschreckt in einer abseits liegenden Ecke auf dem Rasen beisammen saßen, hinauf auf die Veranda. Dann entließ er seine wahren Freunde mit dem Auftrag, sich etwas zu Trinken zu besorgen, während er die Meinungsverschiedenheiten mit seinem Vater austrug.

»Zeit verschwendet?« schrie Baba Pesa, als er hörte, was Juda zu sagen hatte. »Wer fragt schon nach der Zeit! Schau dir das an, was ist das?«

Er hielt eine große Messingmünze hoch, graugrün vor Alter. Juda nahm sie und drehte sie hin und her. Die Schrift darauf war kaum mehr lesbar.

»Woher hast du das?« fragte er.

»Was ist es?« wollte Baba Pesa wissen.

»Es sieht aus wie Geld.«

»Was für Geld?«

»Hier steht *Turkie Cumhuriet*«, sagte Juda. »Es ist aus der Türkei.«

»Wo ist die Türkei?«

»Auf der anderen Seite der Welt«, sagte ihm Juda. »Damit kannst du nichts anfangen. Wie kam diese Münze hierher?«

Baba Pesa zeigte mit der Hand auf den Pöbelhaufen im Garten.

»Frag sie!«

Juda begann zu lachen. Doch als er den niedergeschlagenen Ausdruck im Gesicht seines Vaters sah, überlegte er es sich anders.

»Wir haben davon drei Körbe voll«, sagte Pesa mit Nachdruck.

»Das tut mir leid!« Juda zog die Schultern hoch und gab sich größte Mühe, die Lachsalven zu unterdrücken, die in ihm hochstiegen.

»Tut mir leid!« brüllte Pesa. »Ist das alles, was du zu sagen hast? Weißt du überhaupt, wieviele Ziegen sie aufgegessen haben?«

Juda schüttelte den Kopf.

»Sechs Ziegen«, sagte Pesa. »Weißt du, wieviel Bier sie getrunken haben?«

Wieder schüttelte Juda den Kopf und versuchte sein äußerstes, geduldig und vernünftig zu sein, und antwortete: »Nein.«

»Zehn Kästen Bier«, sagte ein gequälter Baba Pesa. »Und drei

Kalebassen Honigbier; außerdem hab ich die meisten von ihnen in meinem ganzen Leben noch nie gesehen. Aber das beste kommt noch – weißt du, wieviel Geld sie gespendet haben?«

»Nein«, sagte Juda.

»Die drei Körbe mit Münzen!« brüllte Pesa. »Aus Ländern, von denen ich noch nie gehört habe!«

»Aber Vater«, sagte Juda besonnen, »ich habe es dir ja gesagt, ehe dieser ganze Unsinn losging. Ich habe dir gesagt, es sei zwecklos und eine Zeitverschwendung. Du wolltest nicht auf mich hören, und du hast mir nicht geglaubt. Wie immer hast du gedacht, du wüßtest alles am besten.«

Die Veränderung seines Gesichtsausdrucks warnte Juda und gab ihm zu verstehen, daß er einen wunden Punkt berührt hatte. Baba Pesa knurrte bedrohlich.

»Red nicht so töricht wie deine Mutter«, sagte er böse. »Ich habe Geld gesammelt, um dich nach Amerika zu schicken, und bei Gott, du wirst nach Amerika gehen, und wenn ich dich in einem Sarg hinschicken muß!«

Ehe Juda weiteren Protest einlegen konnte, platzte einer von seiner Bande in ihr Gespräch und berichtete, ihnen sei das Bier verweigert worden.

»Moment mal, warte«, sagte Juda zu dem jungen Mann. »Wir haben hier Ernstes zu bereden.«

»Aber sie geben uns kein Bier!« jammerte der wahre Freund.

»Ich hab gesagt, warte!« fuhr Juda ihn an. Dann wandte er sich wieder seinem Vater zu und sagte so ruhig wie möglich: »Gib ihnen ihr türkisches Geld zurück.«

»Nach all den Ziegen, die sie gegessen haben?« donnerte Baba Pesa. »Nach all dem Bier? Bist du verrückt?«

»Du brauchst das Geld nicht«, sagte Juda. »Gib es ihnen zurück.«

»Juda, sie wollen uns kein Bier geben«, drängte sein Freund ungeduldig. Juda packte ihn vorne am Hemd und schleuderte ihn an die Wand.

»Schlag mich nicht!« schrie der junge Mann. »Nicht noch einmal!«

Juda ließ seine erhobene Faust sinken und wandte sich wieder seinem Vater zu. Er war nun überzeugt davon, daß sie – er und sein Vater – niemals über irgendetwas vernünftig würden reden können.

»Wer ist diese Person?« fragte Baba Pesa.

»Ein Freund von mir«, antwortete Juda. »Er ist Schüler an der technischen Schule im Dorf. Du könntest doch Werkzeug für die Schule spenden, warum eigentlich nicht?«

»Ich bin kein Missionar!« sagte sein Vater. »Ich möchte nur dich zur Schule schicken. Nicht jeden Tunichtgut und Lümmel im Dorf.«

»Aber ich gehe nicht«, sagte Juda leise und in einem Ton, der signalisierte, daß es ihm gleichgültig war, ob ihm sein Vater glaubte oder nicht. »Ich habe dir schon so und so oft gesagt, daß ich nirgendwo hingehen werde!«

Sie hatten sich nichts mehr zu sagen, schien es. Baba Pesa starrte ins Leere und fuhr fort, seinen Groll zu pflegen. Seine Freunde hatten die Zählübungen abgeschlossen und fragten sich, was sie als nächstes tun sollten. Sie wagten es nicht, Baba Pesa zu eröffnen, wie wenig Geld tatsächlich eingesammelt worden war.

Ein anderer von Judas Freunden stürmte herbei und sprach ebenso rüpelhaft mit Juda wie der vorige, bestätigte, daß man ihnen kein Bier geben wolle, und ignorierte dabei Baba Pesa vollkommen.

»Und wer zum Teufel ist das?« fragte Baba Pesa.

»Noch ein Freund«, antwortete Juda. »Wer will euch kein Bier geben?«

»Alle«, antwortete der junge Mann.

»Warum?« fragte Juda.

»Wir seien nicht eingeladen.«

»Von wem?«

Der junge Mann schüttelte den Kopf. In Wirklichkeit war jedermann so betrunken, daß keiner mehr wußte, wo das restliche Bier versteckt war. Und die Freunde hatten Angst, das Haus zu betreten, denn Elija hatte sie bereits vorgewarnt, daß das Haus, wie auch seine Schwester, für ihresgleichen verboten sei.

»Komm«, sagte Juda. »Jetzt gehen wir Bier suchen.«

Er führte die ganze Bande in das verbotene Haus, setzte sie alle ins Wohnzimmer, das nicht einmal die Würdenträger hatten betreten dürfen, produzierte eine Flasche von seines Vaters bestem Brandy und prostete ihnen zu, bis sie alle sternhagelvoll waren.

Später, hieß es, habe sich Baba Pesa darüber beklagt, daß sein Sohn so rücksichtslos gewesen sei, eine ganze Flasche seines feinsten Weinbrands an eine Herde von Schweinen zu verschwenden.

KAPITEL ELF

Woher Mutiso, der Ziegenhirt, einstmals gekommen war, wußte niemand. Er selbst sagte, er stamme aus dem Land im Osten, wo Honig auf den Bäumen wüchse und die Leute unter anderem für ihre Zeugungskraft berühmt seien und wegen ihrer magischen Kräfte mit Pfeil und Bogen. Dies konnten die Leute von Thome jedoch nicht akzeptieren, da nur sie allein befähigt waren, würdige und rechtschaffene Männer zu zeugen, Weise für Zeit und Ewigkeit.

Wann genau Mutiso von dort gekommen war, wo er vorgab hergekommen zu sein, war ein weiteres Geheimnis, ein Detail, das nie würde genau aufgezeichnet werden können, denn, da er niemals zur Schule gegangen war, konnte er die Neugierigen über diesen Punkt nicht aufklären.

Jene, die alt genug waren, um sich zum Beispiel daran zu erinnern, wie es war, als Gott noch zu den Menschen in ihrer eigenen Sprache gesprochen hatte, vor vielen, vielen Jahren, als man vom Weißen Mann noch nichts wußte, konnten sich vage eine Zeit ins Gedächtnis rufen, in der es keinen Ziegenhirten Mutiso gegeben hatte. Aber auch sie konnten es nicht beschwören, ob er nicht doch damals schon als unbekannter und unbesungener Hirtenjunge unter ihnen gelebt hatte. Einige suchten eine Erklärung für seine Existenz, in der Meinung, er sei eine Kriegsbeute aus den ruhmreichen Tagen der Stammeskriege und Viehraubzüge. Doch auch sie zögerten nicht einzuräumen, daß die Menschen, von denen er angeblich abstammte, und das Land, in dem diese lebten, zu weit entfernt von den Aberdare Bergen waren, als daß sie in den Tagen, als Landkarten und *matatus* noch nicht erfunden waren, derlei Kontakte mit ihnen hätten haben können.

Doch jene, die sich nicht weiter zurückerinnern konnten als an den Mau Mau Krieg und an den Abschied des Weißen Mannes, konnten sich nicht an eine Zeit erinnern, in der Mutiso nicht mit seinen Ziegen am Berghang gewesen wäre. Eine dunkle Erscheinung in einem schweren alten Mantel und einem Schlapphut, die sich, auf einem Bein stehend, auf den vom Alter abgenutzten Hirtenstab stützte, während die Ziegen ringsum über den Berghang streiften.

Er war in der Tat für viele zu einem alten Verwandten geworden, ein Onkel oder Großvater, mit dem man wenig zu tun hatte, der aber trotzdem da war, wenn man ihn brauchte. Er gehörte in die Landschaft wie ein vertrautes Wahrzeichen – wie eine alte Dornakazie oder ein Felsblock auf einem Hügel – von nicht sehr großem Nutzen, doch seine Gegenwart am selben Ort, Tag für Tag, Jahr für Jahr, war ermutigend und tröstlich.

Manchmal sang er den Ziegen seine Lieder, in einer Sprache, die nur sie verstehen konnten. Doch meistens saß er da und schaute in die Ferne an den Horizont und dachte über das Leben nach dem Tode nach, über ausgedehnte grüne Weiden mit Ziegen so groß wie Kühe, wo sich alte Hirten nach ihrem Tod des Ruhestands erfreuen konnten und wo immer Sonnenaufgang oder -untergang war – je nach der Lieblingstageszeit des Hirten.

Für Mutiso war der Sonnenuntergang die liebste Tageszeit, wenn er, zumindest in seiner Vorstellung, hunderttausende von Ziegen und Kühen auf uralten Viehwegen heimwärts trieb, in einem weiten, flachen Land, wo der von den vielen Hufen aufgewirbelte Staub in den Strahlen der sinkenden Sonne zu purem Gold wurde, wenn die Nachtvögel vor den Schakalen und Hyänen warnten, die den Lämmern nachstellten, und wenn die Grillen die Instrumente für ihr phantastisches Konzert stimmten, das die ganze Nacht lang währen sollte. In seiner Phantasie hätte dieser Zustand für immer und ewig andauern können – eine untergehende Sonne, die nie unterging, und ein Viehtrieb, der nie endete. Das war seine und bestimmt auch Gottes Vorstellung vom Himmel.

Er hatte diese Vision mit einigen von den Leuten diskutiert, die ihn von Zeit zu Zeit aufsuchten, um ihm ihre Kümmernisse zu klagen oder nur bei ihm zu sitzen, über die Ebenen zu schauen und mit ihm über eine Lösung für ihre vielen Probleme nachzudenken.

Irgendwie schenkte ihnen seine Gegenwart die Klarheit des Denkens, die sie brauchten, um ihren eigenen Weg zu finden.

Einmal hatte Njara, der Mechaniker, Mutiso von einem Land erzählt, das jenseits des Orts liege, an dem die Erde dem Himmel begegnete, und in dem es angeblich nur Wasser und Bäume mit Früchten gebe. Die Menschen dort lägen den ganzen Tag in der Sonne, denn Nahrung stünde reichlich zur Verfügung, und um essen zu können, müsse man nicht arbeiten. Doch Mutiso wußte, daß es so etwas unmöglich geben könne, denn eine solche wunderbare Welt sei nur in den Wunschvorstellungen der Faulen möglich.

Doch Njara bestand darauf. »Ich habe es in einem Buch gelesen.«

Was nun eine Erfahrung war, die Mutiso nie gemacht hatte und sich deshalb in der Beurteilung der Wahrheit oder selbst der Wahrscheinlichkeit dieser Geschichte als nutzlos erwies.

Sie saßen auf dem Hügel, von dem aus man den ganzen Besitz der Pesas überschauen konnte, das Haus und was dazugehörte, das Tal unten, die Ebenen von Laikipia und die Welt. In seiner Hand hielt Mutiso die winzige runde Kalebasse, aus der er immer wieder eine Prise Schnupftabak nahm, während er Njara zuhörte – einem Mann, der offen zugab, daß er noch nie weiter als ins Dorf Kambi gereist war – , der ihm erzählte, wie groß diese Welt sei.

Weiter unten sahen sie, wie Baba Pesas Gottesgeschenk zur Einfahrt hinaus und schwerfällig die staubige Straße hinabfuhr. Der Regen, für den das Dorf so viele Ziegen geopfert hatte, war gekommen und wieder gegangen, lange ehe sie überhaupt gepflügt hatten. Auf halbem Weg zur Brücke über den Fluß Ngobit tauchte eine Frau aus dem Gebüsch auf und winkte dem Wagen zu halten. Die Tür ging auf, die Frau stieg ein, und der Wagen fuhr in schnellem Tempo weiter den Berg hinab.

»Wer war das?« fragte sich Njara laut.

Mutiso, dem Alter und Charakter Tratschen und Spekulieren verboten, hob die Schulter und nahm noch eine Prise Schnupftabak. Dann begann er zu singen, ein leises Klagelied in einer Sprache so seltsam und fremd wie die Sprache der Bäume. Njara, der erschöpft war, weil er einen langen Nachmittag lang im dornigen Unterholz

Wurzeln und Kräuter gesucht hatte, die er dem Kräuterdoktor verkaufen wollte, schlief ein und schlief sehr, sehr lange.

Er war gerade bei seinem zehnten Alptraum, in dem er während einer Überholung die Motoren des Mercedes und des Traktors durcheinandergebracht hatte und Baba Pesa ihn mit seinem Gewehr im Hof herumjagte, als Mutiso ihn mit der Spitze seines Hirtenstabs in die Seite stach und aufweckte.

»*Amka twende*«, sagte der alte Mann. »Es ist Zeit zu gehen!«

Die Sonne ging gerade unter, und die Kälte von den Aberdare-Bergen kam heimlich die Berghänge herabgekrochen. Sie nahmen ihre Habseligkeiten und folgten den Ziegen nach Hause.

Bald hörten sie das Muhen der Kühe, die Kuhglocken und die allgemeine Unruhe zur Melkzeit, während sie weit unten auf der Straße den total betrunkenen Juda erkennen konnten, der sich mit Konfuzius auf dem Heimweg befand.

Weiter unten am Berg gingen die beiden Männer auseinander. Njara schlug eine Abkürzung ins Dorf ein, während Mutiso die Ziegen nach Hause trieb. Er war gerade dabei, sie in den Ziegenstall zu lassen, als Mama Pesa mit der Milch für die Küche vorüberkam und ihn sah.

»Mutiso?« rief sie.

»Mama?«

»Komm rüber ins Haus«, sagte sie. »Ich mache uns ein bißchen Tee.«

»*Ndiyo mama*«, sagte Mutiso. »Ja, Mutter, ich komme.«

Nur wenig später tranken sie Tee auf der Veranda, als Juda zur Einfahrt hereinstolperte und über den Rasen zu ihnen herauf kam. Er hatte einen vollkommen verrückten Samstagsmarkt hinter sich gebracht, hatte fünf Schlägereien angefangen, drei davon abgebrochen und war nicht sicher, ob er aus irgendeiner als Sieger hervorgegangen war. Konfuzius begab sich nach vollendetem Tagwerk hinters Haus zur Küchentür, um dort die Katzen zu terrorisieren und sich kundig zu machen, was es Neues gab.

»Mutter von Elija«, sagte Juda müde. »Ich bin wieder da.«

»Du hast uns gefunden«, sagte seine Mutter. »Komm, setz dich her.«

Juda setzte sich auf die niedere Verandamauer und bemühte sich, den Blick fest auf Mutiso zu heften. Dann fragte er: »Mutiso?«

»*Yuda?*« gab Mutiso zurück.

»*Wapi mbuzi?*« fragte Juda im Spaß. »Wo sind die Ziegen?« Worauf sie alle herzlich lachten.

Juda wandte sich an seine Mutter und wollte wissen, wohin ihr Mann wie ein verrückter *matatu*-Fahrer in seinem Gottesgeschenk gefahren sei.

»Er hat uns fast überfahren«, sagte er. »Ich dachte, du hättest neben ihm gesessen.«

»Ich?« fragte Mama Pesa. »Wohin hätte ich mit deinem Vater fahren sollen?«

»Ich dachte, er hätte vielleicht doch endlich erkannt, daß du das Beste bist, das ihm jemals widerfahren ist, und hätte beschlossen, dich einmal auszuführen!«

Mama Pesa lachte.

»Das wirst du wohl kaum erleben, Kind«, sagte sie.

»Ich werde nie verstehen, warum du ihn überhaupt geheiratet hast«, sagte Juda.

»Als dein Großvater starb, hatte er noch immer keine Antwort auf diese Frage gefunden«, lachte seine Mutter.

»Mir könnte das auch so ergehen«, erwiderte er.

Mama Pesa wunderte sich ein wenig über diese Antwort, doch sie machte die Trunkenheit ihres Sohnes dafür verantwortlich. Mutiso, der aus einer Zeit stammte, in der die Männer noch aufrichtig und ehrenhaft waren, schaute auf seine aus alten Autoreifen gemachten Sandalen und seine verkrüppelten Füße hinab und konzentrierte sich auf die riesige Tasse voll Tee, die den Spitznamen *mugambo*, die große Stimme, trug, und sagte sich, daß er sich möglicherweise irrte, obwohl er wußte, daß er recht hatte.

»Hier, trink Tee«, sagte Mama Pesa zu ihrem Sohn.

»Vielleicht sterbe ich dann früher«, erwiderte Juda.

Dann sah er Elija mit einem Bündel frisch geschlagenen Feuerholzes vorübergehen und rief: »Bruder, könntest du zehn Shilling erübrigen? Ich werde sie dir zurückgeben, wenn ich reich und bedeutend geworden bin!«

Elija ignorierte ihn und ging weiter.

»Allem Anschein nach muß ich deinen Tee doch trinken«, sagte Juda zu seiner Mutter.

Dann setzte er sich in den Schaukelstuhl seines Vaters, schwang die Beine auf die Verandamauer und schlief ein, ehe seine Mutter noch eine *mugambo* mit Tee für ihn füllen konnte.

Als sie ihn Stunden später aufzuwecken versuchte, nachdem ihr ein erster und zweiter Versuch mißglückt war, sagte er, sie solle ihn in Ruhe lassen, da er weder Tee, Milch, etwas zu essen oder zu Bett gehen wolle. Er wolle nur da sitzen und über die vielen Dinge nachdenken, über die er nachdenken müsse.

Es war wieder Vollmond. Von jenseits der Bergrücken und von unten aus den Ebenen riefen Hunde einander Vollmondgrüße zu, und es schien in der Tat ein guter Augenblick zu sein, zur Musik dieser Hundeserenade, die wohl überall auf der Welt stattfand, sich ernsthaft über einiges Gedanken zu machen.

Mama Pesa ließ Juda allein und ging in ihr Schlafzimmer. Sie saß in ihrem Bett, las das tägliche Kapitel aus der Bibel und betete darum, daß Juda sich etwas Gutes und Vernünftiges ausdenken möge, das er mit seinem Leben anfangen würde, denn bis zum heutigen Tag war es nichts als ein vergeudetes Leben gewesen. Dann drehte sie die Kerosinlampe aus – nahm man die Prophezeiungen ihres Sohnes Juda ernst, so würde frühestens in einem Jahrhundert Elektrizität nach Thome kommen – und horchte auf Konfuzius, der mit einem anderen Hund irgendwo in der Ferne im Bellen wetteiferte.

»Konfuzius!« schrie Juda wütend. »Halt die Schnauze, Hund! Wir müssen hier Entscheidungen fällen!«

Konfuzius winselte, verzog sich unter den Stuhl und überlegte, ob er einen Partybreaker loslassen sollte. Er beschloß jedoch, daß Juda jetzt gerade nicht in der richtigen Stimmung für solche Späße sei und ging stattdessen auf einen kleinen Spaziergang.

Drunten bei den Barus bellte Chui noch eine Weile weiter und erwartete eine beruhigende Antwort von Konfuzius; stattdessen mußte er ein brennendes Stück Feuerholz in Kauf nehmen, das Moses nach ihm warf, damit er Ruhe gäbe.

Drinnen in der Hütte der Barus ließ sich die Familie gerade zu einem späten Abendessen nieder. Es gab gesalzenen *githeri*, Menschenessen, das selbst Chui gelegentlich verschmähte, und Kalebassen mit vergorenem Maisbrei. Die Hütte war dunkel und rauchig, nur von einer kleinen Blechlampe erhellt, die von den sehr geschickten Händen ihres Sohnes Moses äußerst erfinderisch aus einer alten Kakaobüchse gemacht worden war.

»Laß den Hund in Ruhe«, sagte Baru zu seinem Sohn.

Er war von der alten Schule und glaubte deshalb daran, daß selbst ein Hund eine Meinung haben dürfe und das Recht, diese Meinung zum Ausdruck zu bringen, wenn er dies wünschte.

Er saß auf der anderen Seite des Feuers seiner Frau gegenüber und kaute langsam und gründlich an seinem *githeri*, dabei nippte er von Zeit zu Zeit an der Kalebasse, die vor ihm auf dem Boden stand. Die Tatsache, daß der saure Maisbrei nicht gezuckert war und das *githeri* versalzen, machte die ganze Mahlzeit zu einer ziemlich ungenießbaren Angelegenheit, und selbst Chui, der Hund, hatte durchaus das Recht, diese Nahrung zu verweigern, dachte Baba Baru.

»Hast du deiner Tochter etwas Zucker für ihre Großmutter mitgegeben?« fragte er seine Frau.

»Ich hatte fast kein Geld«, sagte Mama Baru, »aber ich hab ihr aufgetragen, sie zu bitten, uns an Weihnachten zu besuchen.«

»Möglicherweise lebt sie dann gar nicht mehr«, bemerkte Moses leise.

Mama Baru warf ihrem Sohn einen bösen Blick zu, der keinen Zweifel daran ließ, daß sie eine Erklärung erwartete.

»Mutter, alte Leute sterben«, sagte er. »Sehr, sehr alte Leute sterben einfach plötzlich, ohne Vorwarnung.«

»Nicht deine Großmutter«, sagte Baru, der seit nahezu zwanzig Jahren den Tod seiner Schwiegermutter herbeigewünscht hatte.

Sie war aus altem, langlebigem Holz geschnitzt, ein Material, das drei Stammeskriege überlebt hatte, vier große Hungersnöte und zahlreiche Plagen, die in regelmäßigen Abständen ausgebrochen waren und sie heimgesucht hatten. Und sie war das reinste Gift – der Inbegriff einer alten und bösen Hexe.

Mama Baru schaute von ihrem Sohn auf ihren Mann und war beleidigt. Glücklicherweise ging der Lampe das Kerosin aus, sie begann zu flackern und erlosch. In der nachfolgenden Dunkelheit hörte man nur noch die schwer arbeitenden Kaumuskeln. Draußen hatte Chui es aufgegeben, sich zivilisiert zu benehmen, und heulte den Mond an. Kurz darauf wurde er mit einem fernen Antwortheulen vom Anwesen der Pesas belohnt.

Die Hunde heulten die ganze Nacht.

Am nächsten Tag kam Baba Barus Nemesis auf Besuch, stand plötzlich im Hof, wie ein Geist, hervorgezaubert aus der Zauberkalebasse einer Hexe, alt und verkrüppelt und häßlicher als der schlimmste Alptraum, und fragte mit einem Zwinkern in den alten Augen, denen der böse Blick nicht fremd war, wie es Baba Barus Bananen ginge.

Baru saß auf seinem Lieblingsstamm unter dem Pfefferbaum, und obwohl seine Nerven wie Stahlsaiten gespannt waren, schärfte er mit langen und leichten Strichen seine *panga*; vor ihm auf dem Boden stand ein dampfender Becher voll Tee. Er nickte und lächelte seiner Schwiegermutter zu, denn er war von der alten Schule, in der man als wichtigste Lektion die Ehrfurcht vor den Alten, ungeachtet der äußeren Umstände, gelehrt hatte, und er fragte, ob sie denn die Botschaft, an Weihnachten zu kommen, nicht erhalten habe.

»Bis dahin werde ich tot sein«, sagte die alte Frau. »Wem hast du die Botschaft aufgetragen?«

»Wangari, deiner Enkeltochter, die denselben Namen trägt wie du«, sagte Baru.

»Seit dein Onkel starb, habe ich das Kind nicht mehr gesehen«, erwiderte die alte Frau.

Was eine Menge heimlicher Befürchtungen hervorrief, da der in Frage kommende Onkel – der Bruder der alten Frau – schon seit fast einem Jahr tot war. Margaret war verschiedene Male nach Muranga gereist, um die alte Dame zu besuchen, und war jedesmal beladen mit Yamswurzeln und Büscheln grüner Bananen zurückgekehrt, die ihr die Großmutter mitgegeben habe. Nun hegte er keinerlei Zweifel mehr daran, daß die alte Dame endlich – um nicht zu sagen, Gott sei Dank – senil wurde. Schließlich war sie älter als die Eisenbahn, die älter war, als die meisten Lebenden, und es bestand durchaus die Möglichkeit, daß sie nicht bis Weihnachten durchhalten würde.

Doch Barus Freude sollte in der Tat nur von kurzer Dauer sein. Ihm wurde klar, daß sie den weiten Weg von der Hauptstraße zu Fuß heraufgekommen war, mit einem riesigen Korb voll Yamswurzeln auf dem Rücken, zusätzlich lag noch ein ganzes Büschel grüner Bananen obenauf. Und man merkte ihr nichts von all der Anstrengung an.

Also, überlegte Baru neugierig, wo, um alles in der Welt, war seine Tochter?

»Wenn sie direkt zu mir gekommen wäre, hätte sie mich angetroffen, denn ich bin erst heute morgen in aller Frühe weggegangen«, sagte die alte Frau.

»Wahrscheinlich hat sie unterwegs noch eine ihrer Tanten besucht«, sagte Mama Baru, und ihrer Stimme war ihr Wunschdenken anzuhören.

Sie saßen auf Hockern vor der Hüttentür und hielten dampfende Teebecher in der Hand. Der *kiondo* mit den Habseligkeiten der alten Frau und das Büschel grüner Bananen, das sie gebracht hatte, lagen mitten auf dem Hof, wo die Besucherin ihre Last abgelegt hatte.

Chui lag unter der Vorratshütte und langweilte sich zu Tode, während Moses drunten am Fluß war und das hohe Elefantengras für Tinga-Tinga, den Ochsen, schnitt.

Mama Baru trug den Korb ihrer Mutter in die Hütte und hievte die Bananen zum Reifen in den Vorratsspeicher.

»Hab ich euch erzählt, daß euer Onkel gestorben ist?« fragte die Großmutter.

»Wir waren bei der Beerdigung«, sagte Baru mürrisch.

Die alte Frau nickte vage in einer Weise, aus der hervorging, daß sie diese Tatsache nicht ganz wahrgenommen hatte.

»Seine Schwiegerleute haben ihn umgebracht«, sagte sie zu ihrer Tochter. »Haben ihn verhext, daß er starb. Damit die Brüder seiner Frau alle Ziegen, die Frau selbst und alle Kinder mitnehmen und ihren Leuten zurückgeben konnten. Ich hatte ihn davor gewarnt, eine Frau aus den Bergen zu heiraten. Sie sind alle Hexen und kastrieren die Esel, wie du ja weißt, aber er wollte nicht auf mich hören, obwohl ich ihm wie eine Mutter war. Er hat es trotzdem getan und hat sich sogar kastrieren lassen. Er war sehr wie dein Mann Baru. So eigensinnig wie ein Ochse.«

Mama Baru warf einen Blick auf ihren Mann, und als sie den mörderischen Ausdruck in seinen Augen sah, beschloß sie, ihre Mutter lieber aus dem Weg zu räumen.

»Komm, Mutter«, sagte sie und stand auf. »Ich werde dir Barus Bananen zeigen.«

»Bananen!« kicherte die alte Frau. »Es gibt niemand, der so schwer arbeitet wie dein Baru und nichts produziert.«

Baru knirschte mit den Zähnen und litt schweigend. Er schaute seiner Schwiegermutter nach, wie sie hinter seiner Frau herhinkte und wie sie dabei war, sich über seine Bananen lustig zu machen, und er schwor sich, das ganze Zeug auszureißen und an Tinga-Tinga zu verfüttern.

Sie waren eine lange Zeit weg. Und währenddessen kam Margaret nach Hause, sie strahlte Energie aus und eine Aura des Frauseins umgab sie, was ihm seltsam vorkam und ihn erschreckte. Sie freute sich, ihren Vater zu sehen, und begrüßte ihn voll Wärme und Begeisterung.

»Ich grüße dich, Vater«, sagte sie.

»Ich grüße dich, Tochter«, erwiderte er und wußte nicht, was er sonst noch sagen sollte, denn plötzlich war ihm alles so erschrekkend klar geworden.

Unbemerkt, zumindest von ihm, war sein kleines Mädchen zu einer jungen Frau herangewachsen, ihre Brüste waren voll und nicht weniger fest als die ihrer Mutter, damals, als er sie geheiratet hatte, und sie schaute ebenso herausfordernd und sexy drein wie Jeni-the-Castrator.

»Großmutter läßt dich grüßen«, sagte sie.

Baru wußte nicht mehr, was er tun oder sagen sollte. Die Offenbarung hatte ihn überwältigt.

Er nickte leise und sagte: »Ich lasse sie auch grüßen.«

Und nachdem er soviel gesagt hatte, konnte er nicht mehr an sich halten und fragte: »Wie geht es ihr?«

»Es geht ihr gut«, sagte das Mädchen, das kein Mädchen mehr war, auch nicht mehr seine Tochter, sondern die weibliche, böse Inkarnation der Frau aus den Bergen, deren Verwandte den Bruder der Großmutter vergiftet hatten. »Sie war krank, aber jetzt geht es ihr wieder gut. Sie sagte, ich soll dir das hier bringen.«

Sie nahm einen Zwanzig-Shilling-Schein aus der Tasche und reichte ihn ihrem Vater.

Baru schaute das Geld in der Hand seiner Tochter an, warf einen Blick auf ihr unbewegliches Gesicht und schaute wieder auf das Geld.

»Was ist das?« fragte er.

»Geld«, antwortete sie.

»Woher hast du das?«

»Großmutter hat es mir gegeben. Sie sagte, ich soll es dir bringen.«

»Woher hat sie dieses Geld?« fragte er.

»Ich weiß nicht«, sagte das Mädchen, das plötzlich so alt war und ein fremdes Spiel spielte. »Sie verkaufte eine Ziege.«

Baru nickte. Die Scham in seinem Herzen war größer als sein Zorn. Er wies sie an, das Geld auf den Boden zu legen, auf halbem Weg zwischen ihnen.

»Dort legst du es hin«, sagte er und zeigte mit seiner rasiermesserscharfen *panga*, die er in einer nun schwach und nutzlos gewordenen Hand hielt, auf den Boden.

Auf's äußerste verwirrt legte die junge Frau das Geld nieder, und als sie sich wieder aufrichtete, sah sie sich ihrer Mutter und Großmutter gegenüber, die gerade zurückgekehrt waren und herzerfrischend über Barus Bananen gelacht hatten.

Sie schaute entsetzt von ihrer Großmutter zu ihrem Vater und fühlte sich verraten. »Warum hast du mir das verschwiegen?« schrie sie in bitterer Wut.

Baru starrte sie zornbebend an und packte seine *panga* fester, und hätte sich die Großmutter nicht zwischen sie geworfen und das weinende Mädchen in die Arme geschlossen, hätte er sie an Ort und Stelle umgebracht.

»Warum, mein Kind?« sagte sie zu dem schluchzenden Mädchen. »Was ist geschehen?«

Doch das Mädchen weinte jetzt hemmungslos und konnte nicht antworten. Ihr neuerworbenes Selbstvertrauen war vollkommen zerschlagen, und sie schmiegte sich in die Arme ihrer Großmutter und schluchzte wie sie nie mehr geschluchzt hatte, seit sie ein kleines Kind gewesen war.

Baru erhob sich. Riesenhaft stand er da und zeigte mit der *Panga* auf sie. »Ich sollte dich eigentlich umbringen«, sagte er. »Dich und deine Mutter.«

»Warum?« schrie Mama Baru in hellem Entsetzen. »Was haben wir getan?«

Baru schob sie zur Seite und stürmte hinunter auf sein Bananenfeld, wo er blind vor Wut und dem entsetzlichen Gefühl, einem Verrat zum Opfer gefallen zu sein, die Hälfte seiner Bananenpflanzung zerstörte, die Stauden fällte und sie mit heftigen Schlägen in sehr kleine Stücke zerhackte.

Als er fertig war, ging er hinunter an das Flußufer, zu dem *muiri*-Baum, den er schon vor langer Zeit als den Baum ausgewählt hatte, an dem er sich aufhängen würde, wenn die Schmerzen und Heimsuchungen des Lebens ein Weiterleben unmöglich machen sollten. Doch er hatte keinen Strick dabei und war außerdem vollkommen erschöpft, also gab er sich damit zufrieden, in die Krone des Baumes hinaufzuschauen und sich zu vergewissern, daß er noch dastand, dann setzte er sich in seinen Schatten, schlief ein und schlief eine lange, lange Zeit.

Moses, der ohne sich sehen zu lassen, das Tun seines Vaters von dem Augenblick an verfolgt hatte, da er herabgestürmt war und fluchend und schreiend wie ein Verrückter seine Bananenbäume dezimiert hatte, machte sich nun auf den Weg nach Hause, um herauszufinden, was diesen Wahnsinn ausgelöst hatte. Im Hof fand er die Frauen wie Trauernde beisammen sitzen, und sie versuchten, dem Geheimnis der plötzlichen Reife ihrer Tochter auf die Spur zu kommen.

Als sie mehr gehört hatten, als sie ertragen konnten und ihr Kummer sie fast zu erdrücken drohte, erhoben sie sich und gingen mit langsamen und schweren Schritten hinauf zum Haus der Pesas. Mama Pesa begrüßte sie herzlich, lud sie auf die Veranda ein und bot ihnen Tee und die ofenfrischen Brötchen an, die Penina eben in der Küche für ihren Vater gebacken hatte. Schließlich erkundigte sie sich danach, was sie hergeführt hatte und warum sie so traurig und verloren aussahen.

Großmutter Baru sprach wie vereinbart als erste, denn sie stammte aus einer Zeit, in der Takt in delikaten Angelegenheiten wie dieser hier das Schlüsselwort war und in der gute und weise Worte höher geschätzt waren als Reichtum. Da sie fünf Söhne und vier Töchter großgezogen hatte, war ihr diese Situation nicht neu.

Wir kommen traurig, aber nicht im Zorn«, sagte sie ruhig. »Jemand in deinem Haus hat unserer Ziege das Bein gebrochen.«

Mama Pesa, die diese kunstvolle Sprache selbst meisterhaft beherrschte, schaute von der Großmutter auf die Enkelin und wieder zurück und fragte mutig und entschlossen auch diese neue Hürde nehmend: »Wer?«

An dieser Stelle zögerte die Großmutter. Sie wählte ihre Worte sehr, sehr sorgfältig, denn dies hier war in der Tat weitaus heikler als irgendetwas, das sie jemals zu tun gehabt hatte. Anstatt eine direkte Antwort zu geben, umschrieb sie alles, was zu sagen war, und als es dann heraus war, lehnte sie sich in ihren Stuhl zurück, um aus dem großen *mugambo* Becher ihren Tee zu trinken und Mama Pesa Zeit zu geben, ihre Worte aufzuschlüsseln und zu verdauen.

Mama Pesa brach weder in vollkommener Verzweiflung zusammen, noch brach sie in hysterisches Weinen aus, wie es die Situation erfordert hätte, denn auch ihre Selbstkontrolle war legendär. Stattdessen saß sie lange ganz still und unbeweglich und starrte ins Leere, atmete gleichmäßig und unterdrückte den wilden Schmerz, indem sie die Worte, die sie gehört hatte, noch einmal sorgfältig bedachte und prüfte. Schließlich seufzte sie tief und schwer, wie eine leidgeplagte Ehefrau und Mutter seufzt, wandte sich dann Margaret zu und wollte einen Bericht von dem Mädchen selbst hören.

»Erzähl mir alles, Kind«, sagte sie ruhig, »erzähl mir, wie es geschah.«

Vor fast eineinhalb Jahren habe es angefangen, sagte das Mädchen.

»Und du hast nie jemand davon erzählt?«

»Nein.«

»Nicht einmal deiner Mutter?«

»Nein.«

»Warum nicht?« «Ich hatte Angst«, sagte sie. »Ich hatte Angst, sie würde mich schlagen und aus dem Haus jagen.«

Mama Baru schaute auf ihre bloßen Füße und sagte nichts.

»Erzähl weiter«, ermutigte Mama Pesa das Mädchen.

»Er nahm mich im Auto mit, wenn ich in die Schule ging.«

Jeden Morgen auf ihrem Schulweg hielt er an, ließ sie einsteigen und ließ sie am Schultor, zwei Kilometer weiter, wieder heraus. Dann, eines Tages, hatte er ihr einen neuen Füllfederhalter geschenkt und ihr gesagt, sie müsse fleißig arbeiten, um Lesen und Schreiben zu lernen, damit sie eines Tages die gebildete Frau eines glücklichen Mannes werden könne, da niemand mehr daran interessiert sei, Frauen zu heiraten, die nicht lesen und schreiben könnten. Danach hatte er ihr jede Woche Geschenke gebracht, die sie im Gebüsch an der Straße versteckt hielt, denn sie wagte es nicht, sie mit nach Hause zu nehmen.

»Was für Geschenke?« fragte Mama Pesa.

»Alles mögliche. Fingerringe, Haarspangen, Parfüm, Puder und später Schuhe und Unterwäsche.«

Mama Baru starrte zutiefst beschämt auf ihre Füße. Sie hatte einige dieser Dinge gesehen und hatte es versäumt, sie richtig zu deuten; deshalb hatte sie auch nichts weiter dagegen unternommen.

»Hat er dir Geld gegeben?« fragte Mama Pesa.

»Zuerst nicht«, antwortete Margaret.

Am Anfang hatte er sie, wenn sie im Führerhaus des Lastwagens neben ihm saß, schamlos angefaßt, während die anderen Schulkinder hinten auf der Ladefläche mitfuhren und Lärm machten. Dann hatte er aufgehört, die anderen Kinder überhaupt mitzunehmen, und hatte sie während des Fahrens überall angefaßt. Dann, eines

Tages, hatte er plötzlich auf dem Heimweg von der Schule angehalten, sie aus dem Wagen geholt und ins Gebüsch drunten bei dem alten *mubiru*-Baum geschleppt.

Danach hatte er ihr Geld gegeben und ihr gedroht, sie dürfe niemals jemand etwas davon erzählen, was sie sowieso nicht getan hätte, da sie ihn in der Zwischenzeit ganz gern mochte. So gern, daß sie ihm, ohne überhaupt weiter darüber nachzudenken, gehorchte, als er ihr eines Tages Tabletten brachte und sie anwies, diese zu verstecken und jeden Tag eine zu nehmen, damit sie ihre Prüfungen in der Schule gut bestehen würde. Erst viel später, als sie schon in der *Harambee*-Schule war, und Jeni, die Frau, die für Familienplanung verantwortlich war, in die Schule kam und mit den Mädchen sprach, wurde ihr klar, daß die Tabletten, die sie eingenommen hatte, Verhütungspillen gewesen waren.

»Hast du deshalb aufgehört, sie zu nehmen?« fragte Mama Pesa.

»Nein«, antwortete Margaret. »Alle Mädchen in der Schule nehmen sie.«

»Was?« wunderte sich die ältere Frau. »Woher haben sie die Tabletten?«

»Jeni bringt sie.«

»Guter Gott!« rief Mama Pesa schließlich voll Verwunderung aus. »*Ngai Baba*! Darf das wirklich wahr sein?«

Margaret nickte und sagte: »Mir wurde schlecht davon, deshalb warf ich sie weg.«

»Und du hast ihm das nie gesagt?«

»Nein«, sagte sie. »Ich hatte Angst, er würde böse mit mir sein und er würde mich nicht mehr überall hin mitnehmen.«

Penina Pesa, nicht viel älter als Margaret Baru, kam mit einem Buch in der Hand aus dem Haus und setzte sich zum Lesen auf die Verandamauer, ohne überhaupt wahrzunehmen, daß hier ein Krisenkomitee tagte.

»Geh wieder rein«, sagte ihre Mutter ziemlich streng.

»Warum?«

»Wir haben hier eine Besprechung.«

»Worüber?«

»Das geht dich nichts weiter an.«

»Das ist mir egal.«

»Verschwinde jetzt!«

»Aber ich möchte hier draußen lesen«, protestierte sie.

»Ich habe gesagt, du sollst hineingehen«, befahl Mama Pesa. Ihre taktvolle Rede und ihre Geduld hatten langsam ein Ende. Penina schaute von ihrer Mutter auf die ernsten Frauen, die bei ihr saßen, und ging schließlich ins Haus zurück.

»Wann hat er gesagt, er wolle dich heiraten?« fragte Mama Pesa.

»Am Tag, nachdem er mich zum ersten Mal nach Nyeri mitgenommen hatte.«

Zu jenem Zeitpunkt hatte sie begonnen, sich Sorgen über ihr ständiges Fernbleiben von der Schule zu machen, und erwähnte ihm gegenüber, daß es nur eine Frage der Zeit wäre, bis ihre Eltern alles erfahren würden. Da hatte er ihr gesagt, daß sie überhaupt nicht mehr zur Schule gehen müsse, denn sie sei alt genug, schön genug und klug genug, um seine Frau zu werden. Er würde sie heiraten und ihr ein Haus bauen, genau so schön wie das von Mama Pesa, und es würde ihr an nichts mangeln.

»Guter Gott!« rief Mama Pesa zum hundertsten Mal aus. »Hat er gesagt, wann das sein soll?«

»Nein.«

Mama Pesa, die nun ernsthafte Zweifel plagten und die heftig mit sich kämpfte, um der Verzweiflung, die ihr fast das Herz brechen wollte, Herr zu werden, wandte sich an die Mutter des Mädchens, doch fand sie bei ihr nur noch mehr Verzweiflung und Niederlage.

»Seit wann weißt du, daß du schwanger bist?«

»Seit zwei Monaten«, sagte Margaret. »Aber ich habe es ihm erst heute auf unserem Rückweg von Nyeri erzählt.«

»Und was hat er darauf gesagt?«

»Nichts«, sagte Margaret und begann zu schluchzen. »Er hat mich aus dem Auto geworfen.«

Sie ließen sie eine Weile weinen, herzzerreißende Tränen, die ihnen ins Herz schnitten. Schließlich legte Mama Pesa den Arm um die Schulter des Mädchens, dieser Mädchen-Frau, die noch nicht einmal so alt war wie ihre Tochter und die vom Vorstand ihrer eigenen Familie so grausam mißbraucht worden war. Tröstend streichelte sie ihr den Rücken und sagte: »Weine nicht, mein Kind. Wir haben schon Schlimmeres erlebt.«

Die Großmutter, alt und gewitzt und hart geworden von ihren Erfahrungen in der Hand der Männer bemerkte ruhig: »Männer, mein Kind, sind wilde Tiere – das hast du eben erfahren.«

Sie waren so versunken in ihre Nöte und Sorgen, daß niemand Juda hatte kommen hören, bis er auf schwankenden Füßen mitten unter ihnen stand und sie zu erkennen versuchte.

»Ich grüße euch«, sagte er.

»Wir grüßen dich«, erwiderten sie.

»Ich grüße dich, Großmutter«, sagte er und begrüßte die alte Frau gesondert, wie es die Sitte verlangte.

»Ich grüße dich, Enkelsohn«, antwortete die Großmutter.

Dann bemerkte er die Wolke der Traurigkeit, die sich über alle gelegt hatte, und fragte so vorsichtig, wie er nur konnte: »Ist jemand gestorben?«

»Nein«, sagte die Großmutter.

»Warum seid ihr dann alle so traurig?«

Ehe sie antworten konnte, wurde Juda von Mama Pesa ins Haus beordert, er solle sich von Penina etwas zu essen geben lassen.

»Ich bin nicht hungrig«, sagte er. »Warum weint die kleine Frau?«

»Sie ist traurig«, sagte Mama Pesa. »Wir sind alle traurig.«

»Warum?«

»Es geht ihr nicht gut«, antwortete Mama Pesa. »Sie hat ein Problem. Wir haben ein Problem.«

»Geht es uns nicht allen gleich?« meinte Juda. »Und wenn wir schon von Problemen sprechen, hast du bemerkt, wie früh ich heute nach Hause komme und wie nüchtern ich bin?«

»Juda, bitte!«

»Nur zehn Shilling, Mutter.«

»Nein!«

»Was hat sie denn?«

»Juda!« fuhr ihn jetzt seine Mutter an. »Hör bitte sofort auf und gehe in die Küche und laß dir von Penina etwas zu essen geben. Du siehst entsetzlich aus.«

»Ich fühle mich auch entsetzlich«, gab er zu und schwankte bedenklich. »Aber, meine Damen, seien Sie nicht so traurig, denn wir haben alle unsere Probleme, und, wie ich zu Konfuzius eben schon sagte, es ist alles auf dieser Welt – die Lebensbedingung eines jeden einzelnen Menschen und Tieres – nicht nur vergänglich, sondern hat auch einen Sinn. Darüber lohnt es sich nachzudenken.«

Nachdem er diese doppelsinnige Erklärung abgegeben hatte, eine Erklärung, die auch Konfuzius durcheinandergebracht hatte, stolperte Juda singend ins Haus und ließ die Frauen in unterschiedlichen Stadien der Verwirrung, und Großmutter, die einzige, die nicht wußte, daß Konfuzius ein Hund war, zutiefst beeindruckt, auf der Veranda allein.

»Ein sehr netter Junge«, sagte sie.

»Du kennst ihn nicht«, erwiderte Mama Pesa.

Nach dieser Unterbrechung ihrer Beratungen saßen sie eine Weile schweigend und schauten zu, wie die Sonne jenseits der Ebenen von Laikipia unterging und dachten voll Angst an das, was vor ihnen lag. Schließlich brach Mama Baru das Schweigen, sie, die während des ganzen Gesprächs zu fast keinem Wort fähig gewesen war.

»Was sollen wir tun?« fragte sie traurig.

»Beten«, sagte Mama Pesa. »Nur Gott kann uns jetzt noch helfen.«

»Mein Mann wird uns alle umbringen.« Das blanke Entsetzen hatte Mama Baru gepackt.

»Das soll er mal versuchen«, drohte Großmutter, die zu ihren Zeiten um ihrer Keuschheit und ihrer Selbstachtung willen mit Wirbelstürmen gerungen und Bestien gezähmt hatte. »Nicht umsonst nannten sie mich Wanjiru Kihii!«

Und ohne zu wissen, daß sie schon mehr als einmal der Grund dafür gewesen war, daß er sich mit Selbstmordgedanken getragen hatte, fügte sie böse hinzu: »Mir scheint, daß dieser kleine Ehemann von dir mich noch immer nicht kennt!«

Margaret fing wieder an, herzzerbrechend zu weinen, und das ärgerte ihre Großmutter. Sie schrie sie an: »*Kira nawe!* Hör auf! Du hättest wissen können, auf was du dich einläßt, wenn du den Männern deine schönen Schenkel präsentierst!«

»Er wird mich umbringen«, heulte sie.

»Er wird nichts dergleichen tun«, sagte Mama Pesa.

»Ich geh' nicht nach Hause, nicht zu ihm«, schluchzte das Mädchen.

»Du wirst gehen müssen, mein Kind«, sagte Mama Pesa. »Du mußt jetzt tapfer sein und dein Schicksal akzeptieren und damit leben lernen, denn das Leben einer Frau ist schwer und voller Schmerzen und Herzeleid. Beruhige dich also, nimm dich zusammen und schlage dir aus dem Kopf, dir das Leben nehmen zu wollen oder von zuhause wegzulaufen. Wir überlegen und entscheiden jetzt gemeinsam, was zu tun ist. Hast du gehört, mein Kind?«

Margaret nickte gehorsam, denn trotz allem war sie noch ein Kind und achtete Mama Pesa wie ihre eigene Mutter und würde niemals absichtlich etwas tun, das ihr mißfallen würde.

»Nun müssen wir Mutiso suchen«, sagte Mama Pesa. »Er wird wissen, was wir tun sollen.«

Sie fanden ihn unten beim Ziegenstall, wo er die Herde für die Nacht einschloß, und sie erzählten ihm alles, was sich ereignet hatte. Er hörte aufmerksam zu, und als sie mit ihrem Bericht zu Ende gekommen waren, schüttelte er traurig den Kopf und sagte: »*Kweli, mama, dunia ni mviringo.* Es ist wahr, Mutter, die Welt ist in der Tat rund«, ein Ausspruch, den er oft benutzte, um Dinge zu umschreiben, die er zu verwirrend oder zu unerhört fand.

Dann teilte er ihnen seinen Lösungsvorschlag mit – lange und ausführlich – so daß es bereits dunkel war, als Mama Baru und ihre Mutter nach Hause eilten und Margaret in der Fürsorge von Mama Pesa ließen, die auch ihre Mutter war.

KAPITEL ZWÖLF

Seit Wochen hatte es keinen Tropfen mehr geregnet. Nicht einmal der seltsame Nieselregen war gekommen, der offiziell unter dem Namen *manyunu ya hapa na pale* bekannt und wegen seiner diskriminierenden Tendenz berüchtigt ist, und das Land war wieder zu Staub geworden, schlimmer noch als zuvor. Die Zeit zum Pflügen war gekommen, und Regen oder kein Regen, die Felder mußten demnächst eingesät werden. Das Hauptthema eines jeden Gesprächs im ganzen Land war deshalb der Regen. Wo immer Männer zusammenkamen, aus welchem Grund auch immer sie sich trafen, war das Hauptthema, nachdem sie ihre stets gleichbleibenden Probleme mit Geld, Frauen und der Politik erschöpfend diskutiert hatten, ausnahmslos der Regen. Von der Uji Bar bis zur Fujo Bar, von der Miti Bar auf der anderen Seite des Marktplatzes bis zur Karibu Bar und in allen legalen und illegalen Kneipen auf diesem Bergrücken und dem nächsten und übernächsten redeten die Männer über den Regen, tauschten Argumente aus, stritten miteinander und bekämpften sich.

Drinnen in der Tajiri Bar waren zwei solcher Kämpfe bereits ausgetragen worden, und ein dritter bahnte sich zweifellos an, als ein naher Verwandter von Ndege, dem Verrückten, jedermann davon zu überzeugen versuchte, daß es niemals wieder regnen würde, denn die Diebe, die Ehebrecher und die Mörder, die man entsandt hatte, um die Opfergaben zum Baum Gottes zu begleiten, hätten nicht nur Gottes Fleisch in Händen gehalten, was ausschließlich nur dem obersten Medizinmann zustand, sondern sie hätten auch Gottes Fleisch gegessen, Gottes Honigbier getrunken und den geheiligten Boden im Umkreis des heiligen *mugumo*-Baumes mit ihren Exkrementen beschmutzt.

Dies sorgte für ziemliche Empörung bei einer ganzen Reihe von Leuten, insbesondere an der Mitglieder-Theke, wo die ehrenwerten, von dem vernichtenden Angriff schwer gekränkten Männer saßen, die diese verabscheuungswürdigen Dinge getan haben sollten.

Bislang hatten sich aller Streit und alle Schlägereien zwischen den betrunkenen kleinen Leuten auf den Bänken an der Wand abgespielt. Sie hatten die Mitglieder vollkommen aus dem Spiel gelassen, und diese wiederum hatten sich um das Gezänke und die Streitereien nicht gekümmert.

Nun aber stand Choma Choma auf, ging auf unsicheren Füßen hinüber, packte Ndeges Verwandten, hob ihn hoch und warf ihn zur Tür hinaus.

Alles verstummte. Baba Pesa unterbrach das darauffolgende lange Schweigen, indem er ankündigte, die Bar sei ab sofort für alle, die mit Ochsen pflügten, geschlossen.

»Barmann«, rief er, daß alle es hören konnten, »kein Bier mehr für diese undisziplinierten kleinen Leute, bis sie gelernt haben sich zu benehmen!«

»Ich hab kein einziges Wort gesagt«, jammerte ein alter Mann.

»*Kiri kumia kimwe*«, sagte Baba Pesa.

»*Ciamia ciothe*«, kam das Echo von den Mitgliedern. »Der Komplizenschaft schuldig!«

»*Tena*?«

»Das kannst du uns nicht antun«, sagte der alte Mann.

»Warum nicht?«

Der alte Mann, der seine erste Erziehung in der alten Schule genossen hatte, in der ein Gespür für die Ungerechtigkeiten des Lebens und die Entrüstung über geistige und moralische Verfehlungen kultiviert worden war, und der dann in der Geistesschule der Unabhängigkeit gelernt hatte, die dem Mau Mau Befreiungskampf vorausgegangen war und schließlich zu *uhuru*, der Unabhängigkeit, geführt hatte, wandte sich an den Chief und bat ihn einzugreifen.

»Warum läßt du es zu, daß er uns dies antut?« klagte er.

»Geld spricht seine eigene Sprache«, sagte Baba Pesa. »Und es nennt mich Daddy!«

Der alte Biertrinker wandte sich auf der Suche nach Mitgefühl und Unterstützung an Daktari Choo und hielt eine leidenschaftliche Rede über Rechte und Freiheiten, die jedoch in der stickigen Luft der Bar unterging.

»Weißt du es denn noch immer nicht?« sagte Daktari Choo. »Geld spricht seine eigene Sprache, du alter Narr!«

»Aber wir benutzen doch dasselbe Geld«, argumentierte der alte Mann.

»Geh und trink dein Bier«, befahl ihm Choma Choma. »Und hör auf mit dieser *jua-kali* Politik, mit dieser Scharfmacherei!«

»Ich habe kein Bier«, sagte der alte Mann mit Nachdruck. »Und ich will mehr haben und dafür bezahlen!«

»Alles Bier, das noch da ist, gehört mir«, sagte Baba Pesa zu ihm. »Jeder, der noch ein Bier will, muß sich jetzt vor mir niederknien und mich darum bitten.«

»Dich anbeten?« sagte der alte Mann empört.

»Warum nicht?«

»Bist du jetzt Gott?«

»Warum nicht?«

»Du bist wahnsinnig!«

»Geld spricht seine eigene Sprache!« brüllte Pesa lachend.

»Du bist vollkommen verrückt«, sagte der alte Mann schließlich. »Du bist schlimmer als Ndege!«

Da packte Choma Choma auch ihn, hob ihn hoch und warf ihn zur Tür hinaus. Mit der Zeit bekam er Übung darin.

»Noch mehr Unruhestifter?« fragte er und stellte sich drohend vor die kleinen Leute auf den Bänken.

Es gab keinen mehr, der aufmuckte. Einer nach dem anderen leerten die kleinen Leute ihre Bierflaschen und verließen schweigend die Tajiri Bar. Worauf, als alle gegangen waren, Ruhiu, der frühere Mau Mau Kämpfer, der sein Leben lang gefährlich gelebt hatte und es sich auf die Gefahr hin, persönlichen Schaden zu nehmen, zur Gewohnheit gemacht hatte, das, was ihn beschäftigte, auch zu sagen, leise und ruhig zu sprechen anfing, als redete er mit sich selbst.

»*Reke ngwire*«, sagte er zu niemandem im besonderen, »hört mal her! Ich will euch eines sagen. Wenn dieser Mann hier einmal stirbt, werden die Leute eine Menge Bier trinken. Nicht einmal seine Frau wird um ihn weinen.«

»Ich werde nie sterben!« erklärte Baba Pesa und lachte wie verrückt. »Geld spricht seine eigene Sprache!«

Die Mitglieder lachten pflichtschuldig und gequält mit, denn obwohl sie es nie zugeben würden, hatte Ruhiu ihre innersten Gedanken zum Ausdruck gebracht.

Ohne die kleinen Leute war kein Leben mehr in der Tajiri Bar. Baba Pesa bezahlte das Bier, und die örtliche Mafia trank es, und da sie es nicht wagten, ihm in irgendetwas zu widersprechen, kam die Unterhaltung bald zum Stillstand. Ruhiu schimpfte noch eine Weile über die Ungerechtigkeiten des Lebens, doch sein Bruder Kahiu, der an einem ständig unterdrückten Gewissen litt, sagte, er solle den Mund halten, und setzte also auch diesen Äußerungen ein Ende. Sie versuchten, über den Regen zu sprechen, doch es war gefährlich, auch nur eine Meinung dazu zu haben, also gaben sie auch das auf. Kurz danach gingen sie auseinander, und Baba Pesa fuhr Zickzackwege nach Hause und war stocksauer, als er seinen ganzen Haushalt schlafend vorfand.

»Es ist weit nach Mitternacht, Baba Elija«, erklärte ihm seine Frau. »Wir haben bis Mitternacht auf dich gewartet.«

»Und was ist mit meinem Essen?«

»Ich werde es dir aufwärmen.«

»*Haraka*! Aber schnell!«

Mama Pesa, deren Geduld keine Grenzen kannte, ging und holte das Essen, das sie auf dem Herd warmgestellt hatte. Als sie mit dem Essen auf einem chinesischen Tablett, das nur ihm vorbehalten war, zurückkam, lag ihr Mann angezogen auf dem Bett und schnarchte mächtig.

Sie setzte das Tablett auf dem Nachttisch ab, zog ihn langsam aus, und als sie ihn schließlich ordentlich zugedeckt im Bett hatte, setzte sie sich und trank die Fleischbrühe, die sie für ihn gekocht hatte. Sie tat in jener Nacht kein Auge zu und war schon wieder in der Küche, lange ehe sich die Familie zum Frühstück in dem kleinen Eßzimmer neben der Küche versammelte.

Baba Pesa nahm seinen Platz am Kopfende des Tisches ein und las eine zwei Tage alte Ausgabe des *Citizen*. Elija und Penina waren irgendwo zwischen Badezimmer und Eßzimmer und machten sich fertig, um zum Einkaufen nach Nyahururu zu fahren.

Juda saß seinem Vater gegenüber auf der anderen Seite des schweren Tisches, las seinem Vater die Worte vom Mund ab und sprach sie korrekt für ihn aus, ein Verfahren, das seinen Vater stets ungeheuer ärgerte. Da auch er aus der alten Schule stammte, wo Afrikanern gelehrt worden war, Untergebene und Bedienstete zu sein, und sie deshalb Englisch nur zufällig gelernt hatten, teilte Baba Pesa jedes Wort in einfache Silben von drei bis vier Buchstaben auf und setzte jeweils einen Vokal ans Ende, um sie aussprechen zu können. Die Bedeutung dessen, was er las, legte er sich später zurecht. Oder vielleicht auch nie. Und Juda, der die Qual, seinen Vater lesen zu sehen, kaum aushalten konnte, las deshalb mit ihm, um den Schmerz etwas zu lindern.

»Der Mini stera«, Juda übersetzte dies mit ›Minister‹, weil sein Vater das Wort schon kannte. *»Der Mini stera sagti daß al le Leu te die Vori schrifte ne eini halte ne…«* Auch hier half Juda mit ›einhalten‹.

Und so ging es auf diese aussichtslose Art und Weise immer weiter. In der Zwischenzeit jedoch kochte Mama Pesa in der Küche ein bombastisches Frühstück für ihren Mann, was sie mit der Geduld und peinlichen Sorgfalt tat, deren nur sie fähig war. Dann arrangierte sie Baba Pesas Frühstück hübsch auf seinem besonderen Tablett und reichte es Margaret Baru, die es hineintragen sollte.

»Du weißt, was du tun mußt?«

»Ja«, sagte das Mädchen zögernd.

»Du gehst hinein, stellst das Tablett vor ihn auf den Tisch und kommst wieder heraus«, sagte die ältere Frau. »Kein Wort zu ihm oder sonst jemand, hast du verstanden?«

Sie hatte verstanden.

Sie trug ein einfaches Nachthemd und einen Morgenmantel, beides von Penina für diesen Zweck ausgeliehen.

»Ich habe Angst«, sagte sie.

»Juda ist bei ihm«, tröstete sie Mama Pesa. »Und ich bin hier.

Nun hol' tief Luft!«
Sie holte tief Luft.
»Jetzt geh!«
Sie ging.
Sie waren an dem Punkt in der Zeitung angelangt, wo es hieß, der *Mini stera für Landi wirti schafti* habe *ge sa gti*, daß die *Da re leh ne* für dieses Jahr bis zur nächsten Ernte verlängert würden, als Margaret hereinkam und das Tablett mit *uji* und Süßkartoffeln vor Baba Pesa hinstellte. Da er nichts anderes erwartete, als daß es Mama Pesa sei, schaute er nicht auf, als er ihr Guten Morgen sagte.
»Guten Morgen, meine Liebe«, sagte er.
»Guten Morgen, mein Lieber«, sagte das Mädchen.
Baba Pesa fuhr herum. Er schaute auf, und der Schock schnürte ihm die Kehle zu. Er wurde grau im Gesicht, und das Entsetzen packte ihn, daß ihm übel wurde. Margaret trat erschrocken zurück. Juda sah das alles und verstand überhaupt nicht, was hier eigentlich los war. Baba Pesa sprang auf, daß der Frühstückstisch vollkommen durcheinander geriet, und brüllte wie ein verwundeter Stier:
»Ich bin nicht dein Lieber«, schrie er. »Verschwinde aus meinem Leben, du dumme Kuh!«
Mama Pesa stürzte ins Eßzimmer. Doch da die Lage mehr oder weniger unter Kontrolle war, blieb sie mit über der Brust verschränkten Armen unter der Tür stehen und wartete.
»Wer ist das?« schrie ihr Ehemann.
»Margaret Baru«, sagte Mama Pesa. »Die Tochter unseres Nachbarn Baru. Ich dachte, du kanntest sie.«
»Ich kenne sie nicht!« sagte Baba Pesa. »Raus hier, verschwinde!«
Juda, der nun wirklich verwirrt war, saß da und schaute vom einen zum andern und fragte sich, was er verpaßt hatte.
Margaret schluchzte.
»Heulen bringt dir nichts«, sagte Pesa zu ihr. »Ich kenne dich nicht, und du bist hier unerwünscht.«
Elija kam ins Eßzimmer und blieb verwundert unter der Tür stehen. Im Zimmer war es plötzlich unnatürlich still. Keiner rührte sich. Margaret bemühte sich sehr, ihr Schluchzen zu unterdrücken.

»Was ist denn los?« fragte Elija.

»Setz dich und halt den Mund«, sagte Juda zu ihm. »Das ist alles hochinteressant.«

»Schafft sie von hier weg!« schrie Baba Pesa.

Doch seine Autorität hatte jetzt ernsthafte Einbußen erlitten, und sein Selbstvertrauen war endgültig zusammengebrochen, keiner nahm ihn mehr ernst.

»Setz dich«, sagte Mama Pesa streng. »Auch du, Margaret. Wir werden jetzt mal über die Sache reden.«

»Ich weiß nicht, worüber du reden willst,« sagte Baba Pesa und weigerte sich, auf einem Stuhl zu sitzen. Dann wandte er sich an Margaret und sagte: »Ich habe dir gestern gesagt, daß ich eine Frau habe. Und meine Tochter ist älter als du.«

»Das hast du ihr aber nicht gesagt, als du sie ins Gebüsch geschleppt hast«, sagte Mama Pesa.

»Woher willst du das denn wissen?« schrie Baba Pesa. »Du warst ja nicht dabei!«

Juda begann schallend zu lachen, schaute jedoch schnell zur Seite, als ihn seine Mutter mit einem harten Blick durchbohrte, der neu an ihr war und sehr *kali*, sehr scharf. Elija schaute vor Scham auf den Boden, denn ganz anders als Juda und im Gegensatz zu allem, was nun offensichtlich war, sah er seinen Vater als rechtschaffenen Mann des Volkes, als unfehlbaren Leitstern und als Vorbild für die Gemeinschaft.

»Du hast versprochen, mich zu heiraten«, sagte Margaret.

»Halt den Mund!« fuhr Pesa sie an.

»Du würdest mir ein Haus bauen, wie das von Mama Elija.«

»Sie lügt!« heulte Pesa und schaute hilfesuchend auf seine Familie. »Glaubt ihr diesem dummen Mädchen?«

Auf seiner Nase und seiner Oberlippe bildeten sich kleine Schweißtropfen. Aber Mama Pesa war entschlossen, ihm keine Verschnaufpause zu geben, und Juda fand ihn wie üblich außerordentlich komisch, doch diesmal auf tragische Weise komisch. Nur Elija war noch bereit, ihm Glauben zu schenken, egal wie absurd sich seine Aussagen anhörten.

»Nun gut«, sagte Mama Pesa. »Dann wollen wir einmal die

Wahrheit hören. Elija, du holst jetzt Mutiso!«

»Warum?« fragte Elija.

»Warum?« wiederholte sein Vater.

»Ich brauche einen *mzee*, einen alten Mann als Zeugen,« sagte Mama Pesa.

»Einen Ältesten!« jammerte Baba Pesa in höchster Erregung. »Ist Mutiso jetzt ein *mzee* in meinem Haus? Soll ich etwa meine Privatangelegenheiten vor einem Ziegenhirten ausbreiten?«

Wie ein wütender Teufel wirbelte er herum, stieß alles beiseite, was ihm im Weg stand, stürmte zur Tür hinaus und zog die Tür so heftig hinter sich zu, daß ein nahezu luftleerer Raum entstand, der ihnen den Atem nahm und sie halb taub werden ließ. Sobald sie wieder zu sich gekommen war, folgte ihm Mama Pesa. Sie war fest entschlossen, ein für allemal diesem Zustand jetzt ein Ende zu bereiten.

»Du billige Nutte«, fiel Elija über das unglückliche Mädchen her. »Ist dir eigentlich nicht klar, daß er älter ist als dein Vater?«

»Er sagte, daß er mich liebe.«

»Dich lieben?« schrie Elija. »Eine dreckige Dorfhure wie dich?«

»Elija!« fuhr Juda ihn an. »Hör auf mit diesem vulgären Gerede. Du gehst jetzt und holst Mutiso und überläßt alles andere den Erwachsenen.«

Elija wollte sich trotzig widersetzen, doch als er sah, wie cool, gefaßt und in vollkommener Kontrolle seiner selbst Juda dasaß, ließ er davon ab. Er wandte sich um, ging hinaus und schlug die Tür noch härter hinter sich zu, als es sein Vater getan hatte.

Margaret begann wieder zu weinen, und Juda reichte zu ihr hinüber und streichelte tröstend ihre Hand.

»Mach dir jetzt mal keine Sorgen mehr, Mädchen«, sagte er. »Vater wird dich heiraten, genau so, wie er es versprochen hat. Mama Elija wird schon dafür sorgen.«

»Aber ich will ihn doch gar nicht heiraten«, rief Margaret aus. »Nicht mehr. Er ist so brutal, so entsetzlich gemein.«

»Ja, so ist er«, stimmte ihr Juda zu und nickte.

»Ich kann ihn nicht heiraten«, schluchzte Margaret. »Und ich will kein Baby das keinen Vater hat. Es wäre besser zu sterben, als ein vaterloses Kind zu haben.«

»Nein«, sagte Juda. »Das stimmt nicht. Denk mal darüber nach.«

Aber seit sie wußte, daß sie schwanger war, hatte sie nichts anderes mehr getan, als darüber nachzudenken. Ohne daß jemand davon wußte, hatte sie eine Flasche Diazinone gekauft, ein sehr starkes Gift gegen Wanzen und anderes Ungeziefer, das im allgemeinen von verzweifelten Farmern benutzt wurde, um ihren ganz privaten Alpträumen ein Ende zu setzen, und gelegentlich auch denen ihrer Nachbarn, und sie hatte die Sprayflasche in einem Gebüsch am Schulweg versteckt, bis die endgültige Entscheidung fallen würde. Doch ohne daß sie es bemerkt hatte, war die Giftflasche von Mutiso entdeckt worden, und er hatte sie benutzt, um seine Hütte vom Ungeziefer zu befreien.

»Ich habe darüber nachgedacht«, sagte sie zu Juda. »Wenn ich nicht heiraten kann, werde ich mir das Leben nehmen.«

»Das werde ich nicht zulassen«, sagte er.

»Du kannst mich nicht davon abhalten«, erwiderte sie. »Niemand kann mich davon abhalten.«

»Wenn das so ist«, sagte Juda mit großem Ernst, »dann werde ich dich eben heiraten.«

Es war kein Geheimnis in Kambi, daß Juda, wenn auch nicht total verrückt, so doch zumindest nicht ganz richtig im Kopf war. Mit dieser allgemein festgeschriebenen, anerkannten und akzeptierten Tatsache lag es nun an Juda selbst, Tag für Tag die Menschen durch das Ausmaß und die Vielfalt seiner Geistesgestörtheit zu überraschen. Und sie wurden selten enttäuscht.

Und nun starrte Margaret ihn schockiert an, unterdrückte den Drang wegzurennen und sagte ein wenig furchtsam: »Es stimmt, du bist ziemlich verrückt!«

Mit einem entwaffnenden Lächeln erwiderte Juda: »Möglicherweise.«

Sie schaute ihm prüfend ins Gesicht und erschrak vor der Ehrlichkeit und Aufrichtigkeit, die sie darin fand. Und er erkannte in diesem Augenblick die Unschuld und das einfache Vertrauen, das sie in ihre jetzige mißliche Lage gebracht hatte, und ihm wurde klar, daß es kein Zurück mehr gab.

»Nun«, sagte sie voller Zweifel, »ich weiß nicht.«

»Überleg dir's«, sagte er.

»Im Ernst?«

»Ja, im Ernst. Ich kann dir kein Haus versprechen wie das von Mama Elija und auch sonst nichts. Aber wir könnten zusammen Spaß daran finden, nichts zu haben.«

Das amüsierte sie, und sie lachte übers ganze Gesicht, aber dann fiel ihr wieder das Kind ein, und sie rief: »Nein, das geht überhaupt nicht. Ich erwarte doch sein Kind!«

»Ja und?« sagte Juda in seiner leichtherzigen Art, die ihn im ganzen Dorf so beliebt gemacht hatte. »Es kann durchaus sein, daß das Kind mein einziges Erbteil sein wird.«

Margaret suchte in seinem Gesicht, ob er sich nur lustig machte, doch da sie nichts dergleichen fand, lächelte sie ungewiß. Sie nahm seine Hand, drückte sie und schob sie unentschlossen beiseite.

»Ich weiß nicht.«

»Überleg dir's«, sagte er nocheinmal.

Draußen auf der Veranda dachte auch Baba Pesa ernsthaft über gewisse Dinge nach. Nur waren in seinem Fall die Gedanken bitter und verwirrt, ein Wirbelsturm von Gefühlen, von Verrat bis hin zu Mordgedanken, tobte in seinem Inneren. Er saß in seinem Stuhl und schaukelte wie wild, während Mama Pesa drohend vor ihm stand, die Arme über der Brust verschränkt, und auf Antworten wartete.

Elija kehrte mit Mutiso im Schlepptau zurück, beide außer Atem von der großen Eile, die sie aus Angst, ein Mord könnte begangen werden, an den Tag gelegt hatten.

»Was willst du hier?« wollte Pesa von Mutiso wissen.

»Mama *ameiita*«, antwortete Mutiso. »Mama hat nach mir geschickt.«

»Und wofür hat sie dich rufen lassen?«

»*Sijui*«, sagte Mutiso. »Ich weiß nicht.«

»Geh zu deinen Ziegen zurück!«

Mutiso stand mit einem Fuß auf der Veranda und mit dem

anderen im taunassen Gras und schaute nacheinander alle an. Im Laufe der vergangenen Nacht hatte er die Saga von dem Baru Mädchen vollkommen vergessen, und Elija hatte ihm nicht gesagt, warum er so dringend im Haus gebraucht wurde. *»Mama umeniita?«* fragte er Mama Pesa. »Hast du mich gerufen?«

»Ja, Mutiso«, antwortete Mama Pesa entschlossen. »Baba Pesa will noch eine Frau heiraten.«

»Warum?«

»Genau das soll er uns jetzt sagen«, erklärte sie.

Mutiso konnte nicht verstehen, warum dies eine so dringende Angelegenheit war, daß er das Ziegenmelken unterbrechen mußte.

»Noch eine Frau?«

»Die Tochter von Baru«, sagte Mama Pesa.

Es hatte bis jetzt immer geheißen, Mutiso sei durch absolut nichts zu erschüttern, doch jetzt öffnete sich sein Mund, blieb einige Sekunden offenstehen und spitzte sich dann, um den äußersten Ausdruck absoluten und leidvollen Unheils von sich zu geben, verbal ausgedrückt als ein nicht endenwollendes *wo lo lo lo lo*, bis sie dachten, er würde aus Atemnot zusammenbrechen, doch im letzten Augenblick hörte er auf.

Mama Pesa gab ihm kaum genug Zeit zum Atemholen, dann lud sie den Rest der Bürde auf ihn ab.

»Wie du weißt, trägt sie ein Kind von ihm. Nun möchte ich, daß er uns ein für alle Male sagt, was er mit dem Mädchen zu tun gedenkt.«

»Nichts«, sagte Baba Pesa. »Nach Hause zurückschicken.«

»Und das Kind?«

»Welches Kind?«

Mutiso schaute sich nach allen Seiten nach einem Ort um, an dem er sich vor Scham verstecken könnte, doch da er keinen fand, sagte er leise vor sich hin: »Aber sie ist ja auch noch ein Kind. Genau wie seine eigene Tochter!«

»Halt den Mund, Mutiso!« fuhr Baba Pesa ihn an. »Geh zu deinen Ziegen zurück! Nein, pack deinen Kram und verschwinde von hier! Du bist entlassen!«

Mutiso wollte gehen, doch Mama Pesa befahl ihm zu bleiben. Er trat unruhig von einem Bein aufs andere. Baba Pesa bettelte seine Frau an, ihn doch endlich in Frieden zu lassen, doch das verweigerte sie ihm.

»Wie kannst du mir das antun?« jammerte er. »Vor den Kindern! Vor allen Leuten! Warum machst du mich so zuschanden?«

»Du erntest, was du gesät hast«, sagte Mama Pesa in dem ihr eigenen ruhigen, apokalyptischen Ton.

Dann traten Juda und Margaret aus dem Haus, sie hielten sich an der Hand, und aller Augen waren auf sie gerichtet.

»Es ist jetzt alles in Ordnung«, verkündete Juda glücklich. »Ich selbst werde sie heiraten.«

Das Schweigen, das dieser Ankündigung folgte, war absolut. Mutiso schüttelte mit offenem Mund den Kopf und schüttelte ihn so lange, daß es eine Ewigkeit schien, dabei murmelte er unablässig *wo lo lo lo lo*... Mama Pesa, deren Kräfte von den Tragödien des Tages endgültig aufgebraucht waren, sank in einen Stuhl und vergrub den Kopf in den Händen.

»Nein!« stöhnte sie. »Lieber Gott, nein! Nicht mein Juda!«

Baba Pesa schaute seinen Sohn lange und prüfend an, endgültig vom Ausmaß seiner Geistesgestörtheit überwältigt, und sagte ernst: »Du bist wahrhaftig wahnsinnig!«

Juda nickte selbstgefällig und sagte: »Wie mein Vater...«

Baba Pesa explodierte und sprang auf. Er schwang die Hammerfaust, von der es hieß, sie habe mit einem Schlag den Tresen der Fujo Bar zertrümmert, packte seinen Sohn und warf ihn über die niedere Verandamauer, wo er krachend im Blumenbeet auf der anderen Seite landete.

Juda blieb benommen liegen. Dann drehte er sich langsam um – auch seine Unverwüstlichkeit war legendär – stand auf, grinste seinen Vater an und bat seine Mutter um die Erlaubnis, zurückschlagen zu dürfen.

»Nur dies eine Mal«, bettelte er.

»Nein!« sagte Mama Pesa scharf und erhob sich.

Juda, der seinen Vater noch immer anlachte, wischte sich das Blut vom Mund.

»Du!« sagte Baba Pesa. »Nimm deine Dorfschlampe und verschwinde aus meinem Haus. Und ein Erbe hast du von mir nicht zu erwarten!«

Dann machte er mit weit ausholenden und wütenden Schritten kehrt wie ein wild gewordenes Rhinozeros, ging ins Haus zurück, schlug die Tür zu und hinterließ die Veranda in einem totalen emotionalen Chaos. Mama Pesa brach fast irre vor Anspannung in einem Lehnstuhl zusammen, ihre Niederlage war vollkommen und endgültig. Mutiso stand auf einem Bein und fürchtete sich, das andere auf den Boden zu stellen, denn alles war jetzt so ungewiß und so undurchdringlich wie *chonge*-Dornen geworden. In seinem ganzen langen und erlebnisreichen Leben hatte er es noch nie mit einer Situation zu tun gehabt, die so undurchschaubar war wie diese.

Margaret half Juda, das Blut vom Mund abzuwischen. Er lächelte, um ihr zu zeigen, daß er keine Zähne verloren hatte, und Elija, jenseits aller Vernunft empört, beschuldigte sie beide, seinen Vater umbringen zu wollen und seine eigene Welt vollkommen auf den Kopf zu stellen.

»Nun mal langsam, kleiner Bruder«, sagte Juda zu ihm. »Dein Vater braucht keinerlei fremde Hilfe, um sich selbst zugrunde zu richten.«

»Weißt du überhaupt, was du tust?« fragte Elija.

Juda nickte und sagte: »Ich glaube schon.«

»Dein Bruder wird dein Sohn sein!«

Und es stimmte, Juda hatte diese Seite der Angelegenheit bis jetzt ganz übersehen, denn nun zeigte er sich sichtlich überrascht, dann belustigt, und schließlich fand er diese Offenbarung einfach wahnsinnig komisch. Und als alle ihn erstaunt anschauten, begann er zu lachen, wie er noch nie gelacht hatte, ein echtes, zwerchfellerschütterndes Lachen, das unter anderen Umständen sehr erheiternd hätte sein können.

Elija ging angewidert davon. Mutiso schüttelte sorgenvoll den Kopf, und nun, ganz davon überzeugt, daß die Situation unmöglich noch schlimmer werden konnte, setzte er endlich seinen anderen Fuß auf den Boden. *»Kweli, mama«*, sagte er zu der traurigen Mutter von all diesem Leid. *»Huyu kijana kweli wazimu.«* Und als er sah, wie elend sie war, legte er ihr tröstend den Arm um die Schulter und sagte: »Fasse Mut, Mutter. Es hätte alles noch viel schlimmer sein können mit ihm.«

»Ja? Wie denn?« fragte sie.

»Er hätte tot geboren werden können«, meinte Mutiso.

Juda legte den Arm um Margaret und führte sie über den Rasen hinunter zur Einfahrt. »Jetzt, wo wir wissen, was meine Leute denken«, sagte er, »könnten wir doch hinuntergehen und sehen, was deine Leute davon halten.«

»Er wird uns umbringen«, sagte das Mädchen ängstlich.

»Wer?«

»Mein Vater.«

»Baru?« Juda schüttelte den Kopf. »Das wird er bestimmt nicht tun. Er ist mein Freund. Du wirst schon sehen. Meiner Ansicht nach solltest du bei deinen Eltern bleiben, bis ich dir ein Haus bauen kann.«

Mutisos Hand auf ihrer Schulter gab Mama Pesa Mut; sie schaute den beiden nach und wußte nicht, welches der größere Verlust war, ihr Sohn oder ihr Mann.

Froh darüber, daß all der Streit vorüber war, folgte Konfuzius seinem Herrn zur Einfahrt hinaus und weiter zum Gehöft der Barus, wo Mama Baru Mais stampfte, um daraus *njenga* zu machen, den Reis der armen Leute, während Großmutter auf einem Hocker unter dem Pfefferbaum saß und zuschaute.

Konfuzius legte sich zu Chui unter die Vorratshütte, um Neuigkeiten, Meinungen und Hundeflöhe auszutauschen, und Juda erzählte den Frauen, warum sie gekommen waren. Großmutter hatte in ihrer Zeit schon viel Verrücktes erlebt und fand deshalb alles äußerst erfreulich. Doch nicht so Mama Baru.

»Was denkt deine Mutter darüber?«

»Sie denkt, ich sei wahnsinnig«, sagte Juda.

»Das denke ich auch, Kind«, sagte Mama Baru. »Ja, das denke ich auch.«

»Gut«, sagte Juda. »Da wir uns bis hierhin alle einig sind, muß ich jetzt deinen Mann sprechen.«

Sie fanden Baru drunten bei dem schiefen Latrinenhäuschen, wo er mit seiner *panga* die riesigen Elefantengrasbüschel und die Ranken von den Süßkartoffeln für Tinga-Tingas Frühstück kleinhackte. Der Ochse fraß sein Frühstück ruhig und langsam, schaute hier und da zu seinem Herrn auf, als wolle er um mehr bitten, und schnaubte jedesmal vor Vergnügen, wenn eine neue Ladung vor seinem Maul landete.

»Ich grüße dich«, sagte Juda.

»Ich grüße dich«, erwiderte Baru.

Er schaute von Juda zu seiner Tochter und wieder zurück und wußte offensichtlich nicht, was er von dem Besuch halten sollte.

»Was willst du?« fragte er.

»Ich möchte mit dir sprechen«, sagte Juda und nahm Margarets Hand fester in die seine.

»Worüber?«

»Ich muß dir etwas sagen.«

»*Uga*«, sagte Baru, »dann sprich!«

Juda zögerte. Er schaute von Margaret zu ihrem Vater und dachte daran, daß er bereits den letzten der vielen Punkte, von denen es kein Zurück mehr gab und die wie Abfall in seinem kurzen Leben verstreut umherlagen, überschritten hatte und räusperte sich.

»Ich werde deine Tochter heiraten«, sagte er.

»Was?«

»Deine Tochter«, sagte Juda. »ich werde sie heiraten.«

»Warum?«

»Warum nicht?«

Baru dachte nach. Doch in den vergangenen vierundzwanzig Stunden waren seinem Leben so viele unmögliche Dinge widerfahren, daß er seinen Gedanken nicht mehr trauen konnte.

»Nun«, fragte Juda, »was hältst du davon?«

»Was hält dein Vater davon?«

»Er sagt, ich sei verrückt.«

»Weißt du, Juda«, sagte Baru ernst, »du bist mir wie ein Sohn, und unter normalen Umständen wäre ich über diese Nachricht hocherfreut. Doch wie du zweifelsohne weißt, sind die gegenwärtigen Umstände alles andere als normal.«

»Ja, und?«

»Und deshalb«, sagte Baru nachdenklich, »bin ich zum ersten Mal in meinem Leben vollkommen mit deinem Vater einverstanden. Du bist total verrückt!«

»Ja, und?«

»Und was?« fragte Baru achselzuckend. »Was soll ich weiter dazu sagen?«

Juda schaute das Mädchen an und dann den Vater und sagte: »Ich hoffe, dir ist klar, daß ich das Mädchen heiraten werde, ob du zustimmst oder nicht.«

»Ich werde nicht einmal versuchen, dich davon abzuhalten«, sagte Baru.

»Mehr wollte ich auch gar nicht hören«, erwiderte Juda.

»Hast du mit ihrer Mutter gesprochen?« fragte Baru.

»Sie denkt auch, ich sei nicht zurechnungsfähig«, sagte Juda. »Aber daran habe ich mich jetzt langsam gewöhnt.«

Baru schaute auf die beiden, und aus unerfindlichen Gründen kam ihn das Lachen an, und er begann so sehr zu lachen, daß sie dachten, er würde dran ersticken. Dann hustete er, bis ihm die Brust weh tat, und hörte deshalb auf.

»Moses«, schrie er und rief seinen einzigen Sohn herbei. »Bring den Pflug zum Ochsen!«

Moses, der gerade damit beschäftigt war, das eine Rad des Pflugs mit frischem Kuhmist zu schmieren, unterbrach seine Arbeit und fragte sich, was dieser sehr seltsame Befehl zu bedeuten habe, denn stets wurde der Ochse zum Pflug geführt und nicht anders herum, und das war immer so gewesen.

»Vater?« schrie Moses zurück. »Was soll ich bringen?«

»Du hast ganz richtig gehört, mein Sohn«, sagte Baru. »Bring den Pflug zum Ochsen!«

Sein ganzes Leben lang hatte Baru stets alles so gemacht, wie es richtig war, nach der alten, erprobten und bewährten Art, denn er glaubte nur an das Echte und für gut Befundene. Doch von nun an würde er die Dinge tun können, wie es sein Geist ihm eingab, denn Juda hatte ihm gerade zu der Schlußfolgerung verholfen, daß es nicht nur nichts Unmögliches gab, sondern daß es auch keine »richtige« oder »falsche« Art des Handelns gab. Tabus und Traditionen waren nicht nur bloße Handhaben, um sich im Leben annehmlich zu arrangieren, sondern sie waren auch Lasten, die den Geist kolonisierten, und von nun an würde er sie in dem alten Viehstall aufbewahren, neben den Göttern, den Geistern, dem Aberglauben und all dem alten Ackergerät, das er nicht mehr benutzte.

»Du willst also meine Tochter heiraten?« fragte er, noch immer mit einem Lachen im Gesicht.

Juda drehte sich zu Margaret um und sagte: »Ich glaube, er ist dafür!«

»Natürlich bin ich dafür«, hustete Baru. »Was für eine andere Wahl bleibt mir denn?«

»Gut«, sagte Juda zu dem Mädchen. »Dann wäre ja alles klar. Du gehst jetzt und hilfst deiner Mutter beim Maisstampfen, und ich muß hinunter ins Dorf und meine wahren Freunde informieren.«

Das Mädchen rannte den Weg hinauf, wo Moses sich mit dem schweren Pflug abplagte und versuchte, ihn zu dem Ochsen hinunterzubringen.

Juda pfiff Konfuzius, schlug eine Abkürzung über die Felder ein und übersprang auf seinem Weg nach Kambi den ersten von mehreren Stacheldrahtzäunen, und der Hund trottete ihm gehorsam hinterher.

KAPITEL DREIZEHN

In der Fujo Bar lag Angst in der Luft. Seit vorgestern hatte die Uji Bar kein Maismehl mehr – der Hauptbestandteil für Maisbier, was ihre einzige Existenzberechtigung war. Demzufolge hatte noch niemand an jenem Morgen ein paar Uji Biere gehabt, um in Stimmung zu kommen, ehe man die Fujo Bar aufsuchte, um *fujo* zu machen – Streit anzuzetteln und hoffentlich in eine tolle Schlägerei verwickelt zu werden. Zweitens gab es, weil der Regen ausblieb, sehr wenig *kibarua* – Lohnarbeit – in diesen Tagen, und deshalb hatte niemand Geld für mehr als ein Bier in der Fujo Bar. Die Stimmung bei diesem einen Bier war die unabwendbaren Schicksals, und die Flasche wurde so langsam wie nur irgend möglich geleert.

Deshalb wurden alle ganz aufgeregt, als Konfuzius mit hängender Zunge hereinkeuchte und geradewegs auf die Ecke der Desperados zielte, wo Judas wahre Freunde saßen und sich fragten, was sie tun sollten, wenn ihre Flaschen leer waren. Doch diese Aufregung war nur von sehr kurzer Dauer. Sie legte sich vollkommen, als Juda hinter seinem Hund hereinkam, nüchterner aussah, als sie ihn je gekannt hatten und verkündete, er habe keinen einzigen Cent in der Tasche und er würde heiraten.

»Wozu?« schrien sie der Verzweiflung nahe.

»Einfach so«, sagte Juda.

»Warum?« wollten sie wissen.

»Warum was?«

»Warum hast du plötzlich beschlossen zu heiraten?«

Auf seinem Weg über die Stacheldrahtzäune hatte er sehr gründlich über dieses Thema nachgedacht, hatte es in allen Einzelheiten mit Konfuzius diskutiert und war zu der Schlußfolgerung gelangt, daß seine Heirat keinem anderen Zweck diente, als ein unschuldiges junges Mädchen davor zu bewahren, sich das Leben zu nehmen.

Und das war, laut Konfuzius, überhaupt kein vernünftiger Grund, denn früher oder später würde sich das Mädchen doch das Leben nehmen. Wenn nicht wegen der Heirat als solcher, dann wegen der Heirat mit Juda.

»Aber sie ist doch eine *calico*!« sagte ein wahrer Freund und meinte damit ein primitives, ungebildetes Dorfmädchen.

»Das sind eure Mütter auch«, wies ihn Juda zurecht. »Und eure Schwestern und eure Großmütter ebenfalls. Und trotzdem sind sie alle verheiratet!«

»Mit ihresgleichen, mit *calicos*«, stimmte der junge Mann mit ihm überein. »Aber du, Professor, du hast mehr Bücher gelesen als sonst irgendjemand auf der Welt. Du hast sogar einen Universitätsabschluß!«

»Was ist ein Universitätsabschluß?« wollte Juda wissen und wurde langsam ärgerlich. »Hast du jemals einen gesehen? Weißt du, wie er aussieht?«

Keiner hatte jemals einen gesehen, also wußte auch niemand, wie ein Universitätsabschluß aussah.

»Es ist kein drittes Bein«, sagte Juda. »Es ist auch kein zweiter Kopf oder eine andere Haut. Wenn dem so wäre, säße ich nicht hier und würde mich mit euch unterhalten. Es ist einfach ein Stück Papier, auf dem steht, daß man dieses und jenes Buch gelesen und verstanden hat und daß man sich so oder so benommen hat. Das ist alles! Der Besitz dieses Papiers macht aus dir nicht ein mehr oder weniger menschliches Wesen, als du es vorher auch gewesen bist.«

In dieser Frage verstanden sie ihn genauso wenig, wie sie ihn bei allen hitzigen Auseinandersetzungen, die sie gehabt hatten, verstanden hatten, doch für jetzt ließen sie die Streitfrage ruhen. Irgendwann einmal, wenn sie wieder hübsch betrunken und mutig sein würden, würden sie den Fall *calico* versus Professor noch einmal aufrollen und einen handfesten Streit beginnen.

»Spendier uns ein Bier!« das genügte ihnen im Augenblick.

»Ich habe kein Geld«, sagte er.

»Professor«, sagten sie. »Wir haben uns auf dich verlassen!«

»Ich habe mich auf euch verlassen!« sagte Juda.

»Sprich mit FFU«, sagten sie. »Er versteht nur deine Sprache.«

Fanya Fujo Uone – Mach Trouble, wenn Du Dich traust – lautete der Spitzname, der ihrer Meinung nach am passendsten für den Barbesitzer war. FFU war der Besitzer nicht nur der Fujo Bar, sondern auch der Njenga Mills an der Ecke, der mit einem Dieselmotor betriebenen Maismühle, die das Herz und die Seele des Dorfes Kambi war. Man hatte allgemein Respekt vor ihm, fürchtete ihn ein wenig, denn er war ein wortkarger, mürrischer, riesenhafter Mann unbestimmter Stammesherkunft, dem es nichts ausmachte, wenn Leute in seiner Bar Trouble machten. Daher auch die offene Einladung, *fujo* zu machen, indem er seine Kneipe Fujo Bar nannte. Doch er fand durchaus auch Gefallen daran, betrunkenen Unruhestiftern die Köpfe einzuschlagen. Er rauchte nicht, trank nicht und sprach nicht mit Frauen, was zu dem Verdacht geführt hatte, er sei ein Eunuch, was jedoch nie bewiesen werden konnte, denn er hatte eine Frau und mehrere Söhne im Schulalter, die ebenso wortkarg und ebenso mürrisch waren und die sich mit der Zeit ziemlichen Ruhm beim Einschlagen der Köpfe von den Söhnen anderer Leute erwarben.

Juda war der einzige, dessen Kopf FFU noch nie eingeschlagen hatte und es auch nie tun würde. Nach einer nachmittäglichen Begegnung hinter verschlossenen Türen, bei der jedes einzelne Möbelstück der Kneipe in Stücke gegangen war und die beiden Kontrahenten aus zahlreichen Wunden bluteten, hatten sie einen Waffenstillstand geschlossen. Und es hatte alles damit begonnen, daß Juda, der eben von der Universität geflogen und dem Ruf zurück aufs Land gefolgt war und der in den schlimmsten Bars in Nairobi auf Kredit getrunken hatte, die Kühnheit besessen hatte, FFU um Kredit zu bitten.

»Kannst du lesen?« fragte FFU

»Ja«, sagte Juda, »ich glaube, das kann ich.«

»Gut«, sagte FFU weiter und zeigte auf das eingerahmte Plakat über der Bar, auf dem unmißverständlich zu lesen stand: *No Pesa no Pombe* – Kein Geld, kein Bier. *Fanya Fujo Uone* – Mach Trouble, wenn Du dich traust.

Woraufhin Juda, der noch neu war in Kambi und nicht in der Lage zu begreifen, warum eine drittklassige Bar ihm den Kredit verweigern konnte, beleidigt das Plakat von der Wand riß und es auf der Theke zerschmetterte.

»*Sasa?*« sagte er zu dem Riesen, der seinen Augen nicht traute. »Und nun?«

FFUs Antwort war, daß er jedermann hinausbeorderte und die Türen von innen schloß. Ihre Auseinandersetzung hatte einen ganzen Nachmittag in Anspruch genommen. Danach wurde Juda als einzigem Kunden der Fujo Bar unbegrenzter Kredit gewährt. Ob er Geld hatte oder nicht, bekam Juda, wie auch seine wahren Freunde, stets Bier auf Kredit. Er bezahlte seine Rechnungen nicht immer sofort, doch er bezahlte sie immer. Wie er das ohne geregelte Einnahmequelle schaffte, war eine ganz andere Angelegenheit.

Sie waren bei ihrem dritten Bier auf Kredit, als der Polizist plötzlich in der Kneipe auftauchte. Er war eine familiäre Erscheinung, der Juda so oft festgenommen und wieder freigelassen hatte, daß er es eigentlich leid geworden sein müßte. Er ging zu Juda hin und teilte ihm mit, daß draußen jemand sei, der ihn zu sprechen wünsche.

»Dann soll er doch reinkommen«, sagte Juda.

»Das kann er nicht«, antwortete der Polizist.

»Ist er gehbehindert?«

»Nein.«

Juda dachte nach.

»Ist es ein Polizist?«

»Allerdings«, sagte der Mann. »Es ist der Polizeiinspektor.«

»Ah, der Inspektor«, sagte Juda. »Ein alter Freund von mir, sag ihm doch, er soll reinkommen.«

»Das kann er nicht«, wiederholte der Polizist, der nun etwas ängstlich wurde, denn die ganze Kneipe hörte zu und fragte sich, warum der Polizist wohl so höflich war. »Es ist offiziell.«

»Wir haben bis jetzt nie anders als offiziell miteinander zu tun gehabt«, sagte Juda.

»Diesmal ist es anders«, sagte der Polizist.

Und anders war es gewiß, denn als Juda schließlich im Gefolge aller seiner Freunde und deren Freunde und einer Menge Freunde, die niemandes Freunde waren hinausging, sahen sie ein nagelneues

Polizeiauto, das vor der Bar geparkt war, und alle Marktköter, die sich bereits versammelt hatten, um die Reifen zu bepinkeln, während die Herumlungerer und die Dorftrottel aus sicherer Entfernung alles beobachteten.

Juda blieb stehen, um den neuen Volvo zu bewundern. Der hintere Teil war groß und mit Teppichboden ausgelegt. Unendlich viel bequemer als die verbeulte alte Karre, die ihn mehr als einmal nach Hause gefahren hatte.

»Ein neuer Wagen!« sagte er zu dem Polizisten, der ihn holen gekommen war. »Das Geschäft muß gut gehen!«

Der Polizist ignorierte den Sarkasmus und führte ihn zur Beifahrerseite des Wagens, wo Juda entdeckte, daß das Auto nicht die einzige Neuerscheinung in der Stadt war. Der Mann, der auf dem Platz des Polizeiinspektors saß, war nicht der zivilisierte junge Inspektor, den er so gut kannte, sondern ein vollkommen Fremder. Ein düsterer, ungeschlachter Riesenmensch mit gemeinen rotunterlaufenen Augen und einem verbrauchten, groben Gesicht, das aussah, als hätte es noch nicht zweimal im Leben gelacht. Der Mann musterte Juda mehrere Male von oben bis unten, ehe er zu sprechen begann.

»Juda Pesa?« fragte er.

Juda nickte.

»Ich bin dein neuer OCS – der Sicherheitsbeauftragte«, sagte der Mann. »Ich habe von meinem Vorgänger so viel von dir gehört, daß ich einfach herkommen und deine Bekanntschaft machen mußte.«

Juda nickte automatisch weiter und beobachtete die verhärtete alte Maske, die ihm nur so viel verriet, daß der Träger ein Schweinehund ersten Grades war, der noch aus der alten kolonialen Polizeiakademie stammte, wo den afrikanischen Absolventen die unerschütterliche Überzeugung eingebläut wurde, die beste Verfahrensweise mit ihren schwarzen Landsleuten sei, sie bis zum Gehtnichtmehr zu verprügeln.

»Auf mein Sondergesuch hin bin ich hierher versetzt worden«, sagte der neue Inspektor. »Gehe bald in den Ruhestand. Habe drunten neben der Brücke an der Hauptstraße die acht Hektar große Maziwa Farm gekauft. Vielleicht kennst du sie. Der frühere Besitzer ist von Banditen umgebracht worden. Sie haben ihn in Stücke zerhackt und ihn seinen Hunden zum Fraß vorgeworfen. Ein höchst barbarisches Verbrechen. Wie Menschen so etwas einander antun können, werde ich nie verstehen. Kannst du das verstehen?«

Juda hatte nicht aufgehört mit dem Kopf zu nicken, und so machte er einfach weiter, während sein Gehirn auf Hochtouren arbeitete und zu entziffern versuchte, was hier eigentlich vorging, denn er hatte gelernt, daß Bullen, die Höflichkeitsbesuche abstatteten, entweder die besten Freunde waren – ein Greuel, erfahrungsgemäß – oder aber ganz besonders gemeine Typen.

»Ich werde bald in den Ruhestand gehen«, sagte der Inspektor. »In drei Jahren. Wenn es dann soweit ist, möchte ich zur Abwechslung mal ein wenig Ruhe und Frieden haben. Keine schlaflosen Nächte, in denen ich irgendeinem Schwachsinnigen mit niedriger Intelligenz auflauern muß, der sich mit seiner *panga* an mich ranmachen will.«

Er sei an allen möglichen Orten gewesen, habe einige echt gefährliche Schlangennester ausgehoben, wo sich die Leute gegenseitig wie Tiere abgeschlachtet hätten und habe jeden Ort praktisch frei von Verbrechen verlassen. Und so wünsche er sich Thome, und insbesondere Kambi, wenn er sich dann in Ruhe auf seiner Farm niederließe. Bis dahin würden alle, Kriminelle und andere, seinen Namen kennen und fürchten gelernt haben.

Konfuzius kam zur Kneipentür heraus, um nachzusehen, was seinem Herrn widerfuhr, und nachdem er pflichtgemäß die Polizeireifen bepinkelt hatte, ging er um den Wagen herum, stellte sich neben seinen Herrn und hörte zu, was gesprochen wurde.

»Ist das Konfuzius?« fragte der OCS.

»Sie kennen ihn?« Juda war ebenso überrascht wie Konfuzius selbst.

»Ich weiß alles über dich«, sagte der Mann. »Eine ganze Menge.«

An dieser Stelle entschied sich Juda dagegen, einfach unhöflich wegzulaufen, und wartete ab, was dieser seltsame Polizist weiter zu sagen hätte.

»Ist das deine Windmühle?« fragte der OCS.

Juda nickte noch immer, nur daß dieses Mal sein Mund ganz idiotisch offenstand, doch es gelang ihm zu sagen: »Nein, sie gehört dem Dorf.«

»Ich meine«, sagte der Polizeibeamte, »ist das die Windmühle, auf die in deiner Akte Bezug genommen wird?«

»In welcher Akte?«

»Tja, davon kannst du ja schließlich auch nichts wissen, oder?« sagte der Mann. »Ich habe eine Akte über dich, die ist ganz schön dick. Hochinteressante Unterlagen, das muß ich schon sagen. Mit Einzelheiten, kaum zu glauben. Mein Vorgänger war eben ein höchst gewissenhafter Mann. Mit Universitätsbildung, wie du. Aber an einem Punkt hat er vollkommen versagt – er hat versucht, mit Kriminellen und Gesetzesbrechern menschlich umzugehen. Er versuchte, Dinge zu verstehen, die einfach nicht zu verstehen sind, hat versucht, Motive für die böse Tat zu finden und solches Zeug. Ich, mit dem bißchen Bildung, das ich habe, ich weiß es besser. Die Menschen sind schlecht, weil sie eben schlecht sind. Wie Tiere. Wie soll man sonst den brutalen Mord an einem Fremden verstehen, nur um ihm den Inhalt seiner Taschen zu stehlen? Kannst du das verstehen?«

Juda konnte das nicht verstehen.

»Es gibt nur eine Möglichkeit, derart sinnloser Gewalt beizukommen«, fuhr der OCS fort, »und das ist mit reinster, unbeschönigter Gewalt. Ich bin ein religiöser Mensch. Ich bin ein großer Bewunderer des Alten Testaments und der Gesetze Moses. Man erntet, was man sät. Auge um Auge. Wenn du also einem Trinkkumpan eine Bierflasche über den Kopf haust, haue ich dir auch eine Bierflasche oder einen Schlagstock oder ähnliches über den Kopf. Wenn du auf einen schießt, schieße ich auch auf dich. Und wenn du einen in Stücke zerhackst, zerhacke ich dich auch in Stücke. Ich finde, diese Methode bringt gute Resultate, und deshalb werde ich diese Methode auch hier anwenden. Du kannst es allen weitersagen.«

Er machte eine Pause, um seine Worte einwirken zu lassen, ehe er fortfuhr. »In dieser Sache rechne ich mit der Kooperation aller«, sagte er. »Besonders mit der Kooperation von Männern wie dir, mit Bildung und offensichtlich hohem Intelligenzgrad.«

Juda hatte schon viele Komplimente in seinem Leben bekommen – seine Freunde, die ihn Professor nannten, taten ja eigentlich nichts anderes, als ihm den lieben langen Tag Komplimente zu machen, aber ein unfreundlicher Bulle hatte ihm noch nie ein Kompliment gemacht. Also nickte er freundlich und fragte sich, wie er sich verhalten sollte.

»Ich kann also mit dir rechnen, nicht wahr?« fragte der Inspektor.

»Wie?«

»Erstens, keine illegalen Versammlungen mehr«, sagte der Mann. »Wenn ich dich oder sonst jemand bei einer illegalen Versammlung erwische – seien es Beschneidungsfeierlichkeiten, Menschenansammlungen beim Desinfizieren der Kühe, Beerdigungsfeiern oder sonst irgendetwas, dann wird das eure letzte Versammlung gewesen sein. Du kannst es allen weitersagen.«

Dann wandte er sich um, gab dem Fahrer ein Zeichen mit der linken Hand, der Polizeiwagen startete und fuhr weg, und Juda stand vollkommen sprachlos auf der Straße. Nach ein paar Metern hielt der Wagen wieder, und der OCS winkte ihm herzukommen. Juda rührte sich nicht. Er hatte genug Bücher gelesen, um zu wissen, was psychologischer Terror war. Der OCS winkte wieder und wieder. Juda blieb fest.

Die Lichter vom Rückwärtsgang gingen an, und der Wagen fuhr zu Juda zurück.

»Noch eine kleine Bitte«, sagte der OCS. »Keine Predigten mehr von der Windmühle, hast du gehört? Sollte ich dich je auf der Windmühle erwischen, schieße ich dich herunter. Du kannst es allen weitersagen.«

Juda hatte überhaupt noch nicht daran gedacht, mit Nicken aufzuhören.

»Übrigens«, sagte der OCS, »ich bin Erster Polizeisuperintendent Mwathi Matata. Verbrecher und alle, die mich sonst gut kennen, nennen mich Sura Mbaya – Böses Gesicht. Du kannst es allen weitersagen.«

Wieder das Zeichen mit der linken Hand, und der Wagen fuhr weg, dieses Mal umrundete er den ganzen Marktplatz, um dann in einer Staubwolke in der Lücke zwischen der Miti Bar und der Matumbo Metzgerei zu verschwinden.

In der Zwischenzeit sah es auf dem Platz bereits wie an einem unoffiziellen Markttag aus. Neugierige hatten sich in Grüppchen zusammengefunden und wollten zu gerne wissen, was sich zwischen Juda und den Gesetzeshütern abspielte, warum sie ihn nicht einfach hinten in den Wagen warfen, ihn mitnahmen und sich mit ihm auf der Polizeistation auseinandersetzten. Sobald das Auge des Gesetzes in sicherer Ferne verschwunden war, umdrängten sie Juda, um alles von ihm zu erfahren. Auf die Gefahr hin, eine ungesetzliche Versammlung abzuhalten, sagte er ihnen die Wahrheit, daß er nämlich keine Ahnung habe, was zum Teufel hier vor sich gehe, und er sagte allen alles weiter, wie vom neuen OCS angeordnet.

So hatte der Besuch des OCS also doch schließlich die von ihm gewünschten Auswirkungen, denn er wurde alsbald von Leuten gefürchtet, die ihm nie begegnen würden, und vor seinem Namen graute allen, genau, wie er es sich erhofft hatte. Doch Sura Mbaya nannte ihn keiner, wie er es sich ebenfalls erhofft hatte, denn in Kambi gab es noch häßlichere Gesichter und Temperamente, und außerdem war dieser Name bereits Choma Chomas Bulldogge zugewiesen worden. Stattdessen nannten sie ihn Du-kannst-es-allen-weitersagen – bis jetzt der längste bekannte Spitzname, der nun Fanya Fujo Uone auf den zweiten Platz verwies.

Wieder in der Fujo Bar leerte Juda seine beiden angeschriebenen Bierflaschen und versuchte, den vielen Fragen seiner Freunde aus dem Wege zu gehen, dann verließ ein ziemlich durcheinandergebrachter junger Mann die Kneipe und machte sich mit Konfuzius auf den Fersen querfeldein auf den Heimweg.

Er ging zum Gehöft der Barus und holte seine neue Verlobte ab, dann gingen sie langsam zusammen den Berg hinauf, am Pesa Anwesen vorbei und weiter zu Mutisos Hügel, um nach dem Ziegenhirten Ausschau zu halten und bei ihm Rat für die vielen Fragen zu suchen, die plötzlich Judas Denken blockierten. Doch als sie auf der Höhe hinter dem Haus der Pesas standen, sahen sie Mutiso weit unterhalb des Hauses auf der Straße, die die Anwesen der Pesas und der Barus voneinander trennte, wo er seine Tiere am Straßenrand grasen ließ. Juda beschloß, daß es zu weit sei, um sich die Mühe zu machen hinunterzugehen, und setzte sich unter eine Dornakazie, um zu versuchen, alleine eine Antwort auf seine Probleme zu finden.

»Warum kannst du kein Haus auf dem Land meines Vaters bauen?« fragte Margaret. Sie war fest entschlossen, ein eigenes Haus zu haben, am besten noch früher, als Juda es bauen konnte.

»Das ist nicht richtig«, sagte Juda. »Ein Sohn muß auf dem Land seines Vaters bauen. Ich muß möglicherweise damit warten, bis er stirbt.«

»Meinem Vater würde es nichts ausmachen«, sagte sie.

»Wer sagt das?«

»Meine Mutter.«

Juda lächelte geduldig.

»Nein, Margaret«, sagte er. »Ich weiß, du meinst es gut, aber man darf nicht immer den einfachsten Weg wählen. Ich heirate dich, nicht du mich.«

»Wann?«

»Eigentlich jederzeit«, sagte er. »Wenn der Regen kommt.«

»Und was ist, wenn der Regen gar nicht kommt? Das sagen doch alle.«

»Der Regen wird kommen«, sagte Juda mit Nachdruck. »Es war verkehrt, daß sie Männer mit unreinen Gedanken ausschickten, um Gottes Fleisch mit ihren unreinen Händen anzufassen. Das ist in der Tat unverzeihlich. Doch Gott verzeiht. Deshalb wird der Regen kommen. Wir müssen daran glauben.«

Margaret pflückte einen Grashalm und kaute darauf herum; sie lagen im Schatten der Akazie und bewunderten die Pracht der Ebenen von Laikipia, die sich unter ihnen im Westen bis zum fernen Horizont ausdehnten. Er hatte ihr nicht von seiner Begegnung mit Du-kannst-es-allen-weitersagen erzählt und hatte auch keinerlei Absicht, es zu tun, solange er die ganze Sache nicht ins richtige Licht gerückt hatte.

»Warum trinkst du so viel?« fragte sie.

Juda lächelte geduldig. Noch war kein ganzer Tag seit ihrer spontanen Verlobung vergangen, eine ganze Menge Leute litten noch unter Gehirnerschütterungen und Migräne, und sie stellte eine Frage, die größere Geister vor ihr schon beunruhigt hatte.

»Ich trinke gern«, sagte er.

»Haben sie dich deshalb von der Universität gewiesen?«

»Ich bin nicht von der Universität gewiesen worden, ich bin gegangen.«

»Warum?«

Juda schaute das Mädchen an. Sie war kaum halb so alt wie er, so jung und zerbrechlich waren ihr Denken, ihr Körper und ihre Seele. Sie war auf ihre einfache, ländliche Art schön, und ihre Augen waren trotz der Beleidigungen, die sie in den Händen seines Vaters erlitten hatte, groß und vertrauensvoll.

»Hat Vater dir das nie erzählt?« fragte er.

»Nein.«

»Über was habt ihr beiden eigentlich geredet?«

Die meiste Zeit, die sie zusammen gewesen waren, hatten sie schandbare Dinge getan. Baba Pesa hatte ihr dann erzählt, wie reich er sei und wieviel mehr Reichtum er noch ansammeln würde. Er hatte davon geredet, daß er eines Tages die ganzen Ebenen von Laikipia besitzen würde.

»Und du hast ihm das geglaubt?«

»Ja.«

»Du bist viel jünger, als ich dachte«, sagte Juda. »Alle außer dir wissen doch, daß er verrückt ist.«

»Ich mochte ihn«, sagte Margaret aufrichtig. »Er war oft freundlich und sanft.«

Juda schüttelte voll Verwunderung den Kopf.

»Er ist so stolz auf dich«, sagte sie. »Wo immer er hinging, erzählte er von seinem Sohn, der sehr gebildet sei und sehr klug.«

»Ich weiß«, sagte Juda. »Deshalb hat er darauf bestanden, daß ich auf der Universität bleiben sollte, obwohl ich wußte, daß es mir nicht gut tat. Damit er seine Altersgenossen in der Bar mit einem Sohn übertrumpfen konnte, der gebildet war. In Wirklichkeit lerne ich mehr von den Leuten unten im Dorf als von meinen Mitstudenten an der Universität.«

»Aber du hättest ein großer Mann werden können«, sagte Margaret beharrlich. »Ein bedeutender Mann, vielleicht sogar ein *mjumbe*. Ein reicher Mann, wie dein Vater.«

»Größer«, sagte Juda. »Bedeutender und vielleicht sogar reicher als mein Vater. Aber in kürzester Zeit wäre ich tot gewesen und leer im Herzen. Wie mein Vater. Ein kleiner Mann, der lebt, ist größer als ein großer Mann, der tot ist. Denke immer daran.«

Weit unten auf dem Land der Barus waren Baru, Moses und Tinga-Tinga draußen auf dem Feld am Pflügen, langsam und mühevoll schnitten sie lange Furchen in die knochentrockene Erde. Zur Ermutigung und um gelegentlich zu helfen, war Mutiso, der Ziegenhirt, bei ihnen; mit aufgewickelten Hosenbeinen stand er auf dem Acker, sein Mantel hing am nahen Zaun, und seine Ziegen grasten im Gebüsch am Straßenrand.

Plötzlich hielt Mutiso inne und horchte. Dann packte er seine Sandalen, rannte übers Feld zum Zaun und sprang drüber. Er griff nach Mantel und Hirtenstab und kehrte zu seinen Ziegen zurück.

Weiter unten auf der kurvenreichen Pesastraße ratterte der Pesa-Lastwagen müde heimwärts. Schwitzend hinter dem Steuer saß Baba Pesa, so alt und müde und von Problemen bedrängt, daß er, ohne für einen kurzen Drink zu halten, an der Tajiri Bar vorbeigefahren war, aus lauter Angst, er müsse den Mitgliedern in dieser niedergeschlagenen Stimmung gegenübertreten.

Nicht weit von wo die Barus mit ihrem Ochsen pflügten, hielt er an und beobachtete sie eine Weile, ehe er den alten Baru rief.

Baru, der hinter dem Pflug ging, hörte ihn nicht, aber Moses, der den Ochsen führte, hörte ihn und blieb stehen.

»Warum bleibst du stehen?« schrie Baru.

»Er ruft dich.«

»Wer?«

»Baba Pesa.«

Baru sah den Lastwagen und Baba Pesa, der ihn herwinkte.

»Was will er?« fragte er seinen Sohn.

Moses antwortete mit einem Achselzucken. Baru ließ den Pflug stehen und eilte krummbeinig an den Zaun, stolperte über die Furchen und murmelte etwas vor sich hin. Hinter ihm kam Mama Baru und brachte Wasser für den Ochsen.

»*Sema*«, sagte Baru, »sprich!«

»Nennst du das etwa gute Farmarbeit?« fragte Baba Pesa.

Baru blieb überrascht stehen. Er hatte erwartet, Baba Pesa wolle mit ihm über Margarets Heirat mit seinem Sohn reden. Dann wandte er sich um und schaute die Arbeit an, die er, Tinga-Tinga und sein Sohn getan hatten, dann wanderte sein Blick wieder zu Baba Pesa, danach zu den Milchkannen auf dem Lastwagen, dann wieder zurück zu seiner Frau, die dem alten Ochsen Wasser gab, und schließlich wieder zu Baba Pesa.

»Ja«, sagte er.

Baba Pesa schüttelte entsetzt den Kopf.

»Was ist los?« fragte Baru.

»Verschwendung von Land und menschlichen Ressourcen«, sagte Baba Pesa verärgert. »Es ist kriminell, es zuzulassen, daß du dieses Land derart mißhandelst. Dich sollte man hinter Schloß und Riegel setzen, bis du annehmbare Methoden der Feldbestellung gelernt hast. Ich werde mit den zuständigen Behörden sprechen.«

Baru schaute dorthin, wo Mutiso unbemerkt zuhörte und wieder zurück zu Baba Pesa.

»Ist das alles, was du mir zu sagen hast?« fragte er.

»Ja«, sagte Pesa.

»Dann gehab dich wohl, Baba Pesa«, sagte er und ging davon.

»Eines Tages«, schrie ihm Baba Pesa hinterher, »eines Tages werden du und dein blöder Sohn für mich arbeiten.«

Baru schaute sich nicht einmal mehr nach ihm um.

Pesa gab Gas und fuhr wütend weg, und die Milchkannen schlugen lärmend aneinander.

Mama Baru hielt vor Scham den Blick gesenkt und konzentrierte sich darauf, den Ochsen zu tränken, und wie ihr Sohn tat sie so, als habe sie den Wortwechsel nicht gehört.

KAPITEL VIERZEHN

In einem gesunden und normalen Dorf war es noch nie geschehen, daß ein gesunder und normaler Sohn eines gesunden und normalen Farmers beschloß, die Frau seines Vaters zu heiraten. Diese Art Wahnsinn blieb den Dörfern jenseits der Berge vorbehalten, deren Intelligenz – und das war kein Geheimnis – nicht größer war als die ihrer Ziegen, und den Bewohnern des nächsten Bergrückens und des übernächsten, die nicht einmal ihre eigene Sprache korrekt zu sprechen vermochten.

Und obwohl es im Dorf Kambi, bei seinen Söhnen und ihren Vätern, nicht sehr viel Normales gab, waren einer größtenteils von ihnen selbst verbreiteten Legende nach die Leute von Kambi vernünftiger und normaler als die Bewohner eines jeden anderen Dorfes auf dieser Seite der Aberdare-Berge und der Ebenen von Laikipia. Es stimmte, sie hatten ihren Anteil an Idioten und Verrückten, Philosophen, Ziegendieben und Marktplatzpredigern zweifelhafter religiöser Glaubensrichtungen, die für sich in Anspruch nahmen, die einzigen offiziellen Vertreter Gottes auf diesem Planeten zu sein. Doch all dessen ungeachtet, war das Dorf Kambi das gebildetste, das fleißigste und, wenn man die Meinung der Prediger nicht dazurechnete, die ohnehin auf der Liste der Verrückten und Narren standen, das gottesfürchtigste Dorf auf diesem Bergrücken und dem nächsten und übernächsten.

Infolgedessen waren die Menschen von Kambi am Sonntag auf der Suche nach Gott.

Die Katholiken suchten ihn in ihrer Kirche unten an der Straße, einige hundert Meter vor dem Dorf. Die Protestanten suchten ihn in der winzigen Holzkirche oben auf dem Hügel mit Blick auf die Täler und Ebenen. Doch die echten Protestanten, die von den Splittern der Splittergruppen abgesplitterten und jene zweifelhafter Herkunft und Zielsetzung, versammelten sich unter den Dornakazien am Marktplatz, und in ihrem Bemühen, sich beim Predigen gegenseitig zu überbieten, verwandelten sie den Marktplatz in einen lärmenden Zirkus voller Mißklänge, lauter als ein Dutzend Uji Bars und chaotischer als hundert Fujo Bars.

Mama Pesa war praktizierende Protestantin, wiedergeborene Christin und Mitglied der Kirche von der Süßen Quelle des Heils, und, sollte es wahre Gläubige geben, so war sie bestimmt eine davon.

An einem jeden Sonntagmorgen rief sie ihre Familie zusammen – alle, außer Juda, der darauf achtete, daß er erst nach Hause kam, wenn alle zur Kirche weggefahren waren und wieder ging, ehe sie zurückkehrten –, verfrachtete ihre Schäflein in Baba Pesas Gottesgeschenk und fuhr mit ihnen zu der alten Holzkirche auf dem Hügel. Sie kamen stets in dem Augenblick dort an, wenn der Pastor, in seinen langen, schwarzen Talar gekleidet, sein Fahrrad abstellte und den Gong schlug – ein meterlanges Stück Eisenbahnschiene, von dem niemand wußte, wie es nach Thome gekommen war, denn die nächste Eisenbahnlinie war über hundert Kilometer weit entfernt.

Baba Pesa parkte seinen Wagen an prominenter Stelle am Strassenrand – vom Inneren der Kirche aus gut sichtbar, so daß die Gläubigen bisweilen so sehr davon abgelenkt wurden, daß der Pastor bitten mußte, die Fenster zu schließen – dann führte er seine Familie hinter dem Pastor in die Kirche, deren Lehmfußboden aufgrund fehlender Mittel noch immer nicht zementiert war, und nahm seinen Platz auf der reservierten ersten Bank ein, gleich neben dem Fenster, von wo aus er seinen Wagen im Auge behalten konnte.

Die Kleidung der Familie war makellos – Baba Pesa trug einen seiner riesigen Nadelstreifenanzüge, Mama Pesa ein geblümtes, zehn Jahre altes Kleid, das noch zu keinem anderen Anlaß getragen worden war als sonntags zur Kirche; Elija und Penina hatten ebenfalls ihren Sonntagsstaat angelegt. Im Gegensatz dazu zeigte sich die übrige Gemeinde in einer Vielfalt von Lumpen und Flikken, die nicht nur ihre einzigen Kleidungsstücke waren, die sie besaßen, sondern auch die, in denen sie schliefen, um die Kälte von Nyandarua zu überlisten.

»Brüder und Schwestern«, begann der Pastor wie stets seine Predigt. »Wie ihr alle wißt, ist heute Erntedanktag. Der Tag, an dem wir dem Herrn für seine Großzügigkeit danken und für alle guten Dinge, die er uns geschenkt hat. Für unser Land und unsere Kinder, für Sonne und Regen...«

Es war offensichtlich, daß er die Predigt vom vergangenen Jahr las. Baba Pesa langweilte sich bald. Doch Penina Pesa langweilte sich noch viel mehr, mehr als jeder andere in der Gemeinde. Sie knabberte an ihren Fingernägeln und schaute unaufhörlich auf die Uhr. Stillsitzen war nicht eine ihrer größten Tugenden.

Der Chor, eine Ansammlung der außergewöhnlichsten Typen aus der Gegend, schlug Kuhfelltrommeln, schüttelte Rasseln und sang mit höchster Begeisterung und sehr falsch nach den Drehungen und Windungen des Chorleiters. Mama Pesa, die eine Begabung dafür hatte, an allem etwas Gutes zu finden, sang mit dem Chor und versuchte, dem Auf und Ab der falschen Töne zu widerstehen. Neben ihr knirschte Baba Pesa mit den Zähnen und bekämpfte die Versuchung, sich die Ohren zuzuhalten.

Ein letzter Schlag auf die Zymbeln und Trommeln, und das Lied war zu Ende. Der Pastor erhob sich.

»Unsere heutige Lesung kommt aus dem Buch des Evangelisten Markus«, kündigte er an. »Bruder Elija wird für uns lesen.«

Elija Pesa war der einzige junge Mann auf diesem Bergrücken und dem nächsten, der sonntags zur Kirche ging. Aus diesem Grunde oblag ihm jeden Sonntag die Aufgabe, das Evangelium zu lesen. Er setzte sein Sonntagsgesicht auf und ging mit gewichtigen Schritten zum Altar. Dann wandte er sich um, schaute über die Gemeinde und wartete volle zehn Sekunden. Der ungeteilten Aufmerksamkeit der Leute sicher, räusperte er sich und begann zu lesen.

»Und als er sich auf den Weg machte, lief einer herbei, kniete vor ihm nieder und fragte ihn: Guter Meister, was soll ich tun, damit ich das ewige Leben ererbe?«

Penina stand auf. So leise und unauffällig wie möglich ging sie hinaus. Mama Pesa schaute ihr ängstlich nach. Baba Pesa schaute zum Fenster hinaus, wo sein Wagen stand. Zwei Hirtenjungen, deren Ziegen rings um die Kirche weideten, gingen um den Wagen herum und bewunderten ihre gräßlich verzogenen Gesichter auf dem glänzenden schwarzen Lack.

»Was nennst du mich gut?« las Elija. »Niemand ist gut als Gott allein. Du kennst die Gebote: Du sollst nicht ehebrechen; du sollst nicht stehlen; du sollst nicht falsch Zeugnis reden; du sollst niemanden berauben; ehre Vater und Mutter.«

Plötzlich sprang Baba Pesa auf.

»Du!« schrie er.

Alle erschraken. Dann sahen sie die Ursache seines Zorns. Einer der Hirtenjungen folgte dem Beispiel seines Hundes und pinkelte an die Autoreifen. Er schaute auf, erschreckt von dem Ruf aus der Kirche.

»Weg von meinem Auto!« brüllte Baba Pesa.

Lachend rannten die Jungen weg. Aber um ganz sicher dem Unglück aus dem Weg zu gehen, denn der Ruf von Baba Pesas Zorn war fürchterlich und reichte weit, trieben sie ihre Ziegen vom Gelände der Kirche weg, hinein ins umliegende Buschland. Dort stießen sie auf Moses Baru und Penina Pesa, die unter einem Baum saßen und über Dinge redeten, die mit der Kirche überhaupt nichts zu tun hatten.

»Ich will einmal Schauspielerin werden«, sagte Penina.

»Und was spielst du da?«

»Theaterstücke, Schauspiele...«

»Was für Spiele?«

»Im letzten Schuljahr habe ich in den *Piraten von Pensance* mitgespielt«, erzählte Penina. »Alle sagten, wie gut ich gewesen sei. Vielleicht werde ich sogar Tänzerin.«

Dann erklärte sie ihm lange und ausführlich, daß Leute, die am meisten Spaß an ihrer Arbeit hätten, auch die höchste Bezahlung bekämen.

»Was willst du werden?« fragte sie ihn.

»Ich weiß nicht«, sagte er ehrlich.

Er lernte das Schreinerhandwerk, doch Schreiner wollte er um alles in der Welt nicht werden. Wie viele andere junge Männer aus seiner Klasse hatte er sich nicht bei der polytechnischen Schule beworben, sondern war einfach dort gelandet, weil es nach der Grundschule nichts anderes gab.

»Ich möchte von hier weg«, sagte er.

»Wohin?«

»Irgendwohin«, sagte er. »Vielleicht sogar nach Nairobi. Dort könnte ich vielleicht einen Job bekommen.«

»Was für einen Job?«

»Ich weiß nicht«, sagte er, »irgendetwas. Ich will jemand sein.«

Welten lagen zwischen ihnen. Sie konnte sich aussuchen, was sie werden wollte. Er mußte hinnehmen, was immer aus ihm einmal wurde und sich damit zufriedengeben. Er würde in der Tat großes Glück haben, wenn er es überhaupt zu irgendetwas bringen würde.

»Kinder!« sagte eine Stimme.

Mama Pesa stand hinter ihnen, kochend vor gerechtem Zorn.

»Ist das der Gottesdienst, zu dem ihr gekommen seid?« wollte sie wissen.

Sie rappelten sich auf, standen schuldbewußt vor ihr und schauten überall hin, nur nicht in ihr Gesicht. Penina rang die Hände: »Ich bin herausgekommen, und da traf ich Moses«, sagte sie.

Ihre Mutter schaute sie erzürnt an.

»Wir haben uns über die Schule unterhalten«, fügte Penina noch hinzu.

»Ihr habt die ganze Woche Zeit gehabt, um euch über die Schule zu unterhalten«, sagte Mama Pesa. »Warum könnt ihr nicht einmal eine Stunde eurer Zeit dem Herrn schenken?«

»Aber Mutter«, sagte Penina verlegen, »es ist so langweilig, wenn Elija liest. Und dieser alte Pastor versteht nicht einmal seine eigene Predigt.«

Mama Pesa wußte genau, daß dies der Wahrheit entsprach, denn sie hatte ihn schon länger predigen hören als die Kinder. Doch es war ihre größte Verantwortung als Mutter, in den Kindern die Tugend der Standhaftigkeit und des Durchhaltens zu wecken und die Ehrfurcht vor der Tradition.

»Geht wieder hinein«, sagte sie. »Wir werden zuhause weiter darüber sprechen.«

Der Pastor legte die Lesung des Tages aus und sagte wenig mehr, als was Elija gelesen hatte, dabei betonte er besonders, daß ein Kamel in der Tat durch ein Nadelöhr gehen könne, doch keinesfalls ein reicher Mann. Die Gemeinde hörte gelangweilt zu. Sie hörten diese Predigt praktisch jeden Sonntag, und offen gesagt wären sie alle viel lieber der reiche Mann als das Kamel gewesen.

Baba Pesa, der diese besondere Lesung als persönliche Kampfansage gegen ihn auffaßte, denn er war tatsächlich der einzige wahrhaft reiche Mann auf diesem Bergrücken und dem nächsten und übernächsten, schwor sich, daß er es Elija verbieten würde, jemals wieder in der Kirche zu lesen. Er hatte alles versucht, Bestechung nicht ausgenommen, um ein Freund des Pastors zu werden. Er hatte das Fahrrad bezahlt, und er hatte die Fenster und Türen bezahlt und dazu ein Vorhängeschloß, damit die Hirtenjungen mit ihren Ziegen während der Woche nicht ihre Haufen und Küttel in der Kirche hinterließen, doch es schien, als könne den alten Prediger nichts davon abbringen, ihn wie einen Dieb zu verfolgen. Pesa hatte sogar schon in Betracht gezogen, von der Kirche der Süßen Quelle des Heils zur Kirche des Lebens zu konvertieren, doch diese versammelte sich unter einem Baum am Marktplatz und wurde von allen Dorfidioten, den Kötern und selbst von Ndege, dem Verrückten, besucht. Diese Kirche war keineswegs der richtige Ort für einen reichen Mann wie Baba Pesa.

Dann ging der Prediger über alle Maßen aufgebracht zu einem Thema über, das der ganzen Gemeinde überaus peinlich war. Er war der einzige alte Mann auf diesem Bergrücken und dem nächsten und dem übernächsten gewesen, der an der Zeremonie des Regenmachers nicht teilgenommen hatte. Er konnte nicht verstehen, wie seine Gemeinde es fertigbrachte, vor ihrem alten Gott-auf-den-Bäumen Opfergaben zu verbrennen und am Sonntag zur Kirche zu kommen und Lieder zu singen.

»Unser Gott ist ein eifersüchtiger Gott«, rief er aus. »Ihr könnt nicht IHM dienen und gleichzeitig Baal!«

Wer, zum Teufel, ist Baal? fragte sich die Gemeinde, denn im Gegensatz zu dem, was der Prediger gerne glauben wollte, hatte es bis jetzt noch niemand geschafft, Seite eins des Guten Buches oder irgendeines anderen Buches zu lesen, denn im Gegensatz zu dem, was sie andere gerne glauben machen wollten, konnte die Mehrheit von ihnen weder lesen noch schreiben.

»Ihr braucht euch deshalb über die verheerende Dürre nicht zu verwundern«, sagte er. »Sie ist der gerechte Lohn für eure Gesetzlosigkeit, eure Habgier, euren Haß und die vielen schandbaren Dinge, die ihr in eurem Leben und im Leben eurer Nachbarn ausgestreut habt.«

Doch das hatten sie alles schon mehr als einmal gehört.

Nach der Kirche versammelte Pesa seine Familie wieder im Mercedes und fuhr sie auf einem langen Umweg nach Hause, was seine einzige Vorstellung von einem sonntäglichen Familienausflug war und außerdem dazu diente, mit seinem Gottesgeschenk anzugeben.

Kurz vor Mittag waren sie dann wieder zurück, nur um festzustellen, daß Juda dagewesen und wieder gegangen war. Der Küchenboden war mit Eierschalen übersät, die meisten Eier hatte Konfuzius aufgebrochen und gefressen. Juda war wieder ins Dorf gegangen, um den Tag damit zuzubringen, von einer Bar zur nächsten zu gehen und die Marktprediger zu verspotten; viele dieser Grüppchen hatten nicht einmal einen Namen und existierten jeweils nur sonntags in der Hoffnung, die Dorfleute um ein paar Shillinge zu bringen.

Der Sonntag war in der Tat der schwierigste Tag für Juda Pesa. Zahlreiche Banden religiöser Fanatiker überschwemmten den Marktplatz und beanspruchten ihn für sich allein. Bewaffnet mit Kuhfelltrommeln, Rasseln und selbstgebastelten Sprechtüten schimpften und jammerten die Gruppen alle gleichzeitig in höchster Lautstärke, zitierten aus verschiedenen Kapiteln desselben Guten Buches, sangen verschiedene Verse desselben Kirchenliedes und verwandelten den Platz in ein derartiges Irrenhaus, daß die Dorfhunde, die rechtmäßigen Bewohner des Platzes, sich für den Tag ins Schlachthaus zurückziehen mußten. Eine der Gruppen hatte ihre riesige grün-weiß-rote Fahne um Judas Windmühle gewickelt, was es Juda einigermaßen erschwerte, hinaufzusteigen, um der versammelten Menge von oben die Meinung zu sagen.

Trotzalledem erklomm Juda die Windmühle und gebot den im sich gegenseitigen Überschreien wetteifernden Gruppen Einhalt, was an sich keine geringe Leistung war. Dann machte er folgenden Vorschlag: Da sie alle dasselbe Buch lasen, dasselbe Lied sangen und vermutlich zum selben Gott beteten und von ihm dieselben Vergünstigungen erbaten, so sollten sie dies doch entweder nacheinander tun oder aber sich unter einer Flagge vereinigen und gemeinsam beten. Auf diese Weise wäre die Chance, im Himmel verstanden zu werden, umso größer.

Ein alter, alter Mann versprach, für Juda zu beten.

Worauf Juda sie fragte, ob sie denn eine Genehmigung hätten, diese Versammlungen einzuberufen, und sie antworteten ihm, daß man keine Genehmigung benötige, um das Wort Gottes zu predigen; was natürlich eindeutig bewies, wie dumm und naiv sie waren.

»Erzählt das mal dem neuen OCS«, sagte er zu ihnen. »Und sagt ja nicht, ich hätte es nicht allen weitergesagt!«

Die Gruppe der Rastas, die ihn seit Monaten hofiert hatten, einer der ihren zu werden, forderte ihn jetzt auf, von seinem Turm herunterzukommen und mit ihnen zu beten, was einzig und allein darin bestand, einen Singsang von Reggae-Lyrik unablässig zu wiederholen, und zwar sehr laut. Ihre Gruppe, die *Rastaman Redeemed Revival* setzte sich hauptsächlich aus jungen Aussteigern zusammen und war die weitaus seltsamste Religion auf dem Marktplatz. Obwohl sie nicht wie die anderen den *kiondo* herumgehen ließen, um Spenden einzusammeln, so nannten sie sich doch die direkten Nachkommen der Mau Mau Kämpfer und galten deshalb bei vielen, und dazu gehörte auch Ruhiu, Ex-Mau Mau und ihr geistiger Mentor, als geborene Rebellen.

Juda lehnte die Einladung zum Gebet ab und kehrte in die Fujo Bar zurück, wo er eine andere Art Sonntag verbrachte und mit seinen wahren Freunden realistischen Unsinn redete.

Gegen drei Uhr am Nachmittag hatte er auch davon genug, holte sich zwei Flaschen Bier, zwei Cola und ein Packung Plätzchen und machte sich auf den Weg, um Margaret zu einem Picknick weit droben auf Mutisos Hügel abzuholen, wo sie den ihnen verbliebenen Teil des Nachmittags in ruhiger und freundschaftlicher Stimmung verbrachten, unter einem Baum lagen und sich nach den fernen Verheißungen des unerreichbaren Horizonts sehnten.

»Ich bin noch nie in Nairobi gewesen«, sagte Margaret schließlich.

»Hat er dich nie dorthin mitgenommen?«

»Nein«, sagte sie, »er hat es mir versprochen, aber nie getan.«

»So ist er«, sagte Juda. »Nichts als Schall und Rauch.«

Hinter ihnen, weiter oben am Hügel saß Mutiso auf einem Baumstamm und probierte einen neuen Schnupftabak aus, den Baba Pesa mitgebracht hatte, rings um ihn her weideten die Ziegen weit über den Berghang verstreut. Er hatte Juda und Margaret gesehen, wie sie Hand in Hand den Berg heraufgekommen waren und sich zu ihrem Picknick unter der alten Dornakazie niedergelassen hatten, deren Schatten ihr Lieblingsplatz geworden war. Sie lagen wie alte Freunde nebeneinander und unterhielten sich in kurzen, sporadischen Sätzen über was immer ihnen gerade in den Sinn kam. In den vergangenen paar Wochen war Juda anders geworden – er trank nicht mehr von morgens bis abends, sondern hatte es sich angewöhnt, am späten Nachmittag nach Hause zu kommen und mit dem Baru Mädchen zusammenzusein. Mutiso war sich nicht mehr ganz sicher, ob er mit Mama Baru trauern oder sich mit Juda freuen sollte, der allem Anschein nach in dem Mädchen echte Freundschaft gefunden hatte, wie er sie seither nur mit Konfuzius, dem Hund, gehabt hatte.

»Erzählst du mir was von Nairobi?« fragte das Mädchen.

»Nairobi ist der reine Wahnsinn«, sagte Juda.

Er erzählte ihr von dem Chaos und dem Durcheinander in den Städten. Die Leute könnten über nichts anderes mehr nachdenken als über Geld und gutes Leben. Wenn sie das einmal hatten, wollten sie mehr Geld und mehr Macht. Sie verbrachten schlaflose Nächte, um sich einfallen zu lassen, wie sie ihre Mitmenschen noch mehr beherrschen könnten. Auch die Frauen wollten wie die Männer werden, während sich die Männer manchmal im Dienst anderer wie Frauen benähmen. Viele Dinge geschähen in der Stadt, die andernorts unmöglich wären, denn weil sie ihre Vergangenheit aufgegeben hatten, hätten die Stadtbewohner die Kontrolle über die Gegenwart verloren.

»Alles dort ist sinnlos geworden«, sagte Juda.

»Warum hören sie dann nicht auf damit?«

»Weil sie Menschen sind«, sagte er. »Es liegt in der Natur der Menschen zu glauben, sie könnten da Erfolg haben, wo zahllose andere gefehlt haben.«

Und nirgendwo wurde diese Tatsache deutlicher demonstriert als in den Ebenen drunten, wo Farmer, die zwei Hektar Land besaßen, versuchten, da ihren Lebensunterhalt zu verdienen, wo die früheren Siedler, die viele tausend Hektar Land besessen hatten, mit ihren Einkünften kaum ausgekommen waren.

Juda hatte in den vergangenen Wochen entdeckt, daß Margaret ein sehr sensibles Mädchen war – nun berührte sie leicht seinen Arm, als wolle sie sagen, ich bin froh, daß wir nicht so sind. Ihre Schwangerschaft war jetzt deutlicher zu sehen, und da der Zeitpunkt der Empfängnis reine Vermutung war, stellte sich Juda vor, daß irgendwann dieser Tage, vielleicht sogar jetzt gleich, das Baby einfach herauskommen und sagen würde: »Hallo, Bruderdaddy, hier bin ich!«

»Juda«, sagte Margaret. »Bist du hier glücklich?«

»Sehr glücklich!«

»Wie?«

»Wie?«

»Ich meine, warum?« sagte Margaret. »Alle wollen so weit weg von hier wie nur möglich.«

»Wer ist alle?«

»Einfach alle«, sagte sie. »Ich zum Beispiel weiß, daß ich nicht mein ganzes Leben lang hier bleiben möchte. Ich würde gerne nach Nairobi gehen und jemand sein.«

Juda schüttelte traurig den Kopf.

»Armes Mädchen«, sagte er. »Du hast ja keine Ahnung, wie das Leben wirklich ist, oder?«

Margaret zuckte mit den Achseln.

»Ich bin noch nie von hier weg gewesen.«

»Du mußt nicht von hier weggehen, um jemand zu sein«, sagte er.

»Du bist schon jemand. Jeder Mensch ist jemand. Nur weiß er es oft nicht.«

Sie bemühte sich sehr, das zu verstehen.

»Deshalb bin ich so gerne hier«, fuhr er fort. »Man hat hier auf alle Fälle die Freiheit, sich selbst zu sein, und damit ist man jemand, der größte Jemand, den es gibt. In den Städten muß man das sein, was die andern wollen.«

Er leerte seine zweite Bierflasche und warf sie auf den Boden.

»Und jetzt?« fragte sie unsicher. »Möchtest du jetzt ins Dorf hinuntergehen und noch eine trinken?«

»Heute nicht.« Juda streichelte sanft ihre Hand. »Heute möchte ich hier bei dir bleiben. Heute ist dein Tag.«

»Gut«, sagte sie. »Ich bin glücklich.«

Selbst Juda, der in solchen Dingen nicht sehr erfahren war, blieb das nicht verborgen. Es machte ihm Freude zu sehen, wie froh es sie machte, mit ihm zusammen zu sein. Als Penina damals neun Jahre alt gewesen war, waren sie viele Stunden lang Hand in Hand über die Hügel gestreift, hatten zusammen die Bäume und die Blumen entdeckt, die Vögel, die Insekten und die Millionen lebender Wesen von denen sie keine Ahnung hatte, daß es sie überhaupt gab. Sie liefen den Wildwechseln nach, flohen vor eingebildeten Monstern und spielten Verstecken. Penina war ein sehr fröhliches und glückliches kleines Mädchen gewesen. Wenn die beiden in Begleitung von Peninas Hund Mugo vorübergingen, sagten die Leute untereinander, welch ein Glück es sei, daß dieses Kind einen großen Bruder habe, der sich so gut auf Kinder und Hunde verstünde. Und nun schien Margaret, die an seiner Seite lag und auf einem Grashalm kaute, nicht weniger glücklich zu sein. In Juda begann sich das Gefühl zu regen, daß es seine wahre Berufung im Leben sei, Menschen glücklich zu machen.

Er streichelte zärtlich ihren Bauch und fühlte, wie sich das Baby bewegte. Sie lachte.

»Wenn das Baby dann geboren ist«, sagte er, »mußt du wieder zur Schule gehen. Du mußt die Bücher lesen können, die ich von Nairobi mitgebracht habe.«

»Warum?« fragte sie verwundert.

»Weil es gute Bücher sind«, sagte er. »Ich weiß wohl, daß ich gesagt habe, hier auf dem Land lerne man mehr als in irgendwelchen von Menschen geschriebenen Büchern. Aber andererseits ist es so, daß gewisse Bücher von einigen wahrhaft weisen Menschen geschrieben worden sind. Es wird dir guttun und nützlich sein, sie zu lesen und zu verstehen. Vielleicht werden sie dir sogar dazu verhelfen, gerne hier zu sein.«

»So wie du?«

»Wie ich«, lachte er. »Ich weiß, ich lebe mehr, als daß ich arbeite, aber das ist nur so, weil mein Vater mich nicht das mit dem Land tun läßt, was ich gerne möchte.«

»Was willst du mit dem Land tun?«

»Mich um das Land kümmern«, antwortete er. »Freundlich zu ihm sein, daß es zweimal so viel Ertrag bringt wie heute, und dafür sorgen, daß es der Nachwelt erhalten bleibt.«

»Mein Vater würde das zulassen«, sagte sie eifrig.

»Nein, mein kleines Mädchen«, lachte er wieder. »Euer Land wird einmal deinem Bruder Moses gehören. Mein Platz ist auf der Farm der Pesas. Zumindest irgendwann einmal.«

Margaret lächelte, drehte sich auf den Rücken und schaute in den Himmel. Plötzlich knackte es heftig im Gebüsch – es war Konfuzius, der sie gefunden hatte und sich zwischen ihnen zur Ruhe legte.

Weit draußen im Nordosten kam über dem schneebedeckten Berg Gottes eine kleine dunkle Wolke auf – so langsam, so mühsam und so illegal wie der inoffizielle Mittwochsmarkt. Vielleicht würde sie zu einer Wolke heranwachsen, die Regen brächte.

Aber vielleicht auch nicht.

KAPITEL FÜNFZEHN

In den Tagen und Wochen, die der Zeit der Aussaat vorangingen, pflegte sich jedermann in Thome, im Dorf Kambi und drunten in den Tälern und Ebenen von Laikipia, in der Kunst des Wolkenlesens zu üben. Irgendjemand beobachtete eine beliebige Wolkenformation und prophezeite entweder, daß es regnen oder daß es nicht regnen würde, und diese Person pflegte auch an ihrer Vorhersage festzuhalten, ungeachtet der Tatsache, daß nie zwei gleichzeitig abgegebene Vorhersagen jemals übereinstimmten, und ohne in Betracht zu ziehen, wie lange sich die betreffende Wolke über Thome gehalten hatte, ohne irgendwelchen Regen zu produzieren. Die Tendenz, autoritative Meinungen über Regenwolken abzugeben, war weitverbreitet und, wie einige für sich in Anspruch nahmen, sogar erblich. Besonders in Zeiten akuter Dürre, wie dies gegenwärtig der Fall war, fielen die Prophezeiungen bisweilen äußerst grotesk aus. Es war nichts Außergewöhnliches, daß ein erklärter Dummkopf, ein Mann, der zugab über nichts Bescheid zu wissen, lange Vorträge über die bestehenden Wolkenformationen hielt, vorhersagte, es würde noch vor Sonnenuntergang regnen, der um den Einsatz seiner Frau, seiner Ziegen und seiner Kinder Wetten darauf abschloß und sein eigenes Leben auf die Vorhersage setzte.

Die Menschen zerstritten sich über diesen lächerlichen Vorhersagen. Eheverträge wurden nicht eingehalten, Familienbindungen zerbrachen. Lebenslange Feindschaften entstanden. Und dann, wenn es allen Anschein hatte, daß demnächst in der Frage der Beurteilung von Regenwolken ein Bürgerkrieg im Land ausbrechen würde, brach üblicherweise ein wütender Gewittersturm über das nichtsahnende Farmland herein und stellte alles auf den Kopf, was wieder einmal bewies, daß Gott sich in der Tat seiner Dummköpfe annahm.

Die Menschen hörten unvermittelt auf sich zu streiten und

rannten los, um das zu tun, was sie schon längst hätten tun sollen, und damit war das ganze Land wieder einmal friedlich und konstruktiv mit der Abwicklung des täglichen Lebens beschäftigt. Überall auf den Bergrücken und den Tälern nahmen Männer, Frauen und ganze Familien ihre *pangas* und *jembes* zur Hand und gingen hinaus, um zu hacken, zu säen und zu pflanzen.

Der alte Baru und sein Sohn Moses spannten ihren widerwilligen Ochsen ein und gingen hinaus zum Pflügen, während Margaret und ihre Mutter mit ihren *pangas* und Körben voll Maiskörnern ihnen folgten und den Mais in die Erde legten.

Als Baba Pesa eines Tages auf dem Rückweg vom Dorf bei den Barus vorbeikam, fiel ihm die fieberhafte Geschäftigkeit auf ihrer *shamba* und auf allen *shambas* rings um seine Farm auf, und er war wütend, daß sich auf seinem halb fertig gepflügten Feld nichts rührte.

»Elija!« brüllte er, nachdem er mit kreischendem Bremsen den Lastwagen in der Einfahrt zum Stehen gebracht hatte. »Elija, wo bist du?«

Elija war in seinem schmierigen Overall drüben in der Werkstatt und untersuchte völlig überflüssigerweise einen ausgebauten Listermotor, während Njara, Ndeges Bruder und der einzige Mensch, der den Schaden innerhalb weniger Sekunden hätte beheben können, untätig dabeistand und um des lieben Friedens willen so tat, als hätte er keine Ahnung.

»Wo ist der Traktor?« wollte Baba Pesa wissen.

»Warum?« fragte Elija aufrichtig überrascht. »Steht er nicht hinter der Werkstatt?«

»Warum bist du dann hier?« schrie Baba Pesa. »Warum bist du nicht draußen am Pflügen?«

»Wir haben kein Dieselöl mehr«, sagte Elija und drehte mit Gewalt eine Fünferschraube in eine Vierermutter, während Njara hilflos zusah. Da erst bemerkte Baba Pesa den Mechaniker.

»Lade die Fässer auf den Wagen!« befahl er. »*Haraka*!«

Njara tat eilends wie ihm befohlen und war froh, eine Entschuldigung zu haben, um Elijas Besserwisserei zu entkommen.

Es ging Elija durch den Kopf, seinem Vater zu sagen, daß es sinnlos sei, in Nyahururu nach Dieselöl zu fragen, doch dann tat er es doch nicht. Er war froh, ihn eine Weile aus dem Weg zu haben. Außerdem würde die Fahrt der chaotischen Energie seines Vaters guttun.

Die Fahrt in die Stadt tat weit mehr als das. Sie konfrontierte Baba Pesa mit der Welt und der Weltpolitik, mit Dingen, von denen er noch nie zuvor gehört hatte. Als er auf der Suche nach Dieselöl in der kleinen staubigen Stadt die Runde machte, wurde ihm langsam die Tatsache klar, daß er, obwohl er den modernsten Lamborghini-Traktor in Thome und wahrscheinlich im ganzen Bezirk Laikipia besaß, keineswegs ein so freier Mann war, wie er eigentlich gedacht hatte, denn er konnte nicht, wann immer er es wünschte, seine Felder pflügen und eggen und aussäen. Einige Tankstellen hatten sogar große Schilder aufgestellt, deren Aufschrift *Hakuna Diseli*! – Kein Dieselöl! – bereits in der Sonne verblaßt waren.

»Und wie steht es damit in Nakuru?« fragte Baba Pesa hoffnungsvoll.

»Auch in Nakuru gibt es kein Dieselöl«, erhielt er zur Antwort.

»Und in Nyeri?«

»Lesen Sie denn keine Zeitungen?« fragte ein freundlicher Tankwart.

»Was für Zeitungen?«

»Tageszeitungen!«

»Und was ist damit?« fragte Baba Pesa.

»Sie berichten, daß in Persien Krieg ist.«

»Was ist Persien?«

»Iran?«

»Was hat das mit mir zu tun?«

»Dort kommt Ihr Dieselöl her.«

»Meines aber nicht«, schüttelte Pesa entschieden den Kopf. »Mein Diesel kommt aus Mombasa. Wo bist du zur Schule gegangen, junger Mann?«

Der junge Tankwart lachte, denn selbst in Nyahururu, wo Pesa wohlbekannt war, war es kein Geheimnis, daß er, wie auch der Vater des jungen Mannes und zahllose andere Väter, mit allem Geschriebenen nicht sehr fließend umzugehen vermochte.

»In Mombasa ist nur die Raffinerie«, sagte der junge Mann. »Das Rohöl kommt aus Persien.«

»Wo ist Persien?«

»Von da, wo wir stehen, würde ich sagen, Persien ist dort drüben.«

»Ist es weit?«

»In Ihrem Fagio können Sie nicht hinfahren«, sagte der junge Mann. »Es ist ziemlich weit.«

Schließlich davon überzeugt, daß es wirklich keinen Sinn hatte, nach Nakuru zu fahren und dort nach Diesel zu suchen, kaufte Baba Pesa den »*Citizen*« und fuhr nach Hause.

Juda saß halb schlafend, halb wachend in seines Vaters Schaukelstuhl, schaukelte sich sanft hin und her und dachte dabei an die vielen Dinge, die sich in letzter Zeit in sein friedliches Leben hereingedrängt hatten. Eines hatte mit Margaret Baru zu tun, für die er, entgegen allen eigenen Absichten, eine zu große Zuneigung gefaßt hatte. Das andere hatte mit Mwathi Matata zu tun, was wörtlich übersetzt »der schreckliche Jäger« heißt, dessen Schatten kalt und drohend über dem Dorf Kambi und deshalb über Judas Leben hing und Freiheiten bedrohte, die bislang von allen für selbstverständlich angenommen worden waren.

Da Baba Pesa annahm, Juda schliefe, ließ er ihn sein und setzte sich auf die niedere Mauer, um die Zeitung auf seine Weise, stokkend und in Silben von drei Buchstaben, zu lesen, was Juda in kürzester Zeit hellwach werden ließ, so daß er ihm unwillkürlich und gequält den Text von den Lippen ablas.

»Die Bom bari die rung des öl haf ens auf der Ins eli hat die Öll iefe ru ngen beti rof fen…«

Juda hatte sich die Mütze über die Augen gezogen und stöhnte innerlich, weil es kaum auszuhalten war, dann sagte er: »Das heißt betroffen, Vater. Es bedeutet…«

»Ich dachte, du würdest schlafen«, sagte Pesa verlegen.

»Das tat ich auch«, erwiderte Juda, »bis du zu lesen begonnen hast. Könntest du wohl ein wenig leiser lesen?«

Baba Pesa brummte und las weiter, dabei konzentrierte er seine gesamte Energie auf die Aussprache der Wörter.

»Betroffen«, sagte er. »*Der Nach schu bi von ni cht raffi niere tem*«.

»Nicht raffiniertem, Vater«, sagte Juda. »Es bedeutet…«

»*Ro höl*«, las Baba Pesa.

»Rohöl!« Juda schrie es fast. »Es bedeutet unraffiniertes Öl. Öl, ehe es destilliert wird, um daraus Paraffin und Diesel und Benzin und alles andere zu machen, was aus Öl gemacht wird. Aber…«

Er war jetzt völlig aufgelöst, riß sich erregt die Mütze vom Kopf und setzte sich auf.

»Verdammt nochmal, Vater!« schrie er. »Warum gibst du nicht zu, daß du kein Englisch lesen kannst und kaufst dir statt des *Citizen* den *Mwananchi*? Hast du etwa Angst, die Mädchen würden dich deshalb nicht mehr mögen?«

Baba Pesa hörte mit offenem Mund auf zu lesen und wandte sich nach seinem Sohn um – die Kränkung stand ihm im Gesicht geschrieben. Dann, ganz langsam, in dem Maße, wie die Überraschung über den Zorn seines Sohnes verflog, packte ihn selbst die Wut. Er zerknüllte die Zeitung in der Faust, die in dem Ruf stand, Bartheken mit einem Schlag zu zertrümmern, und schleuderte sie zu Boden. Dann stürmte er in Richtung der Schuppen davon, wo Elija mit Dingen herumspielte, von denen er nichts verstand.

Als Njara ihn vor Wut schnaubend herankommen sah, kroch er unter einen alten Traktor und blieb dort.

»Was ist in den Fässern dort?« fuhr Pesa Elija an.

»In dem einem ist Motorenöl«, sagte Elija, »und im anderen Benzin.«

»Benzin?«

»Ja, Benzin.«

Elija schaute auf, und als er den Ausdruck in seines Vaters Gesicht sah, schüttelte er den Kopf.

»Nein, Vater«, sagte er ernst.

»Nein was?« wollte Pesa wissen.

»Schlag dir den Gedanken aus dem Kopf.«

»Warum denn?« wollte Pesa wissen.

»Es würde den Motor zerreißen«, sagte Elija.

»Wie denn?«

»Knall Päng!«

»Bist du sicher?«

»Vater«, sagte Elija geduldig. »Ich habe nicht fünf Jahre meines Lebens umsonst vertan!«

»Und mein Geld.«

»Und dein Geld«, nickte Elija. »Wenn du mir nicht glaubst, frage Njara.«

»Wo ist der faule Bastard?« Pesa schaute sich um.

»Er liegt unter dem alten Traktor«, sagte Elija, »und tut so, als habe er etwas zu tun.«

»Njara!«

»Es ist wahr«, sagte Njara und kroch aus seinem Versteck.

Baba Pesa brummte böse und ging mit großen Schritten aus der Werkstatt. Er stampfte auf die Veranda zurück, beugte sich über Juda und schrie: »Raus aus meinem Stuhl!«

Juda öffnete die Augen und schaute seinen Vater lange an. Sein Blick war hart und scharf. Dann stand er auf und ging ins Haus.

Pesa ließ sich in den Schaukelstuhl fallen und schaute böse die Straße hinunter, wo er Baru und seinen Sohn beim Pflügen sah.

»Narren!« sagte er vor sich hin.

Juda erschien wieder und hatte sich seine legendäre Lederjacke um die Schulter gehängt.

»Wo gehst du hin?« wollte Pesa wissen. Auch er hatte sich daran gewöhnt, daß Juda immer häufiger zuhause war.

»Ins Dorf«, antwortete Juda.

»In die Kneipen?«

»Ja«, sagte Juda. »Kein sehr origineller Gedanke, das gebe ich zu.«

»Was willst du dort, trinken?«

»Was sonst?« sagte Juda. »Und ich werde mich sehr, sehr betrinken. Willst du mit?«

»Das ist nun das dritte Mal, daß du mich heute beleidigt hast«, beklagte sich Baba Pesa. »Los, geh schon und ersäuf' dich im Maisbier!«

Juda verließ die Veranda und rief nach Konfuzius. Zusammen

gingen sie die inzwischen nasse und schmutzige Straße ins Dorf hinunter.

Pesa schaukelte und schaute ihnen nach.

Drunten bei den Barus hatten Vater und Sohn und Ochse das Pflügen aufgegeben, denn die Erde war noch zu naß vom Regen der vergangenen Nacht, und der alte Pflug wurde wieder an seinen Platz unter der Vorratshütte gebracht.

Pesa schaukelte und dachte nach.

Drinnen im Haus bereiteten Frau und Tochter sein Lieblingsessen vor – zerstampfte Bananen und *matumbo*-Eintopf.

Keiner störte den andern – sie kamen nicht heraus, und er ging nicht hinein. Sehr bald packte ihn von all dem Herumsitzen und Nachdenken die Langeweile. Er stand auf, stieg in seinen Lastwagen, auf dem noch immer die leeren Fässer lagen, fuhr zur Einfahrt hinaus und hinunter ins Dorf.

Es darf gesagt sein, daß Mutiso mit seinem kosmischen Auge die Tragödie erkannte, lange, ehe sie sich tatsächlich ereignete, daß er wußte, daß sie sich ereignen würde, und, obwohl er mit seiner ganzen Willenskraft versuchte, sie aufzuhalten, schließlich nichts anderes tun konnte, als zu beobachten, wie alles geschah, und ein endloses, Unheil ahnendes *Wo lo lo lo lo* von sich zu geben.

Von seinem Platz unter einem Busch an der Straße zum Dorf sah er, wie der alte Baru mit Tinga-Tinga hinunter zum Fluß ging; seinen Hirtenstab trug er müde wie ein alter Ziegenhirt über die Schulter gelegt, und hinter ihm kam – aus unerfindlichen Gründen lautlos – der Fagio wie ein alter und wütender Büffel aus der Kurve geschossen.

Mutiso erstarrte und mit ihm seine Hand mit einer Prise Schnupftabak; er horchte auf das Singen der Vögel, auf den Wind, der im Gebüsch raschelte, und auf das Muhen der Rinder in der Ferne, und er fragte sich, warum wohl das Leben so trügerisch ruhig sein konnte, wo doch die Katastrophe jeden Augenblick hereinbrechen würde. Es ist durchaus möglich, daß Mutiso im allerletzten Augenblick, in der Sekunde, ehe das Fahrzeug um die Kurve kam, die Arme hochwarf und laut schrie, doch es bestand keinerlei Chance, daß Baru ihn gehört haben könnte.

In genau jenem Augenblick jedoch schaute Baru sich um und sah den Tod auf sich zuschießen, schrie laut auf und rettete sich mit einem Satz an den Straßenrand. Pesa bremste scharf. Der Wagen geriet wild ins Schleudern, und als Pesa das Steuer in den Griff zu bekommen suchte, drehte sich der Wagen, traf Tinga-Tinga mit dem Heck und schleuderte ihn mehrere Meter von der Straße durch die Luft, bis er mit einem entsetzlichen Krachen im Busch landete. Dann rutschte und schleuderte der Wagen auf dem weichen Lehm der Straße weiter, krachte seitwärts gegen die Böschung, wurde zurückgeworfen und blieb schließlich bergabwärts stehen.

Die Tür flog auf, Baba Pesa sprang heraus und überschüttete Baru, der benommen und vom Schock am ganzen Körper zitternd dort saß, wo er gelandet war, mit wilden Flüchen.

»Du alter Narr!« schrie er wütend. »Du hättest tot sein können!«

Dann sah er den Schaden an seinem Auto. Eine ganze Seite war vom Aufprall auf die Böschung böse zerbeult. Baba Pesa kochte vor Zorn.

»Das wird dich deinen ganzen Besitz kosten!« brüllte er. »Dein Land, deine Frau, deine Kinder.«

Baru stand auf. Seine Beine zitterten. Er wankte dorthin, wo Tinga-Tinga lag, kniete sich nieder und streichelte den zitternden Körper.

Das Tier war endgültig tot – die Beine gebrochen, der Kopf in einem unmöglichen Winkel verdreht, die Augen starrten glasig und leer auf die Grashalme vor seinen Nüstern, und die schwarzblaue Zunge hing ihm auf groteske Weise aus dem Maul.

Baru wiegte sich in seinem Schmerz leise wehklagend hin und her, während Baba Pesa noch immer vor Zorn kochte und mit den Füßen an die Reifen seines Wagens kickte. Dann stürmte er zu Baru hin.

»Ist er tot?« schrie er.

»Ja«, sagte Baru. »Er ist tot.«

»Geschieht ihm recht!« sagte Pesa.

Baru stöhnte und wehrte sich gegen die aufsteigenden Tränen.

»Er war sowieso nicht viel wert«, sagte Pesa. »Aber schau dir an, was du mit meinem Wagen gemacht hast. Dafür wirst du teuer bezahlen, laß dir das gesagt sein!«

»Morgen wären wir mit dem Pflügen fertig geworden«, sagte Baru.

»Heute hättest du tot sein können, du Narr«, erwiderte Pesa. »Du kannst dich glücklich schätzen, daß du noch am Leben bist.«

Er stapfte zu seinem Wagen zurück, ließ den Motor an und donnerte mit einem derartigen Lärm davon, daß es noch meilenweit zu hören war.

Baru brach bei dem toten Ochsen zusammen und begann mit leisem, ersticktem Stöhnen zu weinen, wie ein Mann weint. Einer Erscheinung gleich trat Mutiso aus dem Busch und stand neben dem trauernden Mann. Ungehört und ungesehen blieb er lange dort stehen. Schließlich hockte er sich nieder, legte Baru den Arm um die Schulter und sagte leise: »Fasse Mut, mein Bruder. Du wenigstens bist am Leben geblieben.«

»Er war mein einziger Bruder«, klagte Baru.

Mutiso nickte. Es gab nichts auf diesem Bergrücken und dem nächsten und dem übernächsten, wovon Mutiso nichts wußte. Das Wissen suchte ihn auf, lauerte ihm auf wie ein Raubtier. Die wenigen, die davon ahnten, suchten ihn im Buschland auf, wo er die Ziegen hütete, und erbaten seinen Rat.

»Niemand wurde mit Land und Vieh geboren«, sagte er zum alten Baru. »*Ithiragira urakua.* Es kommt und es geht.«

Baru schüttelte den Kopf, als sei er damit nicht einverstanden, was er doch in Wirklichkeit war. Aber er war so verwirrt, und der erlittene Verlust war so groß, daß er selbst nicht mehr wußte, was richtig und was falsch war.

In der Ferne erstarb der Lärm des rasenden Fagio, um dann plötzlich wieder lauter zu werden. Wütend und unbedacht schaltete Pesa die Gänge des Fagio, als er die vielen Kurven zum Dorf hinunterfuhr, wo der inoffizielle Mittwochsmarkt voll im Gange war und wo Ndege, das menschliche Flugzeug, splitternackt umherschwirrte und sich vor den alten Marktfrauen unanständig benahm. Aber die Frauen störten sich nicht mehr an ihm, denn sie hatten gelernt, sein Verrücktsein zu akzeptieren, und sie kannten ihn jetzt als jemand, der unwiderruflich aber harmlos verrückt war.

Und während sich Konfuzius in all dem Marktgedränge auf Nahrungssuche begeben hatte, saß Juda auf seinem Hochsitz in der schiefen Windmühle, bereits zu drei Vierteln um den Verstand gebracht von einer Mischung aus Honigbier, Maisbier und Hopfenbier, angewärmt von ein paar Flaschen *miti*, einem gefährlich alkoholischen Medizingetränk, über das sich weder das Gesetz noch die Kräuterheiler einigen konnten, ob es ein Heil- oder ein Rauschmittel war, das sich jedoch, weil es billiger als jedes Bier war, bei den örtlichen Alkoholikern großen Zuspruchs erfreute. Er überlegte soeben, ob er herunterklettern und zum Freilufturinal hinter der Fujo Bar gehen oder einfach seinen Hosenschlitz öffnen und es den Marktfrauen unter ihm direkt auf den Kopf geben sollte.

Er hatte bereits zwei lange und polternde Reden gehalten, eine über die Vorschläge zur Verbesserung des Marktplatzes, die jedermann befürwortete, ohne jedoch die Tatsache zu akzeptieren, daß sie für die Verbesserungen würden zahlen müssen; in der anderen Rede hatte er sein altes Lieblingsthema behandelt, nämlich das Ausheben von Latrinengruben – ein Projekt, das die Leute nie ganz unterstützen würden, denn sie argumentierten, es sei so viel einfacher, ins Gebüsch zu gehen. Außerdem wies Ndege darauf hin, daß die Dorfköter, die aufräumten, nachdem die Leute im Gebüsch gewesen waren, verhungern würden, oder, was noch schlimmer wäre, sich daran machen würden, Hühner und Kinder zu stehlen.

Doch ganz im Gegensatz zu Daktari Choo, dem Gesundheitsinspektor, dessen Pflicht und Aufgabe es war, Kambi und die umliegenden Dörfer sauber zu halten, hatte sich Juda geschworen, seine Leute niemals aufzugeben, egal wie beharrlich dumm und eigensinnig sie auch sein mochten.

Deshalb schnitt Juda jedesmal, wenn er keine neuen Ideen mehr hatte und noch zu verärgert mit seinen Leuten war, um herabzuklettern und in die Fujo Bar zu gehen, das alte Thema der Latrinengruben an. Obwohl sie meistens so taten, als hörten sie nicht zu, war er sich ganz sicher, daß einige sehr wohl zuhörten und vielleicht auch eines Tages etwas Entsprechendes tun würden, und sei es nur, damit er ihnen nicht mehr in den Ohren läge.

Juda zog eben in Betracht ein Schläfchen zu machen, da ihn nun die volle Wirkung der Mixturen, die er getrunken hatte, überkam, als der Fagio wie ein verrückter Teufel, mit dem Höllenlärm klappernden Metalls und leerer Dieselfässer, was einen Augenblick lang wie Donnergetöse an einem hellen Sonnentag klang, auf den Marktplatz raste und mit kreischenden Bremsen vor der Tajiri Bar hielt. Baba Pesa stieg aus, schlug die Tür krachend zu, blieb noch einmal stehen, um sich den Schaden zu betrachten und sagte zu niemandem im besonderen: »Hier siehst du, was ein Narr und sein Ochse meinem Wagen angetan haben!«

Dann fegte er wütend in die Bar und gesellte sich zu den Mitgliedern an der Theke.

Von der Windmühle aus schaute Juda zu und überlegte, ob er einen Streit mit seinem Vater und der örtlichen Mafia in der Tajiri Bar vom Zaun brechen oder eher noch eine von den verschiedenen offengebliebenen Streitfragen klären sollte. Dann unterbrach er seine Überlegungen, als er in der Ferne eine unheilverkündende Staubwolke auftauchen und näherkommen sah. Von seinem Hochsitz auf der Windmühle hatte er freie Sicht über die Gebäude und die Bäume bis hin zur letzten Biegung der Straße, ehe sie in die Hauptstraße mündete, und das Fahrzeug, das sich nun von dort näherte, war zweifelsohne ein Polizeifahrzeug.

Juda beobachtete ein wenig gelangweilt, ein wenig ängstlich, wie der Wagen langsam herankam, und obwohl er überlegte, herunterzuklettern und in der Fujo Bar zu verschwinden, blieb er schließlich doch einfach sitzen und schaute zu.

Und so geschah es, daß die Bürger von Kambi und die Teilnehmer am inoffiziellen Mittwochsmarkt, der, weil er eben nicht offiziell war, eine illegale Versammlung darstellte, keine Ahnung hatten, was da auf sie zukam, bis der blaue Volvo plötzlich auf den Marktplatz fuhr und vor der Miti Bar zum Stehen kam.

Eine neugierige Stille überfiel den Marktplatz. Dann, als es sich herumsprach, wurde die Neugierde zur Angst, und die Schwachherzigen schlüpften in die nahegelegenen Läden und suchten heimlich Zuflucht in den Bars.

Von seinem Hochsitz aus schaute Juda direkt in das Auto hinein, von wo der OCS schweigend die Marktszenerie beobachtete, als sähe er hier die seltsamste Ansammlung von Narren, Idioten und Verrückten, die ihm jemals begegnet sei – was ja durchaus der Wirklichkeit entsprach – und sich überlegte, was er mit all den Leuten anfangen sollte, da er nicht über genügend Zellen verfügte, um so viele Gesetzesübertreter einzusperren. Dann schaute er nach oben und ihre Blicke prallten aufeinander, blieben ineinander hängen und maßen sich mit so gewaltiger Kraft, daß es Juda fast von der Windmühle warf. Dem OCS waren bislang sehr wenige Gesetzesübertreter begegnet, die ihm Trotz geboten hatten. Und obwohl sie es dann alle letztlich bedauert hatten, war die Erfahrung, die sie gemacht hatten, nicht nur sehr aufregend gewesen, sondern extrem beunruhigend.

Er winkte ihm, herunterzukommen.

Juda schaute zu.

Er winkte wieder.

Juda schaute zu und wartete ab.

Nun stieg ein Polizist aus dem Wagen, drängte sich durch die Menge zum Fuß der Windmühle und rief zu Juda hinauf.

»Du!«

»Wer, ich?«

»Ja, du!«

»Was ist?«

»Er möchte mit dir sprechen.«

»Wer möchte mit mir sprechen?«

»Er.«

»Worüber?«

Der Polizist zögerte. Es war offensichtlich, daß er keine Ahnung hatte. Dieser andere Stil der Polizeiarbeit per Delegierung war für ihn ein eindeutig neues Konzept.

»Frag ihn doch«, schlug Juda vor.

Der Polizist wandte sich um und ging unsicher zum Wagen

zurück, wobei er Sekunde für Sekunde kleiner wurde, so daß er, als er wieder bei seinem Chef angekommen war, ungefähr die Größe eines Flohs hatte und kein Polizist mehr sein wollte. Er führte einen sehr kurzen, sehr demoralisierenden Wortwechsel mit dem OCS, dann zeigte er in Judas Richtung und schien zu sagen: »Das ist ein Teufel und kein Mensch.«

Nach einem kurzen Augenblick öffnete der OCS die Tür und stieg aus. Er reckte sich, um seine elegante schwarze Uniform zurechtzuziehen, denn er war ein äußerst verdienter und hoher Polizeibeamter, dabei machte er eine derart beeindruckende und ehrfurchtgebietende Figur, daß sich auf einen Blick von ihm der halbe Marktplatz leerte. Die Übrigen duckten vor ihm und versuchten, sich wie Schafe in ihrem gegenseitigen Schatten zu verstekken.

Er rückte den Revolver an seinem Gürtel zurecht. Dann schlug er sich mit seinem Spazierstöckchen in die linke Hand, um den noch Verbliebenen Zeit zu geben, sich aus dem Staub zu machen, und überschaute die Versammlung. Er war größer als die meisten, und es stimmte, daß sein unfreundliches Gesicht keine menschlichen Qualitäten aufwies. Nur Choma Chomas Bulldogge, Sura Mbaya, sah nahezu so häßlich und abstoßend aus wie er.

Dann kam er langsam heran. Er ging in gerader Linie durch die versammelte Menge, schob Menschen durch die bloße Gewalt seiner Gegenwart aus dem Weg, ließ sie schwanken wie Schilfgras im Sturm, daß sie sich nach hinten bogen, um ihm Platz zu machen, bis sie umfielen. Und noch immer schritt er voran, trat auf Waren und Verkäufer, so daß sie sich beeilen mußten, ihm aus dem Weg zu gehen, sonst liefen sie Gefahr, zertrampelt zu werden. Er schritt aus, bis er unter der schiefen Windmühle stand, auf der Juda hoch oben wie ein unheimlicher Menschenaffe hockte. Dann schaute er langsam und mit Nachdruck nach oben, und wieder warf er Juda mit einem bloßen Blick fast von der Windmühle.

»Du!« bellte er.

»Wer, ich?«

»Du!«

»Was ist?«

»Was tust du da oben?«

»Sitzen!«

Irgendwo zwischen all den Menschen lachte Ndege. Alle duckten sich, als der OCS mit einem vernichtenden Blick die Menge streifte.

»Ist diese Versammlung zugelassen?« fragte er.

Niemand hatte die leiseste Ahnung. Der OCS schaute alle scharf an, merkte sich Gesichter für zukünftige Nachfragen, wandte sich wieder an Juda und wiederholte die Frage.

»Welche Versammlung?« fragte Juda.

»Diese hier«, bedeutete er mit einer Armbewegung.

»Sind Sie denn noch nie auf einem Markt gewesen?« fragte ihn Juda.

»Markt?« sagte der OCS zu der Menge. »Soweit ich informiert bin, ist der Samstag euer Markttag.«

»Der Ziegenmarkt ist samstags«, sagte Juda. »Heute ist hier Flohmarkt!«

»Ich habe schon gesagt, ich weiß von keinem Mittwochsmarkt in Kambi!« sagte der OCS streng.

»Das ist möglicherweise so, weil Sie hier neu sind und uns nicht kennen«, sagte Juda. »Dieser Markt ist älter als die meisten von uns.«

Der OCS schaute von Juda auf die Leute vom Markt.

»Wo ist euer Chief?« fragte er.

Keiner wußte, wo er war.

»Und was ist mit dem stellvertretenden Chief?«

Man hatte ihn schon viel länger nicht mehr gesehen, doch Ndege, da er verrückt und deshalb nicht nur unberührt von allen Protokollfragen war, sondern auch über dem Gesetz selbst stand, berichtete, daß Pata Potea drüben bei Mzee Hiti sei und das Fleisch einer toten Kuh äße.

»Wo?« wollte der OCS wissen.

»Drüben, über dem nächsten Bergrücken«, antwortete Ndege, von dem der OCS noch nicht wußte, daß er der regierende Verrückte von Kambi war.

»Geh und hol ihn!« befahl der OCS.

»Wer, ich?« fragte Ndege.
»Ja, du!«
»Warum ich?«
»Du weißt, wo er ist!«
»Wer, ich?«
»Ja, du!«
»Wer hat das gesagt?«
»Du hast es mir eben erzählt!«
»Wer, ich?«
»Ja, du!«
»*Nani nasema*? Wer hat das gesagt?«

Der OCS hatte einen Lichtblick, und ihm wurde klar, mit wem er sich auseinandersetzte. Er wandte sich der Menge zu und befahl ihnen auseinanderzugehen.

»Euer Markttag ist der Samstag!« informierte er sie. »Packt jetzt euren Kram zusammen, und wehe euch, wenn ich euch mittwochs nocheinmal hier erwische!«

Sie begannen ihre Waren zusammenzupacken, nicht ganz sicher, was hier eigentlich vor sich ging, doch sich durchaus der Gefahr bewußt, die sich aus dem Nichtbefolgen der Befehle des neuen OCS ergab. Sie hatten es allen weitergesagt, sogar deutlicher, als er es selbst erwartet hätte. Ob man es glauben wollte oder nicht, in Kambi lebten in stiller Zurückgezogenheit mehrere landesweit bekannte Gangster und Verbrecher, Überlebende der Razzien des Mwathi Matata, die sich mit Furcht und Zittern des berüchtigten Sura Mbaya erinnerten, dessen Umgang mit seinem Dienstrevolver ebenso legendär war wie seine tödliche Faust.

»*Wewe*!« bellte er Juda an. »Du!«
»Wer, ich?«
»Ja, du!«
»Warum?« fragte Juda.
»Du stehst unter Arrest!«
»Wer, ich?«
»Ja, du!«
»Warum?«

Der Inspektor hatte nun die Nase endgültig voll, öffnete das

Halfter seines Revolvers, zeigte mit einer vernichtenden Geste auf Juda und sagte: »Ich gebe dir eine Minute, um herunterzukommen!«

»Warum?« fragte Juda.

Der OCS riß den Revolver aus dem Halfter und gab zwei Schüsse auf den Mann auf der Windmühle ab. Die Geschosse schlugen in die Querträger ein, prallten ab und zischten durch die Windmühlenflügel. Die Marktfrauen erhoben ein entsetzliches Klagegeschrei, als Juda von seinem Hochsitz fiel und mit einem mächtigen Krachen mitten unter ihnen landete.

Und als das Echo der Schüsse über den Hügeln verhallte, fiel ein großes Schweigen über den Marktplatz. Die Marktfrauen versuchten hektisch, Juda von der Masse von Stoffen und anderen Marktwaren zu befreien, in die er hineingefallen war. Der OCS, der seiner Pflicht gründlich und ordentlich nachgekommen war und seinen Ruf gewahrt hatte, steckte den Revolver in das Halfter zurück und rieb sich die Hände.

Und dann erhob sich Juda plötzlich wie durch ein Wunder aus der vielfältigen Menge der Dinge, die seinen Sturz gebremst und ihn vor ernstem Schaden, ja, vielleicht vor dem Tod bewahrt hatten, grinste die besorgten Marktfrauen an und versicherte ihnen, daß er in der Tat vollkommen unverletzt geblieben sei.

»Er kann nicht einmal gerade schießen«, sagte er.

Worauf der OCS vollkommen ausrastete. Hemmungslos fluchend griff er nach seiner Schußwaffe und hätte Juda an Ort und Stelle erschossen, hätten sich die Marktfrauen nicht auf Juda geworfen und ihn mit ihren Körpern beschützt.

Als hätten sie aus dieser spontanen Reaktion der Marktfrauen Mut geschöpft, kamen jetzt die Polizisten aus der Begleitung des OCS herbei, zerrten ihn ins Auto und fuhren unter schrecklichen Flüchen, zurückzukommen und mit dem Dorf Kambi abzurechnen, davon.

Und alsbald kamen die Männer, die beim Anblick der Polizei wie unbeschnittene Knaben weggelaufen waren, und jene, die beim Knallen der Schüsse zu Boden gefallen waren und versucht hatten, sich hinter den Säcken voll Waren zu verstecken, zurückgerannt, um zu zeigen, wie tapfer sie gewesen waren, und um ihrer Verwunderung darüber Ausdruck zu geben, daß Juda nicht tot war. Es dauerte nicht lange, so fieberte der ganze Markt vor Aufregung, als sich die Geschichte der Ereignisse, die zu den Schüssen geführt hatten, immer weiter ausdehnte, gedreht und gewendet wurde, bis sie schließlich so verzerrt war, daß niemand sich mehr erinnern konnte, was sich in Wirklichkeit zugetragen hatte.

Baba Pesa kam über den Platz gerannt und bahnte sich schnaufend und prustend einen Weg durch die Menge, bis er vor Juda stand, der sich von den Schutzbemühungen der Marktfrauen, in deren Verlauf er fast erstickt worden wäre, erholte. Er schaute vollkommen ungläubig auf seinen Sohn hinab, und weil er nie sehr gut mit Worten umgehen konnte, wenn er außer Atem war, fragte er: »Was tust du hier?«

»Warum?« fragte Juda.

»Bist du nicht tot?«

»Überhaupt nicht«, sagte Juda.

»Man hat mir gesagt, du seist tot!«

»Noch nicht«, sagte Juda.

»Durch den Kopf geschossen, sagten sie.«

»Nichts dergleichen.«

»Warum?«

»Er hat nicht getroffen.«

»Wie?«

»Wie wohl?«

Juda kratzte sich am Kopf und überlegte, warum er jetzt mit seinem Vater sprach. Als nun die Marktfrauen Baba Pesa umringten und ihm schnell und aus erster Hand berichteten, wie sie das Leben seines Sohnes gerettet hatten, kamen Judas Freunde ihrem Kameraden zu Hilfe und führten ihn mit sich in die Fujo Bar, wobei sie das Ausmaß seiner verrückten Handlungsweise zutiefst bewunderten.

»Profethar«, sagten sie. »Dieser Mann hat dich fast umgebracht.«

»*Hakuna*«, sagte er. »Überhaupt nicht!«

»Dieser Mann ist tödlich«, sagten sie. »Er kann dich einfach fertigmachen, *kabisa*!«

»*Wapi*?« fragte Juda. »Ist er denn Gott?«

Doch FFU, der viel älter und weiser war als die meisten von ihnen, zog Juda beiseite und ließ ihn angelegentlich wissen, daß die Ankunft des neuen OCS in der Tat eine sehr schlechte Nachricht sei, und bat ihn, doch am Leben zu bleiben, bis er alle anstehenden Schulden bezahlt habe.

»Dieser Mann hat viele meiner besten Freunde umgebracht«, sagte er. »Wir nannten ihn Sura Mbaya. Es ist in der Tat eine sehr schlechte Nachricht.«

Und nun verbreitete sich die Nachricht von den Ereignissen so schnell wie ein schreckliches Buschfeuer über alle Bergrücken, und die Leute strömten nach Kambi, stellten sich unter die schiefe Windmühle und wollten von den Frauen, die schließlich Juda Pesas Leben gerettet hatten, hören, wie die Revolverkugeln an seinem Kopf abgeprallt und in den Wolken verschwunden waren.

KAPITEL SECHZEHN

Mit der Zeit wurde Judas Konfrontation mit Du-kannst-es-allen-weitersagen zur Legende. Schließlich gab es so viele Versionen der Geschichte, wie es Erzähler gab. Doch keine der Versionen, die ihren Weg zu Mama Pesa fanden, stammte von Pesa oder von seinem Sohn. Diese Geschichten wurden hauptsächlich von Njara, dem Mechaniker, verbreitet, und der wiederum hatte die dutzend Versionen von seinem Bruder Ndege, dem Verrückten, gehört, der schwor, daß alle Geschichten wahr seien. Er behauptete auch, daß er selbst einen Krieg der Wörter mit dem OCS geführt habe, ehe Juda es mit ihm aufnahm. Mama Pesa hörte sich alle diese Geschichten an und hielt sie für ebenso unwahrscheinlich wie die Geschichte von dem Bananenregen, der angeblich auf ein namenloses Dorf auf dem nächsten Bergrücken niedergegangen sei. Demzufolge war sie die einzige, die unbeeindruckt geblieben war und nicht halb so alarmiert, wie sie hätte sein sollen.

Mutiso, der alles glaubte, was über Juda erzählt wurde, äußerte größte Befürchtungen, daß der Kugelhagel, der in einer der Versionen an Judas Kopf abgeprallt und in den Wolken verschwunden war, eines Tages wieder zur Erde zurückkehren und auf einem unschuldigen Kopf landen könnte, dessen Schädeldecke nicht halb so hart war wie die Judas. Aus diesem Grunde hatte er es sich zur Gewohnheit gemacht, mit einem alten Taschentuch auf dem Kopf herumzulaufen und von Zeit zu Zeit Blicke nach oben zu werfen und nach allem Ausschau zu halten, was nicht nach Vogeldreck aussah.

Und so ging er eines Tages den Pfad entlang, der zum Gehöft der Barus führte – mit einem Auge in den Wolken und dem anderen auf der Erde – als er dem alten Baru begegnete, der eigenhändig seine beiden Ziegen neben dem Weg hütete; er lehnte auf seinem Hirtenstab und betrachtete die Ziegen mit großer Intensität, als fürchte er, sie würden ihm weglaufen, obwohl sie an einen Busch angebunden waren.

Als Mutiso näherkam, schaute Baru auf, sah, wer es war, und schaute wieder seinen fressenden Ziegen zu.

»Ich grüße dich«, sagte Mutiso.

»Ich grüße dich«, antwortete er.

»Hast du zufällig ein wenig Tabak?«

Diese Frage, die beste Möglichkeit, mit Rauchern, Schnupfern und Abstinenzlern ein Gespräch zu beginnen, rief bei dem Trauernden wenig Begeisterung hervor. Wortlos suchte er seine Schnupftabaksdose, eine alte Kakaobüchse, und reichte sie Mutiso.

Mutiso hockte sich nieder, um den Tabak besser genießen zu können, öffnete die Büchse und nahm absichtlich winzige Prisen, dabei konzentrierte sich sein ganzes Sein auf einen fernen Ort am Horizont, von dem er annahm, daß dort das Paradies der Schnupfer sein könnte. Zwei stille Prisen zuerst und dann etwas später das Niesen, denn würde er nicht zumindest einmal niesen, konnte er nicht behaupten, den Tabak richtig genossen zu haben. Er wandte sich wieder Baru zu und lobte seinen Tabak.

»Seit drei Tagen habe ich keine Prise mehr gehabt«, sagte er. »Das hier ist sehr guter Tabak.«

»Nimm was davon mit«, sagte Baru.

Da in der Büchse nur noch ein kleiner Rest war, lehnte Mutiso das Angebot taktvoll ab.

»Deine Ziegen sehen gut aus«, sagte er.

»Es sind nur zwei«, sagte Baru.

»Die Herde wird wachsen«, bemerkte Mutiso. »Ziegenherden wachsen schnell.«

Doch das Wachstum war nicht das Problem. Wie Mutiso nur zu gut wußte, produzierten die Baru Ziegen stets Zwillinge. Das wirkliche Problem lag darin, daß Baru sie fast so schnell verkaufte, wie sie geboren wurden, um Bargeld für dies und jenes zu haben, und oft genug betrogen ihn die Metzger unten im Dorf nicht nur, sondern bezahlten den vereinbarten Preis in kleinen Raten, so daß schließlich das Geld nie reichte, um die finanzielle Krise beizulegen, wegen der die Ziege ursprünglich verkauft wurde.

Mutiso erhob sich und gab ihm die Tabaksdose zurück.

»Es tut mir leid wegen deinem Ochsen«, sagte er zum zehnten Mal in drei Tagen.

Baru hatte aufgehört sich zu fragen, ob Baba Pesa es nicht doch für angebracht hielte, ihm den toten Ochsen zu bezahlen, und machte sich stattdessen Sorgen, daß er ihm die Kosten für den Schaden an dem Wagen aufbürden würde, der seinen Ochsen getötet hatte.

»Er hat mich zu dir geschickt«, sagte Mutiso leise. »Ich soll fragen, ob er Fleisch für seine Hunde von dir kaufen könne.«

»Was für Fleisch?«

»Vom Ochsen.«

Baru packte seine *panga*, als wolle er auf Mutiso losgehen.

»Er lacht mich aus«, sagte er. »Nun lacht mich der reiche Mann auch noch aus!«

»Fasse Mut, mein Bruder«, sagte Mutiso.

Baru schwieg eine lange Zeit, während der er den Mut und die Kraft sammelte, um zu sagen, was er zu sagen hatte.

»Tinga-Tinga war mein Bruder«, sagte er.

»Ja, das hast du mir gesagt«, nickte Mutiso.

»Wir konnten ihn nicht essen, denn wir sind keine Kannibalen«, sagte Baru. »Wir haben ihn begraben. Dort drüben.«

Mutiso nickte weiter. Auch er hatte gehofft, daß ähnliches geschehen würde.

»Also sagst du dem Vater allen Geldes folgendes: Auch wir haben einen Hund, und er hat den Ochsen nicht gefressen.«

Als Mutiso auf dem Rückweg war, begegnete ihm Juda, der ein Paar saubere Jeans anhatte und das rote T-shirt mit dem Aufdruck RELAX. Er sah frisch und jung aus, als hätte er eben sein wöchentliches Bad genommen.

»Mutiso!« rief Juda.

»*Yuda*«, erwiderte Mutiso wie gewöhnlich.

»*Wapi mbuzi*? Wo hast du denn die Ziegen?«

Mutiso lachte. Er hatte sich längst an die Späße des jungen Mannes gewöhnt.

»Wo gehst du hin?« fragte er.

»Ich geh mit Margaret zur Sonntagsschule!«

»Was?«

»Nur die Ruhe, Alter«, lachte Juda. »Nicht die Schule, die du meinst. Wir gehen hinunter nach Kambi, trinken eine Coke und schauen den Fanatikern zu.«

»*Nani hao*?« fragte Mutiso. »Wer ist das denn?«

»Die Leute, die denken, sie hätten Gott für sich gepachtet!«

Da Mutiso jedoch noch nie an einem Sonntag in Kambi gewesen war, war er ihnen noch nie begegnet und hatte deshalb keine Ahnung, wen Juda meinte. Er schüttelte den Kopf und sagte: »*Lakini Yuda*!«, und dabei beließ er es.

Baba Pesas Auto stand noch in der Einfahrt, wo Pesa es nach der Rückkehr vom Ausflug in die Kirche gelassen hatte. Njara, der Mechaniker, der es wie die Pest haßte, Autos zu waschen, wusch es langsam und widerwillig, während Elija vom Schatten eines Flaschenbürstenbaums aus die Operation dirigierte.

Nach einem befriedigenden Mittagessen mit *matumbo*-Eintopf und zerstampften Bananen, saß Baba Pesa in seinem Schaukelstuhl und döste vor sich hin, obwohl er so tat, als lese er den *Sunday Citizen*. Die Ölkrise hatte sich verschlimmert, nicht nur auf der Farm der Pesas, sondern weltweit. Obwohl niemand zur Hand war, der ihm dieses Wort hätte erklären können, da Juda weggegangen war, um sich zu betrinken, wußte Pesa, daß dies in der Tat eine sehr schlechte Nachricht war. Neben ihm stopfte Mama Pesa Elijas Socken, während Penina in einem amerikanischen Schundroman las, der zweimal so groß war wie ihr Kopf, was bei ihrem Vater die Frage aufwarf, wie sie es bloß machte, so etwas Großes zu verstehen.

Als er aufschaute, sah er Mutiso müde und langsam zur Einfahrt hereinkommen, den Hirtenstab trug er quer über den Schultern, mit den darübergelegten Armen hielt er ihn fest.

»Mutiso!« rief Pesa. »*Kuja hapa!* Komm her!«

Mutiso ging langsam zur Veranda, blieb da stehen, wo der Schatten begann und sagte schließlich: »*Ndiyo*?«

»Wo bist du gewesen?« fragte Baba Pesa.

»Dort, wo du mich hingeschickt hast, Baba.«

»*Wapi?* Wo?«

»*Kwa Mzee Baru.*«

»Und wo ist das Fleisch für die Hunde?«

»*Hakuna.*«

»Willst du sagen, sie haben es alles aufgegessen?«

»*Hapana*«, sagte Mutiso. »*Malisika ile ndume.*«

»Sie haben den Ochsen begraben?«

»*Ndiyo.*«

Ungläubig schüttelte Baba Pesa den Kopf.

»Diese Leute sind schlimmer als Narren«, sagte er zu Mutiso. »Sie sind krank. Warum vergraben sie Hundefleisch, wo sie doch selbst fast vor Hunger sterben?«

Mutiso lächelte, um zu verbergen, wie peinlich ihm diese Worte waren, während Penina, die ihren Vater äußerst komisch fand, hinter ihrem Buch lachte.

»*Haya, kwenda kwa mbuzi*«, sagte Baba Pesa zu Mutiso.

»Warte«, sagte Mama Pesa. »Willst du nicht ein wenig Tee, ehe du wieder zu den Ziegen gehst?«

Auf dem niederen Tisch stand eine Tasse, gerade richtig für einen unerwarteten Gast; Mama Pesa füllte sie und reichte sie Mutiso. Er saß auf der niederen Verandamauer, etwas, das Juda angefangen hatte, als er von der Universität zurückgekommen war – eine Praxis jedoch, die Baba Pesa absolut nicht leiden mochte, obwohl er es oft genug selber tat.

»*Kaa kwa kiti*«, befahl er ihm deshalb. »Setz dich auf einen Stuhl!«

Mutiso gehorchte und suchte sich einen Platz so weit weg von Baba Pesa wie nur irgend möglich. Da Baba Pesa ihn beschuldigte, wie ein alter Ziegenbock zu stinken, versuchte Mutiso wo irgend möglich, seine Nähe zu meiden. Mama Pesa hatte einmal angeboten, ihm die Kleider zu waschen, doch nach mehreren Versuchen gab sie es wieder auf, denn es brachte Mutiso noch viel mehr in Verlegenheit als Baba Pesas höhnischer Spott.

»Ist Juda dort?« fragte Mama Pesa.

»Ja«, antwortete Mutiso.

»Dann hat er jetzt seinen wahren Platz im Leben gefunden«, sagte

Baba Pesa sarkastisch. »Bei diesen kleinen Leuten. Was geben sie ihm denn, weißt du das?«

Mutiso schüttelte den Kopf.

»Sie sollten ihn adoptieren«, sagte Baba Pesa. »Dann hätte er reichlich von dem schändlichen Elend, das er sich so sehr wünscht.«

Dazu hatte Mutiso seine eigene Meinung, doch er wußte, daß sie hier nicht erwünscht war, und behielt sie deshalb für sich.

»Weißt du, was er neulich zu mir gesagt hat?« fragte Baba Pesa.

»Nein«, sagte Mutiso.

»Ich spreche mit Mama, nicht mit dir.«

»Was?« fragte Mama Pesa.

»Vor Mutiso kann ich dir das nicht sagen.«

Was wiederum Mama Pesa peinlich war und Penina kichern ließ.

»Aber«, sagte Mama Pesa. »Er trinkt nicht mehr so viel wie früher.«

»Was macht das schon aus?«

Ob es Baba Pesa paßte oder nicht, es machte verdammt viel aus. Zum einen vermißten ihn seine wahren Freunde sehr – die Jungs, für die es keine Aussichten im Leben gab. Sein Fehlen brachte ihr tägliches Leben vollkommen durcheinander. Sie wurden unruhig und trugen unüberwachte Kriege untereinander aus. Manchmal gab es drei oder vier Schlägereien in einer Nacht. Zum zweiten war FFU wütend. Er schickte Juda mehrere Botschaften und drohte ihm, alle ausstehenden Kredite zu streichen, wenn Juda nicht ab sofort wieder seine Rolle als normaler Kunde bei ihm aufnähme.

Drittens und unmittelbar davon betroffen war der Besitzer des Settler's Store, der fast verrückt wurde, weil er sich nicht entschliessen konnte, was er nun eigentlich von Juda halten sollte, der in diesem Augenblick draußen vor dem Laden auf einer Bank saß und mit einem hoffnungslos schwangeren Mädchen, das halb so alt war wie er, Coca-Cola trank. Und da die Gerüchteküche von Thome nun eben mal so war, wie sie war, war er der einzige Mensch auf diesem Bergrücken und dem nächsten und dem übernächsten geblieben, der nicht wußte, wer dieses Mädchen war und was es mit ihr auf sich hatte.

In der Zwischenzeit überschlugen sich die *jua kali* Prediger und die Häretiker in ihren Predigtbemühungen. Die *Rastaman Redeemed Revival* Gruppe hatte ein batteriegeladenes Megaphon erworben und schrie die Konkurrenz damit nieder, und zwar mit ihrer eigenen Version der Wahrheit, die sie zum Beat einer wilden Bongotrommel und der vom Band gespielten Musik von Bob Marley unablässig in immer gleichbleibendem Sing-Sang wiederholte. Die Konkurrenz ließ sich nicht ausschalten und schlug tapfer mit ihren Sprechtüten zurück, und der Marktplatz verwandelte sich in kürzester Zeit vom Zirkus zum Tollhaus.

»Wenn du jemals auf der Suche nach Gott bist«, sagte Juda zu Margaret, »dann brauchst du erst gar nicht anzufangen, hier zu suchen.«

»Warum nicht?«

»Kannst du dir etwa vorstellen, daß ER sich hierhin setzt, um all diesen Quatsch zu übersetzen?«

Margaret lachte.

»Hör doch nur zu!«

»Wo sollte ich ihn dann suchen?«

»Du brauchst nicht weiter zu suchen als in deinem Herzen«, sagte er.

Das verstand sie ebensowenig wie die vielen anderen Dinge, die er ihr jeden Tag erzählte. Sie beschloß, die Bücher zu lesen, von denen er gesprochen hatte, wenn ihr das helfen würde, ihn zu verstehen.

Einer von Judas wahren Freunden kam auf dem Weg von einer Kneipe zur anderen, wo er eine dringende Sache zu erledigen hatte, bei ihnen vorüber. Er schaute Juda an, blieb stehen, dann ging er weiter. Einen Augenblick später kam er zurück und musterte Juda und das Mädchen eingehend. Wieder ging er weiter. Schließlich kehrte er noch einmal um und fragte unsicher: »Professor, bist du das?«

»Ja«, sagte Juda. »Ich bin's.«

»Was tust du hier?«

»Ich sitze.«

»Ich hab dich überall gesucht.«

»Warum?«

»Die andern haben gesagt, ich soll dich suchen.«

»Warum?«

»Wir haben uns gefragt, wo du abgeblieben bist.«

»Ihr braucht euch nicht mehr zu fragen, ich bin hier!«

»Kommst du heute nicht zu uns?«

»Nein.«

»Warum nicht?«

»Heute möchte ich mit diesem Mädchen hier sitzen und den Leuten da zuhören.«

»Warum?«

»Es gibt da Dinge, über die ich mir Sorgen mache«, sagte Juda. »Schwierige Dinge.«

»Was für Dinge?« fragte der Jugendliche. »Wir können dir helfen!«

»Nein«, sagte Juda zu ihm. »Niemand kann mir helfen.«

Der Junge war gekränkt.

»Ohne dich ist es langweilig«, sagte er.

»Ihr werdet schon zurecht kommen«, sagte Juda. »Später komme ich dann zu euch. Wenn ich das Mädchen nach Hause gebracht habe.«

Mit diesem Versprechen eilte der junge Mann in die Fujo Bar und ließ Juda allein, um seine neu gefundene Freiheit zu genießen, die Freiheit, einfach da zu sitzen und nichts zu tun, nicht einmal zu trinken. Margaret rückte näher und schmiegte sich an seine Seite und entdeckte zum ersten Mal, welch lebendiger und interessanter Ort das Dorf Kambi eigentlich war.

Die Ankunft des Polizeifahrzeugs erregte beachtliche Unruhe im Dorf. Es kam langsam und unerwartet; wie ein riesiger Büffel, zu Gewalt und Zerstörung entschlossen, schlich es sich durch die Lücke zwischen der Miti Bar und der Matumbo Metzgerei auf den Platz. Langsam und drohend, mit voll eingeschalteten Scheinwerfern und dem effektvoll blinkenden Blaulicht, fuhr es mehrere Male um den Platz, bis es schließlich vor der Miti Bar anhielt.

Inzwischen hatten einige der Fanatiker ihre Megaphone eingepackt und sich davongemacht. Unter Judas Bank gab Konfuzius ängstliche Laute von sich. Dann erwachte der Lautsprecher auf dem Fahrzeug zum Leben und befahl allen *jua kali* Predigern und allen anderen wirrköpfigen Predigern, die keine Predigtgenehmigung hatten, friedlich auseinanderzugehen, ansonsten würden drastische Maßnahmen folgen. Während sie dies alles zu verstehen versuchten, da sie bis jetzt geglaubt hatten, daß es keiner Genehmigung bedürfe, das Wort Gottes zu predigen, fuhr das Fahrzeug rückwärts an die Windmühle heran. Mehrere Polizisten stiegen aus, rissen die Fahne der *Rastaman Redeemed Revival* Gruppe herunter, trampelten mit den Füßen darauf herum und begannen eine Abschleppkette zwischen dem Fahrzeug und der Windmühle zu befestigen.

Juda beobachtete das Ganze und dachte: »Jetzt wird es ernst.«

»Was machen die denn?« fragte Margaret.

»Das Unmögliche,« antwortete Juda. »Sie werden gleich entdekken, was Schrottdiebe schon vor langer Zeit entdeckt haben – die Windmühle wurde so gebaut, daß sie die Menschheit überdauert!«

Der Jugendliche, der vor einiger Zeit bei ihnen vorübergekommen war, kam keuchend zurückgerannt und berichtete, daß die Polizei in der Tat im Begriff sei, Judas Thron zu stürzen.

»Sie wollten wissen, wo du seist«, sagte der junge Mann. »Warum du nicht auf der Windmühle säßest.«

»Ich sitze hier«, sagte Juda.

»Wir haben ihnen gesagt, du seist weggegangen.«

»Warum?«

»Wir wollten nicht, daß sie dir Prügel verpaßten.«

Juda nickte und drückte seinen Dank schweigend aus. Sie schauten zu, wie sich die Polizisten am Fundament der Windmühle zu schaffen machten. Der ganze Marktplatz schaute zu und fragte sich, was weiter geschehen würde.

»Sie wollen die Windmühle kaputtmachen«, sagte der Jugendliche.

»Das sehe ich auch«, sagte Juda verärgert.
»Willst du nicht etwas unternehmen?«
»Was?«
»Sie verprügeln?«
»Warum?«
»Weil sie deine Windmühle kaputtmachen!«
»Meine Windmühle?« Juda schüttelte den Kopf. »Warum ist das meine Windmühle? Ich bin erst seit wann hier?«
»Seit langem«, sagte der Jugendliche, der mit neunzehn Jahren nicht bis zwanzig zählen konnte.
Juda nickte und sagte: »Die Windmühle steht schon viel länger hier. Sie gehört den Menschen von Kambi, deshalb sollen sie sich wehren.«
»Aber«, der junge Mann wurde langsam böse, »was wird aus unseren Plänen, die Windmühle zu reparieren und den Menschen von Kambi Wasser zu verkaufen?«
»Das werden wir tun«, sagte Juda. »Eines Tages.«
»Und wie das?«
»Weil der Fortschritt nicht aufzuhalten ist«, sagte Juda. »Es ist allerdings sehr schwierig, mit all den Scheißkerls, die hier um den Weg sind, aber trotzdem unvermeidlich.«
Zwei der härtesten Schlägertypen von Kambi kamen mit einem dringenden Vorschlag, den Juda bitte bedenken wolle.
»Laß sie uns kurz und klein schlagen«, sagten sie.
»Weshalb?«
»Weil sie sich in unsere Zukunft einmischen.«
Juda war sehr versucht, diesem Vorschlag zuzustimmen. Auch er war es satt, daß sein Leben mit Füßen getreten wurde. Dann dachte er an das Mädchen, das so zufrieden an seiner Seite saß, und schüttelte den Kopf.
»Ich glaube nicht, daß es ihnen gelingt«, sagte er.
»Komm, wir schlagen sie trotzdem kurz und klein!«
Genau in diesem Augenblick war ein lautes Krachen zu hören und der heftige Lärm von etwas, das abgerissen wurde. Die riesige hintere Stoßstange des Polizeifahrzeugs riß ab, und der Wagen schoß auf zwei Rädern nach vorn über den Marktplatz, daß die

Zuschauer die Flucht ergriffen und die Hunde zu Tode erschreckt davonrannten. Eine Dornakazie hielt den Wagen schließlich auf – dort blieb er mit eingedellter Front und ohne die hintere Stoßstange stehen.

»Seht ihr!« sagte Juda. »Was hab ich euch gesagt?«

Dann fuhr der Polizeiwagen langsam und betreten wieder rückwärts an die Windmühle heran, und unter dem tollen Gelächter der Dorfleute und der Rastas, die darin eine göttliche Intervention sahen, nahmen sie verschämt die Kette von der Windmühle, warfen den Stoßdämpfer in den Kofferraum und fuhren auf demselben Weg, den sie gekommen waren, wieder davon.

»Nun«, sagte Juda. »Das wär's denn – für diesmal!«

Die Jugendlichen schauten ihn an, schauten das Mädchen an seiner Seite an und wußten nicht, was sie jetzt sagen oder tun sollten. Sie brauchten einen Drink, und nur Juda konnte für sie in der Fujo Bar Kredit bekommen. Und nun kam noch einer von ihnen mit einer Botschaft von der Polizei angerannt.

»Sie sagten, ihr Boss habe gesagt, wenn er dich jemals wieder auf der Windmühle erwischt, würde er dich kreuzigen.«

Dies, sagte sich Juda, ist in der Tat sehr ernst. Also dachte er lange, lange darüber nach, während seine wahren Freunde herumstanden und warteten. Schließlich wandte er sich nach Margaret um und sagte: »Wie würde es dir gefallen, mit mir nach Indien zu gehen?«

Margarets Herz blieb stehen. Es hörte so lange auf zu schlagen, daß sie dachte, sie würde sterben. Ihre Augen wurden glasig und ihren Körper durchfuhr ein ekstatisches Zittern, so daß sie weder sprechen noch denken konnte. Als sie schließlich wieder Atem holen konnte, legte sie ihm die Hand auf die Schulter und fragte: »Wirst du gehen?«

»Ich muß wohl«, sagte er.

Margaret völlig ungläubig: »Und ich kann mit?«

»Warum nicht?«

»Dein Vater!«

»Er wird alles daran setzen, mich von hier wegzubekommen«, sagte er.

»Aber Juda!« sagte einer seiner wahren Freunde. »Du kannst doch jetzt nicht von hier weg!«

»Warum nicht?«

»Wir brauchen dich hier!«

»Wofür?«

»Denk an alle unsere Pläne, was wird daraus?«

»Die laufen nicht weg!«

»Aber Juda«, sagte ein besonders niedergeschlagener wahrer Freund. »Du brauchst doch nicht nach Indien zu gehen, um Bücher zu lesen, die es hier auch gibt!«

»Ich weiß, was ich gesagt habe«, sagte Juda, der jetzt ziemlich verärgert war, denn ihr Jammern regte ihn auf. »Aber ich weiß auch, was ich jetzt tun muß!«

»Und was wird aus uns?« fragten sie ihn.

»Was wird aus euch?« fragte er sie.

»Was sollen wir ohne dich tun?«

»Genau das, was ihr getan habt, ehe ich zurückkam.«

Was nichts anderes war, als auf dem Marktplatz herumzulungern und sich sinnlos zu betrinken, ohne jede Hoffnung darauf, jemals dem finsteren Sumpf von Armut und Hoffnungslosigkeit entkommen zu können. Traurig schauten sie einander an und murrten, wie unfair dies alles sei. Juda versuchte, ihren Schmerz ein wenig zu lindern.

»Ich werde wieder zurückkommen«, sagte er.

»Wann?«

»Wenn Du-kannst-es-allen-weitersagen seiner Gewalttätigkeit müde wird und in den Ruhestand geht.«

»Aber das kann noch Jahre dauern!«

»Drei Jahre.«

»Woher weißt du das?«

»Er hat es mir gesagt«, sagte Juda. »Laßt also die Köpfe nicht hängen – in drei Jahren können wir da weitermachen, wo wir aufgehört haben.«

»In drei Jahren!« riefen sie außer sich.

Es stimmt, sie hatten mehr als drei Jahre ihres Lebens bereits vertan, doch das war früher gewesen, ehe sie begonnen hatten, für ihre Zukunft Pläne zu machen. Jetzt erschienen ihnen drei Jahre eine entsetzlich lange Wartezeit.

»Überlegt es euch«, sagte Juda und stand auf. »In der Zwischenzeit bringe ich das Mädchen nach Hause. Dann komme ich wieder, und wir trinken einen zusammen.«

Und auf dieser optimistischen Note gingen sie auseinander.

KAPITEL SIEBZEHN

Mit der Lücke, die Margaret Baru hinterlassen hatte, sah sich Baba Pesa mit einem Leben konfrontiert, das ruhiger, aber auch langweiliger war. Plötzlich beunruhigten ihn Dinge, um die er sich früher nie gekümmert hatte, zum Beispiel, mit wieviel wirklichen Arbeitsstunden seine Arbeiter den Tag ausfüllten, wieviel Sahne die Männer stahlen, die in der Molkerei arbeiteten, wie viele Eier seine Hühner legten und ob er wirklich die Schweine behalten sollte, die ihm doch keine Milch gaben, oder lieber die Schweineställe abbrechen lassen und stattdessen mehr Einstellplätze für Milchkühe bauen sollte. Alles Sorgen, die er bis jetzt Mama Pesas kompetenter Hand überlassen hatte. Am Tag jedoch, als er darüber nachzudenken begann, ob sich Schweinemilch möglicherweise gewinnbringend verkaufen ließe, beschloß er, allem Nachdenken Einhalt zu gebieten und wieder zum Handeln überzugehen, was jedoch leider unmöglich war, da Margaret aus seinem Leben verschwunden war. Er mußte zugeben, daß er sie vermißte, obwohl sie die Ursache für die Tragödie in seiner Familie war und das Schlimmste noch bevorstand.

Er konnte von all diesen Gedanken nicht loskommen, und es bestand auch kein Mangel an Dingen, über die man nachdenken konnte – von manchem hatte er überhaupt nichts gewußt. Es dauerte nicht lange, und er wurde zu einem schlechtgelaunten, an Schlaflosigkeit leidenden Mann. Nachts hielt er Mama Pesa mit Problemen wach, die sie nur halbwegs verstand, und fast so schnell, wie sie Lösungen fand, dachte er sich neue Probleme aus, über die man sich Sorgen machen konnte.

In besonders unruhigen Nächten saß er bis spät in die Nacht Pfeife rauchend auf der dunklen Veranda, die Füße in den Pantoffeln auf der niederen Mauer, und schaukelte sich sanft in seinem Stuhl.

Seine ihn im Augenblick am meisten beunruhigende Sorge war die globale Ölkrise. Penina hatte ihm endlich das Wort »global« erklärt, und er fühlte sich keineswegs durch die Entdeckung getröstet, daß er mit diesem Problem nicht allein war, und daß eine ungeheuerliche Energiekrise, deren Ende nicht einmal sein verläßlicher *Daily Citizen* vorauszusagen vermochte, die ganze Welt im Griff hielt.

»Was sollen wir denn tun?« hatte er Penina gefragt.

»Weswegen?«

»Wegen dem Pflügen?«

Natürlich hatte Penina keine Ahnung.

Spät in der Nacht noch saß Baba Pesa im Schlafanzug auf der Veranda. Rund um ihn her war die Nacht lebendig, wie sie es immer gewesen war, nur, er hatte dieses nächtliche Leben nie wahrgenommen. Die Nachtvögel riefen über die Zäune hinweg einander zu, die Grillen lärmten unaufhörlich, und in der Ferne bellten Hunde.

Mama Pesa kam mit einer Sturmlaterne, deren Licht die ganze Veranda erhellte und auf Baba Pesas sorgenvolles Gesicht fiel, aus dem Haus.

»Was willst du?« wollte er wissen.

»Es ist nach Mitternacht«, sagte sie bittend.

»Ich weiß«, knurrte er.

»Du kannst nicht die ganze Nacht hier sitzenbleiben.«

»Das werde ich auch nicht.«

»Komm ins Bett!«

»Später«, sagte er. »Ich muß noch über einiges nachdenken.«

Mama Pesa machte sich Sorgen. Sie konnte sich nicht erinnern, daß er seit jener Zeit, als er die Kommunalwahlen zugunsten eines Mannes von jenseits des Bergrückens, der weder halb so klug noch halb so reich war wie er, verloren hatte, jemals wieder so viel nachgedacht hätte.

»Über Juda?« fragte sie.

»Nein!«

»Worüber denn?«

»Wie man achtzig Hektar Land ohne Diesel pflügen kann.«

Mama Pesa überlegte.

»Wir könnten Männer zum Umgraben anheuern«, sagte sie. »Mit *jembes*.«

»Das würde Monate brauchen«, sagte er verärgert. »Die Regenzeit wird nicht ewig dauern.«

»Mit hundert Männern?«

»Woher willst du denn heutzutage hundert Männer hernehmen, die bereit sind, für ihr Geld auch ordentlich zu arbeiten?« fragte er sie. »Es sind doch nichts als Trunkenbolde und Besserwisser. Wie dein Sohn Juda.«

Das verletzte sie, und er bemerkte es, und deshalb versuchte er, mit ungewohnter Sanftmut den Patzer wieder gutzumachen.

»Geh du ruhig zu Bett«, sagte er. »Ich komme bald.«

»Soll ich dir die Lampe hierlassen?«

»Nein!«

»Gute Nacht, also.«

»Gute Nacht!«

Sie nahm die Lampe wieder mit ins Haus, und die Veranda lag ins Dunkel getaucht wie zuvor.

Baba Pesa rauchte und schaukelte und dachte nach, bis das Licht der Morgenröte hinter dem Hochland im Osten, hinter dem Berg Gottes, heraufdämmerte und sich ungleich über die Bergrücken und Täler und die Ebenen von Laikipia bis zum fernen Horizont verteilte und die Vögel weckte, ihr vielfältiges und immer fröhliches Morgenlied anzustimmen. Und dann, als das Singen der Vögel die Morgenluft erfüllte, legte er die Füße auf die niedere Mauer, faltete die Hände über seinem riesigen Bauch, schob die Lamborghini-Kappe über die Augen und schlief ein.

Der Lärm der Milchkannen und der Kälber, die nach ihren Müttern riefen, weckte ihn kaum eine Stunde später wieder auf. Er gähnte müde und wußte, daß er jetzt eigentlich schlafen könnte, deshalb suchte er seine Pfeife, die ihm beim Einschlafen hinuntergefallen war. Als er sich wieder aufrichtete, schaute er den Berg hinunter zu den Barus und erstarrte. Dann runzelte er ungläubig die Stirn. In dem dämmrigen Licht des Morgens sah er undeutlich Baru und seine Frau mit Sohn und Tochter bei schwerer Feldarbeit.

Es war zehn Minuten vor sechs. Es hatte allen Anschein, daß die Barus die ganze Nacht hindurch gearbeitet hatten.

Baru und Moses zogen den Pflug an Seilen, die sie sich über die Schulter gespannt hatten. Mama Baru und ihre Tochter Margaret schoben und lenkten die Pflugschar. Pesa schaute lange, lange fragend und überlegend zu. Langsam füllte er seine Pfeife, zündete sie an und lehnte sich an eine der Säulen, um weiter zu beobachten, was geschah.

»Narren!« sagte er schließlich.

Mama Pesa hatte den Tee fertig und wärmte sein Lieblingsfrühstück auf – gekochte Süßkartoffeln und Porridge – als er in die Küche stürmte.

»Hast du gut geschlafen?« fragte sie ihn.

Er brummte zustimmend, füllte einen *mugambo* Becher mit Tee und trug ihn hinaus auf die Veranda. Dort setzte er sich auf die verbotene Mauer, schlürfte seinen Tee und schaute zu, wie die Barus wegen des zusätzlichen Gewichts einen riesigen Felsbrocken auf den Pflug banden, um dann ihr langsames und schwerfälliges Manöver fortzusetzen.

Margaret stand eine Weile daneben und schaute zu, dann machte sie sich müde auf den Rückweg zur Hütte, aus der sich der Rauch durch das Grasdach ringelte, um mit dem frühen Morgenwind zu flirten.

Nachdem Baba Pesa ungefähr eine halbe Stunde lang gequält diese aussichtslose Pflügerei beobachtet hatte, kehrte er ins Haus zurück, um einen Augenblick später in seiner braunen Cordhose, einem T-shirt und einer Khakijacke wieder herauszukommen. Die Pfeife fest zwischen die Zähne geklemmt ging er zielbewußt hinüber zu den Scheunen, fuhr seinen Wagen, das Gottesgeschenk, heraus und raste wie üblich mit überzogener Geschwindigkeit den Berg hinunter.

Auf halbem Weg sah er eine Lücke, wo der Zaun eingebrochen war, und ohne anzuhalten schoß er hindurch und fuhr mit dem aufheulenden und waghalsig schaukelnden Fahrzeug, meistens mehr auf zwei Rädern als auf vieren, hinunter zu dem Feld der Barus.

Sie sahen, wie der große schwarze Mercedes durch die noch verbliebene Zaunhecke brach, und Furcht und Zittern überkam sie, als er wie ein riesiges schwarzes Monster, das wilde Sprünge über die Furchen machte, auf sie zukam.

Als der Wagen auf gleicher Höhe mit ihnen war, verwandelte sich die Furcht in Panik, und Baru, der seine *panga* nicht dabei hatte, hielt nach Steinen Ausschau, um sich und seine Familie zu verteidigen.

Dann hielt das Fahrzeug neben den Pflügern, und Baba Pesa stieg aus.

»Ich komme zum Helfen«, sagte er zu der erschreckten Familie.

Vater, Mutter und Sohn schauten ihn vollkommen entgeistert an. Pesas Blick ging vom einen zum andern, und er dachte: »Was sind das doch für elende Narren!«

»Steht nicht einfach herum!« bellte er. »Ich hab nicht den ganzen Tag Zeit. Bringt dieses Stück Eisen hierher!«

Er öffnete den Kofferraum und holte ein dickes Nylonabschleppseil heraus. Vom Schock noch immer wie in Trance, manövrierten sie den Pflug hinter das Auto. Dann, als der Pflug am Abschlepphaken des Wagens befestigt war, verstanden die Barus plötzlich, was er wollte.

»Jetzt paßt ihr beiden auf!« sagte Pesa zu Baru und Moses. »Haltet das Ding fest, und ich will sehen, was sich mit diesem Motor tun läßt!«

Er drehte den Zündschlüssel und fuhr langsam an. Der Pflug bockte und die Barumänner hielten ihn in eisernem Griff, als hätten sie einen wilden, ungezähmten Ochsen vor sich, und versuchten ihr Bestes, die Pflugschar so gleichmäßig wie möglich im Boden zu halten, trotz des Abschleppseils, das sich mit den Bewegungen des Wagens hob und senkte. Sie pflügten einmal die ganze Länge des Feldes entlang, ehe sie stehenblieben, um das Ergebnis zu prüfen.

»Nun«, sagte Pesa. »Was haltet ihr davon?«

»Nicht tief genug«, sagte Moses.

»Nicht gerade genug«, sagte Baru.

Aber Mama Baru, die bis jetzt erstarrt wie ein alter knorriger

Baum, der Rede unfähig, dagestanden hatte, schüttelte die lähmende Spannung von sich, und obwohl ihre Meinung nicht zählte, bemerkte sie gelassen: »Überhaupt nicht schlecht!«

»Wir brauchen mehr Gewicht«, sagte Baba Pesa zu ihr. »Setz dich auf den Felsbrocken, dann wollen wir sehen, wie es geht.«

Noch immer in ungläubiger Verwunderung und Benommenheit gehorchte Mama Baru, und das Team pflügte noch eine ganze Furche, ehe sie wieder stehenblieben, um zu vergleichen. Zugegebenermaßen war die Furche tiefer und auch gerader. Aber Mama Baru fiel ständig vom Pflug herunter, und vom Sitzen auf dem Stein tat ihr der Hintern weh, so daß eine bessere Lösung gefunden werden mußte.

»Holt mehr Steine!« befahl Pesa.

Während Vater und Sohn eilig nach passenden Steinbrocken für den Pflug suchten, zündete Pesa seine Pfeife an, spazierte auf und ab und inspizierte die Furchen, die sie gezogen hatten. Mama Baru war wieder vergessen, wie ein alter Baum, alleine beim Pflug zurückgeblieben und erwartete, jeden Augenblick zu erwachen und sich in einem echten Alptraum wiederzufinden.

Die Aktion mit den Steinen war noch nicht ganz zu Ende gebracht, als Margaret mit einer Kalebasse voll vergorenem Maisbrei wiederkam, ihn in kleine runde Kalebassen schöpfte und allen anbot. Als sie zu Baba Pesa kam, zögerte sie, lächelte ihn dann an und war sehr froh festzustellen, daß sie, dank Juda, keine Angst mehr vor ihm und eigentlich keine weitere Meinung über ihn hatte, so, als habe es ihn nie gegeben. Obwohl sie wußte, daß er den Maisbrei ablehnen und sich darüber lustig machen würde, bot sie ihm eine Kalebasse voll an und war überrascht, daß er danach langte und sagte: »Bist du in Rom...«

Und so machten sie die erste von vielen Pausen, lange ehe das Land vom Schlaf erwachte und die Sonne über dem Hochland aufging; und Elija Pesa war der erste, der sie entdeckte.

Elija hatte es sich angewöhnt, wie übrigens die meisten der Farmarbeiter außer Mutiso, der nur gelegentlichen, zufälligen Kontakt mit Wasser hatte, sich das Gesicht am Wasserhahn auf dem Rasen vor dem Haus zu waschen.

An diesem besonderen Morgen machte er sich nicht die Mühe, Seife zu benutzen. Er war zu bequem, auf dem Umweg über das Badezimmer die Seife zu holen, deshalb war sein Kopf hellwach und sein Blick klar, als er den Berg hinabschaute und etwas sah, das wie seines Vaters Gottesgeschenk aussah und für ein Fahrzeug seiner Art einer äußerst unnatürlichen Beschäftigung nachging. Es brauchte eine Weile, bis er glaubte, was seine Augen sahen, und noch eine Weile länger zu überlegen, was er davon halten sollte, und zu beschließen, daß diese Situation verrückt genug sei, um die vernünftigste Person auf der Welt darauf aufmerksam zu machen.

Mama Pesa war in der Küche und bereitete das aus Spiegeleiern und Pfannkuchen bestehende Frühstück, als er vollkommen aufgelöst hereinstürzte und kaum ein Wort sagen konnte.

»Was ist denn los, Kind?« fragte sie.

»Es ist Vater«, sagte er. »Er ist total verrückt!«

»Ich weiß, Kind«, sagte Mama Pesa. »Ich bin seit Jahren mit ihm verheiratet.«

»Aber diesmal ist es anders als sonst«, sagte Elija. »Diesmal ist es viel schlimmer!«

Mama Pesa schaute ihren Sohn scharf an und beschloß, daß er alarmiert genug aussah und daß etwas Aufmerksamkeit ihrerseits berechtigt wäre. Sie folgte ihm hinaus auf die Veranda; Penina, die Elijas Rufen nach der Mutter gehört hatte, kam im Nachthemd herausgerannt. Eine ganze Minute lang standen sie zusammen da, ehe jemand Worte finden konnte, die ihren Schock ausdrückten.

Drunten auf der Baru Farm trank Pesa aus einer Kalebasse und diskutierte heftig mit Baru, während die Familie überwältigt zuschaute. Ihre Meinungsverschiedenheit ausdiskutiert, stieg Pesa wieder in den Wagen. Baru und Moses eilten an den Pflug, und das Pflügen ging weiter.

»Du hast recht, Sohn«, sagte Mama Pesa schließlich. »Dieses Mal hat sich dein Vater selbst übertroffen!«

Penina war noch halb am Schlafen. Für sie hätte dies alles auch ein Traum sein können.

»Ich hätte es nie für möglich gehalten, noch zu erleben, daß dein

Vater irgendetwas für jemand anderes tun würde«, sagte Mama Pesa. »Geh und hol Mutiso!«

Elija rannte in den Ziegenstall, wo Mutiso am Melken war, und brachte ihn auf die Veranda.

»*Sema*?« fragte Mutiso.

»Du mußt dir das ansehen«, sagte Mama Pesa. »Schau dort hinunter zu den Barus. Aber nimm dir Zeit. Schau ganz genau hin, ehe du mir sagst, was du siehst!«

Mutiso folgte ihrem ausgestreckten Finger, der den Berg hinunter auf das Feld der Barus zeigte. Er kniff die Augen zusammen, bis ihm die Tränen kamen. Mama Baru hatte sich wieder auf den Pflug gesetzt, um ihm mehr Gewicht zu geben, während Margaret von der Seite aus zuschaute. Mutiso brauchte eine ganze rätselvolle Minute lang, um zuzugeben, daß er nicht schlau daraus wurde.

»Was tun sie denn?« fragte er Mama Pesa.

»Du hast doch Augen, Mutiso!«

»Ich sehe nicht sehr gut«, sagte er. »Woher hat Baru einen Wagen wie Baba Pesas?«

»Das ist nicht ein Wagen wie Baba Pesas, das ist Baba Pesas Wagen«, sagte Mama Pesa.

»*Wo lo lo lo*«, sagte Mutiso voll schmerzlicher Vorahnung. »Baba Pesa wird ihn jetzt umbringen.«

»Umbringen? Wen?«

»*Yuda*!«

»Mutiso!« rief Mama Pesa aus. »Es stimmt wirklich, daß du nicht sehr gut siehst!«

»Das ist Baba Pesa dort, der seinen eigenen Wagen fährt,« sagte Penina.

»Nein!« flüsterte Mutiso entsetzt. »Das ist unmöglich!«

Mama Pesa nickte ruhig, um ihn zu versichern, daß das Unmögliche in der Tat geschah, und er schaute von der Tochter auf den Sohn, und sie schauten vergnügt genug aus, daß er die Überzeugung gewann, daß dies kein Traum, sondern ein lebendig gewordener Alptraum sei.

»*Kweli, Mama*,« sagte er schließlich. »*Dunia ni mviringo.* Und obwohl ich nie Bier trinke – heute werde ich mich ordentlich betrinken!«

»Ich bin bereits betrunken«, sagte Mama Pesa zu ihm. »Los, Kinder, beeilt euch; holt Vaters Stiefel, und dann gehen wir hinunter und helfen mit.«

Bis sie sich alle angezogen und gefrühstückt hatten und bis Baba Pesas trittfeste, jeglichen Schlamm bewältigende Stiefel gefunden waren, die Stiefel, die er anzog, wenn er die Farmarbeiten inspizierte, um zu zeigen, daß es ihm ernst war, stand die Sonne schon hoch am Himmel, und die Pflüger machten eine erneute Maisbrei-Pause.

Baru und Pesa, auf deren schweißnassen Körpern der Staub zu schmierigem Lehm geworden war, knieten mit den Kalebassen in der Hand neben dem Pflug und diskutierten die Qualität der Pflugschar.

Barus Oberkörper war nackt, die grobe Hose bis zu den Knien aufgerollt. Pesa trug sein verstaubtes weißes Unterhemd, die Khakijacke und Pantoffeln hatte er längst ausgezogen, seine Füße waren schlüpfrig von Schweiß und Lehm.

»Ich hab den Pflug nicht gekauft«, sagte Baru. »Man hat ihn mir geschenkt. Zwanzig Jahre treue Dienste.«

»Kaum zu glauben, was sie mir schenkten, als ich in den Ruhestand ging«, sagte Baba Pesa.

»Ein Auto?«

Pesa schüttelte den Kopf.

»Geld?«

»Das wäre wenigstens etwas gewesen«, sagte der Mann, zu dem das Geld Daddy sagte. »Sie haben mir einen Füllfederhalter geschenkt.«

»Einen Füllfederhalter?«

»Einen goldenen Füllfederhalter.«

»Wofür?«

»Das habe ich sie auch gefragt.«

Baru, der noch viel weniger Verwendung für Papier und Schreibzeug hatte, da er nie die Gelegenheit gehabt hatte, die Anwendung dieser Dinge zu erlernen, war dies ein wenig peinlich. Um seine Verlegenheit zu verbergen, stellte er die Frage, die ihn beschäftigt hatte, seit Baba Pesa über sie hereingefallen und ihnen seine Hilfe aufgedrängt hatte.

»Warum tust du das?«

»Was?«

»Uns helfen!«

Baba Pesa lachte laut los und erschreckte damit die Familie Baru, die nur ein paar Schritte entfernt mit leisen Stimmen dieselbe Frage diskutiert hatte, besorgt, daß es sie möglicherweise ihr Land kosten könnte.

»Aus sehr eigensüchtigen Gründen, da kannst du sicher sein«, sagte Pesa zu Baru.

»Und was sind diese Gründe?« Panische Angst drohte Baru zu packen.

»Du hast doch gehört, daß ich kein Dieselöl mehr habe?«

»Nein«, sagte Baru wahrheitsgetreu, denn obwohl er der nächste Nachbar war, war er der Letzte, dem irgendetwas, was von dort ausging, zu Ohren kam. So gering war der Kontakt zwischen ihnen.

»Wenn dieses Stück Eisen dein Feld umpflügen kann«, sagte Pesa, »dann kann es vielleicht auch mein Land pflügen.«

Baru nickte schweigend und sagte: »Ich wußte, daß etwas dahintersteckte.«

»Ich tue niemals etwas umsonst«, versicherte ihm Baba Pesa.

Baru nickte noch immer voll Verwunderung, als die Familie Pesa ankam.

»Wir haben dir deine Stiefel gebracht«, sagte Mama Pesa zu ihrem Mann.

»Wozu?«

»Für deine Füße«, sagte sie. »Schau sie doch an! Wie konntest du bloß so hier herunterkommen?«

Baba Pesa schaute auf seine Füße hinunter, etwas, das er, soweit er sich erinnern konnte, seit langer Zeit nicht mehr getan hatte, und gestand sich sogar ein, daß sie in der Tat komisch aussahen, über und über mit Staub und Schweiß bedeckt, wie Ndeges, des Verrückten, Füße, der noch nie in seinem Leben Schuhe getragen hatte.

»Weißt du«, sagte er zu seiner Frau, »diesmal hat dieser betrunkene Sohn von dir ausnahmsweise einmal recht. Es fühlt sich echt gut an, die Füße in der Erde zu vergraben und eins zu sein mit dem Land.«

Der Mund blieb ihnen vor Verwunderung offenstehen, Penina grinste übers ganze Gesicht. Er lachte darüber hinweg und sagte: »Was red ich denn da? Kommt, wir arbeiten weiter!«

»Wir würden gerne helfen,« sagte Mama Pesa zu Mama Baru.

»Dafür sind wir sehr dankbar«, sagte Mama Baru. »Aber es gibt so wenig, was wir tun können.«

Und so ging das Pflügen weiter, diesmal noch gekonnter und zielbewußter. Es gab einige schmerzhafte Augenblicke, wenn nicht alles glatt ging, die Kommunikation zusammenbrach und verletzte Gefühle entstanden; doch es gab wenige solcher Augenblicke, und diese standen im Schatten der anderen Augenblicke, in denen der Spaß an der Sache und sogar Lachen die Arbeit erleichterten. Die Männer schwitzten, und die Frauen brachten Essen und Trinken, um die Arbeit leichter zu machen.

Trotzdem dauerte es noch Tage, bis das Feld der Barus gepflügt war. Dann luden sie den Pflug in den riesigen Kofferraum des Wagens und fuhren damit auf das Land der Pesas.

KAPITEL ACHTZEHN

Im Land der Berge gab es ein Sprichwort, das älter war als jene, die von sich behaupteten, auf dem Schneeberg die Stimme Gottes gehört zu haben, und das deshalb unmöglich zu übersetzen war: *Kaihu gachangachangi gatigaga kwao gugithinjwo.*

Und so verhielt es sich mit Juda, der tagelang unten im Dorf verlorengegangen war, wo er die ungeheuerlichste Entscheidung seines Lebens gefeiert hatte. Spät an einem Nachmittag kehrte er erschöpft vom tagelangen Trinken mit seinen wahren Freunden nach Hause zurück, um zu entdecken, daß auf den Feldern seines Vaters äußerst ungewöhnliche Aktivitäten vonstatten gingen.

Das Gottesgeschenk, diese vulgäre deutsche Monstrosität, in dem Baru und Pesa zu sitzen schienen, zog etwas, das wie Barus Ochsenpflug aussah, und allem Anschein nach hatten Moses und Elija den Pflug im Griff und führten ihn, während offenbar die Frauen der beiden Familien von der Seite aus zuschauten, und alle waren so sehr mit Staub bedeckt, daß sie wie Figuren aus einem der alkoholischen Alpträume Judas aussahen.

Er lehnte am Zaun und beobachtete lange und ausführlich die Szene, die sich da abspielte, ehe er beschloß, daß dies nicht eine Vision aus einem halbvergessenen Buch war, sondern eine seltsame Wirklichkeit, die weiterer Untersuchungen wert war. Er kletterte über den Stacheldrahtzaun, stürzte schwer auf der anderen Seite herunter, blieb noch immer total betrunken und nicht sicher, was oben und unten war, einen Augenblick liegen, bis die Erde aufhörte, sich zu drehen und er wieder aufstehen konnte. Dann taumelte er dorthin, wo die Frauen standen, schwankte und stolperte noch mehr als gewöhnlich, denn es war keine leichte Aufgabe, die Tiefe und Breite der Furchen abzuschätzen.

Nun beschloß Konfuzius, daß sich sein Herr endlich auf sicherem Territorium befände und trottete hinters Haus, um die Katzen zu belästigen und nachzusehen, was es Neues im Abfallhaufen gäbe.

»Guter Gott!« sagte Mama Pesa, als sie Juda kommen sah.

»Fasse Mut, Mama Elija«, sagte Mama Baru freundlich. »Wir beten alle für ihn.«

Dann stand Juda vor ihnen, schwankend und strahlend. Er fand, sie sahen beide sehr lustig aus, so staubbedeckt, wie sie waren.

»Ich grüße euch, Mütter«, sagte er fröhlich.

»Wir grüßen dich, Sohn«, erwiderten sie.

»Ich bin gekommen, um mir dieses...« er beschrieb mit der Hand einen großen Bogen, der alles einschloß, »anzuschauen. Dieses... dieses...«, aber er konnte sich nicht entscheiden, was es war.

Der Wagen befand sich nun am anderen Ende des Feldes. Er wendete und kam langsam zurück, dabei schnitt er eine gerade und gleichmäßige Furche in die Erde, fast so gerade und gleichmäßig, wie es mit einem pflügenden Ochsen möglich gewesen wäre. Juda wandte sich zu seiner Mutter um.

»Ich sehe, dein Mann hat endlich eine sinnvolle Nutzung für seine vulgäre deutsche Monstrosität gefunden«, sagte er.

»Juda!« lachte seine Mutter gutmütig.

Juda lachte mit ihr, stellte sich dem Wagen in den Weg und winkte ihn wie ein Verkehrspolizist heran.

»Juda!« schimpfte seine Mutter.

Der Wagen kam langsam näher. Juda zog seine Lederjacke aus, winkte damit und rief dabei: »*Ndume, ndume!*«

»Juda!« schrie Mama Pesa. »Hör auf!«

Der Wagen hupte, fuhr langsamer und kam einen Schritt vor Juda zum Stehen.

»*Ndume!*«

Baba Pesa hupte, reckte die Faust aus dem Fenster und schrie: »Verschwinde! Geh aus dem Weg!«

Aber Juda warf die Jacke triumphierend auf den Wagen, trommelte mit der Faust auf die Haube und brüllte: »Endlich! Endlich haben wir etwas gefunden, wozu dieser Berg von Eisen nütze ist.«

Pesa zog an der Handbremse, warf die Tür auf, sprang heraus

und ging auf seinen Sohn los. Seine Frau wollte noch dazwischentreten, doch Pesa war zuerst bei Juda.

»Du nichtswürdiger Abschaum!« schrie er.

Er schwang seine für das Zertrümmern von Bartheken legendäre recht Faust und versetzte Juda einen Schlag, daß er mehrere Meter weiter weg, außerhalb der Bahn des Pflugs, im Staub liegen blieb. Wieder wußte er nicht, was oben und was unten war, bis sich Mama Pesa über ihn beugte und ihr Gesicht den Himmel und die Schwalben verdunkelte, die so hoch flogen, daß sie ebenso gut ein Produkt seiner verzerrten Phantasie hätten sein können.

Sie hob seinen Kopf auf ihre Knie, sah, daß sich seine Augen bewegten, und wußte, daß der Schlag ihn nicht getötet, sondern nur betäubt hatte.

Baba Pesa schleuderte Judas Jacke vom Auto und brüllte: »Sieh zu, daß dieser Halunke von hier verschwindet, oder ich schwöre, beim Grab meiner Mutter, daß ich ihn überfahren werde!«

Dann stieg er wieder ein, schlug die Tür zu und fuhr mit einem mächtigen Ruck an, so daß Moses und Elija rennen mußten, um den Pflug festhalten zu können.

Mama Baru schaute entsetzt auf Mama Pesa, die ihren Schmerz kaum zu bewältigen vermochte, Judas Kopf streichelte und dem Wagen nachschaute.

»Warum weinst du?« fragte Juda.

Mama Pesa schaute in sein lächelndes Gesicht und wußte, daß er das Schluchzen gespürt hatte, das sie so sehr versucht hatte zu unterdrücken. Sie lächelte zurück – ein Reflex, der ihn versichern sollte, daß alles gut sei –, aber es funktionierte nicht, weil er kein kleiner Junge mehr war.

»Komm«, sagte sie und stand auf, »ich helfe dir ins Haus zurück.«

Sie half ihm auf die Füße zu kommen, bis er schließlich schwankend aufrecht stand und eine Welle der Übelkeit ihn überfiel. Er rieb sich das Genick an der Stelle, wo es von dem Schlag fast gebrochen wäre und lächelte seine Mutter noch immer an, um sie glauben zu machen, daß es nicht weh täte. Doch auch sie ließ sich nicht so leicht zum Narren halten.

»Vielleicht hätte ich nicht nach Hause kommen sollen«, sagte er.

»Das darfst du nicht sagen«, erwiderte sie. »Komm, ich geh mit dir ins Haus und mache dir was zu essen.«

»Nein, Mutter«, sagte er ruhig. »Du bleibst hier und kümmerst dich um Mama Moses. Ich geh langsam nach Hause, und ich schaffe das ganz bestimmt, obwohl es im Augenblick unmöglich erscheint.«

Er taumelte davon und sang ein unanständiges Lied, das er am Abend zuvor in der Fujo Bar gelernt hatte, und Mama Pesa schaute ihm nach, und die Last, Mutter zu sein, schien zu schwer für ihre Schultern, doch Mama Baru legte ihr die Hand tröstend auf den Arm.

Als er schon den halben Weg das Feld hinunter gegangen war, traf er Penina und Margaret, die das Essen für die Pflüger brachten. Sie freuten sich genau so sehr, ihn zu sehen, wie er sich über sie freute, und er fiel auf die Knie und legte das Ohr an Margarets Bauch, und sie, beide Hände voll Teller und Tassen, konnte nur zusehen und lachen.

»Wie geht es ihm?« fragte er. »Wie geht es meinem Sohn?«

»Komm, steh auf, laß mich los«, sagte sie lachend.

»Woher weißt du, daß es ein Junge ist?« fragte Penina.

»Wir Pesas sind berühmt dafür!« sagte Juda. Dann sah er, daß er Margaret in Verlegenheit gebracht hatte, aber er wußte nicht, wie er es wieder gutmachen sollte. Er nahm sie an der Hand und sagte: Komm, wir wollen tanzen!«

»Juda!« warnte Penina.

Stattdessen nahm Juda sie in die Arme und trotz ihres Protestierens und der riesigen Schüssel, die sie trug, schwang er sie herum, so daß das Essen überzuschwappen drohte. Alarmiert schrie sie auf.

»Hör sofort auf!« schrie sie gellend.

Juda ließ sie los und kam zitternd zum Stehen.

»Möchtest du was essen?« fragte sie.

»Was hast du?«

»Gebratenes Ziegenfleisch!«

»Hast du Bier?«

»Nein.«

»Das ist die einzige Nahrung, die ich brauche«, sagte er.

Dann ließ er den Blick über das gepflügte Feld wandern, bis dorthin, wo sie gerade pflügten, und schüttelte den Kopf.

»Wer hat sich das ausgedacht?«

»Du wirst es mir nicht glauben«, sagte Penina.

»Vater?«

Sie nickte, und das Lachen lag ihr im Gesicht. Juda ermutigte sie, und gemeinsam lachten sie, wie nur gute alte Freunde miteinander lachen können, was Margaret vor Eifersucht zum Kochen brachte.

»Zum Teufel«, sagte Juda voll Verwunderung. »Alle Achtung – eine glänzende Idee. Du kannst dem Dickwanst ausrichten, daß ich das gesagt habe!«

»Darüber wird er sich freuen«, sagte sie.

Wie Nebel legte sich der Alkohol wieder auf Judas Gemüt, er blieb unentschlossen stehen, und einen kurzen, alarmierenden Augenblick lang wußte er nicht mehr, wo er war. Dann klärte sich sein Blick wieder, und er wußte, was er zu tun hatte.

»Ich muß jetzt schlafen gehen«, sagte er. »Aber du mußt deinem Vater sagen, wenn er mich jemals wieder so schwer schlägt, werde ich ihm den rechten Arm brechen.«

Dann wankte er zum Haus hinauf, wo er sich in den Schaukelstuhl seines Vaters auf der Veranda fallen ließ und einschlief. Konfuzius gesellte sich zu ihm und schlief auf Mama Pesas Lieblingssofa am anderen Ende der Veranda. Doch seine überempfindliche Nase fing eine Duftspur des Mittagessens auf, das drunten auf dem Feld ausgepackt wurde, und er rannte hinunter, um das Fest nicht zu verpassen.

Penina und Margaret stellten das Essen auf den mitgebrachten und auf dem Boden ausgebreiteten Jutesäcken bereit. Als sie Konfuzius herbeirennen sahen, fingen sie an zu schreien und zu zetern, was Konfuzius mehr erstaunte, als erschreckte. Er blieb einige Meter weit weg stehen und beobachtete das Geschehen.

Mama Pesa winkte dem Wagen und kündigte das Mittagessen

an. Pesa ließ das Auto stehen, wo es war, riß die Türen weit auf, um den Staub hereinzulassen, denn seine heiße Liebe galt nun der Erde, und ging mit Baru, der ihm auf den Fersen folgte, zum Essen.

Moses und Elija waren so sehr mit Staub bedeckt, daß sie kaum mehr zu erkennen waren. Im Gegensatz zu Pesa haßten sie alles, was mit der Erde zu tun hatte. Sie standen am Pflug und warteten darauf, zu dem Fest eingeladen zu werden, wurden jedoch aufs schwerste enttäuscht.

»Nun«, brummte Elija, »dann laden wir uns eben selbst ein!«

Also ließen sie den Pflug los und folgten ihren Vätern zum Picknick.

Mama Pesa teilte Teller voll gebratenem Fleisch, *githeri* und Kartoffeln aus. Sie saßen zum Essen auf den Jutesäcken, in Grüppchen von Vätern, Söhnen, Müttern und Töchtern, und beredeten Dinge, die Altersgenossen üblicherweise beredeten. Konfuzius schaute aus der Ferne zu und wartete darauf, eingeladen zu werden.

Aus dem Gebüsch schaute auch Mutiso zu, wie sie sich zum Essen niederließen. Auch er wartete darauf, eingeladen zu werden und wartete und wartete. Als er es nicht mehr länger aushalten konnte, sprang er über den Zaun und ging müde, den Hirtenstab quer über die Schultern gelegt, über das Feld.

Bis er bei ihnen ankam, hatte Mama Pesa bereits einen gehäuften Teller voll für ihn bereit. Er nahm ihn entgegen, dankte ihr, und da er keinen Platz mehr auf den Säcken fand, hockte er sich zum Essen auf die Fersen. Er hatte die Angewohnheit, den Kopf zu ducken und in den Himmel nach herumfliegenden Kugeln zu schauen, noch immer nicht aufgegeben, und das hielt ihn ziemlich beschäftigt.

Baba Pesa beobachtete ihn lange, so lange, bis er es nicht mehr aushalten konnte.

»Mutiso!« rief er.

»*Sema, Baba!*« sagte Mutiso ruhig. »Sage, was du mir sagen willst!«

»Wer schaut nach den Ziegen?«

»*Mimi.*«

»Sind wir deine Ziegen?«

»Warum, Baba?«

»Was tust du hier?«

»Ich esse.«

»Wer hat dir die Erlaubnis dazu gegeben?«

Mutiso zögerte. Er schaute von Baba Pesa auf das Essen und von da zu Mama Pesa und argumentierte in seinem Kopf, da Mama Pesa ihm das Essen gegeben habe, habe er auch die Erlaubnis, es zu essen, und fuhr fort zu essen.

»Wer hat dir die Erlaubnis dazu gegeben?« wiederholte Baba Pesa.

»Mama«, sagte Mutiso.

»Geh sofort zu deinen Ziegen zurück«, befahl Baba Pesa.

Mutiso erhob sich und gab den vollen Teller Mama Pesa zurück, was allen äußerst peinlich war.

»Laß ihn doch zuerst fertigessen«, bat Mama Pesa.

»Er soll bei den Ziegen essen«, sagte Pesa streng. »Wir machen hier keinen Ferienausflug!«

Mutiso stand einfach da, unentschlossen, was er als nächstes tun sollte.

»Nimm den Teller mit«, sagte Mama Pesa ruhig. »Und hol dir noch mehr, wenn du fertig bist.«

Er ging über das Feld zurück, und der Wind, der in den letzten Stunden aufgekommen war und neue Hoffnung auf beachtliche Regenfälle gebracht hatte, blähte seinen alten Mantel auf.

Pesa und Baru bemerkten die Wolken, die unheilverkündend sich über den blauen Aberdare Bergen und dem schneebedeckten Berg Gottes ballten, und gaben ihrer gemeinsamen Hoffnung Ausdruck, daß der Regen bald einsetzen würde, damit sie mit der Aussaat beginnen konnten. Dann beendeten sie ihre Mahlzeit, und Pesa stopfte seine Pfeife. Baru rollte ein Stück Tabak zu einer Zigarre und wünschte sich viel Regen.

In einigen Metern Entfernung saß Konfuzius vor einem Berg zumeist abgenagter Knochen, die Margaret ihm hingelegt hatte, und genoß das anständigste Essen, das er seit Jahren gehabt hatte.

Mutiso brachte den Teller zurück und dankte Mama Pesa überschwenglich.

»Willst du nicht noch mehr?« fragte sie.

»*Asante*, Mama«, sagte er. »Danke, ich bin ganz voll!«

»Ein bißchen Wasser?«

Das nahm er gerne an. Er nahm auch noch einige Bananen mit, die er draußen im Busch bei den Ziegen essen konnte. Dann packte Mama Pesa das übriggebliebene Essen ein und wies Penina an, sich darum zu kümmern, daß Juda nicht mit leerem Magen ins Dorf zurückginge.

Darüber hätte sie sich keine Sorgen zu machen brauchen. Der Hunger hatte Juda nicht nur aufgeweckt, sondern seinem Kopf die Vernunft zurückgegeben. In diesem Augenblick war er so gut er konnte damit beschäftigt, sich selbst zu versorgen.

Er durchsuchte die Küche, öffnete Kühlschränke und Schubfächer, ließ die meisten offenstehen und fand nichts als einen ziemlich ausgetrockneten Brotlaib und eine Menge rohes Fleisch. Also nahm er einen Korb zur Hand und machte sich an die strengstens verbotene Durchsuchung von Mama Pesas Hühnerstall. Er füllte den Korb mit Eiern, kehrte auf die Veranda zurück, schlug ein Ei nach dem andern auf und schlürfte sie roh, wie sie waren, aus. Die Schalen blieben auf dem ganzen Verandafußboden verstreut liegen.

Dann verließ er die Veranda, um sich auf dem Rasen vor dem Haus ins Gras zu legen. Dabei bemerkte er zum ersten Mal, daß die Scheunentüren weit offen standen. Er schlenderte hinüber und wanderte durch ein weiteres streng verbotenes Territorium, nämlich durch Elijas geliebte Werkstatt, und dort sah er die leeren Dieselfässer. Diese veranlaßten ihn, ernsthaft über Recht und Unrecht nachzudenken, und er setzte sich auf die schmierige Werkbank, um Klarheit zu gewinnen. Dort blieb er sehr lange sitzen und dachte nach. Die Engel rangen mit den Teufeln in seiner Seele, wie es die *jua kali* Prediger, die nicht mehr predigen durften, auf dem Marktplatz verkündet hatten, und Juda schaute unbeteiligt zu und wartete auf den Ausgang des Kampfes zwischen Gut und Böse.

Als die streitenden Mächte ihn schließlich freigaben, ging Juda hinaus hinter die letzte Scheune, zwängte sich durch das harte und undurchdingliche Gehölz der *kei*-Apfel-Hecke und ging dorthin, wo niemand außer Juda jemals gewesen war. Dort lag in zwei riesigen so gut getarnten Fässern, daß sie nahezu unsichtbar waren, das wohlgehütete Geheimnis, von dessen Existenz, Juda ausgenommen, nur noch FFU und unbeabsichtigterweise auch Mutiso, der in die Herzen der Menschen blicken konnte und alles, was im Kosmos vor sich ging, bemerkte, eine leise Ahnung hatten.

Aus den beiden Fässern floß über eine derart verwickelte und mit so vielen Windungen versehene Leitung, daß es selbst Juda verwirrte, der Dieselkraftstoff, der die einzige Industrie in Kambi betrieb, nämlich FFUs Maismühle. Die Fässer waren außerdem die einzigen Garantien für Judas unbegrenzte Kreditmöglichkeiten in der Fujo Bar und waren aus diesem Grunde niemals weniger als voll.

Und nun machte sich Juda daran, eines der Fässer zu leeren und füllte das Dieselöl in mehrere Kanister ab, die er in die Werkstatt trug. Erst nachdem die ganzen zweihundert Liter, die einen monatelangen Kredit in der Fujo Bar wert waren, wieder in der Werkstatt standen, legte Juda eine Pause ein und überdachte das Opfer, das er hier brachte, und versuchte, eine plausible Erklärung für das plötzliche Wiedererscheinen des Kraftstoffs zu finden, den er so geschickt weggezaubert hatte, daß sein Fehlen nie bemerkt worden war.

Dann tankte er den Lamborghini auf, fand die Batterie noch immer neu und frisch geladen, jedoch seit dem Tag, an dem sie gekauft worden war, noch nie benutzt, da Elija es vorzog, alles auf die harte, romantische Art und Weise zu tun, wie man es eben auf dem Land tat. Er schloß die Batterie an, und der Traktor sprang mit der ersten Drehung der Zündung an. Mit großem Getöse erwachte er zum Leben und spuckte eine dunkle, stinkende Rauchwolke aus.

Das Pflügeteam stand gerade auf, um wieder an die Arbeit zu gehen, als das unerwartete Lärmen des Traktors sie zu Stein erstarren ließ – Pesa mit der Pfeife fast zwischen den Lippen, Mama Pesa mit einer Tasse Wasser halbwegs auf dem Weg zum Mund, Elija, der gerade aufstand. Sie hielten inne und horchten, hielten den Atem an, um besser hören zu können.

»Was, um alles in der Welt, ist das?« fragte Baba Pesa.

Elija legte den Kopf zur Seite und sagte voller Zweifel: »Das hört sich ja an wie...«

»Unser Traktor?« fragte Penina.

»Mein Traktor?« fragte Baba Pesa.

Niemand wagte es, eine wirkliche Vermutung auszusprechen.

»Juda?« überlegte Pesa.

»Unmöglich!« sagte Elija.

Als er aufstand, um der Sache auf den Grund zu gehen, erschien der Traktor am unteren Ende des Feldes, der starke Scheibenpflug ragte hoch auf wie der Schwanz eines Skorpions, und Juda saß am Steuer und genoß das Ganze unendlich.

»Das ist ja nicht zu fassen!« stöhnte Elija ungläubig.

Voll Besorgnis standen sie auf, einer nach dem andern. Der Lamborghini schwankte über das ungepflügte Land bis an den Rand des Feldes und rangierte dann genau in die letzte Furche, die der Ochsenpflug gezogen hatte. Dann gab Juda mächtig Gas, senkte den Pflug, legte krachend die Gänge ein und kam herangedonnert, direkt auf den Mercedes zu, der mit weit offenen Türen dastand und den lebenspendenden Staub in sich aufsaugte.

Pesa klammerte sich an seine Pfeife und bereitete sich, einem Herzversagen nahe, auf eine Katastrophe vor. Plötzlich brach allgemeine Panik aus, die Frauen schrien, die Männer brüllten sich Unverständliches zu, und alles rannte, um sich in Sicherheit zu bringen. Allein Elija schien noch den Verstand beisammen zu haben oder hatte ihn vielmehr vollständig verloren, denn er ging mit mutigen Schritten nach vorn und stellte sich mit gespreizten Beinen vor das Gottesgeschenk seines Vaters, dem angreifenden Monster direkt in den Weg.

Das Ungetüm kam näher, die Frauen schrien aus vollem Hals, bis der Traktor nur noch wenige Schritte von Elija entfernt war, dann trat Juda auf die Bremse und brachte ihn schlingernd zum Stehen – bis zum Brudermord hätte nur noch ein Meter gefehlt. Er schaltete in den Leerlauf, gab laut Gas und lachte Elija an, der mit zusammengebissenen Zähnen nicht wich noch wankte und, ohne mit der Wimper zu zucken, Judas Blick starr erwiderte.

Dann sprang er herunter, und Elija kam drohend mit Mord in den Augen auf ihn zu, daß Pesa sich gezwungen sah, dazwischenzutreten.

»Wo war der Diesel?« wollte er wissen.

»In der Scheune!« gab Juda zurück.

»In der Scheune?«

»Und hier«, Juda tippte sich an den Kopf.

»Lügner!« schrie Elija. »In der Scheune war nur noch Benzin. Letzte Woche habe ich alles überprüft. Da war nur noch Benzin!«

»Und Kerosin«, sagte Juda.

»Du Saukerl!« fluchte Elija. »Du elender Abschaum! Du...«

Und noch ehe ihn jemand aufhalten konnte, war er hinter seinem Vater herumgeschlüpft und schlug seinen Bruder mit einem einzigen mächtigen Schlag seiner harten Arbeitsfaust zu Boden. Dann kletterte er auf den Traktor und stellte ihn ab.

Die Stille war überwältigend. Mama Pesa stand wie betäubt, während Pesa, der hilflos knurrte, vom einen zum andern seiner Söhne schaute und nicht wußte, was er tun oder sagen sollte. Margaret war es dann, die herbeikam und Juda auf die Füße half, und auch Penina, die ihn innig liebte und ihm das Blut vom Mund abwischte. Die Barus hielten sich im Hintergrund und wünschten, sie wären nicht hier, wären weit weg von all dieser Ungewißheit und Gewalt.

Juda schüttelte den Kopf, damit er ein wenig klarer wurde – er hatte in den vergangenen paar Stunden zu viele Schläge erhalten – wandte sich an seinen Vater und sagte leise: »Der Apfel fällt nicht weit vom Stamm, was?«

Mama Pesa eilte herbei und stellte sich zwischen ihn und seinen Vater, der einem Nervenzusammenbruch nahe war.

»Sprich nicht so mit deinem Vater!« fuhr sie ihn an.

»Ich bin es gewohnt, keinen Dank zu bekommen«, sagte Juda ruhig. »Aber das hier ist wirklich lächerlich. Langsam habe ich genug von all der Gewalttätigkeit. Und diesmal habe ich doch ein wenig Dank erwartet.«

»Dank?« schrie Elija. »Dafür, daß du unseren Traktor ruinierst?«

»Aber er läuft«, sagte Juda. »Und sieh her, er pflügt!«

Der Beweis war allen sichtbar erbracht.

»Er läuft vielleicht jetzt«, sagte Elija. »Aber der Motor wird das nicht lange aushalten.«

»Wie lange?« warf Baba Pesa ein.

»Ich weiß nicht«, sagte Elija ausweichend.

»Einen Tag?«

»Nun…«

»Zwei Tage, eine Woche?«

»Vielleicht.«

»Einen Monat?« warf Juda ein.

Elija schüttelte den Kopf und sagte: »Mit dir rede ich nicht.«

»Einen Monat?« wollte Baba Pesa wissen.

»Vielleicht zwei Monate?« fragte Juda.

»Vielleicht«, räumte Elija ein.

»Zwei Monate?« sagte Pesa ungläubig. »Wißt ihr denn, wieviel wir in zwei Monaten pflügen könnten?«

»Die ganze Welt und die nächste auch noch«, sagte Juda. »Und es könnte tatsächlich sein, daß dir das widerfährt. Schaut her, hier kommt schon die ganze Welt!«

Sie wandten sich um und sahen die Welt so, wie sie sie kannten, von allen Seiten auf sich zukommen. Sie kamen einzeln, zu zweit oder in Grüppchen, alles von der Arbeit hart gewordene und von der Hitze erschöpfte Menschen; in Horden, wie eifrige schwarze Ameisen, kletterten sie über die Zäune, was an sich streng verboten war, alles Nachbarn, die von so weit wie dem nächsten Bergrücken und dem übernächsten hergekommen waren.

Baba Pesa sah zu, wie sie über sein Feld schwärmten und sich um den Traktor versammelten, was ihn doch ein wenig alarmierte.

»Wer sind alle diese Leute?« fragte er Juda.

»Deine Nachbarn«, informierte ihn Juda.

»Und was wollen sie?« fragte er.

Im Laufe der vergangenen Monate hatten die Nachbarn aus all den verräucherten, grasgedeckten Hütten von fast allen Farmen in Thome, die ein Gebiet von vierzigtausend Hektar umfaßten, zuerst um Regen gebetet und auf ihn gewartet, und dann hatten sie darauf gewartet und dafür gebetet, daß Baba Pesa ein wenig Diesel bekäme, damit sie den Traktor mieten und ihre kleinen Parzellen pflügen könnten.

Und nun hing der Himmel voll geschwängerter Regenwolken – jeder Dorfidiot und *jua kali* Wetterprophet konnte das sehen – und Baba Pesa hatte offensichtlich Diesel gefunden, was der Lärm seines Traktors bewies, dessen Echo sich an den Bergrücken wie ein unverhoffter Donnerschlag brach, und so waren sie gekommen, um herauszufinden, was für einen Handel sie mit dem Mann würden abschließen können, dessen Liebe für das Geld legendär war.

Baba Pesas Blick wanderte von Juda zu Elija und zu der immer näherkommenden Menschenmenge und wieder zurück.

»Wieviel Diesel hast du gemacht?« fragte er Juda.

»Ich glaube, genug«, sagte Juda.

»Elija?«

»Vom Motor wird dann nicht mehr viel übrig sein«, sagte Elija.

»Wer macht sich schon Gedanken um einen Motor, wo wir doch all diesen Leuten helfen könnten«, sagte Pesa. »Wirf ihn an!«

Elija zögerte einen Augenblick, dann sprang er auf den Traktor und ließ vorsichtig den Motor an. Dann gab er ein paarmal Gas. Juda winkte und streckte ihm beide Hände mit den hochgereckten Daumen hin. Langsam manövrierte er den Traktor um den Mercedes herum, und nun überzeugt davon, daß das, was immer Juda zusammengebraut hatte, seinen Zweck erfüllen würde, begann er zu pflügen.

Baba Pesa schaute ihm nach und wandte sich dann an Juda.

»Sorge dafür, daß sie sich in einer Reihe aufstellen«, sagte er mit Blick auf die Menschenmenge, die sie nun fast zu erdrücken drohte. »Wer zuerst kommt, wird zuerst bedient! Aber alle müssen im Voraus bezahlen! Los, sie sollen sich aufstellen! *Haraka!*»

»Ohne mich«, schüttelte Juda den Kopf und lachte. »An dieser Stelle springe ich vom Wagen.«

»Warum?«

»Du kennst mich, Vater«, sagte er. »Ich werde dir nicht helfen, immer mehr Geld zu verdienen. Damit will ich nichts zu tun haben.«

»Warum nicht?« schrie Pesa. »Was ist daran verkehrt, wenn man immer mehr Geld verdient?«

»Ich kann dir nicht dabei helfen, diese Leute auszunehmen, und ich weiß, daß du das tun wirst.«

»Warum nicht?«

»Weil es mir mein Gewissen nicht erlaubt.«

»Das ist völlig unverständlich«, knurrte Pesa. Er wandte sich nach den Barus, seinen neu entdeckten Alliierten, um und erteilte ihnen denselben Befehl.

»Moses!« brüllte er. »Sieh zu, daß diese *tumundu*, diese kleinen Leute sich in einer Reihe aufstellen, so, wie sie ankommen. Ich sammle das Geld ein, und du schreibst die Namen auf. Hast du Papier und Schreibzeug?«

»Nein.«

»Und du willst Student sein?« belehrte ihn Baba Pesa. »Hat irgendjemand ein Schreibzeug?«

Natürlich hatte niemand ein Schreibzeug. Dann erinnerte er sich an das Handschuhfach im Gottesgeschenk, in dem er allerlei Papiere, Scheckbücher und etwas zum Schreiben aufbewahrte.

Baru und Moses machten sich an die Arbeit, und so ordentlich, wie es die gepflügten Furchen zuließen, begannen sich die Leute in einer geraden Reihe aufzustellen.

Da ihre Hilfe und Unterstützung nicht mehr benötigt war, sammelten die Frauen das Geschirr und allen anderen Kram ein und trugen es ins Haus zurück. Juda legte den Arm um Margaret und folgte mit ihr nach. Bis sie am Rand des Feldes angelangt waren, hatte sich bereits vom Mercedes bis ans äußerste Ende des Feldes eine lange Schlange von Menschen gebildet, die sich um die besten Plätze stritten.

KAPITEL NEUNZEHN

An dem Tag, an dem sie mit der Aussaat fertig waren, kam der Regen. Es begann mit einem beständigen Nieseln, das stillschweigend hinter den Bergen hervorgekrochen war und sich nun über die Täler, die Bergrücken und die Ebenen ausbreitete und eindeutig nicht der ungewisse *manyunyu ya hapa na pale* war, sondern der Herold des echten Regens, des Regens, um den sie alle gebetet und auf den sie gewartet hatten.

»Laßt es regnen!« schrie Baba Pesa mit Donnerstimme zu den Wolken hinauf. »Laßt es regnen, bis alle Bäche und Flüsse über die Ufer treten, bis alle Brücken überschwemmt sind und die Erde zu schwerem Lehm wird. Laßt den Regen mit Macht fallen, denn wir haben ausgesät und deshalb nichts mehr zu fürchten.«

Und so war Baba Pesa mit seinem Los zufrieden, hatte längst vergessen, wie alles gekommen war und schlachtete deshalb zwei Ziegen, um die erfolgreiche Zeit der Aussaat zu feiern und um sich selbst zur perfektesten Zeitplanung überhaupt zu beglückwünschen und zu dem glänzenden Verlauf der ganzen Operation, die er eigenhändig geleitet und ausgeführt hatte.

Die Mitglieder von der Tajiri Bar und die örtliche Mafia kamen, um Loblieder auf ihn zu singen, sein Bier zu trinken und sich über die gebratenen Ziegenrippen herzumachen. Doch auch die Barus waren eingeladen, fühlten sich jedoch nicht wohl inmitten all des Überflusses und genierten sich jeder Bewegung, die sie machten, angefangen bei den Ziegenrippchen, die es galt, von einem der unaufhörlich herumgereichten Tabletts herunterzunehmen, bis zum Entgegennehmen eines angebotenen Biers oder einer Cola.

Die Frauen saßen im Haus und kamen nur hin und wieder heraus, um den Männern alle ihre Wünsche zu erfüllen. Die Männer saßen auf der Veranda inmitten von Tischen, die mit Essen und Trinken und den Überresten von beidem vollgeladen waren, und diskutierten belanglose Probleme. Irgendwo übertrug ein Radio live ein Fußballspiel aus dem fernen Nairobi, ein Ort, von dem die meisten nur gehört hatten. Elija und Moses waren die einzigen Zuhörer bei diesem sehr aufregenden Spiel zwischen zwei Super-Liga-Riesen, die sie nur vom Hörensagen kannten, Gor Mahia und AFC Leopards, und sie wußten, daß das Ganze, egal wer gewonnen hatte, in Orgien sich mit Steinen bewerfender Fans enden würde.

Mutiso und Juda saßen am anderen Ende der Veranda beisammen, der letztere sinnlos betrunken, während der erstere Lieder aus seiner Jugend in einer Sprache sang, die keiner der Anwesenden verstand.

Der Rest hörte Daktari Choo zu, der ihnen klarmachte, welche Bedeutung der Regen für die Verbreitung von Krankheiten wie Malaria und Cholera hatte und was er tun würde, um diesen Krankheiten Einhalt zu gebieten, wenn er nur die notwendige Handlungsfreiheit hätte. Der Chief bot ihm Handlungsfreiheit an, und Choma Choma beklagte den Zustand des Viehs, das heutzutage in den Schlachthof kam.

»Knochen«, sagte er. »Nichts als Haut und Knochen, und die Besitzer erwarten, dafür auch noch bezahlt zu werden!«

Baru dachte daran, ihn an eine seit langem anstehende Schuld zu erinnern, für Ziegen, die er ihm geliefert hatte, als die Tiere keineswegs nur Haut und Knochen gewesen waren; doch da er ein Ehrenmann war, realisierte er, daß dies weder der richtige Anlaß noch der richtige Ort war, um eine Auseinandersetzung über ausstehende Schulden zu beginnen.

»Ich habe eine Menge Vieh verloren«, log Baba Pesa pflichtschuldig. »Gutes, gesundes Vieh, nicht die elenden *kienyeji* Kreaturen mit dem Höcker, die sie drunten im Dorf halten. Ich sag euch, der Grund dafür war nicht die Dürre, sondern Sabotage!«

»Ich habe einen Ochsen verloren«, sagte Baru traurig. »Er war eine elende knochige Kreatur mit einem Höcker, wie man sie drunten im Dorf hält. Aber er war das einzige Stück Vieh, das ich besaß.«

»Du hast meinen Lastwagen ruiniert!« erinnerte ihn Baba Pesa.

»Du hast meinen Ochsen umgebracht!« sagte der alte Baru mit Nachdruck.

»Einen wertlosen Ochsen!«

»Meinen einzigen Ochsen!«

»Ich sollte dich wegen des Schadens an meinem Wagen vor Gericht bringen!«

»Und was ist mit meinem Ochsen?«

»Welchem Ochsen? Diesem Sack voll Mist?«

Dieses vom Alkohol angeheizte Streitgespräch hätte sich zweifelsohne auf einige interessante Bereiche der Austragung von Meinungsverschiedenheiten ausgebreitet, wäre nicht Mama Pesa plötzlich mit einem Tablett voll *mutura* erschienen, Blutwürsten, die Mutiso mit der Assistenz von Moses und Elija kundig zubereitet hatte. Penina folgte mit Ziegen-Kopf-und-Füße-Suppe, die mit gekochten Wurzeln und Kräutern durchsetzt war, von denen Mutiso schwor, daß sie alles heilen konnten, angefangen bei männlicher Impotenz bis hin zu *nyongo*, einer so seltenen Krankheit, daß sie nicht zu beschreiben war und in deren Verlauf man sogar erlebt hatte, daß auf alten kahlen Köpfen das Haar wieder gewachsen war.

Er sang leise dem schlafenden Juda etwas vor, als Mama Pesa mit ihrem Tablett kam.

»Mutiso?« rief sie.

»*Sema*«, sagte Mutiso, »sprich!«

»Bist du wach?«

»Ein wenig.«

»Iß das hier, ehe du ganz betrunken bist«, sagte sie. »Juda?«

»*Wacha alale*«, sagte Mutiso und nahm ein Stück *mutura*. »Laß ihn schlafen. Er ist ein guter Junge, aber sehr müde!«

»Dann nimm doch du noch ein Stück«, wies sie ihn an. »Möchtest du Suppe?«

»*Sijui*«, sagte Mutiso und stand auf. »Aber ich muß bald gehen, denn ich bin schon richtig betrunken.«

»Geh noch nicht«, sagte sie. »Es gibt noch mehr zu essen.«

»Ich bin gleich wieder da«, sagte er. »Ich muß nur eben die Scheunenwand begießen.«

Obwohl er in der Tat sehr wenig Alkohol getrunken hatte, stand er schwankend auf, doch seine Trunkenheit rührte viel mehr von der Hochstimmung her, in der er sich befand, etwas, das in seinem geordneten Leben äußerst selten war. Er schaute zu den auf der Veranda Versammelten hinüber und schüttelte den Kopf vor immer neuer Verwunderung.

»Pesa und Baru!« sagte er zu sich selbst. »Ich hätte nie gedacht, daß ich diesen Tag noch erleben würde.«

»Es hat auch mich ziemlich verwirrt«, gestand Mama Pesa ein. »Laß uns um Leben beten und daß das Leben weitergeht.«

Mutiso schaute auf, sah den Regen und schien ganz überrascht.

»*Wo lo lo lo! kumbe* es regnet!«

»Laß es regnen«, sagte sie. »*Wacha inyeshe.*«

Er schwankte hinaus in den Regen und wurde sich plötzlich bewußt, daß er es nicht bis zur Rückwand der Scheune schaffen würde und wieder zurück, deshalb begoß er stattdessen Mama Pesas Rosen.

»Der Mann ist betrunken«, sagte Pesa zu Baru. »Warum auch nicht. Wie ich dir eben schon sagte, brauchst du nicht sehr viel Geld. Ich werde dir zeigen, wie das zu machen ist. Ich habe nicht viele Bücher gelesen, aber ich bin sehr schlau. Ich werde dir schon zeigen, wie.«

»Wie denn?« fragte Baru.

»Diese Bäume drunten am Fluß«, sagte Pesa. »Die gehören doch dir, oder nicht?«

Baru nickte.

»Ich werde dir zeigen wie«, sagte Pesa. »Wir werden sie fällen.«

»Aber wir dürfen keine Bäume fällen!« sagte Baru.

»Wer hat dir das gesagt?«

»Das Gesetz.«

»Welches Gesetz?«

»Nun, ich habe gehört...«

»Vergiß, was du gehört hast«, sagte Pesa. »Wir werden jene Bäume fällen und dir ein Haus wie dieses hier bauen.«

Er wandte sich zum Chief um, der sich davor hüten sollte, ihm zu widersprechen, und der Chief zuckte nur mit den Schultern und sagte: »Ich werde eine Genehmigung ausstellen.«

»Wofür?« fragte Pesa.

»Für das Fällen der Bäume«, sagte der Chief.

»Wer braucht denn eine Genehmigung?« fragte Pesa. »Dieser Mann pflanzt die ganze Zeit Bäume. Sein Leben lang hat er Bäume gepflanzt. Er hat mehr Bäume gepflanzt als ihr alle zusammen. Warum sollte er dann zu dir kommen und dich um die Genehmigung bitten, seine Bäume fällen zu dürfen, damit er sich ein Haus bauen kann?«

»Gesetz ist Gesetz«, sagte Choma Choma.

»Dich habe ich nicht gefragt«, fuhr ihn Baba Pesa an.

»Nun«, sagte Daktari Choo, »Verordnungen sind da, um übertreten zu werden.«

»Und was ist mit Du-kannst-es-allen-weitersagen?« fragte Choma Choma.

»Laß die Polizei aus dem Spiel!« befahl der Chief. »Ich will sehen, was ich tun kann!«

Choma Choma nickte still, als erkläre er sich damit einverstanden, was nun wiederum Baru vollkommen durcheinanderbrachte, denn er war in einer anderen Schule des Denkens alt geworden, und es bereitete ihm Schwierigkeiten, sich neuen Realitäten anzupassen.

»Außerdem«, sagte Choma Choma, »spricht Geld seine eigene Sprache.«

»Tena?« fragte Baba Pesa, und zu Baru gewandt sagte er: »Laß mich das ruhig machen!«

Mama Pesa kam mit ihrem Tablett voll Fleisch, und alle außer Baba Baru, der zugab, noch nie in seinem Leben so viel gegessen zu haben, bedienten sich reichlich. Dann ging sie mit dem Tablett zu den Söhnen, doch Gor hatte gerade einen Ausgleich ins Tor von AFC geschossen, und den beiden war nicht nach Fleisch zumute.

»Guter Gott!« sagte Mama Pesa, als sie Mutiso erblickte, der mit noch immer offenem Hosenschlitz barfüßig im Regen tanzte und sich komplizierter, traditioneller Tanzschritte aus alter, alter Zeit bediente.

Elija und Moses fanden diese Aufführung höchst amüsant.

»Guter Gott«, sagte sie zu ihnen. »Der alte Mann ist betrunken!«

Pesa und Baru standen auf, um dem seltsamen Regentanz aus dem Land zuzuschauen, von dem es hieß, daß es dort niemals regne, und sie waren von dem Mut des alten Mannes ziemlich beeindruckt. In Baba Pesas Augen funkelte es verdächtig, und er begann, sich die Schuhe auszuziehen. Dann zog er den Rock aus, dann die teure Uhr, die er in einer Hintergasse von Nyeri mit der Versicherung des Verkäufers erworben hatte, sie sei aus purem Gold und wasserdicht, was sie natürlich nicht war, und was er bereits eine halbe Stunde nach dem Kauf feststellte.

»Was, um alles in der Welt, hast du vor?« wollte seine Frau wissen.

»Ich werde gleich tanzen«, sagte er fröhlich.

»Im Regen?«

»Warum nicht?«

»Ihr könntet beide an Lungenentzündung sterben«, sagte sie.

»*Hakuna!*« sagte er.

Er wandte sich an seine Gäste, die sich aus Angst, aufgefordert zu werden, bei einer von Baba Pesas Verrücktheiten mitzumachen, in ihre Stühle verkrochen hatten, und lud sie ein, sich an dem Tanz zu beteiligen.

»Bist du auch betrunken?« fragte ihn Mama Pesa.

»So betrunken wie ein Esel«, versicherte er ihr.

Baru schaute zu, wie er sich die Hosenbeine hochrollte, und da er noch nie in der Tajiri Bar gewesen war und deshalb keine Ahnung von den eher verrückten Seiten von Baba Pesas Charakter hatte, war ihm dies alles sehr peinlich.

»Komm, mein Freund«, sagte Baba Pesa. »Wir haben um Regen gebetet, also werden wir jetzt tanzen!«

»Wie Kinder?« Baru war entsetzt.

»Warum nicht?«

»Ich habe nicht mehr im Regen getanzt, seit ich ein unbeschnittener *kihii* war«, sagte Baru voll Zweifel.

»Komm, wir probieren es«, sagte Pesa.

Und so kam es, daß Pesa und sein neu gefundener Freund sich draußen, im jetzt gleichmäßig herabströmendem Regen zu Mutiso gesellten und wie kleine Jungen herumhüpften und tanzten, während Mama Pesa vor Verlegenheit fast umkam und die anderen Gäste sich verdrücken wollten, um einer Einladung zum Tanz, die sie nicht ablehnen konnten, zu entgehen.

Und weil sie kein Wort von dem, was Mutiso sang, verstehen konnten, sangen sie ihre eigene Version seines Liedes, mit Worten aus einem Regenlied der Kinder:

Mbura ura
Nguthinjire gategwa
Getagwo atia?
Njiru, njiru, njiru, njiru!

Das Singen und Rufen war es, das schließlich auch die anderen aus dem Haus holte. Auch Mama Baru wäre fast vor Scham und Verlegenheit gestorben, als sie ihren Mann sah, der naß und schmutzüberzogen wie ein kleiner Junge im Schlamm herumhüpfte und ein Lied sang, das sie nicht mehr gehört hatte, seit sie ein unbeschnittenes *karigu* gewesen war.

»*Ngai Baba*!« sagte sie zu Mama Pesa. »Was ist über sie gekommen?«

Mama Pesa schüttelte nur noch den Kopf. Penina und Margaret saßen auf der niederen Mauer und genossen das Spektakel. Ihr Lachen weckte schließlich Juda auf, der einen kurzen alarmierenden Augenblick lang keine Ahnung hatte, wer oder wo er war, und aufstand, um nach Hause zu gehen, als ihm klar wurde, daß es wie mit Kübeln goß und daß er bereits zuhause war.

Unentschlossen stand er da, nicht sicher, was er als nächstes tun sollte, da er nun bereits zuhause war. Dann sah er die Figuren draußen im Regen herumhüpfen, und es nahm geraume Zeit in Anspruch, bis er klug daraus wurde, was dort vor sich ging. Er schüttelte den Kopf und setzte sich. Dann stand er wieder auf, lehnte sich an eine der Säulen und fragte laut: »Was machen die eigentlich?«

»Sie tanzen«, informierte ihn Moses.

»Im Regen?«

»Es scheint so.«
»Wie *kihiis*?« fragte Juda. »Wie unbeschnittene Knaben?«
»Warum nicht?« sagte Elija. »Sie scheinen glücklich zu sein!«
»Worüber?«
»Wer weiß das schon?« sagte Juda. »Sie sind betrunken!«

Danach beobachtete Juda die Szene lange und ausführlich, und als die Blitze über den Himmel fuhren, der Donner von den Bergen grollte und der Regen ernst machte und mächtig herabströmte, kam er zu dem Schluß, daß hier etwas vor sich ging, an dem er nicht teilhaben wollte.

»Wenn sich die alten Männer wie kleine Jungens benehmen«, sagte er zu Moses, »dann liegt Seltsames in der Luft.«

Er leerte seine Flasche und machte sich auf die Suche nach seiner Mutter, die in diesem Augenblick direkt neben ihm stand, und es brauchte eine Weile, bis er sie gefunden hatte.

»Mutter«, fragte er ehrerbietig, »darf ich noch ein Bier haben?«

Sie schüttelte den Kopf und sagte: »Wenn alte Männer so im Regen tanzen dürfen, dann sehe ich nicht ein, warum du nicht noch ein Bier haben darfst. Elija, hol deinem Bruder ein Bier!«

»Er weiß selbst, wo es ist«, antwortete Elija.

»Elija!« fuhr Mama Pesa ihn an.

Juda lächelte seinen Bruder mitleidig an und sagte: »Weißt du denn nicht, daß ich älter bin als du?«

»Na, und?«

»Elija!« schimpfte Mama Pesa. »Hol deinem älteren Bruder ein Bier!«

Elija stand schließlich auf, um das Bier zu holen, und Juda fragte mit Blick auf die Tänzer: »Was ist denn in sie gefahren?«

»Glaub deinem Vater nie, mein Sohn«, sagte Mama Pesa. »Das Wilde hast du nicht von mir, sondern von ihm.«

Juda lachte, und obwohl es völlig außer der Regel war, da es der Tradition nach nicht einmal üblich war, seiner Mutter die Hand zu schütteln, legte er ihr den Arm um die Schulter und sagte: »Mutter, du bist mein allerbester Freund. Ich tu alles, um dich glücklich zu machen!«

Sie schaute zu ihm auf, und obwohl sie glücklich lächelte, sah er auch Traurigkeit in ihren Augen.

»Alles?« fragte sie hoffnungsvoll.

»Alles«, sagte er.

Mama Pesa dachte lange nach. Dann seufzte sie und schüttelte zweifelnd den Kopf. Juda, der fast ihre Gedanken lesen konnte, sagte: »So frag mich doch!«

»Es ist zu viel, als daß ich darauf hoffen könnte!« sagte sie und schüttelte noch immer den Kopf.

»Dann sag's doch!«

Mama Pesa lächelte ein wenig.

»Würdest du wieder zur Universität zurückgehen?«

»Würde dich das glücklich machen?«

»Das würde mich sehr glücklich machen«, sagte sie.

»Dann soll es geschehen«, sagte er und lachte so froh, daß sie diese Wahrscheinlichkeit zu bezweifeln begann. »Allerdings unter einer kleinen Bedingung.«

»Und was wäre die?«

»Indien.«

»Das ist fair«, sagte Mama Pesa, als das erste echte Lächeln dieses Tages ihr Gesicht, das ihre ganze Großzügigkeit ausdrückte, zu erhellen begann.

»Und Margaret wird mich begleiten!« fügte Juda hinzu.

Mama Pesa schaute wieder auf, als wolle sie fragen: »Was für eine verrückte Idee ist das nun wieder?«

»Zu welchem Zweck?« fragte sie stattdessen.

»Um auf mich aufzupassen«, sagte er.

»Dein Vater wird das niemals erlauben!«

»Das sind meine einzigen Bedingungen«, antwortete er.

Mama Pesa starrte in den Regen hinaus und fragte sich, warum ihr Leben eine einzige Folge von Unmöglichkeiten sein müsse, warum sie keine normalen Kinder mit normalen Problemen habe, die an jeder Wende ihres Lebens den Rat und die führende Hand ihrer Mutter suchten. Dann rief sie Penina und wies sie an, die Sturmlaternen anzuzünden und herauszubringen, denn die Finsternis kroch bereits von den Bergen herab.

Die alten Männer, vom Tanz im Regen, der nun ein echter und ordentlicher Wolkenbruch geworden war, müde geworden, kamen triefend auf die Veranda zurück, wo Baba Pesa sofort rief, man solle seine beste Flasche französischen Weinbrands bringen. Sie wurde geholt – eine Literflasche Martel –, und er befahl, man solle ihn seinem tapferen Freund mit heißem Wasser und Honig servieren, da dieser sonst bestimmt am nächsten Tag an Lungenentzündung sterben würde.

Während sie dieses Getränk zu sich nahmen und sich an einem Holzkohlen-*jiko* aufwärmten, rief Juda seinen Vater zu sich in eine Ecke der nun dunkler werdenden Veranda, weit weg von unwillkommenen Horchern, und eröffnete ihm, daß er beschlossen habe, nach Indien zu gehen.

»Warum?« fragte Pesa.

»Warum?« rief Juda aus. »Du hast das doch immer gewollt!«

»Aber du hast nein gesagt.«

»Jetzt sage ich ja.«

»Warum?«

Juda fluchte.

»Ich muß darüber nachdenken«, sagte Pesa und ging weg.

Juda schaute ihm nach, und die Wut wollte gerade mit ihm durchgehen, so, wie es noch nie jemand bei ihm erlebt hatte, als sein Vater kehrt machte und wieder zurückkam.

»Wann willst du gehen?« fragte er.

»So bald wie möglich«, sagte Juda.

»Gut«, lächelte Pesa endlich. »Komm, das müssen wir allen sagen.«

»Moment«, sagte Juda. »Ich stelle eine Bedingung.«

»Laß hören.«

»Margaret.«

»Was ist mit ihr?«

»Sie kommt mit.«

»Warum, zum Teufel?«

Juda zuckte mit der Schulter und sagte: »Das ist meine Bedingung.«

Pesa schaute ihn sehr lange an. Schließlich nickte er und sagte:

»Warum nimmst du Konfuzius nicht auch noch mit?«

»Das habe ich vor«, sagte Juda.

»Was?« brüllte Pesa so laut, daß alle erschraken.

»Das war nur Spaß«, sagte Juda. »Was ist deine Antwort?«

Pesa dachte nach. Er legte den Kopf auf die Seite und dachte und dachte. Er konnte sich nicht entscheiden, was er antworten sollte, also sagte er: »Es muß Amerika sein!«

»Warum Amerika?« fragte Juda verwirrt.

»Weil ich will, daß du nach Amerika gehst.«

»Aus irgendeinem besonderen Grund?«

»Alle wissen, daß du nach Amerika gehst«, sagte Baba Pesa. »Deshalb mußt du nach Amerika gehen.«

»Warum Amerika?« schrie Juda verzweifelt. »Warum immer Amerika?«

»Das ist meine einzige Bedingung«, sagte Pesa. »Überleg dir's!«

»Ich habe längst überlegt«, sagte Juda. »Das ist der einzige Grund dafür, daß ich mit dir spreche.«

»Überlege noch einmal!« sagte Pesa.

»Warum?«

»Du bist betrunken.«

»Du auch!« sagte Juda. »Aber was hat das damit zu tun?«

Pesa schaute ihn diesmal noch länger an. Er prüfte den Vorschlag aus verschiedenen Blickwinkeln, wog das Ganze sorgfältig ab und suchte nach Schlupflöchern. Das schlimmste Ergebnis wäre, wenn Juda am nächsten Morgen mit einem erstklassigen Kater erwachen und sich in keinster Weise an diese folgenschwere Entscheidung erinnern würde.

»*Fanya hivi*«, sagte Pesa schließlich. »So wird es gemacht – du wirst erst einmal nüchtern, und dann werden wir uns unterhalten.«

Damit ging er weg, und diesmal überlegte er es sich nicht noch einmal anders.

Juda betrank sich daraufhin in bedenklichem Maße, verlor sich in dem nachfolgenden alkoholischen Nebel und konnte sich überhaupt nicht wiederfinden, bis sie ihn kurz vor Mitternacht aus seiner Besinnungslosigkeit weckten und ihm mitteilten, daß bei seiner Margaret die Wehen eingesetzt hätten und so schwierig seien, daß Mama Pesa, sonst äußerst erfahren in Notlagen wie dieser, nichts tun konnte, um ihr zu helfen.

»Das Baby liegt quer vor dem Geburtskanal«, erklärte sie.

»Und?« fragte Juda erst halbwach. »Kannst du nicht?...«

»Ich bin kein Arzt!«

Juda schaute sich um, als erwarte er, unter den Besuchern einen Arzt auszumachen. Mutiso war schon lange in den Ziegenstall gegangen, um betrunkener, als er jemals gewesen war, zu schlafen. Baba Baru stand ganz am Ende der Veranda und führte Selbstgespräche. Der Chief stand halb im Regen, halb auf der Veranda und versuchte sich davon zu überzeugen, daß er in diesem Sturm zu Fuß ins Dorf hinuntergehen könne. Er hatte bereits bekannt, daß er vom Kinderkriegen nichts verstünde und hatte sich aus der Verantwortung in dieser Krise herausgestohlen. Choma Choma lag lang ausgestreckt in einem Sessel und wetteiferte mit Konfuzius im Rauslassen von Partybreakern. Daktari Choo, der einzige, den man schließlich als etwas einem Arzt Ähnliches hätte bezeichnen können, schnarchte auf einem Stuhl. Alle waren, was Hilfe zur Lösung des augenblicklichen Problems anlangte, vollkommen nutzlos.

Drinnen im Haus schrie jemand laut vor Schmerz. Mama Pesa stürzte wieder hinein und ließ Vater und Sohn stehen, die einander nichts zu sagen hatten.

Gleich darauf kam Mama Pesa zurück und ordnete an, daß das Mädchen ins Krankenhaus nach Nyeri gebracht werden müsse.

»Bei diesem Wetter!« sagte Baba Pesa ungläubig.

»Ja!« sagte Mama Pesa. »Sonst wird sie nüchtern,. Das Baby auch. Moses, geh und hole Mutiso. Baba, du holst das Auto. Juda, komm und hilf uns!«

Ohne weiteres Fragen gehorchten sie. Der Mercedes wurde auf den Rasen gefahren. Sie trugen das stöhnende Mädchen durch den Regen und legten sie auf den Rücksitz. Mutiso wurde die Verantwortung für das Haus übergeben, Mama Pesa plazierte die Barus auf den Beifahrersitz, und sie selbst und Juda setzten sich nach hinten zu Margaret.

Elija fuhr mit Moses, der einen gefährlichen Stehplatz auf dem Schlepperblock hatte, den Traktor, während Pesa den Mercedes steuerte. Mit dem Traktor, der vorausfuhr, den Weg bahnte, und sie aus dem schlimmsten Schlamm ziehen würde, sollten sie steckenbleiben, begannen sie die längste Reise ihres Lebens.

Die Scheinwerfer durchdrangen kaum Dunkelheit und Regen, als sich die Fahrzeuge rutschend und schlitternd ihren Weg auf der vom Regen ausgewaschenen Straße den Berg hinab suchten, begleitet von unheilverkündenden Blitzschlägen und vom Grollen des Donners. Der Mercedes geriet außer Kontrolle und schleuderte quer über die Straße von einer Böschung zur anderen, stets in Gefahr, über den Rand der Straße hinaus in Gräben zu stürzen, aus denen ihn selbst der Traktor nicht würde herausholen können.

Es war eine eiskalte Nacht. Aus der Pesa-Straße war ein breiter Fluß voll Schlamm und Lehm und angeschwemmtem Schutt geworden, von all den vielen Rinnsalen und Bächen, die in die Straße mündeten.

Schimpfend und knurrend vor Wut und Angst, kämpfte Baba Pesa mit dem Steuerrad und stieß jedesmal, wenn die Karosserie mit der Böschung in Berührung geriet, einen ganzen Schwall von Flüchen aus.

Margaret stöhnte und knirschte mit den Zähnen vor Schmerz, und Juda hielt ihr die Hand und redete ihr gut zu, flüsterte ihr in die Ohren, die nichts hörten, beschwor sie, tapfer zu sein, und versprach ihr, daß bald alles gut werde. Mama Pesa, die in ihrem Leben schon Augenzeugin von allen möglichen schwierigen Entbindungen gewesen war, sah alles ohne Hoffnung mit an und betete. Sie betete, wie sie noch nie gebetet hatte, rief die höchste Gottheit, *Ngai Baba* an, Gott den Vater, er möge sich dieses jungen Mädchens erbarmen, das keine Schuld an der Sünde trug, wegen der es jetzt im Sterben lag.

Der Donner krachte, und der Regen fiel unablässig. Pesa, der jetzt fast ganz nüchtern war, verfluchte den Regen und befahl ihm, etwas nachzulassen, damit sie die Teerstraße erreichen würden. Schließlich waren sie sicher am Fuß des Berges angekommen und hatten die erste Brücke des Flußes Ngobit überquert. Sie kämpften sich weiter durch das flache Land, das jetzt zu einem unendlichen See geworden war, dessen Wasser nicht wußten, wohin sie abfließen sollten. Sie schlingerten durch das geisterhafte Dorf Kambi, wo nur noch in der Fujo Bar ein Licht brannte, hinaus in die letzte Ebene vor der Teerstraße. Sie glaubten schon, es fast geschafft zu haben, als sie zur zweiten Brücke über den Fluß Ngobit kamen.

Da hielt Elija den Traktor an und kam durch den Regen herbeigerannt, um zu verkünden, daß es unmöglich sei, den Fluß zu überqueren. Dies sei das Ende der Reise, sagte er. Für sie alle.

»Warum?« fragte Baba Pesa.

»Die Brücke ist weg!«

»Was? Wieso?« beharrte Baba Pesa.

»Sie ist nicht mehr da«, sagte Elija. »Die Überschwemmung hat sie mitgerissen! Sie ist weg!«

Baba Pesa knurrte böse, öffnete die Tür, trat hinaus in den knietiefen Schlamm, und er, der es wie die Pest haßte, naß zu werden, trat seinem Sohn im Regen gegenüber.

»Das will ich sehen«, sagte er.

Er folgte Elija zur Brücke. Im gelben Licht der Traktorscheinwerfer sah er einen breiten Strom aus strudelndem rotem Wasser, der über die Brücke stürzte, als hätte es die Brücke nie gegeben. Baumstämme und Schutt wälzten sich langsam über die unter Wasser stehende Straße. Daß dies so langsam vonstatten ging, bestätigte Pesa, daß die Brücke noch da war.

»Das ist nicht schlimm«, sagte er. »Wir schaffen das!«

Nun war es an Elija unsicher zu fragen: »Und wie?«

»Ich werde da leicht mit fertig.«

»Wie denn?«

»Das wirst du schon sehen«, sagte Baba Pesa. »Wir werden durchkommen.«

»Unmöglich!«

»*Wapi?*« sagte Pesa. »Du fährst durch. Wir schaffen das. Aber sei ganz sicher, daß du auf der Mitte der Brücke fährst!«

»Ich?«

»Wer sonst?«

Juda kam durch den Schlamm gewatet und sagte, die Brücke

könne unmöglich weggerissen worden sein, denn der Bure Thome habe Dinge gebaut, die alle Menschen überleben würden, und auf alle Fälle habe die Brücke schon schlimmere Überschwemmungen gesehen, eine Tatsache, derer sich Pesa wohl bewußt war.

»Ruhe«, sagte Pesa. »Wir schaffen das. Ich weiß genau wie.«

»Er bringt uns um«, sagte Elija zu Juda. »Er bringt uns alle um!«

»Halt die Klappe!« fuhr Pesa ihn an. »Dort liegt ein Mädchen im Sterben, und du jammerst über den Tod wie ein altes Weib!«

»Vater«, sagte Elija todernst. »Ich fahre hier nicht durch!«

»Ich werde den Traktor fahren«, sagte Pesa. »Juda, du fährst den Mercedes, aber *pole pole*, hast du gehört? Ganz langsam. Wir schaffen das!«

»Wir werden alle umkommen«, schrie Elija.

»Dann kommen wir eben alle um«, sagte Pesa. »Du und Moses, ihr zwängt euch noch in den Wagen. Das Gewicht sollte ihn ruhig halten. Und hör auf zu stöhnen wie deine Mutter!«

Sie waren nun vollkommen naß. Das Wasser lief ihnen in die Augen und in den Mund, und es war eiskalt. Sie wickelten das dicke Abschleppstahlseil vom Traktor und machten es am Wagen fest, dabei achteten sie sorgfältig darauf – ohne Licht und nur mit den Fingern fühlend –, daß es ganz sicher festgehakt war.

»Wir werden es schaffen«, sagte Baba Pesa unablässig. »Sieh bloß zu, daß dir der Motor nicht ausgeht. Was immer du tust, nimm deinen Fuß nicht vom Gas. Hast du verstanden?«

Juda hatte verstanden.

Baba Pesa sprang auf den Traktor. Die jungen Männer zwängten sich in den Mercedes, in dem Margaret nun ohnmächtig lag, und der Geruch der Verzweiflung und des Todes war überwältigend. Sie sagten den anderen, was nun geschehen würde. Der kalte, nasse Atem der Angst war fast greifbar gegenwärtig.

Dann fuhr der Wagen mit einem Ruck an, und es ging los.

Baba Pesa, der in Überlebenstaktiken alt und erfahren war, ließ den Traktor langsam anfahren, bis die Vorderräder im Wasser verschwanden. Dann fuhr er weiter, bis sie Kontakt mit der Brücke aufgenommen hatten. Die Fluten umschlossen die Räder, und das

Wasser strudelte und quirlte wütend unter ihm und reichte bis zur halben Höhe des Traktors. Er gab laut Gas und fuhr weiter auf die Brücke und, ohne dem Wasser eine Chance zu geben, den Motor in seine Gewalt zu bekommen, gab er nocheinmal Gas und fuhr in einem sanften Schwung über die Brücke.

Das Wasser spritzte hoch auf, als der Mercedes mit ihm in Berührung kam und sofort unterging. Panik ergriff die Insassen. Doch der Wagen war schwer und gut geladen und ehe die Frauen daran denken konnten zu schreien, waren sie bereits auf der anderen Seite der Brücke und schlitterten und rutschten die letzten hundert Meter bis zur Teerstraße.

Als sie nun endlich festen Boden unter den Füßen hatten, hielt Baba Pesa den Traktor an und kam herbeigerannt, um den Schaden an seinem Gottesgeschenk zu inspizieren und war in Hochstimmung, als er den Wagen schnurrend wie eine zufriedene Katze vorfand.

»Seid ihr ertrunken?« fragte er sie.

»Nein«, sagte Juda. »Kein Tropfen kam in den Wagen.«

»Was hab ich euch gesagt?« rief er stolz. »Dies ist kein *debe*, das ist ein Mercedes!«

Selbst Juda mußte zugeben, daß nicht viele Fahrzeuge es geschafft hätten, den Fluß zu durchwaten, geschweige denn mit laufendem Motor.

»Steig hinten ein!« befahl Pesa. »Elija, du und Moses, ihr fahrt jetzt den Traktor zurück!«

»Wie denn?« jammerte Elija voll Angst.

»Du hast gesehen, wie ich es gemacht habe«, sagte Pesa. »Aber ersäuf ihn nicht, es ist der beste Traktor der Welt!«

Und damit fuhren sie los, rasten in unglaublichem Tempo die Straße Nyeri – Nyahururu entlang. Mama Pesa schloß die Augen, und nachdem sie Gott für ihre Errettung aus den Fluten gedankt hatte, betete sie um Leben, um Leben und daß das Leben weitergehe.

Die Barus saßen eng zusammengedrängt vorne neben Baba Pesa, und mit Angst und Entsetzen im Herzen – denn beide waren sie noch nie in ihrem Leben so schnell gefahren – ließen sie dem Schicksal ihren Lauf.

In dieser dunklen Regennacht war auf der Straße so gut wie kein Verkehr. Mit allem, was der Wagen hergab, fuhr Baba Pesa auf dem gelben Strich mitten auf der Straße, bis sie in den frühen Stunden des Morgens im Krankenhaus in Nyeri ankamen.

Margaret, die längst ohnmächtig und still dalag, wurde in größter Eile in den Operationssaal gefahren. Die anderen hingen in der Empfangshalle herum, wo das Opfer eines *matatu*-Unfalls auf den Röntgenapparat wartete und auf ein Wunder, vor Schmerzen stöhnte und sich währenddessen zu Tode blutete.

Juda fand einen Platz auf der harten Bank und schlief ein, zusammengerollt, wie ein heimatloses Kind. Baba Baru setzte sich auf den kalten Fußboden neben Juda, und die Frauen zogen sich auf die andere Seite der Eingangshalle zurück und unterhielten sich flüsternd. Baba Pesa ging mit großen Schritten auf und ab, das Wasser tropfte ihm von den Kleidern, und er machte alles naß, bis schließlich eine Krankenschwester kam und ihn wissen ließ, daß sein Auf- und Abgehen sie und alle anderen nervös mache.

»Und?« fragte Pesa wütend. »Was wollen Sie?«

»Setzen Sie sich!« befahl sie. »Oder warten Sie um Himmelswillen draußen!«

Einen Augenblick lang schien es, als würde er explodieren und einen seiner berüchtigten Wutanfälle bekommen. Er öffnete schon den Mund, um loszuschimpfen, als er Mama Pesas mißbilligendem Blick begegnete und sich zusammennahm. Er schaute sich nach einem Sitzplatz um und ging schließlich zur Bank, schob Juda beiseite und setzte sich neben ihn.

Kurz vor fünf kam eine Schwester und sagte, daß die Operation gelungen sei.

»Wer ist der Vater?« fragte sie.

Baba Pesa und Baru öffneten gleichzeitig den Mund.

»Ich«, sagten sie.

»Der Vater«, sagte die Schwester. »Nicht der Großvater!«

Verlegen schauten sie einander an. Baba Pesa räusperte sich, aber Juda sprach dann. »Ich bin es«, sagte er.

Die Schwester schaute Juda an. Er sah bemitleidenswert aus, dünn und ausgezehrt und von Kopf bis Fuß mit Schlamm und

Schmutz bedeckt. Sie sah den Kummer in seinen Augen und fand nicht die Worte, die sie dem Vater zugedacht hatte.

»Das Kind?« fragte Baba Pesa drängend. »Was ist es?«

»Sie haben Zwillinge«, sagte die Schwester zu Juda. »Ein Junge und ein Mädchen.«

»Gut«, sagte Pesa.

»Aber die Mutter«, sagte die Schwester, »die Mutter ist tot.«

»Tot?« schrie Pesa. »Was wollen Sie damit sagen?«

»Sie ist gestorben«, sagte die Schwester. »Sie hat es nicht überlebt.«

»Warum?« fragte Pesa wütend. »Was haben Sie ihr angetan?«

»Wir haben alles getan, was in unserer Macht stand«, sagte die Schwester, »aber...«

»Warum ist sie dann gestorben?« rief Juda voll ohnmächtigem Zorn.

»Es war zu schwer für sie«, sagte die Schwester. »Sie war zu jung.«

Eine große Traurigkeit senkte sich auf sie alle herab.

Die Schwester schaute vom einen zum andern, beide naß und elend, und sie konnte das Mitleid in ihren Augen nicht verbergen. Nach allem, was sie wußte, hatten sie das leidende Mädchen auf dem Rücken über die Berge getragen. »Es tut mir leid«, sagte sie.

Als die vom Schock überwältigten Männer keine Antwort mehr gaben, wandte sie sich den Frauen zu und drückte ihnen ihr Beileid aus. Die Frauen nickten nur, und es fiel ihnen nichts ein, was sie hätten sagen können.

»Und die Zwillinge?« fragte dann Mama Pesa. »Wie geht es ihnen?«

»Der Junge ist ein bißchen schwach«, sagte die Schwester, »aber das Mädchen ist ziemlich groß. In ein paar Tagen können sie nach Hause.«

»Gott sei's gedankt«, sagte Mama Pesa. »Hast du das gehört, Mutter von Moses? Unsere Tochter ist uns wiedergeschenkt worden!«

Mama Baru nickte abwesend, das Tempo der Ereignisse der

vergangenen Stunden hatte ihr einen Schock versetzt und sie ein wenig verwirrt gemacht. Schließlich rührte sie sich, als erwache sie aus einem tiefen Schlaf, schaute Mama Pesa an und sagte ruhig: »Dann ist es wahr, was du mir gesagt hast. Ich habe nicht umsonst geboren.«

»Nein, Mama Moses«, sagte Mama Pesa. »Es war nicht alles umsonst.«

Die Schwester überließ sie ihrem Leid und ging weg, um dem Unfallopfer zu helfen. Lange sagte keiner etwas. Baba Baru schaute auf seine Sandalen aus alten Autoreifen hinab und bemühte sich sehr zu verstehen, was aus seinem ruhigen Leben geworden war. Baba Pesa räusperte sich mehrere Male und fand, daß er nichts zu sagen hatte. Juda stand einfach da und schaute auf den Boden, seine Schultern waren in tiefer Niedergeschlagenheit nach vorn gesunken. Der Verlust war mehr, als er ertragen konnte. Er hatte Tränen in den Augen, doch er biß die Zähne zusammen und drängte sie zurück, damit sein Vater nicht sehen würde, wie er um das Mädchen weinte, das er wie seine eigene Schwester lieben gelernt hatte. Niemand, außer seiner Mutter, die ihn besser kannte, als sonst irgendjemand auf der Welt, hatte es bemerkt.

Sie stand da und schaute vom einen zum anderen ihrer Männer, ungewiß, welcher von ihnen es nötiger hatte, getröstet zu werden – ihr Mann, dessen Kinder es waren, oder ihr Sohn, der sie an Kindesstatt angenommen hatte.

Schließlich wandte sie sich den Eltern des Mädchens zu, das zur Mutter von all diesem Leid geworden war, legte den Arm um Mama Barus vom Gram gebeugten Rücken und tröstete sie sanft. »Fasse Mut«, sagte sie. *»Mwathani ekaga wendo wake.* Der gütige Gott läßt seinen Willen geschehen.«

1 *ngoja*: warten; *ngano*: Weizen (beides Kiswahili)
2 *fujo* (Kiswahili): Unordnung, Durcheinander, Tumult. (Anm.d.-Übers.)
3 *choo* (Kiswahili): Latrine, Toilette
4 *choma* (Kiswahili): mit dem Messer erstechen. (Anm.d.Übers.)
5 *barubaru* (Kiswahili): stark, kraftvoll, energisch
6 *harambee*! (Kiswahili): »Alle zusammen anpacken!«; Wahlspruch Präsident Kenyattas nach der Unabhängigkeit Kenyas 1963.